HILDUR

SATU RÄMÖ

HILDUR

Traduit du finnois
par Aleksi Moine

ÉDITIONS DU SEUIL
*57, rue Gaston-Tessier, Paris XIXe*

First published in Finnish with the original title *Hildur*
by Werner Söderström Ltd. (WSOY), Helsinki.
Published in the French language
by arrangement with Bonnier Rights Finland

ISBN 978-2-02-154730-6

www.seuil.com

Ma mère dans l'enclos, l'enclos,
ne pleure donc pas ;
car je vais te prêter mes hardes
pour que tu puisses aller danser
aller danser.

Vieille chanson populaire islandaise

Passé

Chapitre 1

Été 1550, Mosfellsheiði

Sleipnir pressa le pas : la crinière brune, épaisse et sauvage du cheval flottait au vent. La salive s'écoulait de sa bouche et ses yeux noirs brillaient, pleins d'exaltation pour cette course.

Juché sur le dos de sa monture aux pieds agiles, Haraldur huma l'air frais de cette fin d'été. Il tenait les rênes dans sa main droite. Une cordelette reliait sa main gauche au licou de deux chevaux qui galopaient à côté. Un couteau attaché à sa ceinture lui frappait la jambe droite au rythme de leur galop.

Haraldur expira et fit sortir un son « O » long et grave de sous son épaisse barbe brun-rouge. C'était pour calmer sa monture zélée qui ne semblait pas touchée par la fatigue.

Sleipnir était un bon cheval qui souhaitait le meilleur pour son cavalier. Il désirait montrer ce dont il était capable. Haraldur ne voulait cependant pas épuiser sa monture, parce qu'il restait encore la longue côte de Mosfellsheiði à gravir.

Cela faisait trois longues journées qu'il était sur la

route. Parti en direction du sud avec trois chevaux, il avait quitté sa demeure située au bord du Large fjord de Breiðafjörður, en Islande de l'Ouest, sur la côte de Fellsströnd. Haraldur faisait ce voyage pour prévenir son ami Njáll. Il avait en effet entendu dire qu'une famille concurrente projetait de le faire assassiner. Njáll était l'un des plus riches propriétaires terriens du sud de l'Islande et il avait beaucoup d'influence. Quand on a de l'argent et du pouvoir, on se fait des ennemis qui sont prêts à tout pour prendre leur part de la richesse des autres.

Njáll et Haraldur se connaissaient et étaient amis depuis leur petite enfance, car ils étaient cousins du côté maternel. Haraldur s'était empressé de partir dès qu'il avait eu vent du danger.

Le soleil vespéral donnait une teinte orangée au paysage. On sentait l'automne approcher. Les oiseaux ne gazouillaient plus comme à leur saison de reproduction, l'été, et l'herbe verte des prairies virait peu à peu au brun clair. Haraldur atteignit, quelques instants avant le coucher du soleil et l'arrivée des ténèbres, la dernière étape de son long voyage : le sæluhús, l'auberge qui se trouvait sur le plateau de Mosfellsheiði.

Il s'arrêta devant la petite baraque en tourbe et descendit de sa monture. Il donna de l'eau à ses bêtes puis les guida vers l'enclos entouré d'un mur de pierres pour qu'elles se reposent.

Haraldur ouvrit la porte de l'auberge et pénétra dans une pièce sombre et basse. Il comptait passer la nuit là. Son voyage continuerait tôt le lendemain matin. Il ne restait plus qu'une demi-journée de route jusqu'à la propriété de Njáll sur la rive de la grande et puissante rivière Ölfusá.

– Trois chevaux et un homme, pour une nuit. Il vous reste bien de la place ? grommela Haraldur dans sa barbe, en dansant d'un pied sur l'autre. Son visage au menton puissant était encadré par une longue tignasse rousse.

Une jeune femme vêtue d'une jupe de bure gris mouton, une lampe à huile à la main, apparut dans le couloir central de la cabane de tourbe. La lumière tamisée de la lampe approfondissait le vert de ses yeux.

– Oui, là-bas au fond. On paye le matin, et pas de blagues, hein, déclara-t-elle, en rejetant sa tête en arrière d'un mouvement rapide.

Una avait la vingtaine et venait du sud. Elle travaillait l'hiver comme servante dans une ferme dans le fjord voisin. L'été, elle s'occupait des hôtes de l'auberge située sur les terres du fermier. Tous les voyageurs qui passaient entre l'ouest et le sud s'arrêtaient là.

Una observa longtemps le bel homme qui se tenait dans le couloir. Son regard s'attarda sur lui bien plus que sur les hôtes habituels.

– Vous avez faim ? Je peux regarder ce qu'on a dans la cuisine, proposa-t-elle.

Ils partagèrent un filet de morue séchée et brisèrent des morceaux de pain cuit aux algues. Haraldur parla des chevaux qui l'accompagnaient et de son élevage de moutons dans le Large fjord où il y avait tant d'îles que personne n'avait pu les compter toutes. Una dit qu'elle était habile à la tonte des moutons.

En général, elle ne laissait pas les voyageurs dormir dans son lit mais, cette fois-ci, elle voulut faire une exception. Haraldur était différent. Particulier. Il lui parlait comme à une égale. Il demandait son avis, l'écoutait sans l'interrompre et lui racontait des choses banales de sa vie quotidienne.

Le lendemain matin, alors qu'il s'apprêtait à partir, Haraldur lui demanda ce qu'elle dirait s'il venait la chercher au retour.

– Si vous arrivez assez tôt, il est possible que je parte avec vous, répondit-elle.

Une fois Haraldur disparu, elle se mit à tresser ses cheveux. Les rayons du soleil du matin d'été pénétraient dans la maison de tourbe par une étroite fenêtre. La bande de lumière semblait diviser la chambre en deux. Una se mit debout et ferma les yeux pour jouir de la chaleur sur son visage.

Haraldur arriva à Ölfusá avant les malfaiteurs. Njáll se réjouit de la venue de son ami et ils fêtèrent leurs retrouvailles jusque tard dans la nuit. Njáll embaucha chez un voisin de confiance deux hommes costauds pour veiller sur sa vie jour et nuit. Alors que Haraldur était sur le départ, le propriétaire terrien donna à son ami, pour le remercier, une petite bourse en cuir remplie de pièces forgées d'argent et de cuivre, des klipping.

Les klipping cliquetaient dans la poche de Haraldur quand il revint deux jours plus tard avec ses chevaux au sæluhús.

Una rassembla le peu de choses qu'elle possédait, monta sur le dos de la jeune jument de Haraldur et partit avec le bel homme dans l'ouest, dans le Large fjord aux îles innombrables.

Haraldur et Una n'auraient jamais dû se rencontrer mais leurs chemins s'étaient croisés et ils eurent particulièrement beaucoup d'enfants.

Chapitre 2

Novembre 1994, Ísafjörður

On voyait par la fenêtre du salon la neige tourbillonner en tous sens, dans le jardin. La tempête devenait plus violente.

Björk passa sa main sur le ventre doux et chaud de Lóa. *C'est fin comme du papier de soie*, se dit-elle, alors qu'elle caressait tranquillement l'animal alangui. La chatte ronronnait doucement. Un chasse-neige longea la maison, ses feux de position clignotants balayèrent le salon d'un faisceau de lumière jaune orangé. Le gros véhicule débarrassait la route de la neige en l'entassant sur le terrain vague voisin. Les heurts et les grincements du chasse-neige raclant la terre s'entendaient jusqu'à l'intérieur. La chatte se réveilla, étira ses pattes avant sur le canapé de velours côtelé, entrouvrit ses paupières et jeta un coup d'œil satisfait en direction de sa jeune gardienne.

Björk était triste de ne pas avoir le droit d'avoir un chat à elle. Maman était allergique. Avoir un chien, ce n'était pas non plus possible. Ils avaient des chevaux mais ils étaient toujours dehors et on ne pouvait pas jouer comme ça avec eux sur le canapé du salon.

Björk s'était réjouie que le vieil ami de maman, Jón, ait demandé qu'elle et sa sœur Rósa viennent garder son chat. Jón avait dû partir pour Reykjavík, la capitale, pour acheter des lunettes, parce qu'il n'y avait dans les Fjords de l'Ouest ni ophtalmologiste ni opticien. Un trajet de six heures en voiture vers le sud puis deux ou trois nuits dans un hôtel bon marché dans la banlieue de Reykjavík, cela n'était pas pour plaire à la vieille Lóa. Elle n'aimait pas être enfermée dans sa cage de transport sur la banquette arrière et vomissait toujours dans la voiture.

Björk et Rósa étaient venues directement après l'école pour nourrir la chatte. Les fillettes lui avaient donné quelques langues de cabillaud et versé un décilitre de croquettes dans sa gamelle. Lóa avait l'habitude d'utiliser la chatière. Elle entrait et sortait comme elle le voulait et faisait ses besoins à l'extérieur.

Björk ne voulait pas quitter la chatte endormie. Son poil était si doux et si chaud.

– Il faut qu'on y aille, vraiment. Le bus va partir, la pressa sa grande sœur Rósa.

– Je la caresse juste encore un peu. Lóa adore ça, regarde comme elle frotte sa tête contre moi. Psspsspss.

Rósa, huit ans, se tenait debout dans l'entrée, un sac à dos « Mon Petit Poney » sur l'épaule. Elle dansait d'une jambe à l'autre. Le bus scolaire qui devait les ramener à la maison, dans le village de l'autre côté de la montagne, allait partir dans cinq minutes devant le bâtiment jaune de l'école et Rósa savait que le chauffeur n'attendrait pas les retardataires. Björk était en première année et elle ne comprenait pas encore bien l'heure. Cinq minutes ou quinze minutes, c'était la même chose pour elle. Rósa, elle, était déjà en troisième année.

Heureusement, Jón habitait juste à côté de l'école. Maman avait dit qu'il avait aussi une deuxième maison, un vieux chalet pour l'été, plus loin, à la campagne. Lóa préférait être à la campagne où elle pouvait courir dans l'herbe sans avoir peur des voitures qui passaient.

– Moi, je pars. Tu peux rester ici, si tu veux pas rentrer à la maison, déclara Rósa en se tournant vers la porte. Maman a promis de faire des lummur aujourd'hui, tu te souviens ?

Björk adorait les lummur. C'étaient de petites crêpes délicieusement épaisses qu'on faisait cuire à la poêle et qu'on mangeait avec du sirop et de la confiture de rhubarbe. Le repas préféré de Björk. En plus, maman savait les faire en forme de fleurs et de cœurs.

Björk se leva lentement du canapé et fit encore une caresse à la chatte.

– D'accord. On y va. Je vais juste vite fait aux toilettes avant.

Rósa ferma la porte de la maison derrière elle et vérifia qu'elle était bien verrouillée parce que, sinon, un coup de vent risquait de l'ouvrir et la neige pourrait envahir la maison.

Les filles traversèrent le jardin à grand-peine. En deux jours, il était tombé au moins un demi-mètre de neige. Elles s'étonnèrent de la forme des congères aplaties par le vent et décidèrent qu'elles feraient de la luge sur la colline chez elles quand elles seraient rentrées.

Alors qu'elles arrivaient sur la route, les chaussures pleines de neige, le bus blanc passa en trombe devant elles. Rósa courut un instant derrière, en agitant la main pour faire signe au chauffeur de s'arrêter, mais en vain. Le chauffeur ne les avait pas vues ou alors il n'avait pas eu envie de s'arrêter.

– Mais il faut qu'on rentre à la maison. Qu'est-ce qu'on va faire ? s'inquiéta Björk. J'ai de la neige dans les chaussures. Maman dit qu'on tombe malade si on sort avec les pieds mouillés.

Les larmes qui lui montaient aux yeux enrayaient sa voix.

Rósa réfléchit. L'école était fermée. Tous les autres enfants étaient rentrés chez eux ou on était venu les chercher. Le car était parti. Maman était dehors aujourd'hui, elle donnait à manger aux chevaux, et ne rentrerait pas avant une heure. Papa était en mer. Le bateau de pêche ne reviendrait au port que le week-end.

– Si on allait chez quelqu'un ? proposa Björk.

– Mais maman sera pas contente, si elle doit venir nous chercher jusqu'ici, dit Rósa.

Björk eut alors une autre idée.

– Et si... Et si on rentrait à pied ?

Elle savait qu'elles n'en avaient pas le droit. Elles pouvaient se perdre dans la tempête et le beau tunnel tout neuf n'était pas encore ouvert. En plus, il était interdit aux piétons.

On creusait ce tunnel depuis deux ans dans la montagne entre les deux villages. Il faisait quelques kilomètres de long et permettrait de se déplacer plus rapidement et plus sûrement. Bientôt, on n'aurait plus besoin d'utiliser la route de montagne abrupte et sinueuse si dangereuse, surtout pendant les tempêtes hivernales.

– On n'a pas le droit d'aller à pied dans le tunnel, et puis il est pas encore prêt, répondit Rósa, terrifiée.

– Mais j'ai entendu maman dire à papa qu'on pouvait déjà traverser la montagne. Qu'il y avait déjà une route. C'est sûr qu'il y en a une, répliqua Björk avec l'assurance d'une fille de six ans, les yeux fixés sur sa sœur.

– Oui… Il faut qu'on rentre à la maison, de toute façon. Comme le tunnel est pas encore ouvert, il n'y aura pas de voitures non plus.

– Mais j'ai peur du noir, et il fait noir dans les tunnels.

– On va y aller lentement, l'une après l'autre, l'encouragea sa grande sœur. Je te tiendrai tout le temps par la main et je ne te lâcherai pas avant qu'on soit à la maison. On va marcher sur le bord de la route. Pense aux crêpes.

Björk sentit sa résistance fondre et elle agrippa la main de sa sœur. Elles partirent en direction du tunnel.

Les fillettes marchaient le long de la route goudronnée vers la bouche du tunnel qui s'ouvrait dans le flanc de la montagne. Il se remit à neiger. La lumière de l'après-midi avait encore diminué et la nuit tombait vite. Bientôt, il ferait aussi noir dehors que dans le tunnel.

– Heureusement, il ne neige pas dans le tunnel. Allez, on y va, dit Rósa en tirant sa sœur.

Rósa et Björk entrèrent dans le tunnel sombre, main dans la main, et la dernière chose que l'on put apercevoir était le sac à dos rouge « Mon Petit Poney ». Puis elles disparurent.

Présent

Chapitre 1

Octobre 2019, Ísafjörður

La mer gémissait doucement. Les vagues arrivaient de loin. Une tempête avait eu lieu quelques jours plus tôt dans la mer du Groënland et se répercutait maintenant contre les rivages acérés de l'Islande du Nord-Ouest. L'écume blanche moussait lorsque les vagues se fracassaient contre les rochers. L'eau éclaboussait l'ouverture des grottes formées jadis par des éruptions volcaniques.

Chacun doit de temps en temps renouer avec les fondations qui le font tenir dans la vie. Pour la détective Hildur Rúnarsdóttir, c'était le surf qui le lui permettait. Personne ne pouvait prédire parfaitement les mouvements de l'océan inconstant. L'eau dissimulait toujours un lieu sombre et froid, que les prévisions ne montraient pas et auquel il fallait faire attention. Le danger excitait Hildur. Jouer avec ce lieu si froid, c'était sa manière de vivre.

Hildur releva la tresse épaisse qui lui tombait à mi-dos en un chignon serré contre la nuque, pour que la capuche en néoprène lui recouvre parfaitement la tête.

Elle estimait la température de l'eau à cinq degrés. Maximum six. La combinaison de plongée lui recouvrait tout le corps, c'était le modèle le plus épais. Les jambes et les manches étaient longues mais le tissu s'affinait de quelques millimètres au niveau des membres, pour leur donner plus de liberté de mouvement. Quand elle surfait dans l'eau glacée, Hildur portait aussi des gants et des chaussons conçus pour le surf.

La combinaison noire lui allait comme une seconde peau. Si elle avait été trop lâche, l'eau aurait pu s'infiltrer plus facilement, ce qui aurait provoqué un trop grand refroidissement du corps. Une combinaison trop serrée représentait en revanche un obstacle aux mouvements. Il fallait être agile sur la planche de surf.

Les nuages en lambeaux filtraient la lumière grise de cette fin du mois d'octobre. En hiver, le bourg ne connaissait pas la lumière du soleil. Les montagnes avoisinantes le cachaient de novembre à février. On était au moment de l'année où il allait bientôt disparaître pour ne revenir qu'au printemps.

Hildur prit sa planche verte sous le bras et avança dans l'eau. Les chaussons en néoprène comportaient une épaisse semelle de caoutchouc mais Hildur sentait cependant le tranchant des pierres volcaniques sous ses pieds. Après quelques pas prudents, elle se mit à plat ventre sur la planche et pagaya avec ses mains pour s'éloigner de la côte, en direction de l'océan. Ses bras musclés plongeaient en rythme dans la mer, et sa respiration s'accéléra.

En mer, on ne peut pas aller plus loin que l'esprit ne l'accepte. Aujourd'hui, Hildur voulait aller le plus loin possible. Les vagues étaient basses mais longues. Comme en général après les tempêtes au Groënland. Ramer à contre-courant lui prenait beaucoup d'énergie. C'est pourquoi elle adorait être en mer. En dépensant cette énergie, elle en créait dans son esprit, en quelque sorte.

La planche glissait vers l'océan et Hildur haletait de plus en plus. Elle remarqua un corbeau noir comme la nuit qui volait au-dessus d'elle. Elle leva les yeux vers lui. L'océan en profita pour l'attraper. Il lui suffit d'inspirer une fois avec la tête en l'air pour qu'une gorgée d'eau salée trouve son chemin et provoque une forte quinte de toux.

Après avoir ramé quelques centaines de mètres, Hildur changea la direction de la planche et attendit la vague suivante, qu'elle prendrait. Il n'y avait personne d'autre sur la rive. La ville comptait environ deux mille habitants mais pas beaucoup de surfeurs. Aujourd'hui, la mer lui appartenait, à elle seule.

Au bout d'une bonne heure, sa planche sous le bras, Hildur remonta vers le promontoire d'Arnarnes, où elle avait garé le matin son gros 4 × 4. Encore une fois, ce moment qu'elle avait pu passer à se détacher de tout le reste lui avait fait du bien. Elle s'était sentie très anxieuse en se levant. Elle allait mieux maintenant que ce matin mais elle pressentait que quelqu'un allait bientôt lui annoncer de mauvaises nouvelles.

Hildur travaillait dans la police nationale d'Islande : elle occupait le poste de cheffe de l'unité des enfants disparus dans les régions peu habitées et celui de détective de la brigade criminelle du district d'Ísafjörður. Elle était la seule détective des Fjords de l'Ouest.

En arrivant auprès de son 4 × 4, Hildur entendit son téléphone sonner. Elle ôta ses gants qui lui collaient à la peau, ouvrit la portière de sa voiture et attrapa le portable sur le siège avant.

– Hildur.

Elle était essoufflée. Elle essuya son front encore mouillé et se mit à enlever son épaisse combinaison de plongée.

C'était sa patronne, Elísabet Baldursdóttir ou Beta. Il y avait une urgence, ce qui n'étonna pas Hildur.

– J'arrive. Je suis déjà en route. Je passe vite fait à la maison me changer.

La plupart des gens attendent que surviennent des événements positifs. Hildur trouvait cela curieux. Pour elle, ne rien attendre de l'avenir la rendait heureuse. Quand les choses se passaient de manière simple et que le quotidien avançait tranquillement et sûrement. Dès qu'elle avait le moindre sentiment d'attendre quelque chose, c'était le signe qu'un événement tragique et terrible allait se produire.

Cette sensation n'avait pas toujours été aussi éprouvante. Quand Hildur était petite, elle avait, elle aussi, attendu des événements joyeux. Elle se réjouissait de l'approche de Noël, de l'anniversaire de ses camarades de classe, des longues promenades à cheval le week-end et des premières neiges qui tombaient à l'automne. Mais le jour où tout avait changé fut aussi celui où elle avait cessé d'attendre les bonnes choses.

Hildur jeta une épaisse serviette sur le siège en cuir de sa voiture et s'assit dessus. Elle démarra et mit pleins gaz vers le centre-ville d'Ísafjörður, où se trouvaient sa maison et son bureau, en faisant crisser les roues.

Chapitre 2

Le garçon sentait sous ses doigts la rugosité du tissu à carreaux du fauteuil. Le sol du salon était recouvert d'un lino brun clair, sale. La semelle synthétique de ses Vans effleura le sol et fit un bruit grinçant qui l'écœura.

Pétur enfonça son bonnet noir sur sa tête et tenta de se détendre en se concentrant sur la bibliothèque Ikea carrée et noire en face de lui. Il n'y avait ni ordre ni raison dans cette bibliothèque. On y avait jeté des tas indistincts de rouleaux d'essuie-tout, de journaux publicitaires et de boîtes à pizza vides. Des vaches en porcelaine et le roman *Salka Valka* de Halldór Laxness. Une fine pellicule de poussière recouvrait une vieille couche de saleté collante.

Pétur avait faim. Il n'avait rien mangé depuis deux jours, à part un yaourt à la fraise qu'il avait volé à la station-service sur le chemin. Mais il ne pouvait pas penser à se nourrir maintenant. Il était trop nerveux.

Heureusement que ce jeune médecin de campagne l'avait pris en stop et lui avait promis de le conduire jusqu'à Ísafjörður. Un Polonais qui ne vivait pas depuis longtemps en Islande et qui ne parlait pas la langue. Mais peu importe. Pétur parlait bien anglais. Il ne l'avait pas appris à l'école, il n'avait même pas fini le cycle obligatoire. YouTube et les forums de discussion sur Internet lui avaient donné des compétences linguistiques amplement suffisantes. Il avait facilement pu discuter avec le docteur. Quelle chance d'être tombé sur un étranger ! C'était impossible qu'il le reconnaisse. Les Islandais avaient des cousins et des oncles dans chaque putain de fjord. C'était toujours risqué de faire du stop.

Pétur s'agita dans le fauteuil et jeta un œil prudent en direction de la table au milieu du salon. Vêtu d'une chemise de flanelle rouge qui le serrait au ventre, Jón enfonçait de la marijuana dans le foyer d'un narguilé. Il avait mis ses lunettes de lecture dont les branches étaient cassées et évaluait son travail à travers les verres. Les rides qui sillonnaient le front cicatrisé du vieil homme se creusaient encore plus sous la concentration.

– Je t'ai bien attendu. Il t'en a fallu du temps, pour venir, hein. Comment ça se fait ? demanda-t-il au garçon en attachant le foyer au long tuyau. Tu me déçois, continua-t-il, en déposant le narguilé et un briquet sur la table basse devant les yeux perdus de Pétur. Mais ne t'inquiète pas, mon garçon. T'es quelqu'un de bien. Tu vas trouver quelque chose pour me remonter le moral, hein ?

Jón se rassit sur sa chaise et mit ses mains derrière la nuque, tout en prenant ses aises contre le dossier. Il observait l'adolescent assis dans le fauteuil et semblait jouir de la situation. Sous la pression du regard aiguisé de Jón, le garçon finit par répondre.

– Euh oui. C'était la merde pour sortir de la résidence. C'est que des rats qui travaillent là-bas.

– Mais heureusement nous, on est plus malins, pas vrai, sourit Jón en hochant la tête en direction de la chicha.

Pétur attrapa aussitôt la pipe.

Avec ses doigts d'habitué, il alluma le foyer et se mit à sucer l'embout de la pipe. La pièce se remplit du glouglou du narguilé et de la profonde respiration de Jón. *Enfin*, se dit Pétur. Ses poumons aspiraient la fumée plaisante et son corps se détendit. Ses bras le démangeaient moins.

– Aspire bien, tu as tout ton temps, mon garçon. Tu vas te sentir tout relax. Pas vrai ?

Jón avait toujours le regard fixé sur l'adolescent qui fumait et il commença à déboucler sa ceinture, en accentuant la lenteur de ses gestes.

Chapitre 3

Hildur arrêta sa voiture de fonction devant le commissariat du centre-ville et resta un instant à l'intérieur, ses doigts tapotant le volant. Par la fenêtre de sa Škoda Octavia, elle pouvait voir le parking du grill du coin. Hildur regarda un homme vêtu d'un mince veston et aux cheveux ramenés en arrière avec du gel monter dans une Range Rover qui devait coûter les yeux de la tête. La voiture avait des jantes spéciales et une plaque d'immatriculation customisée. Hildur n'était pas sûre de reconnaître le modèle mais elle estimait qu'avec son prix, elle aurait sans doute pu s'acheter deux appartements dans le bourg et qu'il lui serait probablement resté de l'argent pour quelques voyages à l'étranger. Puis la Range Rover noire se dilua dans le paysage gris, l'homme en costume se fondant derrière le volant en une masse informe, et disparut complètement.

Hildur mit les essuie-glaces en marche. Ils balayaient le pare-brise paresseusement à quelques minutes d'intervalle. Il commençait à pleuvoir maintenant. Le vent fort du sud promis par la météo apportait presque toujours de la pluie, il faudrait donc attendre encore un bout de temps les jours froids et clairs. Dans cette région du monde, l'automne était long et sombre.

Hildur alluma la radio et attendit sa cheffe. La commissaire de police Elísabet était la première supérieure que Hildur appréciait vraiment. Beta avait emménagé à Ísafjörður quelques années plus tôt. Son mari, Óliver, qui travaillait comme programmeur informatique, était de la région. Après la naissance de jumeaux, la famille avait rêvé de s'installer dans une commune calme à la campagne et, quand le poste de commissaire s'était ouvert aux candidatures, Beta avait postulé et l'avait eu. Óliver faisait du télétravail pour Reykjavík et les enfants allaient à l'école maternelle locale.

Beta travaillait beaucoup mais était cependant quelqu'un d'ordinaire. Pas de drame superflu, pas de relations trop proches avec les dirigeants locaux. Hildur savait qu'elle n'allait même pas aux réunions hebdomadaires des francs-maçons. Enfin, elle n'aurait de toute façon pas pu, puisque seuls les hommes étaient acceptés comme membres. Beta avait dès le début fait comprendre à tout le monde qu'elle voulait tout simplement être la commissaire d'une petite région et qu'elle n'était pas intéressée par la compétition pour les places de chef dans l'organisation de la police de la capitale. Elle était venue à Ísafjörður pour être proche des gens et faire un travail concret, même si elle avait un rôle de supérieure hiérarchique.

Hildur, en revanche, n'avait pas choisi l'endroit : c'était l'endroit qui l'avait choisie. Elle était née dans ces contrées périphériques.

Les Fjords de l'Ouest se trouvaient dans le nord-ouest de l'Islande, loin des villes, des feux de circulation, des bowlings et des aéroports internationaux. D'après une vieille légende, deux trolls géants enragés avaient au début des temps essayé d'arracher les Fjords de l'Ouest au reste de l'île. Le soleil s'était cependant levé un peu avant qu'ils n'aient terminé leur travail. Ne supportant pas les rayons du soleil, les trolls s'étaient pétrifiés sur place et les Fjords de l'Ouest étaient restés accrochés à l'île par une bande de sept kilomètres de long.

Deux routes sinueuses et montagneuses reliaient les Fjords de l'Ouest au reste de l'Islande mais il y avait peu de trafic. Si la région représentait un cinquième du territoire du pays, seuls deux pour cent des habitants vivaient au bout de cette route. Environ sept mille enfants et adultes. Des pêcheurs, des professeurs, des chauffeurs de camion, des employés du secteur touristique et quelques policiers.

Hildur regarda autour d'elle et soupira. La cadence des gouttes de pluie contre la vitre de la voiture s'accélérait. Ici, quand il pleuvait, il pleuvait pour de bon. Quand il y avait du vent, il soufflait impitoyablement à travers les paysages ouverts et gémissait dans les fjords. L'Islande était loin de tout. À des milliers de kilomètres de l'Europe et des États-Unis. Une petite île solitaire couverte de lave et de glaciers au milieu des eaux froides de l'océan. Et sur la partie la plus isolée de cette île, quelqu'un avait décidé de fonder un village. Quelle idée saugrenue ! Hildur, tapotant toujours le volant de ses doigts, chercha dans ses souvenirs.

Le premier habitant devait s'appeler Helgi et il avait des racines norvégiennes. Un millénaire plus tôt, il avait cherché dans ces contrées un fjord vide où il pourrait établir son foyer. Helgi était arrivé dans ce fjord, avait estimé qu'il était habitable et avait vu dans la mer près du rivage flotter un harpon utilisé pour la chasse au phoque. Helgi avait baptisé l'endroit Fjord-du-Harpon et y avait construit sa maison. Plus tard, au bord de ce même fjord, on avait érigé une église et des commerces, et l'ensemble avait pris le nom d'Ísafjörður.

Helgi était resté dans l'esprit de Hildur depuis ses cours d'histoire sur la colonisation de l'Islande. Les vieux récits et le passé des gens l'avaient toujours passionnée. Le premier gros livre qu'elle avait lu toute seule parlait de Fjalla-Eyvindur, Eyvindur-des-Montagnes, un hors-la-loi qui avait vécu dans les régions désertiques de l'Islande au XVIIIe siècle. Elle avait trouvé le livre dans la bibliothèque de ses parents et l'avait dévoré de bout en bout alors qu'elle n'était qu'en primaire. Il arrivait encore à Hildur de passer des heures plongée dans la lecture de biographies ou de vieux articles de journaux qui évoquaient des gens qu'elle connaissait. L'été, quand elle voyageait à travers l'Islande, elle avait coutume de s'arrêter dans chaque musée régional devant lequel elle passait et de torturer les employés saisonniers avec ses questions précises. Le passé était pour elle comme un mur solide contre lequel elle pouvait s'appuyer.

Hildur s'était donc inscrite en histoire à l'université. Elle était née dans les Fjords de l'Ouest et y avait habité toute son enfance avec ses sœurs et sa famille. À la suite de la tragédie, Hildur avait emménagé chez sa tante qui habitait aussi dans la région. Après le lycée, elle était partie seule pour la capitale, Reykjavík. Elle avait vécu dans un petit studio à l'ouest du centre-ville. Aujourd'hui, c'était l'un des quartiers les plus chers. Les prix des appartements y étaient si élevés qu'avec son salaire de policière, elle n'aurait pas pu s'offrir un logement dans le quartier de ses années d'étudiante.

Au début, les études d'histoire lui avaient plu. Après sa licence, elle s'était toutefois rendu compte que même si elle adorait analyser les grandes évolutions sociales et l'influence des événements passés sur le présent, la carrière académique ne l'intéressait pas du tout. Elle avait toujours eu besoin d'agir. Elle avait commencé à se sentir plus attirée par les salles de sport à l'odeur de transpiration et les expéditions de surf dans les vagues froides de l'océan que par les amphithéâtres de la fac et le diplôme d'historienne.

Hildur avait découvert le surf grâce à son petit copain de l'époque. Les vagues l'avaient littéralement emportée avec elles. Elle était enivrée par l'idée de dompter l'océan. L'idée que pendant un instant, même bref, elle pourrait avoir la main sur un bout de la mer. Elle allait surfer dès que ses cours se terminaient et pendant les week-ends, les vacances et les jours fériés.

Peu à peu, le charme de l'entraînement physique l'avait emporté sur les études universitaires. Quand Hildur s'était mise à sécher les cours pour s'entraîner, elle avait compris qu'elle n'allait pas vers le métier qui lui convenait.

Un été, elle avait décidé de postuler à l'école de police. Dès le premier jour, elle avait su qu'elle y était à sa place. Elle adorait le fort sentiment de communauté qu'il y avait à l'école, ainsi que les entraînements physiques importants.

Après son diplôme, Hildur avait travaillé quelques années dans la police de la capitale et beaucoup coopéré avec la protection de l'enfance. Lorsque des crimes concernaient des enfants ou des jeunes en difficulté,

Hildur faisait le lien entre la police, d'une part, et la protection de l'enfance et les psychologues des enfants, d'autre part. En aidant les enfants, Hildur sentait que son travail était important. Peut-être essayait-elle de compenser pour ce qu'il s'était produit autrefois. Elle avait sans doute pensé que si elle n'essayait pas de faire au moins cela, tout serait encore plus difficile.

L'unité des enfants disparus fondée à Reykjavík avait reçu de nouvelles subventions et le modèle avait été étendu à d'autres régions. Quand le commissariat de police d'Ísafjörður avait ouvert un poste dont une partie des activités consistait à s'occuper de l'unité des enfants disparus, Hildur avait tout de suite su que c'était pour elle. Elle postula et obtint le poste, puis se réinstalla, sa planche de surf sur le toit de sa voiture, dans la région de son enfance. Cela faisait presque dix ans maintenant qu'elle était revenue. Le quotidien tranquille dans une commune de la campagne lui plaisait et, encore plus, les conditions fantastiques pour le surf.

Les pensées de Hildur arrêtèrent de vagabonder quand la portière de la voiture s'ouvrit brusquement. Beta, petite mais très vive, s'assit à côté d'elle, referma la portière avec force et poussa un profond soupir. La pluie avait aplati ses boucles mais Beta ne s'en préoccupait pas.

– Alors, qu'est-ce qu'il se passe ? demanda Hildur, en attendant que sa cheffe mette sa ceinture.

– On va à Fjallavegur. Les deux patrouilles de police sont presque à une heure de route, d'autres missions. On doit s'occuper de ça nous-mêmes.

Hildur hocha la tête et attendit plus d'informations.

– Un foyer pour jeunes dans le sud nous a appelés. Un certain Pétur qui était en cure de désintoxication chez eux aurait fugué pendant la nuit. Ils pensent qu'il est venu ici à Ísafjörður pour trouver de la came.

– Mais pourquoi jusqu'ici ? s'étonna Hildur en démarrant.

Le bourg n'était sur la route d'aucune autre ville et on n'arrivait pas ici par hasard. Il fallait vouloir venir dans le fjord. Le trajet en voiture depuis la capitale durait des heures.

– Ils ont confisqué le portable du garçon pendant quelques jours pour une petite infraction au règlement et il paraît qu'un vieil homme qui habite à Ísafjörður aurait essayé de le contacter sur le téléphone fixe du foyer. Ils ont tout de suite su qui c'était.

– Oh putain de merde. Il n'est pas allé chez cette vieille ordure ? demanda Hildur.

Elle mit les gaz et prit la route principale qui faisait le tour de la ville. La pluie était maintenant plus abondante et Hildur accéléra la cadence des essuie-glaces.

Tous ceux qui avaient passé un peu de temps à Ísafjörður connaissaient l'homme problématique qui habitait au fond de Fjallavegur. Jón Jónsson, un solitaire d'environ soixante-dix ans, avait été condamné à de multiples reprises ces vingt dernières années pour possession de drogue et comportement inapproprié mais il n'avait fait qu'un an de prison et cette condamnation-là datait déjà du début des années 2000. On avait alors trouvé un demi-kilo de haschisch en sa possession. Après cela, il n'avait eu que des amendes, même s'il était évident qu'il abusait des jeunes en difficulté. Le vieil homme promettait de leur donner de la drogue, si les jeunes le regardaient se branler. Hildur ne supportait pas que ces condamnations soient si faibles. Pourquoi est-ce qu'on pouvait punir des crimes financiers par de nombreuses années de prison et des dommages et intérêts considérables, mais ceux qui commettaient des crimes qui touchaient à une autre personne humaine s'en sortaient avec des putains de travaux d'intérêt général ?

– On y est déjà allés l'été dernier, pour le même genre de mission. On peut vraiment rien faire contre ce vieux porc ? s'exclama Hildur, en serrant le volant plus fort que d'habitude pour calmer la rage qui couvait en elle.

– Bien sûr que non. Les jeunes vont chez lui de leur plein gré, parce qu'il leur donne de la came. Ils nient ses avances ou alors on ne peut rien prouver. Tout ce qu'on peut faire, c'est l'assigner pour possession de marijuana, et voilà, expliqua Beta, bien qu'elle sache que Hildur connaissait les activités du vieil homme.

La Škoda sortit du rond-point et prit la route qui conduisait vers l'hôpital et la bibliothèque, en direction du quartier des maisons indépendantes et des chalets qui se trouvaient sur le flanc de la montagne. Fjallavegur était la rue la plus longue de cette zone tranquille. Les longues maisons blanches mitoyennes dataient des années 1960. Les plus anciens bâtiments en bois de la rue avaient été construits avant l'indépendance de l'Islande, obtenue pendant la Seconde Guerre mondiale.

Hildur roulait à trente à l'heure et observait l'environnement. Les habitants appréciaient le respect de leur vie privée : les rideaux de toutes les fenêtres qui donnaient sur la rue étaient tirés. Certaines d'entre elles étaient ornées de tableaux achetés au supermarché du village, qui répétaient des banalités gênantes. *Ici habite le bonheur. On est chez soi là où est son cœur. Le bonheur, c'est d'avoir une belle maison.* Un énorme barbecue à gaz trônait dans quasiment tous les jardins pour que les habitants puissent affirmer leur bonheur de classe moyenne en faisant griller des côtelettes de mouton le week-end devant leurs voisins. Les plus aisés avaient un jacuzzi.

Cette rue du bonheur continuait sous le même nom sur quelques kilomètres. Après l'alignement des maisons, on arrivait à une zone de chalets moins densément bâtie. Plusieurs baraques occupées l'été s'étaient dressées sur les flancs de la montagne dans les dernières décennies. Certaines étaient conçues pour le jardinage d'appoint, d'autres étaient entourées de grands jardins et de terrasses couvertes. On ne pouvait résider là que de début mai à début novembre, en raison des risques d'avalanche dus à la proximité des montagnes et aux hivers enneigés. Il suffisait d'une petite avalanche pour qu'un chalet soit démoli et c'est pourquoi il était dangereux d'y passer l'hiver.

Hildur et Beta s'étaient déjà rendues de multiples fois chez Jón. La tactique de ce dernier suivait toujours le même schéma. Le vieil homme se liait d'amitié sur Internet avec des jeunes en difficulté, leur promettait de la drogue gratis et les hébergeait chez lui. En échange, il s'exhibait, se branlait devant eux et les tripotait. La plupart des jeunes qui luttaient avec leur addiction venaient trouver Jón pour avoir de la came mais aussi parce qu'ils avaient besoin de sécurité et qu'ils n'avaient personne d'autre.

Hildur se gara sur le bord de Fjallavegur au niveau

d'un petit chalet vert. La peinture de la maison était salement écaillée et l'eau coulait des corniches qui pendouillaient tout le long du mur extérieur. Celles-ci n'avaient pas dû être nettoyées depuis belle lurette.

Hildur ouvrit le portail rouillé puis Beta et elle montèrent les quelques marches dans le jardin. La cheffe prit la responsabilité de frapper à la porte. Personne ne vint ouvrir. Beta frappa de nouveau, cette fois-ci plus fort. Toujours pas de réponse.

– Il y a de la lumière dans la cuisine et la vieille Suzuki de Jón est là, au bord de la route. Le vieux ne part jamais nulle part à pied. Il est chez lui, c'est sûr, conclut Hildur.

Elle remarqua que l'une des fenêtres du rez-de-chaussée était ouverte et y passa la tête.

– Ouvre ! C'est la police. On sait que tu es là et que tu n'es pas seul. Tu viens tout de suite ouvrir cette porte ou on emmène ta Suzuki au commissariat. Il faut faire le contrôle technique, vociféra Hildur en frappant la vitre de la main.

Elle se conduisait parfois comme une fermière qui beuglait à se briser les cordes vocales tout en agitant les bras pour ramener ses moutons. On guidait ainsi les troupeaux dans la bonne direction mais Hildur aurait pu être plus délicate lorsqu'elle avait affaire à des gens. Elle avait décidé de devenir détective parce qu'elle n'aimait tout simplement pas être constamment en contact avec les gens. Elle avait eu du mal avec les premières patrouilles obligatoires au début de sa carrière. Faire souffler, interroger et arrêter des dizaines de personnes différentes chaque jour lui avait porté sur les nerfs.

Bientôt, on entendit des grattements de l'autre côté de la porte et celle-ci s'ouvrit en grinçant. Un homme aux vêtements usés et au crâne chauve se trouvait dans l'embrasure, l'air apeuré. Son front était barré d'une énorme cicatrice qui attirait l'œil. La rumeur disait que Jón se l'était faite dans son enfance en se cognant contre la vitrine d'une boulangerie vers laquelle il courait. Sa chemise de flanelle rouge n'avait pas dû être lavée depuis six mois. Son jean bleu était ouvert. Une odeur de renfermé pestilentielle montait de l'appartement.

– Jæjja, Jón, commença Hildur.

« Jæjja » était une expression locale, dont la signification dépendait du contexte. Dans cette situation, elle signifiait : « Pas de blagues, on va droit au but. »

– Nous avons des raisons de soupçonner que Pétur, qui a fugué de Reykjavík, se trouve ici, continua la policière tout en essayant d'observer la pénombre du chalet par-dessus l'épaule de Jón. On va sans doute aussi devoir appeler une dépanneuse, continua-t-elle en secouant la tête en direction de la Suzuki dans le jardin.

Puis elle examina sévèrement Jón.

Le vieil homme essuya sa tête dégoulinante de transpiration et regarda autour de lui, désemparé. Une goutte de sueur coula le long de la cicatrice. Jón tourna les yeux vers la voiture de police, comme pour vérifier que sa voiture à lui était toujours là. Puis il geignit en signe d'abandon.

– Le garçon est là, dans le salon. Mais c'est pas mon prisonnier, hein. Il est venu ici tout seul et il a pas voulu partir.

– Oui, oui, comme tous les autres, répliqua Hildur, en faisant signe à Jón de se pousser. C'est tout, ou il y a encore quelqu'un d'autre ?

– Non, non, personne. Vous allez quand même pas prendre ma voiture ?

Beta resta auprès de Jón à la porte et laissa Hildur pénétrer dans le taudis. Le couloir d'entrée donnait sur une petite chambre à coucher à gauche et sur un salon à droite. La porte du salon était entrouverte. Un garçon d'une quinzaine d'années ronflait dans le fauteuil : son apparence correspondait à la description donnée par le foyer. Mince, cheveux noirs, vêtements noirs, un piercing au nez, des lunettes. Hildur s'approcha du fauteuil et secoua doucement l'épaule du garçon pour tenter de le réveiller.

– Réveille-toi. Est-ce que tu as la force de te lever ?

L'adolescent grommela quelque chose en réponse. Il semblait toujours à moitié endormi.

– Il faudrait se réveiller, maintenant, reprit Hildur en haussant la voix.

Elle donna une petite tape sur sa joue.

Le garçon sortit de sa torpeur et ouvrit les yeux.

– C'est quoi ce bordel ? s'écria-t-il, l'air apeuré.

– Non, non, on n'est pas dans un bordel. Je suis Hildur Rúnarsdóttir, détective de la police d'Ísafjörður. Je suis venue avec ma collègue pour te chercher, le foyer nous a appelées. Tout va bien ? Est-ce que Jón t'a fait quelque chose ?

Le regard vague de Pétur et l'odeur sucrée qui émanait de lui montraient qu'il était toujours dans les vapes. Ce que confirmait le narguilé au foyer vide posé sur la table.

– Je me suis juste un peu reposé ici, marmonna le garçon.

– On a été violent envers toi ? demanda Hildur.

– Non, non. Je vous ai dit, je me suis juste un peu reposé.

Hildur regarda Pétur : le garçon semblait aller bien. Il n'y avait aucun signe de violence et il avait encore ses vêtements sur lui. Elle l'accompagna hors du chalet, jusqu'à la voiture. Beta prit, au milieu du chaos étalé sur la table basse, un petit sachet de haschisch vert foncé et les suivit.

– Et vous me prenez pas ma voiture, hein ? s'écria Jón depuis la porte.

– Pas cette fois. Mais fais faire le contrôle technique tout de suite, répliqua Hildur, sans pouvoir s'arrêter. Si tu fais encore venir des jeunes ici, je démonte moi-même ta Suzuki et je jette les morceaux dans le fjord !

Elle invita Pétur à s'asseoir sur la banquette arrière, puis fit le tour de la voiture pour prendre sa place au volant. Jón marmonnait encore dans l'embrasure de la porte mais Hildur ne l'écoutait plus.

– Tu sais quoi, Beta ? Parfois je ne sais pas si on bosse dans une déchetterie ou dans la police, observa Hildur en mettant sa ceinture. J'ai l'impression qu'on recycle toujours la même merde. Quand tu crois que tu as rayé quelque chose de ton agenda, ça te retombe dessus au service suivant.

Beta, assise à côté d'elle, hocha la tête en signe d'accord.

– Ce n'était sans doute pas notre dernière mission ici. Qu'est-ce que tu crois, où est-ce qu'il va s'installer en novembre, quand l'hiver arrivera et qu'on va fermer la région ?

– Ce n'est pas sur la liste des choses qui m'intéressent, répondit Hildur en prenant la route du centre-ville.

Jón recevrait sans doute un avis de comparution pour possession de substances toxiques illicites et s'en sortirait probablement avec une amende.

– Tu pourras t'occuper de l'interrogatoire de Jón avec le Finlandais. Il arrive demain après-midi, dit Beta.

– Comment il s'appelle, déjà ?

– Jakob. Ça a l'air d'être un type bien. Mais bon, je dois avouer que je ne comprends pas trop pourquoi il veut venir faire un stage dans un si petit bled alors qu'il pourrait aussi bien aller à Oslo ou Copenhague pour l'expérience, observa Beta, avant de regarder vers la banquette arrière dans le rétroviseur. Et toi, jeune homme, on va te faire quelques tests, puis retour en désintox. La protection de l'enfance s'occupera de te renvoyer dans le sud, quand on en aura fini avec toi, expliqua-t-elle à l'adolescent avec un grand sourire.

Pétur la regarda, l'air indifférent, puis il lui fit un doigt d'honneur. Selon les statistiques, la consommation de drogue avait diminué chez les jeunes Islandais dans les vingt dernières années. Mais les jeunes en difficulté étaient un cas à part. Ils pouvaient consommer plusieurs substances différentes en même temps et commandaient tout et n'importe quoi sur Internet. Leurs problèmes s'entassaient et se multipliaient. Dans le même temps, le nombre de places en foyer avait drastiquement baissé. Il fallait faire des coupes, il n'y avait pas d'argent, à ce qu'on disait. Il était impossible de trouver des places en désintoxication pour tous ceux qui en auraient eu besoin. Et tous ceux qui en obtenaient une n'arrivaient pas à s'engager dans la cure. Il n'y avait pas assez de personnel dans les centres pour surveiller les faits et gestes de tous à chaque heure de la journée.

– Ce serait super que tu restes en désintoxication. Tu pourrais remettre ta vie en ordre. L'autre chemin ne va pas te conduire vers un avenir radieux.

– Je m'en fous, répondit la voix à l'arrière.

Beta soupira et toucha la vitre de la voiture. Dehors, il pleuvait toujours.

Chapitre 4

En rentrant du travail, Hildur sortit son vélo de la cave et mit son casque. Ce n'était pas par peur de se le faire voler qu'elle le rangeait là. Dans une petite ville comme celle-ci, on ne volait pas les vélos, parce qu'on les aurait retrouvés au plus tard le lendemain. Les gens laissaient la clé de leur voiture sur le contact et ne verrouillaient pas non plus les portes. Ils semblaient penser que rien de surprenant ne pouvait se produire car ils se connaissaient tous et connaissaient les affaires les uns des autres. C'était le vent qui venait de la mer qui apportait les dangers, pas les voisins.

C'était donc à cause de la météo qu'on rangeait les vélos. À cette période aussi avancée de l'automne, il pleuvait beaucoup et le vent était de plus en plus violent. Le vent du nord qui soufflait depuis l'Atlantique pouvait emporter avec lui même le plus costaud des VTT et ainsi briser bien plus que le réflecteur avant. Les tempêtes diminuaient à mesure que l'été approchait. La neige et la glace se mettaient à fondre et le vent se calmait en général vers le milieu du mois de mai. C'était à cette période-là que les gens sortaient leurs vélos et leurs trottinettes et qu'ils osaient les laisser dans leur jardin la nuit.

Hildur habitait un trois-pièces spacieux avec un balcon dans une maison en bois, au cœur du vieux centre-ville, près du commissariat. Dans l'appartement qui faisait face au sien vivait Freysi Gunnarsson.

Freysi était un trentenaire célibataire professeur de sport. Il courait le marathon en moins de quatre heures et fumait des cigarettes à la chaîne. Il avait emménagé là quelques années plus tôt et Hildur et lui étaient s'étaient rapprochés avec le temps. Ils avaient commencé par faire du jogging ensemble de temps à autre. Puis des étirements après leur course dans le salon de l'un ou l'autre et le chemin vers la chambre à coucher n'avait pas été long. Ils se voyaient maintenant régulièrement mais on ne pouvait pas dire qu'ils étaient en couple.

Après leur première nuit ensemble, Hildur avait été soulagée d'entendre Freysi lui avouer qu'il n'était pas intéressé par une relation sérieuse. C'était exactement ce qu'elle souhaitait. Avoir de la compagnie de temps en temps, sans engagement, sans partager de compte en banque et sans devoir s'expliquer sur quoi que ce soit. C'était pratique que Freysi habite dans la même maison, le trajet était court. Même s'ils ne se voyaient que chez l'un ou chez l'autre, ils avaient conscience que tout le monde dans la ville était au courant de la relation libre entre la policière et le prof de sport. *Qu'ils racontent ce qu'ils veulent*, se dit Hildur en sortant son vélo.

Elle vit Freysi qui fumait dans le jardin et le salua de la main.

– Salut. Quoi de neuf aujourd'hui ? demanda-t-il

avant d'écraser son mégot et de le jeter dans la poubelle commune.

– J'essaye d'oublier ma dure journée de boulot et je vais dîner chez ma tante.

– Je t'aurais bien demandé de venir courir avec moi mais c'est vrai qu'on est lundi, aujourd'hui.

Freysi lui fit un sourire entendu, qui souligna ses profondes fossettes.

– Oui, le lundi, c'est les saucisses de ma tante qui m'appellent. On peut faire quelque chose de cool ensemble ce week-end, suggéra Hildur en enfourchant son vélo.

Elle entendit Freysi siffler dans son dos. Elle tourna la tête et lui sourit avant de se mettre à pédaler.

Hildur prit la piste cyclable sinueuse qui longeait le fjord. Au fond de celui-ci, à quelques kilomètres du centre-ville, se trouvait le quartier des nouveaux bâtiments, où sa tante avait fait construire une grande maison avec un beau jardin.

Ce quartier avait la rugosité de l'architecture moderne et ne plaisait pas à Hildur, qui préférait habiter près de son lieu de travail. Dans le vieux centre-ville, les maisons en bois étaient plus petites et les jardins plus étroits qu'en périphérie mais l'atmosphère était conviviale et les services, à proximité.

Hildur signala qu'elle tournait à droite, elle arrivait près du nouveau quartier. Sa tante Tinna Atladóttir était partie à la retraite quelques années plus tôt. C'était une ancienne professeure de chant, qui passait le plus clair de son temps à la maison à faire des travaux manuels en écoutant des livres audio. Hildur savait que sa tante se plaisait ici, au milieu des grands jardins à distance du centre-ville.

Elle entra sans sonner ni frapper, comme à son habitude. Tinna l'avait entendue arriver et elle l'attendait déjà dans l'entrée. Elle prit aussitôt Hildur dans ses bras, qui présenta ses excuses :

– Comme ça me fait plaisir de te voir ! Je suis désolée pour le retard. On a dû faire des heures sup.

– On n'est pas à une minute près, répondit Tinna avant de l'embrasser deux fois sur la joue droite.

Les Islandais ont coutume de saluer leurs proches d'une bise. Tinna, au lieu d'une, en faisait deux. Et elle ne se contentait pas de frôler la joue de l'autre mais y déposait ses lèvres mouillées.

Hildur suivit sa tante dans la cuisine pleine de lumière et s'assit le long de l'îlot central. Tinna alla remuer la sauce qui bouillait sur le feu.

Une odeur exquise remplissait la pièce. Hildur ferma les yeux et laissa une torpeur agréable envahir ses membres détendus. Elle ressentit quelques secondes de bonheur pur. Elle aimait ces rencontres hebdomadaires avec sa tante. À la mort de ses parents, Hildur était encore mineure et elle s'était installée chez Tinna, la sœur de sa mère. Elle avait une autre tante qui habitait sur les îles Féroé et dont elle n'était pas proche. Avec Tinna, elles avaient gardé un contact très régulier quand Hildur faisait ses études à Reykjavík. Elles s'appelaient au moins une fois par jour. Quand, dix ans auparavant, elle était rentrée dans son fjord natal, leur relation s'était encore renforcée.

Tinna avait préparé le repas préféré de Hildur : du slátur, c'est-à-dire une saucisse aux abats grasse et dorée à la poêle, accompagnée de sauce blanche et de pommes de terre. Comme d'habitude, elle déposa la casserole sur la table et demanda à Hildur de servir à chacune une grosse tranche de saucisse et plusieurs pommes de terre puis de napper le tout de sauce blanche merveilleusement épaisse.

Hildur mordit dans la saucisse d'un brun grisonnant et se délecta de son goût salé. Le gras suinta entre ses dents et remonta jusqu'à ses lèvres, qu'elle essuya avec une serviette en papier.

– C'est tellement bon, remercia Hildur, la bouche encore pleine.

La saucisse grillée avait le goût de son enfance. Le slátur était alors un repas tout à fait ordinaire et quotidien. À la maison, on dînait toujours à dix-neuf heures. Quand le journal du soir commençait à la radio et que Hildur et ses sœurs rentraient, les joues rouges et les cheveux ébouriffés par le vent, et s'asseyaient à table, sur leur banc en bois. Leur mère déposait la casserole au milieu de la table, près du pain de seigle, et s'asseyait en face d'elles, à côté de leur père. Le meilleur, c'était à l'automne, après l'abattage des moutons, quand on avait droit à la saucisse préparée par leur père lui-même. Aujourd'hui, plus personne ne les faisait vraiment soi-même. On les achetait dans des paquets sous vide dans les rayons de charcuterie du supermarché.

– Ma chère enfant, tu me sembles bien fatiguée. Comment vas-tu, pour de vrai ? demanda Tinna.

– Comme d'habitude. C'était une journée un peu difficile au boulot.

– Oui. Mais sinon ? Je sais bien que c'est une saison difficile pour toi. Ça a toujours été comme ça. Après une petite pause, Tinna continua : Cela fait presque vingt-cinq ans que tes sœurs ont disparu.

Hildur tressaillit. Sa tante avait raison. La fin de l'automne était une période difficile. Hildur se rappelait la disparition de ses sœurs mais ne souhaitait pas en parler davantage. Elle se souvenait des coups de téléphone anxieux passés aux voisins, les lummur qui refroidissaient sur le plat marron et les policiers à la maison qui n'avaient rien dit.

– Tinna, je n'ai pas envie d'en parler maintenant.

Cela ne l'aiderait pas d'en parler, Hildur le savait d'expérience. À cette époque, les événements surgissaient toujours dans sa mémoire. Quand elle en parlait, les souvenirs s'aiguisaient et devenaient plus douloureux mais elle ne parvenait pas à trouver de la clarté ou à se rappeler tout ce qu'il s'était passé. Ça ne servait donc à rien, sinon à alourdir la sensation de pesanteur qu'elle éprouvait de temps à autre.

Cela avait commencé dès l'enfance. Hildur n'arrivait pas à se souvenir d'un temps où elle n'aurait pas connu cette sensation. Souvent, elle avait l'impression de se trouver au mauvais endroit au mauvais moment. Bien trop souvent, elle savait trop de choses mais, pourtant, jamais assez. Souvent, elle était partout mais seule une partie d'elle se trouvait à chacun de ces endroits. Il y avait en elle un morceau qui n'était pas de la bonne taille et qui brisait son équilibre.

Le matin de la disparition de ses sœurs, Hildur, alors âgée de quelques années de plus qu'elles, s'était sentie mal dès son réveil. Elle n'avait pas réussi à sortir de son lit et encore moins à prendre le bus scolaire, son cartable sur le dos. Elle était restée à la maison alors que ses sœurs étaient parties à l'école. Ses sœurs n'auraient peut-être pas disparu si elle les avait accompagnées. Elle l'avait compris du haut de ses douze ans et depuis lors, elle portait ce poids. Tous les ans, à cette époque, entre octobre et novembre, il ne faisait que gonfler.

Hildur avala le dernier bout de saucisse, but une gorgée de boisson maltée et regarda par la fenêtre. S'il ne faisait pas si sombre, on verrait la montagne et les paravalanches construits sur les flancs de celle-ci pour protéger la ville. C'était une tentative sympathique de l'être humain pour essayer de dompter l'indomptable, en quelque sorte.

Tinna posa sa main sur celle de Hildur et tourna la tête vers elle.

– C'est difficile de porter l'héritage de Hrafntinna. C'est à toi qu'il a échu, et tu ne l'as pas choisi.

Voilà un sujet que Hildur détestait. Sa tante avait de bonnes intentions mais elle ne comprenait pas que ses mots renforçaient sa peine. Hildur n'avait aucune envie de l'écouter parler de l'héritage familial.

– Oui... Mais je ne veux vraiment pas parler de ça maintenant.

Tinna tapota la main de sa nièce et l'invita à prendre une deuxième tranche de saucisse.

Hrafntinna, l'amma ou la grand-mère de Tinna, avait été à son époque la voyante la plus fameuse d'Islande. Elle voyait tout, elle parlait à la nature et la nature lui parlait. Beaucoup d'Islandais faisaient le voyage jusque chez elle dans le Fjord-des-Cygnes, même de très loin, pour lui demander conseil. Si parler au peuple caché était à présent considéré comme une maladie mentale, c'était alors quelque chose de tout à fait normal. Aujourd'hui, on demandait à des experts en costume sombre leurs prévisions pour l'année suivante. Et les analystes n'habitaient plus dans le Fjord-des-Cygnes, mais dans les villas du bord de mer à Reykjavík.

D'après les traditions populaires, le don de voyance se transmettait dans la famille mais pas à tout le monde.

Tinna pensait que le don de Hrafntinna avait sauté quelques générations pour parvenir jusqu'à Hildur.

Il s'était toutefois affaibli en chemin. Hildur ne savait rien de précis sur l'avenir. Elle pressentait seulement quand quelque chose de terrible allait bientôt arriver mais ne savait pas quoi, ni où, ni quand. Une vague pesante grondait en elle quelque temps avant l'arrivée des événements tragiques mais Hildur ne comprenait pas d'où venait cette vague et ne pouvait donc rien y faire. Cette sensation avait été particulièrement puissante en ce jour d'hiver enneigé vingt-cinq ans plus tôt. Quand Hildur avait été un peu plus âgée, Tinna lui avait proposé le don de voyance comme explication. Hildur n'était pas certaine de savoir à quoi elle croyait. En tout cas, pas à une vierge mère ni au silence des femmes, elle avait donc quitté l'Église dès sa majorité.

Elle regardait toujours le ciel noir par la fenêtre. La télé du salon diffusait à présent une émission de design. Tinna se mit à ranger la vaisselle et embrassa sa nièce par la même occasion.

– Tes épaules me paraissent bien dures. Tu vas bientôt ressembler à un ours polaire famélique. Tu penses à manger tous les jours de la semaine, et pas que le lundi ? s'inquiéta-t-elle en apportant le dessert : une salade de fruits relevée de crème chantilly et de yaourt crémeux.

– J'ai de l'appétit, ma chère tante. Je fais beaucoup de sport, répliqua Hildur, qui voulait changer de sujet de conversation. Je vais avoir un nouveau collègue, demain. Un policier finlandais qui débarque ici par le vol de l'après-midi. On a un gros manque de personnel, il arrive au bon moment. Je vais faire équipe avec lui.

– N'oublie pas de lui dire que tu vois des elfes qui

te racontent l'avenir. Les étrangers adorent ce genre de trucs, dit Tinna, un sourire moqueur aux lèvres.

– Oui, bien sûr. Et je vais lui conseiller de manger du requin pourri. Un succulent plat local traditionnel que tout le monde adore ici, enchaîna Hildur avant d'exploser de rire.

Devant la porte, Tinna serra longuement sa nièce dans ses bras et lui mit dans les mains un Tupperware.

– Je t'ai gardé le reste des saucisses. Tu les feras chauffer au micro-ondes pour ton déjeuner. Pense à faire des choses amusantes aussi dans la vie, tu me le promets ? Tu n'as qu'à aller voir ton voisin un peu plus souvent, suggéra Tinna en lui pinçant doucement la joue.

– Ah, la nouvelle est donc arrivée jusqu'ici ?

– Mais tout le monde sait qu'il y a un truc entre vous. Mes voisins m'ont raconté que, dans la salle des profs, on demande tous les jours à Freysi quand il va demander en mariage son si beau butin.

– Tinna ! On ne sort même pas ensemble. On se voit juste de temps en temps.

– Je sais, je sais. Vous profitez des bonnes choses de la vie. Pas besoin de penser à ce que disent les autres, répondit Tinna en serrant sa nièce encore une fois dans les bras.

Il faisait nuit. Hildur alluma la lampe avant de son vélo, mit son casque et attacha le Tupperware au porte-bagages avec une sangle élastique. Grâce au vent du sud qui soufflait dans le bon sens, il ne lui fallut que dix minutes pour retourner au centre-ville. L'eau éclaboussait le bas de son pantalon. Près de chez elle, la pluie se transforma peu à peu en neige.

La maison de Hildur se trouvait entre la caserne des

pompiers et le commissariat. *Un endroit sûr pour une maison*, se dit-elle. L'hôpital était aussi à moins d'un kilomètre. Comme le seul bar de la ville.

Hildur remarqua un grand corbeau noir posé sur la tour éclairée de la caserne. Il y avait ici, en bord de mer, une grande population de corbeaux. Cela n'avait donc rien d'extraordinaire d'en voir un. Celui qui était posé sur le toit avait tout de même l'air particulièrement gros et il fixait Hildur. Dans la mythologie nordique, les corbeaux transmettaient les informations aux dieux et décidaient quels seraient les guerriers qui survivraient et ceux qui mourraient et iraient au paradis, dans la halle lumineuse du Valhalla. Le corbeau croassa trois fois. C'était le signe de la mort.

Chapitre 5

– Ne vous inquiétez pas, c'est tout à fait normal, expliqua l'hôtesse de l'air à Jakob pour le rassurer alors qu'il serrait les accoudoirs de son siège à en avoir les phalanges blanches. Son visage aussi était tout blanc.

À cet instant, l'avion à hélice perdit quelques mètres d'altitude. Jakob eut l'impression qu'on lui retournait l'estomac. Il poussa un bref gémissement.

– Oh mon Dieu. Dites-moi qu'on n'est pas en train de tomber, soupira-t-il, en regardant dans les yeux l'hôtesse, seul membre de l'équipage.

Jakob Johanson avait une place côté couloir mais, comme le siège voisin était vide, il voyait les montagnes à travers le hublot ovale. Derrière un mince voile de nuages, s'étendaient des plateaux qui paraissaient inhabités et quelques lambeaux de mer entre les montagnes. Ce paysage de fjords avait l'air curieux, vu de haut. Le sommet des montagnes était plat. Comme si quelqu'un les avait coupées avec un énorme couteau. Jakob ne put cependant pas vraiment profiter du paysage. L'avion fut à nouveau ébranlé par une secousse et Jakob s'agrippa de plus belle aux accoudoirs.

L'hôtesse lui sourit pour l'encourager et ferma un instant les yeux. C'est ce que font les gens quand ils sont sûrs d'eux. *Je connais ça, j'ai déjà vécu ça, faites-moi confiance.*

– Mais non, on ne tombe pas du tout. Ces secousses sont tout à fait ordinaires, ça arrive à chaque fois que l'appareil perd de l'altitude en tournant vers le fjord après la chaîne de montagnes.

Est-ce qu'elle venait bien de dire « à chaque fois » ? Jakob tressaillit. L'avion tanguait vraiment toujours comme ça ? Il faisait ce trajet deux fois par jour toute l'année. On avait cependant prévenu Jakob des possibles changements d'horaires. Les vols intérieurs entre Reykjavík et Ísafjörður étaient souvent annulés en raison de la mauvaise visibilité ou de la puissance du vent.

L'hôtesse inspira profondément et expliqua que les conditions de vol étaient particulièrement bonnes aujourd'hui.

Jakob avait remarqué cette habitude dès son arrivée, dans le bus de l'aéroport. Lorsque les locaux disaient quelque chose qui leur paraissait important, ils prenaient une grande inspiration. Cela avait peut-être comme fonction de donner de la force à leurs paroles mais Jakob avait surtout l'impression que ses interlocuteurs étaient à l'agonie.

Il crut l'être lui-même aussi. L'avion se mit de nouveau à vibrer et s'inclina brusquement. Parti de Finlande, Jakob était arrivé en Islande dans la matinée et avait décidé de continuer tout de suite jusqu'à Ísafjörður. La route jusqu'au fin fond des Fjords de l'Ouest aurait duré plus de six heures en voiture et Jakob n'avait pas envie d'en chercher une à louer. Surtout qu'il faisait nuit si tôt.

– Nous atterrissons dans dix minutes. Admirez les paysages d'ici là, dit l'hôtesse d'une voix douce, en faisant un signe vers le hublot.

– Je ne pense pas pouvoir. Je vais juste attendre qu'on arrive et que ce soit passé.

Jakob essaya de lui faire un sourire amical mais ne fut capable que d'une grimace gênée.

– Vous restez longtemps à Ísafjörður ? demanda l'hôtesse. Elle voulait sans doute le distraire.

– Au moins six mois. Je viens pour le travail.

– Oh, vous y passez tout l'hiver ! Vous aurez l'occasion de prendre ce vol plusieurs fois alors, si vous avez besoin d'aller dans la capitale.

– Je crois que je préférerais y aller à vélo, la prochaine fois.

Jakob entendit la femme étouffer un rire. Il prit le temps de l'observer pour la première fois. *C'est un beau spectacle, quand même*, se dit-il. Elle devait faire à peu près la même taille que lui. Des cheveux blonds épais, des yeux sombres et un large sourire qui lui faisait des petites fossettes sous les yeux. La femme irradiait la confiance en elle et l'expérience mais un peu de dureté aussi. Sans doute parce qu'elle se tenait très droite. Elle était assise sur le siège de l'équipage comme sur un trône.

L'avion n'avait plus vibré depuis un moment. Jakob se sentit un peu plus tranquille.

– Qu'est-ce que vous faites comme travail ? demanda l'hôtesse.

– Je suis policier. Je fais mes études en Finlande et je viens ici pour un échange.

– À Ísafjörður ? Même la plupart des Islandais ne savent pas placer la ville sur une carte. Pourquoi ?

Jakob n'était pas sûr de savoir comment répondre. Il ne restait plus que quelques minutes avant l'atterrissage. Il n'aurait pas le temps de tout raconter et il ne le voulait pas non plus. Son divorce, son ex-femme norvégienne Lena qui l'avait empêché de voir son propre enfant et l'avait calomnié devant tout le monde. La crise avait causé son insomnie, emporté son désir de vivre et provoqué des tremblements de peur et de colère. Il avait été obligé de changer de métier, puis de paysage, pour éviter que sa tête n'explose.

Jakob travaillait auparavant comme professeur de biologie et il s'était inscrit à l'école de police. Il ne lui restait plus que quelques crédits à valider pour son diplôme. Il avait entendu parler du programme d'échange nordique Nordcop qui permettait aux étudiants et professeurs des écoles de police de partir dans un autre pays nordique. Jakob avait voulu venir en Islande. Il avait vu un documentaire intéressant à la télévision sur les Fjords de l'Ouest et les paysages, la nature et le silence lui avaient fait de l'effet. Il voulait vivre dans des eaux plus calmes et tranquilles. On n'aurait pas pu l'attirer dans des grandes villes comme Copenhague ou Stockholm, même en doublant son salaire. Après tout ce qu'il avait vécu, il avait besoin de silence et d'espace. Il avait donc envoyé un message au commissariat de police d'Ísafjörður, plus grande commune des Fjords de l'Ouest, pour leur demander s'il était possible de venir en stage. Il avait reçu une réponse positive rapidement, à sa grande joie.

Jakob prit une inspiration et croisa les bras sur son pull en laine. Il valait peut-être mieux raconter quelque chose de plus léger à l'hôtesse de l'air. Il ne voulait pas mentir mais il pouvait ne raconter qu'une partie de la vérité. Il ne la dissimulait pas mais choisissait un point de vue.

Au moment le plus sombre de la crise provoquée par le divorce et les disputes autour de la garde, il s'était trouvé un nouveau hobby. Il avait lu dans le journal un article sur les effets positifs des travaux manuels. Selon le neuroscientifique et psychologue interviewé par le journal, les travaux manuels calmeraient l'esprit, ralentiraient la fréquence cardiaque et diminueraient la tension artérielle. Jakob avait décidé d'essayer. Il avait déjà tenté tout un tas d'autres choses : les somnifères, les sorties régulières, la méditation, la psychothérapie, et les groupes de soutien aux victimes de manipulateurs pervers narcissiques. Il s'était dit que le tricot ne pouvait en tout cas pas faire de mal. Installé à Tampere pour l'école de police, il était entré dans la première mercerie de la rue d'Ilmarinkatu et avait dit vouloir acheter de la laine et des aiguilles à tricoter, ainsi que des instructions pour créer un pull. Il se doutait que les barbus costauds amateurs de musculation ne faisaient pas partie de la clientèle habituelle de la mercerie mais on l'avait très bien servi. Il avait reçu d'excellents conseils sur les types de laine et les aiguilles, on lui avait montré comment suivre les instructions et même conseillé quelques groupes Facebook. Depuis, Jakob y commandait toutes ses pelotes.

Il s'était particulièrement pris de passion pour les pulls tricotés islandais. Les motifs de l'encolure du pull, qu'il avait vite appris à nommer correctement jacquard, faisaient du tricot un challenge agréable. La lopi, la laine islandaise, roulait sur les aiguilles. Elle était facile à tricoter. Ce nouveau hobby aidait Jakob à réguler son stress et à faire face aux déceptions de la vie. Quand il ratait une maille ou qu'il faisait une erreur dans les motifs, il s'agaçait d'abord. Il défaisait ensuite ce qu'il venait de faire, corrigeait son erreur et recommençait. La déception se transformait ainsi en sentiment de réussite.

En outre, le tricot, c'était en fin de compte un peu comme la vie. Imprévisible – voire chaotique. Même quand on tient soi-même les aiguilles et qu'on suit les instructions, on ne peut jamais être sûr du résultat. Il peut toujours se passer quelque chose. Parfois, il vaut mieux suivre les instructions et parfois, non. Tant qu'on n'a pas terminé le pull, on ne sait pas à quoi il ressemblera. Pour savoir si quelque chose est réussi ou non, il faut d'abord le faire.

Les réflexions de Jakob pendant le tricot lui redonnaient confiance en lui. Il n'aurait pas pu découvrir que son ex-femme pouvait être une personne si odieuse s'ils ne s'étaient pas d'abord rencontrés. Et s'ils ne s'étaient pas rencontrés, il n'aurait pas eu Matias. Son fils était ce qui comptait le plus dans sa vie, même s'ils ne pouvaient pas passer de temps ensemble à cause de la situation complexe. Cela lui faisait mal mais cela ne faisait pas de lui un *loser*.

Jakob appuya sa tête contre le dossier du siège et décida de parler des pulls.

– J'ai eu envie d'aventure. Mon hobby, c'est de tricoter des pulls islandais mais je n'étais jamais venu ici. J'ai eu l'occasion de joindre l'utile à l'agréable, et me voici.

Jakob remarqua que l'hôtesse observait le pull qu'il portait. Il l'avait tricoté lui-même. N'importe qui s'y connaissant un peu en tricot pouvait reconnaître le modèle. C'était un Riddari, l'un des pulls islandais les plus connus, probablement. Il l'avait conçu quelques années plus tôt. Aujourd'hui, il imaginait lui-même le design de ses pulls. C'était un défi supplémentaire qui l'exaltait.

L'hôtesse se gratta le crâne et fit glisser ses doigts entre ses cheveux, des racines jusqu'au bout des mèches.

– Vous êtes un Finlandais bien mystérieux, dit-elle, avant de se pencher vers lui pour ajouter en chuchotant : Si le sauna vous manque, on en a un sympa à la piscine municipale. Il y a des plages horaires pour les hommes plusieurs fois par semaine.

Jakob aurait juré qu'elle lui avait fait un clin d'œil. Était-elle en train de flirter avec lui ? Il n'en était pas sûr. L'hôtesse avait l'air fascinante mais il n'avait flirté avec personne depuis des années. Et il ne pensait même plus que c'était possible. Peut-être n'était-il pas encore totalement rouillé.

– Ah oui, vous n'avez pas de saunas mixtes ? demanda Jakob, un sourire entendu aux lèvres.

– C'est à d'autres moments, ça, lui répondit l'hôtesse, en faisant glisser son regard le long du corps de Jakob.

L'avion n'était plus qu'à une altitude de quelques centaines de mètres. Il fit un virage vers le fond du fjord, entama une courbe serrée au-dessus du quartier des maisons individuelles et prit la direction de la piste d'atterrissage étroite qui se trouvait sur le flanc de la montagne. Jakob trouvait qu'il tournait bien trop vers la gauche. On ne voyait plus rien d'autre que la mer par les hublots. Il se sentit encore très mal.

– Il faut faire un tour complet à la fin. À cause du sens du vent, l'avion doit atterrir dans la direction de l'océan, vers le nord. C'est pour ça qu'on ne peut pas atterrir si la visibilité est mauvaise, les montagnes sont trop proches. Mais aujourd'hui, elle est excellente, le rassura l'hôtesse.

Les roues de l'appareil entrèrent en contact avec la piste d'atterrissage et l'avion freina avec force. Jakob fut poussé en avant sur son siège et, comme il n'y avait pas beaucoup de place, ses genoux frôlèrent la jambe de l'hôtesse assise en face de lui.

– Excellente, oui, répéta Jakob, sentant la joie bouillonner en lui. Il s'était sorti vivant des soubresauts du vol de trente-cinq minutes.

L'hôtesse de l'air prit le micro. Elle souhaita la bienvenue aux voyageurs d'abord en islandais puis en anglais.

– Bienvenue à Ísafjörður. Nous vous demandons de bien vouloir rester assis avec vos ceintures attachées jusqu'à l'extinction du signal.

Après l'annonce, elle ouvrit la porte à l'avant de l'appareil et un escalier descendit jusqu'à l'asphalte froid de l'aéroport de la petite ville. Le vent s'engouffra dans l'avion. Les voyageurs revêtirent leurs manteaux, leurs bonnets et leurs gants, et sortirent l'un après l'autre. Assis au premier rang, Jakob avait mis son manteau et son sac à dos dans le casier au-dessus des sièges. Il ne put ouvrir celui-ci que lorsque le couloir se fut vidé du reste des passagers.

– À bientôt, dit l'hôtesse quand ce fut le tour de Jakob de sortir de l'avion.

Il était prêt à parier la laine de son prochain pull que la femme l'observait pendant qu'il descendait de l'appareil. Il ressentait une chaleur agréable dans le dos.

Jakob suivit les autres passagers jusqu'au terminal en tôle qui se trouvait à une centaine de mètres de l'avion.

La vingtaine de passagers se rassembla autour du tapis

à bagages de quelques mètres de long pour attendre les valises transportées en soute. Enfin, la trappe dans le mur s'ouvrit et l'employé de l'aéroport déposa les bagages sur le tapis. Jakob attrapa son sac à dos gris à roulettes. Il l'avait déjà quand il était parti faire son voyage Interrail en Europe et qu'il avait rencontré Lena, venue de Norvège, au bureau d'information touristique dans la gare chaotique de Budapest. Lena voyageait seule, elle aussi, ils avaient donc rapidement trouvé l'un dans l'autre un compagnon de fortune. Ils avaient passé une semaine romantique à Budapest. Ils s'étaient promenés le long du Danube, avaient visité les bains, les cafés dans les caves du côté de Pest, puis ils étaient tombés amoureux. Comme dans le film *Before Sunrise*, à la différence qu'ils ne se trouvaient pas à Vienne et qu'ils ne se séparèrent pas le dernier jour de leur voyage mais partirent tous deux pour la Norvège, où ils se mirent en couple avant de déménager en Finlande à cause du travail de Jakob.

Il observa le petit aéroport. Contre le mur de la salle d'attente était collé un canapé d'angle en cuir sur lequel était assise, vêtue d'une parka qui lui descendait aux chevilles, une femme brune à l'air sévère, qui devait avoir à peu près le même âge que lui. Elle tenait dans la main une feuille A4 sur laquelle on avait écrit au feutre « Jacob ».

Jakob s'approcha d'elle, lui tendit la main et se présenta en anglais.

– Vous êtes sans doute venue me chercher. Je suis Jakob. Jakob avec un K.

Jakob était né en Allemagne, où ses parents s'étaient installés quelques années pour le travail. Ceux-ci avaient voulu lui donner un prénom international. Jakob s'étonna de la puissance de la poigne de son interlocutrice qui s'était emparée de sa main comme d'un haltère.

– Hildur. Hildur avec un H. Enchantée. Le vol s'est bien passé ?

– C'était horrible, mais j'en suis sorti vivant.

Hildur jeta un coup d'œil à la porte de l'aéroport, froissa le papier dans sa main et le jeta à la poubelle.

– On se tutoie, hein ? Je t'emmène à ton appartement et je te montre où est le commissariat. On commence demain.

Pas de small talk *mais droit au but*, remarqua Jakob, tout en hochant la tête pour signifier son accord. Hildur attrapa son sac pour le tirer derrière elle.

– Aujourd'hui, tu es encore notre hôte. À partir de demain, tu porteras ton sac toi-même.

La porte vitrée donnait sur un parking venteux, derrière lequel se dressaient les hautes montagnes au sommet plat. Jakob les observa : il venait de les franchir grâce au petit avion à hélice.

Hildur jeta le sac dans le coffre de la voiture de police, et referma ce dernier en le claquant. Jakob s'installa dans la Škoda à la place du passager.

– Merci d'être venue me chercher. Il n'y a sans doute pas de taxi dans une si petite ville.

– Si, si, on en a, au moins deux. Mais ça me fait plaisir. On va faire équipe, nous deux. Je voulais voir quel genre d'homme ils nous ont envoyé, rétorqua Hildur en démarrant.

Tout à coup, ils entendirent un puissant coup de klaxon à côté d'eux. Jakob sursauta et se retourna pour regarder par la fenêtre. L'hôtesse de l'air qu'il avait rencontrée dans l'avion se trouvait au volant d'une grosse Toyota Land Cruiser rouge et le salua d'un sourire enjoué. Jakob leva la main pour la saluer en retour. Puis elle accéléra et la Toyota s'éloigna rapidement du parking sur la route qui menait à la ville. C'était Guðrún Davíðsdóttir, gardienne des cieux.

Hildur jeta un œil interrogateur à Jakob.

– Nous avons fait connaissance dans l'avion. Elle m'a aidé à penser à autre chose quand j'avais un peu de mal avec le vol.

Le visage de Hildur se fendit d'un large sourire.

– Ah, Guðrún est douée pour ça ! Je la connais bien, on était à l'école ensemble. L'hiver, elle travaille comme hôtesse de l'air et fait des remplacements au jardin d'enfants. L'été, elle est guide pour les touristes qui descendent de leurs bateaux de croisière et elle arrive à faire se tenir même les plus fanfarons des touristes américains !

– Ça lui en fait, des métiers, s'étonna Jakob.

– C'est comme ça, ici. Tout le monde fait un peu de tout, expliqua Hildur en mettant le clignotant. Guðrún est, disons, assez audacieuse. Mais elle a aussi un côté plus doux, elle tient une mercerie en ville.

Quelle coïncidence, se dit Jakob en appuyant la tête contre le siège de la voiture. La nuit commençait à tomber sur le fjord. Il laissa son regard vagabonder sur le paysage. La ville qui se dressait devant lui paraissait petite et il y avait peu de trafic. La lumière orange chaude des réverbères qui éclairaient la route chatoyait sur la surface sombre de la mer. C'était une vue apaisante. Jakob sentit que s'il n'était pas encore arrivé tout à fait chez lui, il était au moins à une étape intermédiaire.

Chapitre 6

On dit qu'en automne, le paresseux ne laboure pas, et qu'à l'époque de la moisson, il n'a rien à récolter.

Aujourd'hui, c'est l'automne et j'ai labouré. J'ai beaucoup labouré. Mes mains me font mal. Je m'assieds sur un rocher au bord de l'eau et je laisse mes mains se reposer un instant devant ce paysage marin. Je ressens de la fatigue mais j'ai en même temps l'esprit léger et plein d'énergie.

Je suis enfin là. Enfin est arrivé le moment de mettre à bien le plan que j'ai construit depuis ma perte. C'est mon plan qui m'a permis de garder la tête haute même dans les moments les plus difficiles.

Salomon a fait construire son Temple en sept ans. Il m'a fallu sept ans pour construire mon plan. Cela fait sept ans, cet automne, que j'ai tout perdu.

J'ai vu un banc d'orques aujourd'hui. C'est rare de voir des orques si tard en automne ici, dans les eaux du rivage. C'est comme ça que j'ai su que je devais accomplir la première partie de mon plan aujourd'hui.

J'ai fumé une cigarette et j'ai tranquillement observé les sauts des orques. En noir et blanc, elles avaient l'air douces, comme les mignons petits acrobates qu'on voit dans les zoos, mais leur apparence est trompeuse. Les orques sont des torpilles qui chassent en groupe. Ce sont des prédateurs qui aiment jouer avec leur victime pendant longtemps. Parfois, elles attaquent des baleines et s'amusent longtemps et lentement. Plus le mammifère est gros, plus la mort tarde à arriver.

La victime d'aujourd'hui était grande mais sa mort est survenue rapidement. Enfin, je ne suis pas un prédateur et je ne chasse pas en groupe.

Mes bonnes actions me disent que je suis sur la bonne voie.

Chapitre 7

Beta ouvrit le réfrigérateur de la salle de pause du commissariat. Il devait encore rester une pizza tomate-mozzarella « Dr. Oetker » dans le freezer ; elle comptait la réchauffer au four pour le déjeuner. En ouvrant le compartiment, Beta sursauta. Elle en observa quelques secondes le contenu, ou plutôt le peu qu'on en voyait, puis referma brusquement le clapet.

Énervée, elle se rendit à son bureau pour prendre son téléphone. Dans cette petite commune, la cheffe de la police devait s'occuper, en plus des enquêtes et de ses missions de supérieure hiérarchique, de toutes les tâches quotidiennes que personne d'autre n'avait le temps de remplir. En province, leur budget ne permettait pas d'employer d'assistant. Ils n'avaient même pas les moyens d'employer des agents pour les cellules de garde à vue. S'il fallait garder un fauteur de troubles pour la nuit, quelqu'un faisait des heures supplémentaires.

Beta appela Júlíus. Une voix masculine tranquille répondit après deux sonneries. Beta se présenta, même si elle se doutait que Júlíus avait vu son numéro.

– On a un petit problème, ici. Le freezer du frigo est complètement gelé. Il y a au moins une pizza prisonnière. Ça fait d'ailleurs quelques jours que le frigo fait de drôles de bruits. Ce serait bien d'y jeter un œil.

Beta acquiesça deux ou trois fois, puis raccrocha, satisfaite.

Júlíus Arason, agent d'entretien de la commune, était à présent en train de purger les radiateurs du centre d'aide aux entreprises de la commune voisine. Il viendrait changer le frigo à la fin de la semaine.

Juste à côté du commissariat, il y avait un grill passable. Une odeur grasse de saucisses s'en échappait et Beta avait faim. Elle décida d'aller chercher deux hot-dogs avec tous les condiments. Un déjeuner consistant l'aiderait à supporter la longue journée de travail qui l'attendait.

À la porte du commissariat, la cheffe de police croisa Hildur et un homme qui la suivait. Hildur fit les présentations. En Islande, peu de gens portent des noms de famille traditionnels, tout le monde se présente par son prénom et se tutoie.

– Elísabet, voici Jakob, le Finlandais. Il vient d'arriver. Jakob, voici Elísabet Baldursdóttir, notre cheffe.

– Enchanté, dit Jakob en tendant la main. Elísabet la serra et salua son nouveau subordonné.

La cheffe de police l'évalua du regard, elle aimait bien ce qu'elle voyait. Il avait la même allure que pendant l'entretien vidéo qu'elle lui avait fait passer. Tranquille, curieux et plus si jeune.

– Beta. C'est comme ça que tout le monde m'appelle.

Elle leur dit qu'elle allait chercher des hot-dogs au grill d'à côté et proposa de leur rapporter un déjeuner aussi mais ils n'avaient pas faim.

– On discute dans quelques minutes, j'arrive, conclut Beta, pressée de sortir.

Hildur et Jakob entrèrent dans le commissariat. Un escalier montait du hall d'entrée. Deux petits canapés et une table, sur le coin de laquelle étaient entassés de vieux magazines, étaient disposés sur le palier à l'étage, dont les murs gris clair étaient décorés d'une photo du président d'Islande et d'une carte du pays.

– Sur les enquêtes, en plus de Beta, il y a moi, et maintenant toi aussi. Pour les patrouilles, on a sept types un peu plus jeunes. Magnús et Ari ont terminé l'école de police il y a deux ans, Sigga a bossé sur le terrain déjà quelques années, et Tómas finit ses études au printemps prochain. Puis il y a Elín, Atli et Svenni, qui n'ont pas de formation, mais on n'y peut rien.

– Pas de formation ? demanda Jakob pour confirmer qu'il avait bien entendu.

– Oui. On n'arrive pas à avoir de diplômés ici, à la campagne. Il faut jouer avec les cartes qu'on nous donne. Dans chaque équipe, il doit y avoir un policier diplômé mais l'autre, ça peut très bien être un conducteur de chariot élévateur qui a été viré de l'usine de poisson.

– Mais comment c'est possible ?

Jakob n'arrivait pas à cacher son étonnement.

– On se débrouille toujours, répliqua Hildur en haussant les épaules.

Ils s'arrêtèrent devant la grande carte. La région des Fjords de l'Ouest était délimitée par des lignes rouges.

– Il y en a, des vallées et des montagnes, dis donc, remarqua Jakob en regardant la carte et en se caressant la barbe.

Il savait qu'il n'était pas venu dans une région démographiquement attractive. Les Fjords de l'Ouest étaient parmi les régions les moins densément peuplées d'Islande et les distances étaient longues. Il semblait y avoir jusqu'à plusieurs centaines de kilomètres entre les différents villages.

– On est dix policiers pour s'occuper de tout dans la région, même du contrôle de la circulation ?

Hildur désigna deux épingles jaunes qui marquaient des villages.

– Il y a un petit commissariat dans ces deux communes voisines. Avec quatre policiers administratifs chacun. Si quelqu'un tombe malade, on se prête du personnel entre nous.

Jakob observait les toponymes pleins de consonnes qui se trouvaient à quelques fjords de là, et se disait qu'il n'apprendrait sans doute pas de sitôt à les prononcer correctement.

Un couloir étroit sans fenêtres avec trois portes partait du palier. La première porte donnait sur le bureau de Beta, la deuxième, sur la salle de pause, et la troisième s'ouvrait sur une petite salle de réunion. Le couloir se terminait sur un espace ouvert de coworking. Par la fenêtre, on voyait le sud du fond du fjord et la montagne.

Hildur alluma les plafonniers.

– Voilà notre bureau. Tu peux t'asseoir là, en face de moi. Si tu veux un paravent, on peut en chercher un dans la réserve en bas.

À côté du bureau en bois, il y avait des tiroirs sur roulettes et un siège recouvert d'un tissu qui avait déjà connu de bien meilleurs jours.

– Les toilettes, les douches et les vestiaires sont en bas, et les cellules aussi. Dans la cuisine, on a un frigo qui pue et un four, et juste à côté, il y a un petit restau ouvert de huit heures du matin à onze heures du soir.

– C'est tout bon, dit Jakob en s'asseyant sur ce qui allait devenir son siège.

À ce moment-là, Beta apparut dans l'encadrement de la porte avec deux hot-dogs dans les mains.

– Vous êtes prêts pour la réunion, à ce que je vois. On reste ici ? C'est le bazar dans mon bureau et il n'y a pas assez d'air pour trois personnes.

Beta s'assit sur un tabouret à côté du mur. L'odeur des saucisses chaudes emplit la pièce.

– On va préparer du café, d'abord. Je lui montre comment fonctionne la machine. Tu bois du café ? demanda Hildur.

– Bien sûr. Noir, mais avec du sucre, si vous en avez.

Hildur appuya sur le bouton de la cafetière à capsules et fit couler le café serré dans deux tasses. Elle sortit le sucrier du placard et versa d'abord une cuillerée. Elle en ajouta une deuxième en regardant Jakob d'un air interrogateur.

– Encore une. C'est mon seul vice, expliqua-t-il, le visage fendu d'un large sourire.

Hildur secoua la tête, incrédule, puis tendit la tasse rouge à son nouveau collègue.

– Tiens, ton sucre au café. Samfylkingin. C'est la tasse des soc-dems. On a dans ce placard une tasse pour chaque parti et pour chaque équipe de foot.

Dans le bureau, Beta commença par faire le tour des informations pratiques.

– Hildur sera ta coéquipière pendant toute la durée de ton stage. J'ai cru comprendre que tu t'intéressais particulièrement aux activités de l'unité des enfants disparus. Tu pourras un peu te familiariser. En plus, tu nous apporteras ton aide dans les enquêtes criminelles. Votre langue de communication sera l'anglais, mais sur le terrain, c'est Hildur qui s'occupera de parler avec les gens.

– C'est d'accord, acquiesça Jakob.

Il ne parlait pas islandais, mais parlait couramment le nynorsk, ce qui l'aiderait sans doute à apprendre la langue.

– L'Islande a toujours eu des relations proches avec les États-Unis, presque tout le monde parle donc anglais mais tout le monde ne le veut pas. Il faut qu'on soit compréhensifs. Si tu as des questions, n'hésite pas à me demander ou à Hildur. On est un petit commissariat, ici, mais on a une grande région sous notre responsabilité. Il n'y a pratiquement pas de cambriolages ni de vols de voiture, et il y a rarement des homicides en Islande.

– Comme dans la vallée des Moumines, constata Jakob.

Les deux femmes sourirent. Tout le monde en Islande connaissait les personnages fictifs finlandais des Moumines.

– Il y a à peu près un meurtre par an mais on a assez d'autres problèmes comme ça, précisa Hildur, avant de s'étendre sur les ivrognes au volant, la violence conjugale, la conduite sans permis et la criminalité liée à la drogue. C'était tout ce qui leur donnait du travail quotidiennement. Le nombre de délits et crimes sexuels avait aussi considérablement augmenté ces dernières années.

– C'est pareil en Finlande.

Jakob expliqua que le nombre de cas n'avait pas forcément augmenté. On portait tout simplement plus souvent plainte aujourd'hui et cela se voyait dans les statistiques.

Hildur et Beta reconnaissaient la situation. Les

victimes osaient aujourd'hui plus facilement parler de ce qu'elles avaient vécu et porter plainte. L'Islande était à de nombreux égards un pays modèle en ce qui concernait l'égalité. C'était en Islande qu'une femme avait été élue à la présidence d'un pays pour la première fois, cela faisait déjà des années que l'égalité des salaires avait été inscrite dans la loi et deux décennies que les pères pouvaient passer du temps avec leur enfant grâce au modèle islandais de congé parental. Les infractions sexuelles et les violences faites aux femmes étaient malgré tout restées dans l'ombre. Il était courant de passer sous le tapis surtout les crimes qui se déroulaient au sein de la famille. Plus l'auteur avait d'influence, plus il était probable qu'il n'y ait aucun rapport nulle part. On décidait ensemble de ne pas en parler. On poussait la victime au silence. Le mouvement #MeToo avait révélé l'étendue du problème.

– Les ordures remontent aujourd'hui plus facilement à la lumière, conclut Hildur avant de finir son café.

Beta jeta un œil à l'horloge. Sa prochaine visioconférence allait commencer. Elle voulait terminer au plus vite.

– On va te donner ton uniforme et tout ce dont tu as besoin, des menottes, une barre téléscopique, et une bombe lacrymogène. Vous pouvez aller chercher tout ça à la réserve avec Hildur.

– Et l'arme de fonction ? s'enquit Jakob.

– Les policiers ne portent pas d'arme à feu ici. Elles sont rangées dans des boîtes cadenassées dans les voitures de fonction. Il faut demander la permission du chef pour les utiliser. Comme tu n'as pas le mandat de policier en Islande, tu n'as pas le droit d'utiliser d'arme, déclara Beta.

– Ah oui, c'est vrai, c'est comme ça.

Jakob n'avait pas l'air de s'étonner de cette politique islandaise. En Norvège non plus, la police ne portait pas d'arme à feu. C'était un sujet qui revenait régulièrement dans les discours mais on n'avait pas encore modifié la loi. Les Islandais n'étaient pas particulièrement opposés aux armes. Il en circulait en réalité un nombre important, car beaucoup d'Islandais pratiquaient la chasse.

Beta pensait que ce n'était pas nécessaire. D'après son expérience, il était rare d'en avoir besoin sur le terrain.

– Si on doit faire face à une situation menaçante, on appelle sur place un service armé spécialisé qui vient de Reykjavík. Dans les dix dernières années, on a eu besoin d'eux une seule fois ici, dans les Fjords de l'Ouest.

Jakob hocha la tête, ouvrit son sac en cuir, en sortit le pull qu'il avait commencé et ses aiguilles de tricot et se mit à démêler les fils. Hildur et Beta se turent un instant et observèrent le début de pull gris perle.

– Ça ne vous dérange pas si je tricote pendant qu'on discute ?

– Pas du tout. Je me suis juste dit que tu commençais tôt. Ça fait un jour que tu es en Islande et tu as déjà un pull à moitié fait, dit Beta en évaluant le travail de Jakob.

Ce ne devait pas être son premier pull. Beta regrettait de ne pas avoir eu le temps de faire du tricot elle-même ces dernières années.

Jakob jeta un œil à Beta et attrapa ses aiguilles.

– En Finlande, le tricot, ce n'est pas vraiment une activité d'homme, donc je suis habitué à ce qu'on me regarde. Mais ça m'aide à ordonner mes idées. C'est un bon contrepoids face à tout ce qui est difficile dans la vie.

Hildur admira l'habileté de Jakob.

– Beta, peut-être qu'il faudrait qu'on se mette au tricot, nous aussi.

– Parle pour toi, moi, je suis tout à fait zen. Je ferais bien du tricot si j'avais le temps, mais en ce moment, les enfants sont souvent malades et mon mari est tout le temps en voyage d'affaires, dit Beta en s'étirant. J'ai bientôt une visio avec Reykjavík. Des projets administratifs, les joies d'être cheffe, ajouta-t-elle en se levant, pour se diriger vers son propre bureau.

Hildur et Jakob restèrent seuls. Hildur regardait son nouveau collègue, plutôt satisfaite. Jakob avait l'air d'un type sympa, avec qui elle pourrait facilement s'entendre. Il n'avait pas de balai dans le cul mais ne roulait pas non plus des mécaniques. Il était peut-être un peu fruste, mais c'était sans doute à cause de la barrière de la langue. Ils discutèrent un instant des différences dans la formation des policiers en Finlande et en Islande. Jakob se mit à lire des brochures sur les activités de la police et Hildur s'attaqua à la paperasse. Le bureau s'emplit du cliquetis régulier des touches du clavier et des aiguilles à tricoter.

Au bout d'un moment, Jakob brisa le silence qui s'était installé.

– C'est tes enfants ? demanda-t-il en regardant une photo de la taille d'une carte postale. On y voyait deux fillettes avec des couettes, vêtues de combinaisons d'hiver. Hildur avait accroché la photo au tableau de liège qui se trouvait à côté de son bureau.

– Non.

Hildur continua d'observer les papiers devant elle et espérait que son nouveau collègue cesserait de lui poser des questions. C'était l'une des rares photos de ses sœurs qu'elle avait trouvées dans l'héritage de ses parents. En fait, ce devait être la seule. Comme Hildur passait plus de temps au bureau que chez elle, elle y avait accroché la photo. Elle avait oublié de la ranger dans une boîte pour la mettre à l'abri des regards avant l'arrivée de Jakob. Elle s'en voulait maintenant, parce qu'elle n'avait pas envie d'en parler.

– Elles te ressemblent juste beaucoup, dit Jakob, en changeant de pelote.

– Ce sont mes sœurs. Enfin, c'était, répondit Hildur dans un murmure.

Elle fixait toujours les papiers devant elle pour faire comprendre à Jakob qu'elle ne voulait pas en parler davantage.

– Pardon, je ne voulais pas me mêler de ce qui ne me regarde pas.

L'expression de Jakob se transforma en un instant. Son visage se raidit légèrement et son regard se ferma. Hildur tressaillit. Peut-être avait-elle été trop dure. Il n'avait pas voulu mal faire en posant la question. Il souhaitait faire connaissance avec elle, et il avait vu sur le mur, dans un lieu ouvert à tous, une photo d'enfants. C'était comme une invitation à parler des personnes sur la photo. C'était elle qui avait oublié de l'enlever.

Hildur inspira deux ou trois fois et se demanda ce qu'elle devait dire. Si cela ne tenait qu'à elle, elle ne dirait rien du tout. Jakob finirait cependant par entendre tôt ou tard quelqu'un d'autre en parler, et une partie des histoires liées au destin de ses sœurs était totalement inventée. Il était sans doute plus simple d'en parler elle-même, pour ne pas avoir à corriger par la suite les rumeurs colportées par d'autres. D'autant qu'ils étaient maintenant coéquipiers et devaient s'accorder l'un à l'autre une confiance absolue.

– Je ne voulais pas être impolie. C'est une histoire, disons, un peu compliquée.

Jakob arrêta de tricoter et ne dit rien, regardant tout simplement Hildur. Il lui laissait la possibilité d'en dire plus, sans rien exiger.

– Ce sont mes petites sœurs, Björk et Rósa.

Hildur raconta qu'elles avaient disparu vingt-cinq ans plus tôt. Un jour, elles n'étaient tout simplement pas revenues de l'école.

– Elles avaient six et huit ans quand elles ont disparu. La photo a été prise l'hiver où...

– C'est terrible. Je suis vraiment désolé, s'empressa de dire Jakob, qui avait l'air sincère. Son visage dur s'était adouci et l'ouverture était revenue dans son regard.

Hildur se massa les tempes.

– Beaucoup de gens font des hypothèses mais personne ne sait ce qu'il leur est vraiment arrivé. Elles avaient passé la journée à l'école, normalement, mais elles ne sont pas montées dans le bus scolaire l'après-midi.

Le plus dur, c'était toujours l'incertitude. Personne n'avait l'air de rien savoir. Personne n'avait vu les fillettes après la journée d'école. Les parents de Hildur, les voisins et la police, ainsi qu'une équipe de bénévoles, les avaient cherchées, en vain. Ils n'avaient pas trouvé un seul indice.

– C'est comme si elles avaient tout à coup disparu de ce monde, expliqua Hildur en laissant passer entre ses dents un son qui ressemblait à celui d'un ballon qui se dégonfle. Elles se sont évaporées. En un clin d'œil.

Beaucoup avaient pensé qu'elles s'étaient peut-être noyées dans la mer ou qu'elles avaient disparu dans une tempête de neige dans la montagne. On n'avait cependant trouvé aucune trace.

– Mes parents ne s'en sont jamais remis. Ils sont morts peu après la disparition.

Dans les jours qui avaient suivi, la mère de Hildur avait passé son temps à se brosser violemment les cheveux devant le miroir. Hildur se rappelait comment le cuir chevelu de sa mère saignait sous les coups de brosse. Sa mère ne pouvait pas s'arrêter, malgré ses cheveux arrachés et le sang qui coulait. Finalement, elle s'était coupé les cheveux et avait commencé à porter un foulard.

– Ils avaient projeté de vendre la maison et de quitter les fjords pour la capitale. Je ne pense pas qu'ils auraient été heureux là-bas non plus mais ce n'aurait pas été facile de rester ici, de toute façon.

– Oui. Parfois c'est plus facile de partir, de changer de paysage, pour rester en vie, acquiesça Jakob en tirant son pull avec des aiguilles circulaires pour commencer un nouveau rang.

Hildur observa ses mains et fit une petite pause avant de continuer :

– Ils n'ont pas eu le temps de déménager. Ils sont morts dans un accident de voiture une année après la disparition de mes sœurs. Et moi, maintenant, j'enquête sur les infractions au code de la route et je suis en charge de l'unité des enfants disparus dans la campagne islandaise. Ironique, hein, conclut-elle.

Puis elle demanda à Jakob s'il avait des enfants.

– J'ai un garçon qui a cinq ans. Il s'appelle Matias, mais il vit maintenant en Norvège, répondit Jakob.

– En Norvège ?

– C'est une longue histoire, assez compliquée aussi.

Je te la raconterai une autre fois, si ça te va, répondit Jakob en lançant à Hildur un regard qui lui fit comprendre qu'il valait mieux ne pas en demander plus.

Ils discutèrent encore un peu des routines du commissariat et Hildur mentionna les choses les plus urgentes du moment. Les propriétaires de l'usine de poisson voisine étaient soupçonnés d'employer du personnel au noir. Il fallait faire une perquisition et interroger la direction et les employés. Il y aurait bientôt aussi l'interrogatoire de Jón de Fjallavegur et il fallait préparer une présentation pour la réunion avec l'association des centres d'hébergement la semaine prochaine.

Pour terminer la journée, Hildur expliqua à Jakob comment trouver la piscine avec ses bains chauds, lui montra sur la carte plusieurs itinéraires de course à pied et lui rappela que le supermarché du centre-ville fermait à dix-neuf heures.

Hildur quitta le bureau en dernier. Elle débrancha la machine à café et éteignit les lumières. Vers cinq heures, il faisait déjà nuit noire. Elle passa au grill chercher des pizzas au pepperoni. En les attendant, elle écrivit un message à Freysi, qui l'invita chez lui.

Lorsque Hildur arriva devant la maison, elle ne monta pas les marches qui conduisaient à son appartement mais fit le tour du bâtiment jusqu'à la porte de Freysi. Elle tourna la poignée et entra dans l'appartement. Le parquet grinça comme toujours sous ses pieds, comme il se doit dans les vieilles maisons en bois.

Freysi l'accueillit dans l'entrée, vêtu d'un léger tee-shirt blanc et d'un pantalon de sport moulant, puis il prit les pizzas. Le sourire aux lèvres, il la regarda enlever sa parka, avec sa capuche à bordure en fausse fourrure, et essayer de lui trouver de la place sur le portemanteau.

– Visite surprise attendue de la détective. Je viens tout juste de rentrer de mon jogging, donc plus besoin de sortir aujourd'hui.

Le couloir d'entrée des vieilles maisons était souvent étroit. Même si chez Freysi, il n'y avait que ses propres vêtements d'extérieur, ceux-ci prenaient déjà toute la place. Le portemanteau grinça, menaçant, sous la montagne de manteaux quand Hildur déposa le sien sur le tas. Les étagères au mur, achetées dans le fameux magasin de meubles suédois, étaient remplies de moufles, de bonnets et de vêtements de sport. Quand il lui sembla que sa parka tenait en place, Hildur s'éloigna prudemment du portemanteau.

– Peut-être qu'il faudrait faire une perquisition ici, déclara-t-elle en serrant le bras de Freysi.

– Si je peux d'abord matraquer mademoiselle la détective.

Freysi posa ses lèvres sur la nuque de Hildur.

– Écoute, on va commencer par manger ces pizzas, répliqua Hildur en fermant la porte qui séparait le salon de l'entrée.

Cette nuit-là, la chute de neige fut particulièrement importante. Le lendemain matin, l'hiver était arrivé.

Chapitre 8

Juillet 2018, Hornstrandir

Le soleil brillait dans le ciel sans nuages. Avec ses remous tranquilles, la mer ressemblait à une jupe à paillettes aux mouvements lents. Il n'y avait pas de vagues, pas de vent, seulement le piaillement de quelques oiseaux. La température était montée à quinze degrés, même si ce n'était encore que le matin. Lísa décida de faire une pause. Elle ôta son mince coupe-vent et l'accrocha à son sac à dos. Elle remplit sa gourde dans un petit torrent vif et avala une gorgée d'eau fraîche et glacée, qui s'écoula lentement jusque dans son ventre.

La météo était extraordinaire. Lísa sentait l'odeur du foin. Elle entendait les petits oiseaux chanter. Ce n'était pas pour rien qu'on parlait de vent crémeux en Islande. C'était presque trop beau pour être vrai. Cela allait être l'été le plus important de toute sa vie.

Elle avait appris la semaine dernière que son diplôme du bac lui suffirait pour entrer à la faculté de médecine de l'université d'Islande. Elle allait devenir médecin ! Si tout allait bien et qu'elle travaillait très sérieusement, elle pourrait même faire de la chirurgie cardiaque. Elle était heureuse rien que d'y penser. Elle avait lu la lettre d'acceptation si souvent déjà qu'elle la connaissait par cœur.

Elle pouvait enfin devenir tout ce que les autres étaient déjà. Elle pouvait rêver de tout ce dont rêvaient les autres jeunes de son âge. D'un bon métier, d'une maison à elle, peut-être des enfants. Et surtout : elle pouvait être quelqu'un d'aussi bien que tous les autres.

La route pour y arriver n'avait pas été facile, loin de là. Elle avait vécu seize ans au sein d'une famille d'accueil dans une ferme en Islande du Nord-Est. Ses tuteurs étaient ses seuls parents. Elle n'avait jamais rencontré son père ou sa mère biologiques. Elle avait été prise en charge dès sa naissance.

Lísa avait eu la chance de grandir dans un foyer stable avec deux autres enfants. Ses parents l'avaient traitée aussi bien que leurs propres enfants mais Lísa avait tout de même parfois l'impression d'être extérieure à la famille. Cette impression s'était renforcée à mesure qu'elle avait grandi. On ne lui demandait pas son avis sur les programmes télé à regarder le soir ou sur les projets pour les prochaines vacances de Pâques. Elle pouvait bien sûr prendre part à toutes les activités communes mais son avis n'intéressait pas les autres. Peu à peu, elle s'était éloignée du reste de la famille. Elle s'attachait de moins en moins aux mêmes choses que les autres enfants. Elle était d'un naturel différent et se passionnait pour des choses différentes. Elle ne voulait plus habiter à la campagne et s'occuper des vaches et des chevaux. Elle voulait une autre vie.

Après la fin de sa scolarité obligatoire, Lísa avait exprimé le souhait d'aller au lycée à Reykjavík. Le lycée du centre-ville de la capitale était l'un des meilleurs du pays. Beaucoup des étudiants de la filière scientifique parvenaient à continuer en médecine. C'est ce que Lísa désirait. Heureusement, ses parents n'avaient pas eu l'air de s'y opposer, bien au contraire. Ils avaient fait tout leur possible pour l'aider à trouver une chambre et à la meubler. Elle avait même reçu deux millions de couronnes pour vivre, pour ne pas avoir besoin de faire d'emprunt pour ses études.

Lísa ne pouvait pas s'empêcher de penser que, même si ses parents l'avaient généreusement aidée dans ses projets, ils n'avaient pas eu l'air de déplorer son départ le moins du monde. Comme s'ils avaient été en quelque sorte soulagés qu'elle décide de quitter la maison si jeune. La première année de lycée, elle était revenue à Noël et à Pâques puis ses visites s'étaient raréfiées. Ses parents avaient continué à lui verser de l'argent sur son compte jusqu'à ses dix-huit ans et à lui demander de temps à autre de ses nouvelles. La dernière fois qu'elle les avait appelés, c'était à Noël dernier, mais elle n'avait pas eu de nouvelles depuis. Lísa ne savait pas vraiment pourquoi. Leurs rapports s'étaient refroidis progressivement et ils avaient fini par arrêter de s'appeler.

Lísa secoua la tête pour se débarrasser de ces idées sombres. Elle venait d'obtenir ce qu'elle voulait : une place à la fac de médecine. En plus, elle s'était rapprochée des gens qui lui louaient une chambre à Reykjavík. Le couple de retraités, Pétur et Margrét, était devenu comme sa famille. Margrét, ancienne professeure, l'avait aidée à réviser pour les examens de chimie et de mathématiques et Pétur l'avait encouragée à continuer le sport de plein air. C'était d'ailleurs lui qui lui avait organisé cette randonnée. Il lui avait acheté les billets de bus et de bateau jusqu'à la réserve naturelle, fait des réservations dans des logements le long de l'itinéraire et vérifié qu'elle avait bien pris assez de vêtements et de nourriture pour une excursion de trois jours.

Cela faisait longtemps que la réserve naturelle de Hornstrandir était sur sa liste. Elle avait découvert sur les réseaux sociaux de ses camarades de l'association de randonnée des photos magnifiques des falaises abruptes qui descendaient dans la mer, des renards arctiques qui vivaient sur la côte et des prairies qui s'étendaient à perte de vue. Quand sa place à la fac avait été assurée, elle avait décidé de fêter cela en se rendant ici. Elle saisit dans la poche de son pantalon un petit sachet de poisson-chat séché et en arracha un morceau. Ce poisson blanc était plein de protéines, parfait pour les randonnées, et il avait bon goût.

Aujourd'hui, elle avait marché depuis la plage de sable d'Aðalvík à travers les plateaux jusqu'à la vallée de Reyðardalur et, de là, à Hesteyr. La randonnée était techniquement facile parce qu'il n'y avait qu'environ trois cents mètres de dénivelé. Lísa avait contourné les montagnes les plus hautes. Le trajet était ainsi rallongé de quelques kilomètres mais il était aussi plus sûr. Quand on faisait de la randonnée seule, il était raisonnable de prendre le moins de risques possibles. C'était ce que Pétur lui avait appris.

Après cinq heures de marche et deux brèves pauses, Lísa vit le chalet qui correspondait à la description qu'en avait faite Pétur. C'était un petit chalet d'été peint en noir, qui offrait un refuge pour un nombre de voyageurs limité avec leur sac de couchage.

Lísa ôta ses chaussures avant d'entrer dans la maison.

Elle en sortit les semelles pour les aérer dans le jardin. Les chaussures aussi pourraient rester dans l'air frais du dehors. Lísa saisit la poignée de la porte en bois et la tourna.

– Bonjour, dit-elle d'une voix enjouée, attendant une réponse. Qui ne vint pas.

Elle observa l'étroit couloir d'entrée et remarqua un mot griffonné à la main posé sur un tabouret en bois jaune : « Je suis dehors, je cueille des herbes sur le plateau. Les chambres sont à l'arrière de la maison, derrière la porte de droite. Faites comme chez vous, je rentre avant le soir. Paiement en espèces. Il y a de la soupe de poisson dans la casserole. »

Lísa traversa le couloir jusqu'aux chambres à coucher. Elle sortit son sac de couchage et l'étala sur le lit du bas à gauche. Les lits étaient recouverts de draps à motifs fleuris. Lísa se réjouit de voir des oreillers. Il n'y en avait pas dans tous les refuges. La jeune fille essaya de prendre le moins de place possible avec ses affaires. D'autres voyageurs allaient sans doute encore arriver pour la nuit. Il n'y avait que quelques chalets dans la région.

Sous ses pieds, le vieux plancher émettait un grincement familier. L'odeur de la riche soupe de poisson emplissait la petite cuisine. L'eau lui vint à la bouche. Les bols et les cuillères avaient été déposés à l'avance sur le plan de travail à côté de la cuisinière.

Lísa s'assit à table avec un bol de soupe fumant. Elle prit le moulin blanc en forme de dauphin et ajouta un peu de poivre. Une petite mouche se cognait, inquiète, contre la fenêtre. Elle essayait sans doute de sortir. Lísa se leva pour lui ouvrir. Elle était heureuse de la voir libre.

Le regard de la jeune fille se posa sur le paysage qui

s'ouvrait sous ses yeux. La houle tranquille se brisait contre le sable noir de la plage. Les montagnes au sommet plat se dressaient face au ciel bleu profond. Les membres de Lísa étaient lourds de fatigue mais son esprit était frais et dispos. Et elle avait une faim de loup. Elle mangea la soupe de bon appétit. La personne qui l'avait préparée n'avait pas lésiné sur les ingrédients. Il y avait de gros morceaux de poisson et les carottes et les oignons étaient parfaitement cuits. Ils ne fondaient pas en purée dans la bouche mais croquaient agréablement sous la dent. La soupe était assaisonnée de laurier, de tomates et de sel. Il fallait remercier le chef. C'était la meilleure soupe qu'elle ait jamais mangée de sa vie.

Ce fut aussi son dernier repas.

Chapitre 9

Deux cabillauds de taille moyenne reposent dans le fond de la barque. Ils frétillent. Je soulève la rame et je frappe le plus gros pour lui faire perdre conscience. Puis je regarde le plus petit poisson. Ses ouïes remuent, comme le pauvre essaye encore de rester en vie. Je le frappe fort sur la nuque. Il ne faut pas laisser un poisson attendre sa mort trop longtemps. La souffrance appauvrit la qualité de la chair. À cause des acides lactiques, il paraît.

Je guide la barque vers la rive. La grande énergie de la réussite coule dans mon corps. Deux cabillauds. C'est facile à écailler et on en fait de bons ragoûts. Ou peut-être que je vais faire une grande casserole de soupe.

J'éteins le moteur et je le remonte. Les vagues bercent le bateau qui flotte vers le rivage. Heureusement que c'est la marée haute, il n'y a pas besoin de marcher longtemps dans l'eau pour arriver à la rive.

Je tire le bateau sur la berge. J'attache la corde. Sur la plage, j'égorge les poissons, je coupe leurs artères branchiales et je regarde le sang couler.

Le pêcheur ne devient prédateur que lorsqu'il rapporte à manger à la maison.

Je regarde la soupe bouillonner sur la cuisinière. Je prépare un bol, une cuillère et une grosse tranche de pain sur la table. Je m'assieds. Je me concentre sur mon repas.

Je sais que j'agis comme il faut. J'ai reçu la dernière confirmation alors que le soleil était à son zénith. J'avais réservé tout l'automne pour la réalisation de mon plan. Tout devait se passer maintenant, sept ans après leur disparition, mais la puissance suprême s'est introduite dans le jeu et a conduit l'une de mes victimes dans mes filets de manière inattendue. C'était une jeune fille si mignonne. Je n'ai pas pu l'épargner. Pas du tout.

Le poisson qu'on tue soi-même a meilleur goût. J'ai maintenant le temps de me concentrer et de manger à mon rythme. Dans la maison au toit rouge, on me donnait des ordres. Je n'y retournerai plus jamais.

On dit que la main des diligents dominera, mais que la main paresseuse sera tributaire.

Personne ne me donnera d'ordres. Plus jamais.

Chapitre 10

Novembre 2019, Ísafjörður

Hildur ouvrit les yeux à six heures du matin sans réveil. Sa poitrine était recouverte par la sensation de pesanteur qu'elle connaissait bien, comme une lourde couette qu'elle ne pouvait pas ôter. Elle était toujours fatiguée mais ne pourrait plus trouver le sommeil. Elle avait l'esprit encore brumeux et un goût de fer flottait dans sa bouche. Elle savait d'expérience que sa seule chance de survivre à cette journée était de se lever tout de suite et de faire quelque chose qui mettrait son corps à l'épreuve.

Elle ramena ses cheveux bruns épais en un chignon et commença un entraînement sur le tapis de coton du salon. D'abord cinq minutes d'étirements brefs et doux pour réveiller ses muscles, puis tout un circuit d'exercices. Vingt pompes, vingt squats, vingt abdominaux et cinq tractions à la barre accrochée à la porte du salon de Freysi.

Sa respiration s'accéléra, son pouls augmenta. Après le quatrième circuit, Hildur, allongée par terre, attendit que sa respiration se calme. La lourde couette s'était évaporée au moins pour un moment.

Elle se leva, secoua ses membres pour qu'ils soient plus agiles et alla dans la cuisine allumer la lumière. Elle mit en marche la radio sur le rebord de la fenêtre.

Sur la chaîne d'informations de la radio publique islandaise, c'était l'heure de la météo. Les prévisions des vents, de la pluie et des températures étaient lues d'une voix tranquille et lui donnaient le sentiment de pouvoir contrôler sa journée. Comme si le présentateur constatait avec sa voix neutre le cadre de la journée et conseillait aux gens de faire ce qu'ils voulaient et pouvaient en restant dans ce cadre.

L'hiver est donc là, pensa Hildur en entrouvrant les rideaux. La tempête de neige nocturne avait laissé un voile blanc sur les vitres et on ne voyait plus au-dehors. Hildur approcha son visage de la fenêtre et observa la rue entre les flocons de neige gelés. Une couche blanche de près d'un demi-mètre était tombée sur le toit des voitures garées là.

La police aurait de quoi faire dans la matinée. Tous les hivers, c'était la même chose. Les premiers jours de neige, les gens oubliaient de ralentir pour adapter leur vitesse aux conditions hivernales. Il y avait souvent de la tôle froissée au rond-point du village, quand les travailleurs pressés essayaient de prendre la sortie à leur vitesse estivale. Dans les parkings étroits, les gens faisaient des virages trop longs.

Hildur mesura le café, versa de l'eau et mit la cafetière en marche. Elle entendit Freysi chercher quelque chose dans l'armoire de la chambre à coucher. Bientôt, il arriva dans la cuisine, enveloppé dans la robe de chambre à rayures blanches et noires que Hildur lui avait offerte quelques semaines plus tôt pour son anniversaire.

Il aime bien le cadeau que je lui ai choisi, se dit Hildur en versant le café dans deux tasses.

– Ça fait longtemps que tu es debout ?

Elle tendit une tasse à Freysi et essuya une goutte de sueur sur son sourcil.

– Je me suis réveillée tôt. Je me suis occupée.

Hildur ne parlait pas aux autres de ses insomnies ou de la pesanteur qui lui tombait de temps en temps sur la poitrine. Freysi était de bonne compagnie mais Hildur ne voulait pas lui exposer ses problèmes.

Ceux-ci ne disparaissaient pas quand on en parlait. La thérapie non plus n'avait servi à rien. La psychologue, dans son gilet en laine qui lui arrivait aux chevilles, avait posé à Hildur des questions sur son enfance et ressassé des souvenirs. Repasser en mémoire les vieux événements s'était avéré frustrant et l'anxiété n'avait pas diminué, bien au contraire. La femme au long gilet avait suggéré des médicaments et lui avait conseillé de voir un diététicien, parce qu'il lui semblait voir quelque chose d'obsessionnel dans son rapport au sport. En entendant cela, Hildur s'était levée en plein milieu de la séance et avait annoncé qu'elle arrêtait complètement la thérapie. Avec l'argent qu'elle avait ainsi économisé, elle s'était acheté deux nouvelles planches de surf.

Freysi sortit avec sa tasse de café pour sa cigarette matinale. Hildur ne comprenait pas comment il pouvait à la fois être aussi sportif et avoir de si mauvaises habitudes. Il fumait comme une cheminée de chalet norvégien et pouvait courir sur des itinéraires de plusieurs dizaines de kilomètres avec un pouls étonnamment bas. Freysi était bizarre, pas de la même façon qu'elle, mais assez bizarre tout de même. C'était rassurant. C'était quelqu'un qu'on ne pouvait pas faire entrer dans un moule.

Hildur prit dans le placard le sucre roux et le muesli au chocolat et, dans le frigo, le lait caillé et une bouteille d'huile de foie de poisson au bouchon jaune, puis s'assit à table pour prendre son petit-déjeuner. Elle mélangea le muesli au lait caillé et le saupoudra de sucre pour adoucir le goût acide du lait. Quand elle eut fini son bol, Hildur avala une cuillère à soupe de Lýsi, l'huile de foie préparée à partir de poissons islandais, que l'on prenait dans presque tous les foyers islandais pour la vitamine D et les acides gras qu'elle contenait, surtout l'hiver, où on ne voyait pas le soleil pendant plusieurs mois. Aujourd'hui, l'huile avait bien meilleur goût que dans son enfance, se rappelait Hildur. À l'époque, la dose quotidienne d'huile avait le goût de ranci et faisait remonter les sucs gastriques.

Hildur poussa sur le côté l'épaisse pile de papiers qui se trouvait sur le plan de travail. Elle se dit qu'il devait s'agir d'instructions pour les entraînements de Freysi. Mue par la curiosité, elle y jeta un coup d'œil mais n'y comprit rien. Il y avait des mots bizarres sur les feuilles imprimées et les marges étaient pleines de marques faites au stylo. Hildur regarda de plus près et tenta de lire les pattes de mouche.

Soudain, elle sentit un courant d'air dans ses cheveux et une main forte lui attraper l'épaule. Instinctivement, elle fit un pas de côté et fit tomber en même temps son bol par terre.

– Bon Dieu ! s'écria Hildur.

Un rire s'éleva derrière elle.

– Je voulais te faire peur et je crois bien que j'ai réussi.

Freysi était revenu dans la cuisine si doucement que Hildur ne l'avait pas entendu.

– Tu étais si concentrée sur les papiers, je n'ai pas pu m'en empêcher.

Hildur fit la moue et essaya de faire semblant d'être vexée, mais ses dons de comédienne étaient plutôt insignifiants.

– Un jour, tu vas me provoquer une crise cardiaque, dit-elle en ramassant le bol.

Heureusement, celui-ci n'était pas cassé. Freysi prit un torchon humide dans l'évier et essuya les traces de lait sur le parquet flottant. Il se releva, rinça le torchon sous l'eau courante et le laissa sécher sur le rebord.

– Je devais te dire un truc à propos de ces papiers.

Hildur remplit le lave-vaisselle et acquiesça pour qu'il continue.

– Je me suis intéressé à ma généalogie ces derniers temps. J'ai trouvé quelques trucs intéressants et j'aimerais en discuter avec toi.

Hildur était sur le point de ranger la cuillère dans le lave-vaisselle mais l'étonnement l'arrêta. Faire son arbre généalogique, c'était quelque chose d'assez personnel. Leur relation n'était même pas à un stade où ils parlaient de leurs amis ou de leurs parents, donc encore moins des membres plus éloignés de leur famille.

– La généalogie, c'est un truc de vieux. Et je ne crois pas être encore assez vieille.

– Mais c'est vraiment intéressant, dit Freysi en s'appuyant contre le plan de travail. Il avait l'air d'être prêt à en parler davantage.

À cet instant, le téléphone professionnel de Hildur sonna. Elle le sortit de la poche de son gilet suspendu sur le dossier de la chaise. La voix agitée de Beta se fit entendre. Ce qu'elle avait à dire fit bouillonner Hildur, qui garda cependant son calme extérieurement. Il était naturel pour elle de prendre le visage tranquille des fonctionnaires. Hildur alla dans l'entrée et mit ses chaussures.

– On se voit au commissariat dans dix minutes, dit-elle, avant de raccrocher.

Freysi regarda Hildur, l'air interrogateur.

– Il faut que j'y aille. Un truc urgent. On se voit plus tard.

Freysi rinça la cafetière et la mit à sécher sur un torchon étalé sur le plan de travail. Hildur enfila son manteau, mit sa capuche et fit un signe de la main. Freysi n'eut pas le temps de répondre que Hildur avait déjà disparu.

Chapitre 11

Hildur accéléra et sortit du seul rond-point de la ville pour prendre la route principale qui faisait le tour du fjord. Les locaux appelaient cette route qui longeait la côte « autoroute », parce qu'elle reliait le centre-ville au sud du pays où se trouvait la capitale. L'autoroute de campagne traversait cependant une zone habitée, il fallait donc rouler à moins de cinquante kilomètres heure. La limite de vitesse en Islande était de quatre-vingt-dix kilomètres heure mais les habitants qui connaissaient bien la région roulaient plus vite là où il n'y avait pas de surveillance.

Le compteur de la voiture de police indiquait déjà cent dix, Hildur alluma les gyrophares et la sirène. Elle adorait conduire dans des conditions difficiles. Cela lui rappelait le surf. Le plus important était de réagir vite. Si on hésitait trop longtemps, la vague avalait le surfeur et le virage glissant emportait la voiture.

– Tu pourrais m'expliquer ce qui se passe ? demanda Jakob, assis à côté d'elle, nonchalamment appuyé contre la vitre. Je suis arrivé ce matin à l'heure au commissariat, comme prévu, et je n'ai même pas eu le temps d'enlever mon manteau qu'on m'a dit de t'accompagner à U… quelque chose ?

Jakob observait les tas de neige qui se dressaient au bord de la route. Il portait un gros anorak et un bonnet de laine brun mouton aux rayures blanches qu'il avait enfoncé jusqu'aux oreilles. Hildur trouvait qu'il ressemblait davantage à un touriste passionné visitant les glaciers qu'à un stagiaire dans la police.

Elle aimait bien le pragmatisme de Jakob qui abordait cette situation nouvelle pour lui avec un regard curieux mais pas ébahi. Il ne s'émerveillait pas des pratiques locales ni de l'environnement et ne souffrait pas non plus du syndrome du touriste, c'est-à-dire qu'il n'avait pas besoin de passer son temps à expliquer ce qu'il trouvait admirable en Islande. Hildur se souvenait d'un stagiaire danois qui avait été son coéquipier quelques années plus tôt. C'était le modèle du type barbant. Il s'étonnait de la petite taille du bourg et de la longueur des trajets et s'était plaint pendant tout l'hiver de ne pas avoir pu se procurer de beaujolais nouveau au magasin de spiritueux du coin. Jakob avait l'air différent. Il était juste arrivé avec ses pelotes de laine, il avait enfilé son anorak et s'était mis au boulot. Il irradiait la confiance en soi.

Hildur lui jeta un bref coup d'œil et lui sourit.

– Ça ne commence pas par U, Súðavík.

Jakob répondit par le silence.

– On va à Súðavík. C'est un village d'environ deux cents habitants sur la côte du fjord d'à côté. Il nous faut un quart d'heure. Enfin, dix minutes, pour être précise.

Hildur appuya de nouveau sur l'accélérateur. La route qui s'ouvrait devant était droite et venait d'être déblayée.

– On a reçu un coup de fil de la police d'Akureyri ce matin. Une dispute à propos de la garde d'un enfant.

Hildur rapporta à son collègue les détails qu'on lui avait confiés dans la matinée. Le père et la mère d'un garçon de cinq ans habitaient dans la ville d'Akureyri. Ils avaient divorcé des années plus tôt. La mère avait la garde de l'enfant. Le père, Örn, avait le droit de visite mais, apparemment, ses visites ne se passaient pas très bien. Il ne venait pas chercher son fils au moment convenu et, quand il venait, il le gardait aussi longtemps qu'il le voulait. Parfois, il avait même menacé la mère de ne pas le lui rendre.

Jakob écoutait Hildur, pensif.

La semaine dernière, Örn avait mis ses menaces à exécution. Il n'avait pas ramené l'enfant à sa mère après la visite. Il avait éteint son portable et cela faisait plusieurs jours que personne parmi ses connaissances ne l'avait vu. La mère était, bien sûr, extrêmement inquiète.

– Quelle situation horrible, répondit Jakob brièvement en s'essuyant le front, sur lequel avaient perlé quelques gouttes de sueur. Il faisait chaud dans la voiture. Jakob éteignit le chauffe-siège.

Dans la matinée, la police d'Akureyri avait reçu un appel de la tante d'Örn, qui habitait seule dans une grande maison à Súðavík. La vieille dame s'était réveillée tôt dans la nuit en entendant du bruit dans son jardin. Elle s'était levée pour voir qui débarquait à une heure si incongrue. Son neveu Örn était apparu derrière la porte et lui avait dit qu'il était en vacances avec son fils. Il avait déposé sur le canapé l'enfant qui dormait emmitouflé dans une couverture de laine, et annoncé qu'ils resteraient là jusqu'à ce que la tempête se calme et qu'ils puissent continuer leur chemin.

La tante était au courant des infortunes et des problèmes de la vie de son neveu mais elle lui avait fait un lit dans le salon et proposé du thé sans poser de questions. Lorsque Örn s'était endormi, sa tante était descendue appeler sa sœur, qui avait confirmé ses soupçons. Örn n'était pas en vacances mais il avait enlevé son fils à son ex-femme.

La mère d'Örn avait aussitôt appelé la police et expliqué où il se trouvait.

– On n'est que deux à y aller ? demanda Jakob.

– Oui. En tout cas pour le moment. En général, il y a un agent mobile qui vient en aide dans ce genre d'affaires mais ils ont tous dû partir à l'autre bout du fjord parce qu'il y a eu des accidents et ils ne pourront pas venir tout de suite. Quand on arrive, on entre tout de suite dans la maison.

À la campagne, tous les agents de police s'occupaient un peu de tout. Hildur enquêtait sur les crimes, faisait passer les interrogatoires et analysait les indices. Mais il lui arrivait aussi de répondre aux urgences. Surtout si des enfants étaient impliqués. Grâce à son expérience avec la protection de l'enfance à Reykjavík, elle savait faire attention à ces questions-là bien mieux que nombre de ses collègues.

L'Islande était un petit pays tranquille qui s'était rapidement enrichi après la Seconde Guerre mondiale. Le niveau de vie était élevé. Pour la plupart des Islandais, partir en vacances au soleil et avoir un 4 × 4 et un *home cinema* faisaient partie du quotidien. Mais quand on grattait un peu la surface, on voyait bien vite apparaître des saletés. Les divorces étaient de plus en plus nombreux et il arrivait que les enfants se retrouvent alors dans des situations difficiles. On ne s'attaquait pas encore assez fermement à la violence domestique. Très souvent, les problèmes de maltraitance des enfants étaient liés à la consommation d'alcool, qui ne dépendait pas du revenu mensuel du foyer. Des adultes qui avaient une carrière extraordinaire s'envoyaient des bouteilles onéreuses de vin français pour réduire la pression liée au travail. Puis il y avait ceux qui ne travaillaient pas et qui plongeaient dans l'alcool pour oublier le stress dû au manque d'argent. À la place des vins rouges hors de prix, ils achetaient la liqueur de cumin la moins chère possible. Ceux qui souffraient le plus dans ce cercle vicieux, c'étaient presque toujours les enfants.

– Et c'est quel genre de type, cet Örn ? demanda Jakob.

Hildur avait rapidement cherché des informations sur lui dans la base de données de la police islandaise, LÖKE. Il avait eu quelques condamnations pour violences et vente de stupéfiants.

– Il y a des chances qu'il se mette en colère, donc c'est mieux si on arrive avant qu'il se réveille. Les disputes pour la garde des enfants, ça tourne mal parfois.

– Oui, je connais trop bien ça, malheureusement, compléta Jakob. Il ôta son bonnet. Le chauffage de la Škoda était décidément très performant.

Hildur tourna à droite vers le village qui se trouvait au pied d'une montagne couverte de neige. Par rapport aux paysages alpins, les montagnes d'Islande ont l'air petites. Leur forme aplatie est due à la masse des glaciers sous lesquels elles se sont formées il y a des millénaires. Le village de Súðavík se trouvait aussi au pied d'une telle montagne.

– C'est curieux, ces choix d'urbanisme. Pourquoi est-ce que les maisons sont toutes à la suite les unes des autres ? s'étonna Jakob devant la file des réverbères, longue de près de deux kilomètres, qui éclairait la façade des maisons. C'était comme si on les avait saupoudrées une par une le long du rivage, et qu'on avait laissé un espace vide au milieu.

– Une avalanche en a emporté une partie, répondit Hildur, qui décrivit la terrible catastrophe que le petit village de pêcheurs enserré entre la mer et la montagne avait connue dans les années 1990.

Il y avait eu une vingtaine de morts et des dizaines de maisons avaient été détruites, mais on n'en avait jamais bâti de nouvelles. L'espace vide séparait le village en deux parties : l'ancien village et le nouveau. La tante d'Örn habitait dans la partie nord, derrière le parc de Raggagarður.

– C'est une maman du coin qui a fait construire ce parc il y a une vingtaine d'années, expliqua Hildur en montrant le terrain de jeux.

Jakob observa les jeux de grimpe, les balançoires et les carrousels recouverts d'une épaisse couche de neige.

– Un gamin du village est mort dans un accident de la route. Il avait dix-sept ans et il venait d'avoir son permis. Sa mère a fait construire le parc en sa mémoire.

Hildur s'arrêta devant la maison qui se trouvait derrière le parc et coupa le contact. Le chasse-neige n'était pas encore passé de ce côté du village et on ne pouvait pas aller jusqu'au bout en voiture. Il fallait faire le reste du chemin à pied, dans la neige.

Hildur sortit de la voiture et passa le paysage en revue. Örn avait dû laisser la sienne encore plus bas sur la route. On ne voyait plus ses traces de pas. Le village avait l'air oublié, avec toute la neige qui n'arrêtait pas de tomber. Il n'y avait pas encore de lumière dans la plupart des maisons mais les phares orange du chasse-neige clignotaient du côté du vieux village.

Hildur et Jakob se frayèrent un chemin vers leur objectif. La vapeur de leur respiration qui se condensait dans le froid hivernal s'élevait vers le ciel.

– Tu viens avec moi et tu me couvres mais tu ne dis rien. La patrouille devrait être là dans un quart d'heure, expliqua Hildur.

– D'accord. Je fais celui qui ne sait ni parler ni écrire.

Hildur regarda son collègue d'un air interrogateur.

– C'est dans un sketch finlandais sur des policiers, je t'expliquerai une autre fois.

Ils s'approchaient de la maison recouverte de tôle verte. La tôle protégeait les vieilles maisons en pierre et en bois du vent fort et de la pluie continue. La tante d'Örn vivait sur le versant et le paysage était ouvert de tous les côtés. Sa maison était la dernière du village et ses murs étaient frappés par le vent qui venait de toutes les directions. Devant la baraque malmenée par la météo se dressait une statue de lion grise qui faisait environ un mètre de haut et dont on ne voyait que la tête sortir de la congère.

– Assez spécial, comme décoration, observa Hildur.

Elle frappa de l'index à la vitre de la porte d'entrée. La tante d'Örn avait dû attendre derrière, car elle ouvrit aussitôt.

La vieille dame vêtue d'une robe de chambre jaune à fleurs avait l'air fatiguée. Elle fit entrer les policiers et désigna l'étage.

– Ils dorment dans le salon, c'est la porte de gauche.

Hildur hocha la tête.

– Je ne comprends vraiment pas comment ça se fait qu'Örn soit devenu si difficile, murmura sa tante en glissant les mains dans les poches de sa robe de chambre.

Elle aurait voulu continuer à s'épancher mais Hildur l'arrêta.

– Il y a d'autres gens dans la maison ?

– Non. Juste moi et mon chat Markús mais il dort en général jusqu'à midi sur le sol chauffé de la salle de bain.

– Attendez ici. Tenez, dans la salle de bain, par exemple, et verrouillez la porte. Je monte avec mon collègue et je vous dirai quand vous pourrez sortir, expliqua Hildur. Merci encore d'avoir appelé, ajouta-t-elle avant de monter les escaliers quatre à quatre. Elle prit son talkie-walkie et informa la patrouille qui était en route qu'elle était entrée et que le suspect et l'enfant se trouvaient à l'étage.

La moquette des escaliers avait connu des jours meilleurs. Le tissu peluchait et il y avait de gros trous à chaque marche. L'escalier menait à un palier avec trois portes. Hildur passa vite en revue l'espace. La première porte donnait sur une cuisine aux meubles marron, avec une vieille cuisinière électrique. Un sac de mandarines gisait sur la table. Derrière la deuxième porte se trouvait un bureau. La porte de gauche ouvrait sur un salon spacieux. Deux gros fauteuils en cuir faisaient face à une grande télévision murale et un aquarium était posé contre le plus long mur.

Deux silhouettes dormaient dans le canapé-lit qui se trouvait dans le coin le plus éloigné de la pièce. La plus grande était couchée sur le dos et portait encore ses vêtements. Les cheveux jaunis d'Örn étaient ébouriffés et ses lèvres gercées qui apparaissaient sous sa barbe mal entretenue se mouvaient au rythme de ses ronflements.

La silhouette plus petite était enroulée dans une couverture marron clair et dormait en boule sur le bord du canapé, à côté du mur.

Hildur mesura la distance qui la séparait du canapé-lit, quelques enjambées à peine. Elle se demandait si elle arriverait à prendre le garçon dans ses bras sans réveiller son père. La patrouille devrait être là d'un moment à l'autre.

Au moment précis où Hildur s'apprêtait à faire un pas en direction du lit, le ronflement s'arrêta net, comme si on le coupait au couteau, et Örn bondit du lit.

– C'est la police. Je suis Hildur Rúnarsdóttir, de la police d'Ísafjörður. Et voici mon collègue Jakob Johanson, dit Hildur d'une voix calme en essayant d'établir un contact visuel avec Örn. Nous sommes venus parce que votre fils doit rentrer chez lui. Sa mère est inquiète.

L'homme qui venait de se réveiller parcourut la pièce du regard, l'air effrayé et tremblant, mais il retrouva vite ses esprits. Il comprit ce qu'il s'était passé. Sa tante avait appelé la police.

– Lilja ! On est de la famille, putain ! Je viens chez toi avec mon fils et toi, tu appelles les flics, salope, vociféra Örn.

Ses yeux étaient maintenant noirs de colère. Il se pencha en avant comme pour prendre de l'élan. Les postillons volaient tout autour de lui alors qu'il couvrait d'insultes sa tante qui attendait dans la salle de bain. Il avait les cheveux ébouriffés et les vêtements froissés. Il sentait la sueur.

– Allez au diable, vous deux, cria-t-il aux policiers en les menaçant de la main.

La situation prenait un tour désagréable. Hildur essaya de discuter avec l'homme. Jakob restait immobile pour assurer les arrières, comme il en avait été convenu.

Le visage d'un petit garçon effrayé apparut sous la couverture en laine. Après la nuit, sa frange blonde se dressait comme la crête d'un vanneau huppé. L'enfant regarda d'abord son père, puis Hildur, qui voyait qu'il essayait de se faire le plus petit possible.

– Örn, restez tranquille. La mère de votre fils est inquiète, parce que vous ne lui avez pas dit où vous étiez. On va ramener ensemble votre fils chez lui.

– Pas question que je te donne mon fils.

– Örn, peut-être que vous pourriez vous asseoir dans ce fauteuil et me laisser passer ? proposa Hildur. Instinctivement, elle mit la main sur la bombe lacrymogène attachée à sa ceinture.

– Essaye même pas. Mon fils ne va aller nulle part. Il reste avec moi, on est en vacances et les vacances, ça ne s'arrête pas comme ça.

Örn attrapa l'enfant et le serra fort contre lui.

– Je n'abandonnerai jamais mon fils, s'écria-t-il.

Il s'appuya contre le mur. Le vase qui se trouvait sur la table basse tomba sur le parquet et se brisa. Les bouts de verre recouvraient le sol et l'eau trempait le journal laissé à côté du canapé. Le petit garçon se mit à pleurer.

– Laissez l'enfant partir, intima Hildur d'une voix plus forte.

Örn secoua la tête et serra son fils encore plus fort. Les pleurs de celui-ci s'étaient transformés en un hurlement de panique.

– Laissez l'enfant partir et vous vous en sortirez sans trop de problèmes, répéta Hildur en faisant un pas vers l'homme.

– Non. Si tu t'approches encore, je saute par la fenêtre avec lui. Ça vous ferait des emmerdes, ça, hein ?

Hildur recula de quelques pas.

– Si j'ai pas le droit d'être avec mon fils, alors personne d'autre non plus, siffla Örn. Il était essoufflé et avait le regard tourné vers les grandes vitres du salon.

La situation risquait de dégénérer. Hildur était capable de mettre l'homme à terre mais elle ne savait pas s'il était armé ou non. Et elle devait surtout faire tout son possible pour protéger le petit garçon. Elle maudissait le retard de la patrouille. Elle avait besoin d'un coup de main.

Jakob, toujours derrière Hildur, toussota.

– Excusez-moi, est-ce que je peux vous dire un truc ? demanda-t-il en anglais à Örn.

– C'est quoi, ce mongolien ? Vous avez plus de fric dans la police pour employer des Islandais ? éclata Örn. Il émit un ricanement qui rappelait un hennissement.

– Non, je ne suis pas vraiment policier, je suis juste en stage ici. Je voulais juste dire que je sais ce que c'est que d'être à votre place, commença Jakob lentement, les yeux fixés sur Örn.

– Ah ouais, vraiment ?

Bien qu'il soit énervé, Örn avait l'air d'écouter.

– J'ai un fils qui a le même âge que le vôtre. Il a cinq ans, il aime jouer aux pompiers et aux Pokémon. Ça fait longtemps que je ne l'ai pas vu, à cause de sa mère qui me l'a pris. C'est pour ça que je suis en Islande, je ne pouvais plus rester chez moi.

Örn resta silencieux. Il regardait Jakob.

– Menteur !

– J'aimerais bien, croyez-moi. Si seulement ce n'était pas vrai. Mais c'est la vérité. Elle m'a pris mon enfant. Vous croyez vraiment que je serais venu bosser dans un endroit pareil juste comme ça ?

Örn avait l'air pensif. Il répondit d'une voix rauque.

– C'est toujours comme ça, avec les meufs. Au début, elles sont amoureuses et tout, elles sont sympas. Elles te font du café le matin et te remplissent ton frigo. Puis elles partent et te piquent ton gosse.

– Oui, c'est ça. Et puis, elles te font des menaces et des procès, continua Jakob.

Hildur écoutait Jakob et Örn sans rien dire mais gardait les yeux fixés sur le petit garçon serré dans les bras de son père et remarqua que la prise de celui-ci s'était relâchée.

– Et puis elles appellent la directrice du jardin d'enfants pour t'empêcher de récupérer ton fils et dire qu'il faut appeler la police si tu t'approches de la cour de l'école.

Jakob hocha la tête doucement.

– Pareil, mon ex-femme est allée chercher mon fils en plein milieu de son entraînement de foot.

Hildur voyait que Jakob faisait tout pour tenir la conversation. Il avait l'air d'y arriver. Örn avait maintenant toute son attention tournée vers lui, et non vers elle ni vers l'enfant qu'il avait dans les bras et qui reniflait.

– Ils ont déménagé et je n'ai plus eu le droit de le voir, continua Jakob.

– Ouais, j'ai une vidéo sur mon téléphone, les flics sont venus alors que moi, je voulais juste chercher mon fils au jardin d'enfants, quoi.

Örn fouilla la poche de son sweat-shirt pour prendre son téléphone et oublia un instant qu'il tenait toujours son fils dans les bras. Celui-ci tomba par terre, sur ses pieds. Apeuré, il courut se mettre à l'abri à côté du fauteuil, où il se roula en boule. Jakob se plaça devant lui pour le protéger.

Örn voulut se jeter derrière son fils mais Hildur fut

plus rapide. Elle leva sa bombe lacrymogène et appuya. L'appareil émit un bref sifflement et le visage d'Örn fut recouvert de mousse de capsaïcine. L'homme hurla de douleur et s'affaissa au sol en se tenant la tête entre les mains. La mousse piquait ses yeux. L'homme avait perdu l'usage de la vue pour au moins dix minutes.

Hildur le menotta.

– Espèce de branleur, ça risque de te faire un peu mal, chuchota Hildur à son oreille pour que les autres n'entendent pas. Puis elle s'appuya de tout son poids sur la jambe de l'homme allongé par terre.

Örn hurla à nouveau de douleur.

– Je suis désolée. Essayez de rester en place, j'éviterai de vous marcher dessus, dit Hildur à voix haute.

Elle se redressa, Örn toujours allongé par terre. Elle regarda Jakob, qui s'était assis dans le fauteuil et avait pris dans ses bras le petit garçon aux cheveux ébouriffés. Elle articula *merci* des lèvres.

Hildur fit se lever l'homme menotté. Elle était soulagée. La situation avait été remise sous contrôle avant que tout ne dégénère. Jakob savait apparemment parler aux gens. C'était une des compétences les plus importantes dans la police. Hildur se rappelait que pendant la formation sur le travail de terrain à l'école, le professeur qu'elle admirait beaucoup avait insisté sur l'importance des compétences sociales. Comme les policiers islandais n'avaient pas le droit de porter d'arme, ils devaient charmer les brigands avec leurs paroles, avait expliqué le prof en rigolant. Jakob avait bien géré la situation. Hildur n'aurait sans doute pas réussi à faire la même chose aussi spontanément, et dans une langue étrangère, en plus.

L'histoire que Jakob venait de raconter avait marqué

son esprit. Qu'est-ce que son collègue étranger avait bien pu vivre avant de venir ici ?

Ses pensées furent interrompues par le bruit de la voiture de police qui arrivait.

– Le suspect a été arrêté. Venez à l'étage, vous pourrez le conduire au commissariat, déclara Hildur à ses collègues dans le talkie-walkie.

Une fois Örn emmené par la patrouille, Hildur s'accroupit devant le petit garçon, qui était toujours dans les bras de Jakob. Elle sortit de sa poche un sachet de mangues séchées et lui en proposa. Elle adorait le goût aigre-doux des mangues. C'était un en-cas facile pour les longs services. L'enfant prit un bout de mangue et le mit dans sa bouche.

– Tu vas bientôt pouvoir rentrer chez ta maman. Tu lui manques beaucoup. On va d'abord passer au commissariat et tu pourras lui parler juste après. D'accord ? Si tu veux, je pourrai mettre les lumières bleues de la voiture de police, quand on sera dedans.

Le petit garçon hocha la tête et fit un léger sourire. Puis il se roula en boule dans les bras de Jakob.

Tout était tranquille au commissariat. La neige atténuait les rares bruits de circulation et le vent qui d'habitude grondait au-dehors était silencieux aussi. La météo était calme. À tout cela s'ajoutait la voix paisible de la rubrique nécrologique de la radio. Sur la première chaîne de la radio publique islandaise, on lisait tous les jours des nécrologies et des informations sur les funérailles envoyées par les proches des défunts : deux fois par jour en semaine, l'après-midi et le soir, et seulement l'après-midi pendant les week-ends et jours fériés. La voix profonde du lecteur restait la même tout au long de l'émission qu'aimait beaucoup Hildur. Toute la vie d'une personne pouvait être condensée en quelques phrases.

Ingibjörg Atladóttir, mère de famille et professeure de travaux manuels, nous a quittés chez elle à Vík le 20 octobre. Ses enfants, ses petits-enfants et ses arrière-petits-enfants sont en deuil. Les funérailles auront lieu le samedi 2 novembre à l'église de Vík. Nous remercions par avance de ne pas apporter d'arrangements floraux.

Le psychologue et bachelier de sciences économiques Eírikur Hermansson de Reykjavík est décédé à l'hôpital, entouré de ses proches, après une brève maladie. Les informations sur les funérailles seront transmises plus tard. Son épouse, ses enfants, et la famille.

Hildur tendit une tasse de café à Jakob et s'assit à son bureau, les yeux fixés sur le déjeuner qui l'attendait. Elle avait réchauffé un gros bout de saucisse au micro-ondes.

– Tu veux goûter ? Il y en a assez pour deux, lui proposa-t-elle.

Jakob secoua la tête en guise de refus et montra la barre protéinée qu'il avait entamée.

– Ça a une odeur bizarre, ton truc.

– Question d'habitude, rétorqua Hildur, avant de planter sa fourchette dans la saucisse gris-brun et d'en mordre un gros morceau.

Beta, l'air satisfait, apparut dans l'encadrement de la porte. Elle regarda Hildur puis Jakob et les remercia pour la mission bien remplie. Örn se trouvait dans la cellule du commissariat, où il attendait que la patrouille d'Akureyri vienne le chercher. On allait ouvrir une enquête pour enlèvement.

– Est-ce que c'est la police d'Akureyri qui va s'occuper de l'enquête, vu que c'est là-bas que l'enlèvement a eu lieu ? demanda Jakob.

Beta acquiesça et ajouta son point de vue de cheffe sur l'organisation pratique :

– Ils ont plus de ressources qu'ici. Des gardes pour les cellules, et tout le reste.

– Et le petit garçon ? s'enquit Hildur. Elle se doutait que Jakob voulait savoir ce qu'il lui arriverait mais il semblait ne pas oser poser la question lui-même.

– Il est aux services locaux de la protection de l'enfance jusqu'à ce que sa mère arrive. Hildur, tu pourrais discuter avec les travailleurs sociaux et vérifier s'ils ont encore besoin de quelque chose de notre part. Si vous finissez la paperasse aujourd'hui, vous pourriez faire un tour dans le coin demain, avec Jakob, pour qu'il découvre un peu les lieux.

Hildur s'essuya la bouche et hocha la tête. Elle mit son manteau et sa capuche, puis sortit. Heureusement qu'il n'y avait pas besoin d'aller loin. Le service d'aide sociale se trouvait dans le bâtiment voisin avec la succursale de la compagnie d'assurances et la banque.

La mission de la matinée avait été difficile mais n'avait rien d'exceptionnel. Hildur devait régulièrement gérer des litiges liés à des divorces. Il était assez courant que l'un des parents habite dans une région isolée et l'autre, dans la capitale, et les enfants devaient alors faire de longs trajets entre leurs deux maisons. La plupart du temps, les disputes pour lesquelles il fallait appeler la police étaient dues à un parent qui ne rendait pas l'enfant à l'autre parent en temps voulu après sa visite.

Un autre problème qui donnait beaucoup de travail à la police était la consommation de drogue chez les jeunes. Quand ceux-ci, tombés dans les stupéfiants, fuguaient de chez eux, il fallait les retrouver et les ramener au bercail. On arrivait presque toujours à les remettre à l'abri.

Chaque fois que Hildur parvenait à aider un enfant ou un jeune en difficulté, c'était une victoire pour elle. Les missions les plus rudes étaient celles où l'enfant disparu ne manquait à personne. Cela arrivait parfois. Si la mère et le père buvaient du matin jusqu'au soir et disparaissaient Dieu sait où pendant la nuit avec leurs compagnons de beuverie, il n'y avait personne à la maison pour s'intéresser aux enfants. Ceux-ci devaient se débrouiller seuls et, souvent, on découvrait les problèmes quand l'école contactait la famille. Les professeurs étaient en général les premiers à remarquer que les enfants venaient à l'école mal habillés pour la météo, que leurs absences se multipliaient ou encore que leur corps portait des signes de maltraitance. Dans certaines familles, le frère ou la sœur aînés, tout juste arrivés à l'adolescence, devaient s'occuper des plus jeunes de la fratrie et ne pouvaient pas se concentrer sur leurs études.

Hildur regarda les maisons voisines recouvertes par la neige. Deux réalités distinctes coexistaient dans cette ville. Celle où les habitants avaient tout ce qu'on peut imaginer, et celle où ils n'avaient rien.

Chapitre 12

Jakob fut réveillé à sept heures et demie du matin par la sonnerie énergique de son portable. Il regarda par la fenêtre de sa petite chambre, pas le moindre signe d'un brin de lumière. La fatigue lui causait un léger mal de crâne. Il appuya sur l'icône verte de son téléphone et approcha l'appareil de son oreille.

– Jakob, qu'est-ce que tu fais ?

C'était Hildur. Elle avait l'air bien trop en forme pour une heure aussi matinale, surtout qu'ils avaient la matinée de libre.

– Je dormais. On ne devait pas se voir à midi ? demanda Jakob, pas tout à fait réveillé.

– Oui, oui, mais ça, c'étaient nos plans d'hier.

La voix de Hildur tremblait d'enthousiasme. Jakob entendait le bruit de la machine à café derrière elle.

– Ça te dirait de faire du surf ?

Du surf ? Jakob se redressa dans son lit et chercha l'interrupteur de la lampe sur la table de nuit. C'était quoi, cette idée de Hildur ? Nager dans l'océan ? Alors qu'on était en hiver, que dehors, il faisait aussi noir que dans le cul d'un troll et que la température était en dessous de zéro ?

– Ce n'était pas un tour des environs qu'on devait faire, aujourd'hui ? Tu veux qu'on fasse un sport extrême à la place, c'est ça ?

– Tout à fait. C'est exactement ce que je te propose. L'hiver, c'est la meilleure période pour les vagues, et il fait un temps parfait ce matin.

Un temps parfait, d'accord. Jakob secouait la tête, amusé. Évidemment qu'il irait. Hildur avait l'air de tenir à son idée d'expédition maritime hivernale et lui n'avait pas particulièrement envie de rester seul chez lui. Avant qu'il n'ait le temps de répondre quoi que ce soit, Hildur continua d'argumenter.

– Le vent souffle dans la bonne direction et, même si les vagues ne font qu'un mètre de haut, il y a plus de dix secondes entre le sommet de deux vagues. Des occasions pareilles, on n'en a pas tous les jours, crois-moi ! En plus, j'ai une planche de surf en mousse pour les débutants et une combinaison grande taille, je peux te les prêter.

Jakob rejeta sa couette et s'assit sur le lit. Il comprenait que Hildur n'allait pas abandonner.

– Je viens. Je m'étais dit que je pourrais faire un tour dans la boutique de Guðrún mais je peux très bien y aller plus tard.

– Il avance, ton pull, d'ailleurs ?

Jakob entendait Hildur manger en même temps qu'elle parlait. Cela ne le dérangeait aucunement. Au contraire. Cela avait quelque chose de familier.

– J'ai pu relier hier les manches au corps. Je dois un peu refaire le design, il y a quelque chose d'asymétrique.

– Je n'y comprends rien, mais c'est chouette.

Jakob rigola. Un Finlandais apprenait à une Islandaise les secrets des pulls islandais. Il eut alors une idée qui lui parut excellente. Il lui offrirait en cadeau le pull qu'il tricotait. Tous les Islandais devaient avoir plusieurs pulls épais et chauds ; en tout cas, c'est ce qu'il s'imaginait. Mais il n'avait vu Hildur porter qu'un long gilet. Il en avait tout de suite reconnu le modèle, c'était le Fleygur, qui descendait jusqu'aux chevilles, dessiné par la filature islandaise Ístex et tricoté en laine épaisse Álafosslopi. En ce moment, Jakob tricotait un pull fermé traditionnel avec la laine Léttlopi, plus légère. Quand il l'aurait terminé, le pull resterait dans son pays, en Islande.

– Je te promets qu'on sera rentrés avant la fermeture des boutiques. Je prends un deuxième petit-déjeuner et je viens te chercher dans une heure avec Brenda, dit Hildur avant de raccrocher.

Une heure plus tard, vêtu de son épais anorak, de ses grosses moufles en cuir et de ses hautes bottes d'hiver, Jakob attendait Hildur dans la cour de sa maison de location. Il contemplait le paysage. Le centre-ville était bordé des deux côtés par des montagnes abruptes dont les flancs blanchis par la neige brillaient. Jakob aimait bien la neige. S'il n'y en avait pas, le paysage aurait été encore plus sombre. Mais l'obscurité ne le dérangeait pas. C'était relaxant de se trouver entouré par les hautes montagnes et l'océan glacial. Jakob était tranquille dans son enclos, il n'avait pas besoin de penser à ce qu'il y avait à l'extérieur. C'était son endroit à lui, pour le moment.

Bientôt, à l'angle, apparut la Toyota Land Cruiser grise de Hildur. Avec ses gros pneus, le 4 × 4 faisait de l'effet, même s'il avait connu des jours meilleurs. Quelques taches de rouille ornaient le capot, et il y avait quelques bosses sur le pare-chocs arrière. Jakob ouvrit la portière et s'installa. Il n'avait pas besoin de se baisser pour entrer dans la voiture. Mais il faisait presque un mètre quatre-vingt-dix et dut faire un petit effort pour s'asseoir sur le siège. *C'est un beau 4 × 4*, se dit-il en attachant sa ceinture. La voiture affichait déjà plus de trois cent mille kilomètres. Elle roulait droit sur la route enneigée et dans ce véhicule surélevé, il ne voyait pas le même paysage que dans une petite voiture individuelle. Ça roulerait bien en Finlande aussi, un 4 × 4 pareil.

– Je n'ai pas encore eu besoin d'acheter une nouvelle voiture, expliqua Hildur, comme si elle avait deviné les pensées de Jakob. Elle ne m'a encore jamais laissée tomber, continua-t-elle en tapotant la console centrale de la voiture. Sept, neuf, treize.

Jakob jeta un regard interrogateur à sa collègue et ouvrit la fermeture éclair de son anorak.

– Sept, neuf, treize. Ça porte bonheur. Il faut tapoter trois fois et dire en même temps « sept, neuf, treize ». Comme ça, on se protège contre le mauvais sort.

Jakob acquiesça. En Finlande, on touchait du bois pour se porter bonheur. Il n'y avait pas d'arbres en Islande, c'était donc peut-être pour ça qu'ils utilisaient ces nombres. Au niveau du supermarché, Hildur prit la route de montagne qui conduisait au fjord voisin.

– Tu ne devais pas venir avec Brenda ? demanda Jakob.

Hildur éclata de rire. Elle claqua la main contre le volant.

– Je te présente Brenda. C'est ma voiture.

Ce fut le tour de Jakob d'exploser de rire.

– Pourquoi Brenda ? On regardait aussi *Beverly Hills* dans les années 90 en Islande ?

– Oui. Enfin, pas moi. Un jour, j'ai pris en stop quelqu'un qui m'a laissé pour me remercier cette poupée avec sa robe en paille. Elle s'appelait Brenda. La poupée, hein, raconta Hildur, en montrant la mascotte à la robe jaune qui remuait sur le tableau de bord au rythme des bosses de la route enneigée.

Hildur conduisit la voiture jusqu'à une ouverture béante dans le flanc de la montagne. Celle-ci les avala. Hildur ferma les orifices d'entrée d'air. Sur le bord de la route, le panneau indiquait que le tunnel faisait six kilomètres de long.

Au bout de deux kilomètres, la route faisait une fourche. Un côté menait au village de pêcheurs à l'ouest, et l'autre, vers le sud. Après la fourche, le tunnel était plus étroit : il n'y avait plus qu'une seule voie.

– Ceux qui vont vers le sud laissent la priorité aux autres. Quand tu vois les phares d'une voiture qui arrive en face, tu dois te mettre sur le côté et attendre, expliqua Hildur en montrant la bande d'arrêt qu'on voyait par la fenêtre à droite.

L'hiver, le trafic était rare, mais l'été, le tunnel se remplissait de bus d'excursion pleins de touristes descendus de leurs bateaux de croisière et il se faisait un peu étroit.

Les murs sombres du tunnel se dressaient le long de la route. On avait installé des lampes au plafond qui se trouvait à quelques mètres de hauteur ; leur lumière orange chaude n'éclairait que peu la chaussée.

Plus loin dans les entrailles du tunnel apparurent deux points lumineux qui venaient vers eux. Hildur s'arrêta à la place de stationnement suivante et attendit. Un grondement se rapprochait et, enfin, les phares puissants remplirent le tunnel entier. Alors que le gros camion de la compagnie de transport Eimskip les dépassait, ils sentirent la terre trembler sous eux. Une fois le véhicule passé, l'obscurité revint. Hildur reprit la route et leur voyage continua.

Jakob observait les parois et mesurait du regard la largeur du tunnel. Certains espaces confinés pouvaient produire un sentiment de sécurité mais ce n'était pas le cas de ce tunnel étroit et obscur, proprement terrifiant. Le mur de pierre noir défilait devant ses yeux alors que la voiture continuait son chemin à travers la montagne. Il se demanda si c'était le tunnel que Hildur avait mentionné quelques jours plus tôt. Le tunnel où ses sœurs avaient disparu des années auparavant. Est-ce qu'il oserait lui poser la question ? Hildur avait l'air d'être une personne qui appréciait qu'on soit direct et qu'on ne tourne pas autour du pot. Si la question ne lui plaisait pas, elle se contenterait de ne pas répondre, sans doute. En outre, Jakob considérait que ça ne servait à rien de se demander ce que les autres pouvaient bien penser de lui. La franchise permettait de se débarrasser des connaissances inutiles autour de soi.

Il regarda discrètement Hildur :

– Est-ce que c'est dans ce tunnel que tes…

Il remarqua que le visage de sa collègue se durcit et que son regard se ferma.

– Oui. C'est ici.

Hildur ne continua pas.

Quelques minutes plus tard, Brenda sortit de l'autre côté de la montagne comme une boule de loto de son tube en plastique. Le fjord où ils étaient arrivés suivait la direction est-ouest, et les montagnes qui se dressaient autour de la côte étaient plus basses. Les rayons du soleil hivernal qui venait de se lever passaient tout juste au-dessus des sommets pour éclairer le paysage enneigé. Jakob baissa le pare-soleil et cligna des yeux.

– C'est beau, déclara-t-il, en regardant la vallée qui s'ouvrait alentour. Ils étaient passés de l'obscurité la plus totale à la lumière franche. Le contraste était surprenant.

– Bientôt, ça sera encore plus beau, promit Hildur, en prenant une route plus petite.

Quelques centaines de mètres plus loin, deux boules noires flottaient dans l'océan au gré des vagues. Elles faisaient des allers-retours en s'accordant au mouvement de l'eau et elles attendaient.

Dès qu'une nouvelle grosse vague surviendrait, l'une des boules noires se lèverait sur son surf pour la chevaucher.

– Elle arrive ! Mets-toi à plat ventre sur la planche et rame, s'écria Hildur tout en jetant un coup d'œil à Jakob, qui tenait la planche de surf blanche par la main droite, flottant dans l'eau glaciale.

Il se hissa sur la planche, puis se coucha dessus et se mit à pagayer des deux bras pour s'approcher du rivage. La planche avançait vite, poussée par la vague. Quand elle commença à monter sur la crête de celle-ci, Jakob essaya de se lever comme Hildur le lui avait appris un instant plus tôt dans l'eau moins profonde.

Il réussit à se mettre sur le genou droit mais la vague passa sur lui. Il tomba dans l'eau : la vague le pressait contre le sein froid de la mer. Jakob retint sa respiration et fit quelques mouvements de brasse puissants pour remonter à la surface. Il vit à côté de lui sa planche qui flottait, l'attrapa et chercha Hildur du regard.

Elle avait déjà pris la vague suivante et se trouvait

loin. Elle glissait sur sa planche, en direction de la côte, et s'approchait peu à peu des terres.

– Comment ça va ? s'écria-t-elle, arrivée sur le rivage.

– Toujours en vie. Mais ce n'est pas pareil que le snowboard.

– Allez, on y retourne, dit Hildur, son surf sous le bras, en marchant dans l'eau plus profonde. Elle s'allongea sur sa planche et pagaya jusqu'à Jakob.

– On rame encore un peu. Je te dirai quand monter sur la planche. N'essaye pas de te mettre debout mais d'abord à quatre pattes, puis peu à peu tu pourras te relever. Tu finiras par comprendre les mouvements de la mer.

Quatre heures et une pause goûter plus tard, Hildur et Jakob se réchauffaient dans la voiture. Leurs combinaisons étaient dans le coffre. Hildur les mettrait à sécher chez elle, dans la douche. Elle avait un thermos plein de café chaud et sur le tableau de bord, elle avait ouvert un sachet de kleinur, des beignets qui suintaient de gras.

– Ça fait longtemps que tu fais du surf ? demanda Jakob avant de mordre dans son beignet.

– Depuis la fac. J'adore ça. Quand on est dans l'eau, on ne pense à rien d'autre. Il faut juste se concentrer pour rester sur la planche.

Jakob savait très bien ce que Hildur voulait dire. C'était de « l'escapisme ». Certains regardaient des films, d'autres plongeaient dans l'eau glacée. Lui, il avait passé les dernières années à tricoter des pulls pour garder l'esprit tranquille.

– Qu'est-ce que tu fais quand tu ne peux pas faire de surf ?

– Je vais à la salle ou je cours.

Hildur prit le thermos sur la banquette arrière et remplit leurs deux tasses.

– C'est quoi, tes impressions d'hier ? commença-t-elle.

Jakob comprit que Hildur voulait parler de la mission de la veille.

Il contempla le paysage par la fenêtre. Il se mit à neiger. Alors que la neige tombait plus fort, la frontière entre la mer et le ciel s'assombrit et on ne vit plus l'horizon. La voiture grise fondait dans le paysage. Les contours du monde se dissolvaient dans le néant.

– Je me disais qu'on pourrait parler d'hier, quand on était chez la vieille dame. Ça s'est très bien passé. Tu ne voudrais pas en parler ?

– Parler de quoi ? demanda Jakob.

Hildur n'allait pas abandonner. Elle continuerait à poser des questions jusqu'à ce qu'elle obtienne une réponse qui la satisfasse. Jakob voyait aussi que Hildur avait deviné qu'il essayait de gagner du temps.

– De ton fils. Ou peut-être que tu as inventé toute l'histoire ?

Jakob soupira et tourna à nouveau la tête vers la fenêtre, même s'il n'y avait plus rien à regarder. Une enveloppe grise les avait avalés.

– Si seulement.

– Oui. En général, les histoires les plus tragiques sont vraies.

Jakob hésita. Il n'était pas sûr de pouvoir déjà tout raconter à quelqu'un d'étranger. D'un autre côté, Hildur ne savait rien de lui, donc elle aurait un regard extérieur sur l'affaire sans y ajouter de pitié. Jakob ne supportait pas ça, la pitié l'entaillait trop profondément. Hildur avait l'air d'être une personne ordinaire, dans le bon sens du terme. En plus, ils étaient maintenant coéquipiers. À l'école de police, on insistait beaucoup sur l'importance de la confiance entre les membres d'une équipe. Et puis, Hildur lui avait bien parlé de ses sœurs, même si ça avait l'air d'être un sujet difficile pour elle.

– J'ai rencontré Lena il y a sept ans à Budapest, je faisais un voyage Interrail. Elle était du genre… Du genre à ne pas pouvoir regarder ailleurs quand on la voyait.

– Du genre à remplir tout l'espace et à ne plus laisser d'air pour respirer.

Jakob regarda sa collègue avec gratitude et acquiesça. Hildur avait tout de suite compris.

Il continua à parler de Lena. Quand ils avaient emménagé en Norvège, elle l'avait séduit avec ses talents à la pêche et sa soupe de poisson. Ils étaient sortis ensemble, puis avaient loué un appartement dans une banlieue d'Oslo. Jakob avait commencé une thèse en biologie à l'université d'Oslo et travaillait en même temps comme professeur vacataire. Lena avait un travail exigeant dans une compagnie d'assurances. Les premières années s'étaient plutôt bien passées. Jakob avait appris le norvégien et s'était fait des amis.

Un an après la naissance de Matias, Lena avait commencé à changer. Enfin, elle avait toujours été un peu jalouse mais Jakob avait mis sa volonté de tout contrôler sur le compte de son tempérament colérique. Peu à peu, Lena avait pris plus de place dans leur quotidien. Elle décidait quand ils avaient du temps libre et lui faisait des remarques sur l'éducation de leur fils. Elle voulait savoir à la minute près où il se trouvait. Jakob l'entendait de plus en plus souvent dire qu'il avait des opinions bizarres et des pensées puériles.

– Parfois, Lena me poussait à bout. Un jour, elle

nous a insultés, moi et ma famille, pendant plus d'une heure. À la fin, j'ai attrapé sur la table une pomme dans laquelle quelqu'un avait croqué et je l'ai jetée sur elle. Lena a pris une vidéo avec son téléphone et l'a utilisée contre moi pendant le procès, raconta Jakob en secouant la tête.

Hildur souffla. Elle avait l'air scandalisée.

– Elle avait dû tout planifier ! Elle n'aurait pas pu filmer une réaction spontanée comme ça, autrement.

– Bien sûr. Mais je l'ai compris trop tard.

Après l'épisode de la pomme, la famille avait fait un séjour en Finlande. Lena avait voulu rentrer une semaine plus tôt en Norvège avec Matias.

– On se disputait beaucoup, pendant tout l'été. Lena a suggéré que je passe quelques jours avec mes amis en Finlande et elle rentrerait à Oslo pour préparer la rentrée de Matias au jardin d'enfants.

La curiosité de Hildur grandit. Elle devinait déjà ce qui était arrivé mais voulait que Jakob le lui dise lui-même.

– Qu'est-ce qu'il s'est passé après ?

– Je suis revenu dans l'appartement qu'on louait, mais il était vide. Lena et Matias avaient déménagé, et je ne savais pas où. Elle avait laissé dans l'appart un canapé et une lampe cassée. Cinq jours plus tard, elle m'a envoyé un e-mail, dans lequel elle disait qu'elle avait un avocat et que je n'aurais pas la garde de Matias.

Hildur croisa ses bras et tourna la tête vers Jakob, qui regardait toujours par la fenêtre le gris qui s'assombrissait.

– Quelle horreur ! Je suis vraiment désolée, dit Hildur en posant la main droite sur l'épaule de son collègue.

C'était une consolation maladroite mais elle ne savait pas faire mieux. Jakob tourna les yeux vers Hildur et hocha la tête de manière presque imperceptible. Il y eut un bref silence. Ils ne s'étaient pas beaucoup parlé, mais ils semblaient se comprendre l'un l'autre.

– J'ai perdu confiance en tout. Mon corps n'a pas supporté la catastrophe mais j'ai laissé tomber. Je ne tenais plus sur mes jambes, je m'évanouissais dans le couloir de l'immeuble.

Jakob s'étonna de ses propres paroles. Il venait de raconter à quelqu'un qu'il ne connaissait pas des détails sur lui qu'il n'avait encore jamais révélés à personne. Hildur remarqua sa surprise et détourna la conversation vers des choses plus concrètes. Elle voulait aussi en savoir plus. Est-ce qu'il était possible de sortir d'une situation aussi alambiquée ?

– Tu as pris un avocat ?

– Oui, mais tu penses bien que ce n'est pas donné. J'ai pris toutes les vacations qu'on me proposait et, le week-end, je travaillais dans un bar. J'étais quand même dans la merde avec toutes les factures.

– Oh putain, s'énerva Hildur.

Elle avait eu connaissance de beaucoup de cas similaires par son travail. Il fallait soit n'avoir aucun revenu pour obtenir de l'aide juridique gratuite, soit être très riche pour pouvoir payer de sa poche les rémunérations des avocats qui pouvaient facilement atteindre des dizaines de milliers d'euros. Les compagnies d'assurances ne remboursaient que rarement les frais juridiques liés aux litiges pour la garde. C'était encore plus cher quand les affaires étaient internationales, parce qu'il fallait faire traduire les documents et employer des experts en droit international privé.

Jakob appuya sa tête contre le dossier du siège et plongea le regard dans le textile du plafond de la voiture.

– Le plus injuste, c'est que Lena a utilisé mon travail contre moi dans le procès.

Elle avait affirmé que Jakob ne pouvait pas s'occuper de son fils, puisqu'il travaillait tous les soirs. Les fonctionnaires de la protection de l'enfance avaient pris le parti de Lena. Ils avaient avalé son récit sur son mari finlandais violent. Jakob avait perdu la garde et n'avait pu voir son enfant que très rarement, et toujours sous la surveillance de la protection de l'enfance.

Ce n'était pas la première fois que Hildur s'étonnait de la rationalité des décisions de justice des tribunaux de proximité. Elle se rappelait une affaire de ses années à Reykjavík. Rien que d'y penser, sa colère remontait. Hildur avait enquêté sur une affaire de viol présumé, s'était occupée des interrogatoires et avait cherché des preuves. L'homme suspecté s'était retrouvé au tribunal et on l'avait déclaré coupable. La cour avait tout de même proposé une condamnation très légère, fondée sur le fait que l'homme avait un emploi permanent, qu'il était marié et qu'il avait des enfants mineurs. Par une ironie du destin, on l'avait arrêté pour un crime similaire quelques années plus tard.

– Tu as fait appel, j'espère ?

Jakob secoua la tête.

– Je n'avais tout simplement plus d'argent pour continuer la bataille juridique.

Hildur et Jakob se turent un instant, ils contemplèrent les gros flocons de neige qui tombaient du ciel. Ceux-ci se découpaient clairement dans l'après-midi qui s'obscurcissait et flottaient tranquillement jusqu'au sol. Ceux dont le voyage se terminait sur le pare-brise de la voiture fondaient et coulaient le long du capot froid.

– Beaucoup des gens que je connaissais m'ont jugé pour avoir abandonné mon enfant, reprit Jakob en tournant le regard vers la mer. Je n'ai pas supporté la situation. J'ai déménagé. Je suis rentré en Finlande et je me suis cherché un autre métier. J'ai commencé à l'école de police. Je suis allé en Norvège à chaque fois que j'avais le droit de voir Matias mais, assez souvent, Lena trouvait une raison pour m'empêcher de lui rendre visite.

– C'est quand la dernière fois que vous vous êtes vus ?

– Ça va faire presque un an. Le jour de Noël, l'année dernière. J'essaye de le contacter par appel vidéo. La semaine dernière, on a discuté un peu sur Skype. Matias est encore si petit. J'ai peur qu'il m'oublie peu à peu, murmura Jakob. Puis sa voix se brisa.

Hildur sentait la colère l'envahir. Jakob vivait une situation injuste. Intolérable, même. Hildur n'avait pas l'habitude de se retenir et elle ne comptait pas le faire là non plus. Elle frappa du poing le volant de sa voiture.

– Quelle connasse !

Jakob jeta un coup d'œil à Hildur. Elle avait le regard dur. Il y avait un peu de frustration, peut-être un peu de colère aussi, mais pas une once de pitié. Il apprécia.

Après une petite pause, il continua :

– Tu sais, c'est un peu bizarre, mais je me suis senti vraiment bien quand on est passés devant le parc pour enfants hier. Il y a quelque chose de beau là-dedans, une mère qui a perdu son enfant et fait construire des jeux pour les autres enfants du village.

– Oui, je trouve aussi. Il y a des parents qui cachent

leurs enfants mais il y en a d'autres qui font au contraire tout ce qu'ils peuvent pour qu'on ne les oublie pas.

Ils burent leur café sans rien dire, le regard tourné vers le ciel sombre. C'étaient deux personnes qui ne se connaissaient pas mais qui partageaient un moment, un lieu, une même perspective et des mêmes idées.

Le portable dans la boîte à gants se mit à sonner. Hildur attrapa son téléphone. Le numéro qui clignotait à l'écran était celui de Beta.

– Hildur, où est-ce que tu es ? Sa voix était pressante.

– Je suis à Önundarfjörður, je faisais du surf.

– Je croyais que tu devais montrer les lieux à Jakob.

– Il est avec moi. On boit du café et on discute de trucs importants.

– Vous devriez rentrer tout de suite. Tu n'as sans doute pas encore entendu la nouvelle.

Un poids glacial s'abattit sur les membres de Hildur. Toute la journée, elle avait eu une sensation désagréable. La pesanteur habituelle s'était abattue sur sa poitrine le matin et la sensation n'avait fait que s'alourdir toute la journée. Hildur avait mis cela sur le compte de la mélancolie ordinaire de la fin de l'automne. Les phrases coupantes de sa cheffe lui firent savoir qu'il y avait autre chose qui n'allait pas du tout.

– Il y a eu une avalanche à Seljalandshlíð. Les chalets d'été de la région sont sous la neige et on soupçonne qu'il y avait encore un habitant dans un des chalets.

Hildur alluma le moteur en se disant que ce n'était pas possible. Cela ne faisait que quelques jours qu'il neigeait.

Les secours étaient apparemment déjà sur place. Ils avaient commencé à creuser mais on aurait besoin de beaucoup d'aide dans la région. Hildur estima qu'ils y seraient en moins d'une demi-heure.

– J'apporte les combinaisons sur le lieu de l'accident.

Hildur savait ce qu'était le pire qu'une avalanche pouvait signifier. Les derniers rayons de lumière avaient été attrapés par l'ombre de l'après-midi.

Les longs phares de la voiture qui roulait sur la route sinueuse étaient comme une vive épée de lumière tentant de trouer la masse obscure qui s'épaississait autour. La neige tombait plus fort, tempétueuse, et le 4 × 4 continuait son chemin cahoteux vers la zone de l'avalanche.

Chapitre 13

Le rhizome des lampadaires jaunâtres recouvre tout le petit bourg comme un filet de pêcheur. À ses abords, les lumières se font plus rares, jusqu'à disparaître complètement. Là où la lumière et l'obscurité se joignent, battent les cœurs bleus des véhicules prioritaires.

Je devais venir ici dès que j'ai entendu la nouvelle de l'avalanche. D'abord, deux personnes sont sorties d'une voiture. Bientôt, une autre voiture est arrivée, puis encore une autre.

Dans le paysage entouré d'immenses tas de neige, un troupeau d'êtres humains se meut. Ils courent, les jambes tremblantes, comme des agneaux loin de leur mère. Mais c'est en vain qu'ils soufflent dans leurs mains ! Ils devraient déjà être en train de creuser.

Va vers la fourmi, paresseux ; considère ses voies, et deviens sage. C'est ce que dit l'Ancien Testament.

Mon œuvre n'est pas encore prête, mais jusqu'ici tout s'est passé comme prévu. L'avalanche a avancé mes plans, mais je ne vais pas me plaindre. C'est comme ça pour tous ceux qui vivent à la merci de la nature. Je vais poursuivre mon travail.

J'exhale un dernier souffle de fumée et je le regarde se perdre dans la neige qui tombe.

Les événements prennent la bonne direction. La joie remplit mon esprit et j'en ai presque envie de chanter une chanson paillarde. Je mets les gaz, je tapote le volant en rythme et je chante :

Eh, eh, eh ! Un renard court sur la colline
Il veut mouiller sa bouche sèche avec du sang
Et quelque part quelqu'un pleura,
Une voix masculine profonde retentit.

Les hors-la-loi d'Ódáðarhraun sont sans doute en train de voler en cachette des moutons dans les montagnes.

C'est en cachette que j'avance, moi aussi. Très silencieusement, sans qu'on me remarque. Je n'attrape pas le troupeau entier, j'en prends juste un seul. Quand il y en a un qui s'écarte des autres, alors je l'attrape.

Chapitre 14

Novembre 2019, Ísafjörður

Le téléphone de Hildur n'arrêtait pas de sonner sur le chemin. Des messages de ses amis, des coups de fil de ses voisins. Jetant un coup d'œil furtif à l'écran du portable sur son support, elle vit que c'était maintenant Tinna qui l'appelait. Elle trouvait toujours le temps de parler avec sa tante. Celle-ci avait l'air tout essoufflée.

– Mon Dieu, tu as entendu la nouvelle ? Pour l'avalanche ?

– Je suis justement en route avec mon collègue.

– Je ne peux pas le croire. Il y avait juste un petit peu de neige sur les flancs la semaine dernière.

– Il a quand même pas mal neigé ces derniers jours. Heureusement, l'avalanche n'a touché que la zone des chalets inhabités en hiver.

– Inhabités ? Plusieurs personnes m'ont dit qu'il y avait encore quelqu'un dans un chalet.

Comment donc cette nouvelle aussi avait-elle déjà pu atteindre les habitants ? se demanda Hildur. Elle se hâta de raccrocher.

Des voitures étaient garées tout le long de la chaussée.

Hildur dut ralentir, voyant que la route de Fjallavegur arrivait bientôt à sa fin : la neige qui avait dévalé de la montagne l'avait avalée. Les piquets réfléchissants installés des deux côtés avaient dû être renversés sous l'avalanche, car on ne les voyait nulle part.

Hildur fit marche arrière jusqu'au bout de la file de voitures, où elle gara Brenda en laissant ses phares allumés en direction de la zone de l'avalanche. Il n'était pas encore cinq heures mais il faisait déjà noir. L'avalanche avait détruit une partie des lampadaires et coupé l'électricité. On avait besoin des phares des voitures pour éclairer le lieu de l'accident.

Hildur laissa quelques mètres de distance entre sa voiture et le 4 × 4 des secours qui se trouvait devant, pour permettre à celui-ci de se déplacer rapidement, au cas où. Avec ses pneus énormes, c'était un vrai monstre des montagnes. Ce type de véhicule pouvait aussi se déplacer sur les glaciers. En dégonflant les pneus, on aurait aussi pu sans problème rouler sur la neige pour s'approcher de la zone du sinistre. On ne l'avait cependant pas fait pour éviter de gêner les opérations de pelletage en encombrant l'endroit.

Jakob et Hildur sortirent de la voiture, et aussitôt la portière arrière du 4 × 4 s'ouvrit. La tête de Beta les salua.

– Venez vous changer. C'est Jónas, le chef de l'unité de secours, qui organise les recherches. Nous, on aide là où ils en ont besoin.

– Quelle est la situation ? demanda Hildur en grimpant dans le 4 × 4 à la suite de Jakob.

Ils revêtirent des combinaisons jaunes pour qu'on les remarque. Hildur conseilla à Jakob de mettre sous la combinaison l'insigne de police qui pendait à son cou.

C'était plus facile de creuser quand rien ne gênait les mouvements.

Beta leur raconta ce qu'elle savait. Cela faisait une bonne heure que l'avalanche avait eu lieu. La neige avait englouti cinq chalets et quelques cabanons. Les experts du département météorologique étaient sur place pour évaluer la probabilité de futures avalanches.

Hildur observa le paysage par la fenêtre de la voiture. Les tas de neige éclairés par les phares avaient une taille anormale. Quelques instants plus tôt, il y avait encore des bâtiments ici mais, maintenant, il ne restait plus que des amas de neige de plusieurs mètres de haut et beaucoup de débris.

Lorsque Hildur eut resserré les élastiques des jambes de sa combinaison, le trio fut prêt à sortir de la voiture. Ils partirent à grandes enjambées en direction de la zone de l'accident. Autour résonnaient les voix puissantes des secouristes en train de creuser. Quelqu'un cria le nom de Hildur.

C'était Hlín, la correspondante de la radio publique islandaise dans les Fjords de l'Ouest. Hlín aimait faire du cheval. Elle avait ses propres bêtes dans les écuries au fond du fjord. L'hiver, elle dressait les chevaux dans le manège et, l'été, elle faisait de longues randonnées sur les plateaux. Hildur l'accompagnait de temps en temps. Ísafjörður était une petite ville et elles se croisaient donc souvent, même en dehors des vacances. Hlín était la seule journaliste de la région et elle écrivait sur tous les sujets : les accidents, les opérations de sauvetage des moutons perdus et les inaugurations d'entreprises.

– J'ai déjà discuté avec les secouristes. Qu'est-ce que la police a à dire sur le fait qu'il y ait probablement eu encore quelqu'un dans un chalet ?

– Tu en as parlé avec Beta ? l'interrompit Hildur. En général, c'était sa cheffe qui répondait aux journalistes.

Hlín leva les yeux au ciel.

– Tu connais Beta. Elle ne répond jamais rien dans des situations comme ça.

Oui, enfin, moi non plus, se dit Hildur. Elle ne comptait pas confirmer les rumeurs mais elle ne voulait pas non plus contredire les soupçons qui s'éveillaient. Si elle le faisait, elle devrait mentir. Or, elle ne voulait pas mentir. Et puis, Hlín était une amie.

– Il est interdit de passer l'hiver dans les chalets, à cause du risque d'avalanche. Nous ne pouvons pas encore estimer plus précisément les dommages matériels, ni si des gens sont restés sous la neige.

Hlín fit un rictus.

– Quelle réponse diplomatique !

– Je suis désolée de ne pas pouvoir en dire plus pour le moment. Je te ferai savoir si on a une annonce. Je te le promets, dit Hildur en se protégeant la tête avec la capuche de sa combinaison.

Hlín eut l'air d'accepter la réponse et observa les alentours à la recherche d'autres personnes à interviewer pour son article.

Beta continuait son chemin. Elle désigna d'un signe de tête un endroit à quelques centaines de mètres où de nombreux sauveteurs pelletaient la neige éclairée par leurs lampes frontales.

– On pense qu'il y avait encore quelqu'un dans un petit chalet vert là-bas.

Hildur comprit tout de suite de quel chalet il s'agissait.

– Jón.

Beta hocha la tête. Elle habitait un peu plus bas sur la

même rue et connaissait donc la zone comme sa propre poche. Elle savait qui était propriétaire de quel chalet. Et il n'y avait pas si longtemps que Beta et Hildur étaient venues le voir.

Le jour où Jón était attendu pour son interrogatoire, on n'avait vu le vieil homme nulle part. Hildur serait allée le chercher chez lui la veille, s'il n'y avait pas eu la mission plus urgente à Súðavík.

Jakob traversait la neige profonde à grands pas, il avait l'habitude. Il observa la zone sinistrée alentour et tenta de distinguer l'emplacement du chalet de Jón.

– Pourquoi vous croyez que ce type était encore dans son chalet ?

Hildur tira Jakob sur le côté et lui désigna un endroit quelques dizaines de mètres plus loin. Un énorme amas de neige était plein de débris divers et variés. On pouvait y distinguer notamment le pare-chocs d'une voiture.

– Jón ne se déplace jamais sans sa voiture.

On ne voyait plus que l'arrière de la vieille Suzuki mais cela ne faisait aucun doute. C'était la voiture de Jón.

Autour d'eux, c'était le chaos. Comme si en un claquement de doigts, le monde avait été renversé. Une partie des bâtiments était à moitié enterrée dans la neige. Des vitres étaient brisées et des murs, écroulés. Sur cet espace qui devait faire une centaine de mètres de large, il n'y avait rien d'autre que des amas de neige d'où sortaient des bouts de planche, des morceaux de lampadaires et de la tôle déformée.

L'inclinaison des montagnes voisines devait atteindre la trentaine de degrés. Cela faisait longtemps qu'on avait classifié la région comme zone à risque d'avalanche. C'était pourquoi on ne pouvait utiliser les chalets que l'été et que les contrevenants recevaient une amende salée. Les avalanches étaient fréquentes dans les montagnes si raides des Fjords de l'Ouest, malmenés par les tempêtes de neige l'hiver.

– Je n'ai jamais rien vu de pareil. On dirait une zone de guerre, commenta Jakob, la voix pleine de stupéfaction.

Ils continuèrent à grands pas vers le chalet de Jón, où les excavations allaient bon train. Un sentier d'un demi-mètre de large permettait déjà aux secouristes d'arriver jusqu'à la scène de l'accident.

Jónas, le directeur de l'équipe régionale des secouristes, se trouvait à peu près à l'endroit où se dressait auparavant l'entrée du chalet de Jón. C'était un homme imposant, à la voix qui portait.

– Le chien a marqué cet endroit. Mais la marque était assez faible, il est donc possible que la victime soit déjà morte. On pense que c'est à peu près par ici que se trouvent les restes de la chambre à coucher, dit Jónas en indiquant un endroit vers le haut.

Sa voix avait la fermeté de l'expérience. Il avait déjà assisté à de nombreuses catastrophes naturelles de ce genre. Dix ans plus tôt, quand le volcan Eyjafjallajökull était entré en éruption, Jónas avait loué toutes les camionnettes libres de la région et était parti vers la côte sud de l'Islande pour aider à évacuer le bétail.

– On a commencé l'excavation à côté du mur est. C'est là qu'il y a le moins de neige. Puis on va avancer doucement à partir de là. On concentre toutes nos forces sur ce chalet. Demain, quand il fera jour, on pourra élargir. On est quasiment sûrs que les autres chalets endommagés étaient vides. Mais on doit encore le confirmer en téléphonant à tous les propriétaires.

Hidur traduisit à Jakob ce que Jónas leur disait. Ils saisirent des pelles et se mirent à creuser aux endroits que leur indiquait le secouriste. Heureusement, la neige tombait moins drue maintenant. Plus forte, elle aurait gêné la visibilité.

Hildur pensa à son enfance. Cela faisait déjà une vingtaine d'années que les avalanches n'avaient plus fait de victimes. En 1995, il y en avait eu deux terribles dans les Fjords de l'Ouest. Elles s'étaient toutes deux produites la nuit, alors que les gens dormaient. En tout, presque quarante personnes étaient mortes.

La famille de Hildur avait échappé à l'accident mais comme il y avait peu d'habitants dans la région, elle connaissait beaucoup de victimes et leurs familles. Cela n'avait toutefois pas tellement marqué son esprit car, à cette époque, sa propre famille était toujours sous le choc de la disparition des fillettes. Le chagrin dû à l'incertitude et à la peur avait effacé le traumatisme causé par les avalanches. La douleur dépend des revers variés que l'on vit. Elle est impitoyablement personnelle.

Jakob souleva la neige avec sa pelle, grimaçant de douleur sous son poids :

– On dirait du ciment.

– La neige devient dense comme ça quand elle glisse à grande vitesse depuis les sommets, souffla Hildur, en essuyant les gouttes de sueur qui perlaient sur ses sourcils.

La masse neigeuse qui dévalait des montagnes provoquait une onde de pression qui détruisait d'abord les fenêtres et faisait aussi souvent exploser les portes. Puis la neige arrivait, densifiée en une lourde masse.

Hildur aperçut un chien qui s'agitait dans la congère, à la fourrure noire tachetée de blanc. C'était Molli, la chienne de sauvetage du village. On lui avait appris à retrouver les personnes enterrées vivantes sous la neige mais elle pouvait aussi, disait-on, flairer les morts. Hildur croisait souvent Molli et son maître quand elle faisait son jogging.

Les chiens repéraient les gens enfouis sous la neige en suivant l'odeur de leur peau. Une avalanche pouvait emporter quelqu'un sur une très longue distance. À l'aide des chiens secouristes, on trouvait plus rapidement l'endroit où il fallait creuser. Sinon, on risquait d'arriver trop tard. Voilà pourquoi presque chaque village de montagne en Islande avait au moins un chien dressé pour le sauvetage.

Hildur se rappela qu'on avait aussi eu recours à un chien sauveteur pour retrouver ses sœurs. Celui-ci avait réussi à suivre la trace de leur odeur. La mère de Hildur en avait parlé avec des policiers à l'air officiel, autour de la table de la cuisine. Cachée dans la pièce voisine, Hildur avait écouté la discussion des adultes derrière la porte entrouverte. Le chien avait apparemment suivi avec détermination une piste qui allait du centre-ville à la bouche du tunnel. Mais en arrivant là, il s'était arrêté, comme étonné. Les traces avaient disparu, comme s'il y avait eu un mur. Hildur se rappelait encore ce moment dans la pénombre de sa chambre, sous sa couette Blanche-Neige. Enfant, elle aimait beaucoup les animaux et en particulier les chiens. Mais à cet instant, son esprit avait fait volte-face. Elle s'était mise à craindre et détester les chiens pendant quelque temps. Surtout le chien qui n'avait pas réussi à retrouver ses sœurs.

– C'est quand même terrible que quelque chose comme ça puisse arriver aussi brusquement, commenta Jakob.

Hildur retrouva ses esprits et regarda son collègue qui s'acharnait avec la pelle.

– Oui. On n'a aucun moyen de contrôler la terre ici, même avec les meilleures technologies du monde et nos paravalanches.

Cela faisait presque trois quarts d'heure qu'ils déblayaient sans s'arrêter. Ils n'avaient trouvé que de la neige, de la vaisselle, et quelques vêtements. Hildur sentit un élancement au flanc droit. Elle changea sa pelle de main et tourna ainsi son corps dans l'autre sens.

Il y avait sans cesse de nouveaux sauveteurs qui arrivaient sur la zone de l'accident. L'équipe de secouristes du fjord voisin était venue avec un deuxième chien. On avait même proposé de l'aide depuis Reykjavík. Le réseau d'équipes de secouristes bénévoles en Islande était composé de plus de trois mille personnes qui avaient suivi une formation physique exigeante et étaient prêtes à partir à tout instant. Sans ces bénévoles, on n'aurait pas pu organiser d'excavations aussi importantes ni aussi rapidement.

Le chalet de Jón était peu à peu dégagé. Ce fut d'abord la corniche de l'entrée qui apparut. Puis un bout du toit. Hildur et Jakob, accompagnés de beaucoup d'autres, déblayaient la neige qui était ensuite emportée un peu plus loin par les secouristes. L'un des murs s'était effondré.

– Le mur sud tient toujours et on voit la fenêtre de la chambre. On va entrer par là, s'écria quelqu'un.

L'atmosphère devint électrique. Bientôt, le premier secouriste fut à l'intérieur. Il continua à creuser. Il jetait la neige lourde et épaisse par la fenêtre, une pelletée à la fois. Peu à peu, il y eut un peu plus de place à l'intérieur. Une deuxième personne put entrer dans la chambre pleine de neige, puis une troisième. Il y avait maintenant assez d'espace pour se tenir debout dans ce qu'il restait de la pièce. La sueur perlait sur le visage des sauveteurs et ils haletaient fort. Chaque seconde comptait. Si l'homme était resté dans une poche d'air sous l'avalanche, il avait pu s'en tirer. Plus vite on arrivait à le sortir de sous la neige, plus probables étaient ses chances de survie.

Jakob et Hildur s'approchèrent de la fenêtre à demi dégagée pour observer les trois sauveteurs à la tâche. Le plus costaud des trois plantait dans la neige un long bâton, qui permettait de sonder où se trouvait la personne recherchée pour que l'excavation ait lieu à l'endroit exact. L'attention de Hildur fut attirée par son bonnet à pompon rouge vif qui portait le logo des patineuses de Reykjavík et tranchait avec l'apparence habituelle du secouriste.

– Je sens quelque chose à environ un mètre. C'est peut-être un matelas, ou alors c'est quelqu'un.

Les sauveteurs à l'étroit dans la chambre se mirent à dégager la neige de l'endroit que leur indiquait l'homme au bonnet à pompon. D'abord avec leur pelle, puis à la main. Enfin, deux chaussettes en laine grises apparurent sous la neige.

– Son visage, son visage, s'écria l'un d'eux.

Ils se hâtèrent, leurs mouvements étaient de plus en plus rapides. La personne sous la neige ne bougeait pas. Elle était soit morte soit inconsciente.

Hildur suivait toujours la situation depuis la fenêtre. Elle appela les secours et leurs brancards.

L'homme au bonnet à pompon essuya la neige qui restait sur le visage de l'homme enfoui et se pencha vers lui pour tâter son pouls. Il ôta son gant mais, alors qu'il allait poser son index et son majeur sur son cou au niveau de l'artère, il tressaillit et se figea sur place.

La pièce s'emplit d'une plainte atténuée par la neige.

Tout le monde alentour se tut.

– Qu'est-ce qu'il y a ? demanda Hildur.

L'homme au bonnet fit entendre un marmonnement incompréhensible.

– Qu'est-ce qu'il y a ? répéta Hildur en pénétrant dans la pièce par la fenêtre.

Elle regarda l'homme allongé dans la neige et eut le souffle coupé par la surprise. La cicatrice sur le front confirmait qu'il s'agissait bien de Jón.

– On ne va pas avoir besoin de réanimation, commenta Hildur.

Jón avait la gorge tranchée, d'une oreille à l'autre.

Chapitre 15

La découverte du cadavre avait transformé l'atmosphère dans la zone de l'avalanche. On était passé de l'activité riche en adrénaline à la stupéfaction figée. Le lieu de l'accident était maintenant une scène de crime.

Les secouristes avaient été autorisés à rentrer chez eux. La chienne Molli geignait pour continuer sa tâche et, en récompense du travail bien fait, son maître lui avait accordé un quart d'heure de recherches supplémentaires dans les congères.

Beta avait appelé le médecin, qui devait venir sur place pour constater le décès de la victime. Hildur avait ensuite procédé à un examen rapide et superficiel du cadavre, tout en faisant attention à ne pas brouiller les traces pour rien.

Elle ne voyait pas de taches sombres sur le corps de Jón. Tout le monde était unanime : cela devait s'expliquer par l'importance de l'écoulement du sang. La neige avait effacé la plupart des traces du sang, en glissant avec la force d'une explosion. Mais les vêtements de la victime et les textiles du lit étaient recouverts de tellement de taches rouges qu'on pouvait assez facilement en conclure qu'elles étaient dues à la section de l'aorte.

Jakob vit Hildur essayer de faire bouger les membres de la victime. On leur avait appris à le faire à l'école de police. Il fallait tester la rigidité cadavérique qui pouvait aider à définir l'heure de la mort. Jón n'ayant plus cette rigidité, son décès devait dater de plusieurs jours. Il n'y avait cependant encore aucun signe de pourrissement, Hildur estimait donc que le meurtre avait dû se produire environ trois jours plus tôt.

Il semblait évident que Jón s'était desséché en se vidant de son sang, et que quelqu'un l'avait tué. Il n'aurait pas pu s'infliger lui-même une telle blessure. Mais seule l'autopsie pourrait donner aux enquêteurs des informations certaines sur la cause du décès.

En Islande, toutes les autopsies étaient pratiquées à Reykjavík. La police des Fjords de l'Ouest n'avait pas de médecin légiste attitré.

Il ne fallait pas laisser le cadavre sans surveillance avant l'arrivée des techniciens de la scientifique. Hildur et Beta étaient parties au commissariat pour déclencher l'enquête. Hildur comptait appeler la journaliste pour lui parler de l'homme mort enterré sous la neige. Ils ne diraient toutefois pas encore au public qu'il s'agissait d'un meurtre. C'était une information qui pouvait attendre. Jakob avait promis de rester surveiller la scène de crime, délimitée par un épais ruban en plastique.

Il était adossé au seul mur extérieur qui tenait encore debout. Il avait une vue directe sur le cadavre allongé sur son lit. La blessure avait l'air atroce. Le coup de couteau avait dû demander beaucoup de sang-froid au coupable. Comment le meurtrier avait-il pu procéder ? Jakob s'étonnait de la position du cadavre sur le lit. Il avait l'air tranquille. Il reposait sur le dos, les jambes droites et les mains sagement sur les côtés. Comme si l'homme était décédé dans son sommeil. Mais cela n'était pas possible car la blessure était large et il y avait du sang partout. Un acte aussi violent était presque toujours précédé d'une lutte, et Jón était loin d'être un gringalet. Le meurtrier devait être costaud. L'autopsie et les analyses techniques en dévoileraient davantage, se dit Jakob avant de détourner le regard.

Il y avait pas si longtemps que ça, il était professeur de biologie en Norvège. À présent, il surveillait un cadavre dans les fjords reculés de l'Islande. Tout peut arriver dans la vie.

L'équipe de secouristes avait laissé à Jakob une couverture de survie contre le froid, ce dont il était reconnaissant. Le plastique alvéolaire et la pellicule d'aluminium isolaient bien du froid. Jakob l'avait mise sous ses pieds en guise de tapis de sol et c'était bien confortable : il n'avait pas froid alors qu'il restait immobile par moins huit et qu'il y avait un vigoureux vent du nord.

Son regard suivit le paysage. L'électricité était toujours coupée. On lui avait également laissé deux lampes de chantier transportables, qu'il pouvait allumer s'il le souhaitait. Mais il n'en ressentait pas le besoin. Il préférait rester dans l'obscurité. C'était beaucoup plus agréable que la puissante lumière artificielle.

La clarté des étoiles l'avait surpris, mais peut-être ne remarquait-on tout simplement pas cette beauté au milieu de la pollution lumineuse de la vie quotidienne. Jakob pouvait distinguer l'Étoile polaire, la Grande Ourse et la ceinture d'Orion. Trois étoiles brillantes les unes à la suite des autres : Mintaka, Alnilam et Alnitak. Les étoiles avaient toujours intéressé Jakob. Enfant, il connaissait par cœur les noms de dizaines d'étoiles, qu'il avait copiés dans un grand cahier à couverture bleue, la « Carte au trésor des étoiles », comme il avait appelé ce répertoire. Ce souvenir le fit sourire.

Lors de sa première année en Norvège, ils avaient fait beaucoup de camping avec Lena. À leur première expédition, celle-ci l'avait emmené le soir au bord de la mer et s'était allongée par terre, sur le dos. Jakob s'était installé à côté d'elle. Lena lui avait dit de chercher les étoiles filantes. C'était sûr qu'il allait en trouver, il suffisait de regarder le ciel assez longtemps. Jakob avait observé la voûte céleste noire, ornée de points blancs brillants, qui s'étendait à l'infini. Et puis, il en avait vu une. Un point lumineux qui se mouvait entre les constellations. Cette vision l'avait bouleversé. Quelle merveille de découvrir quelque chose pour la première fois ! Quelque chose qui avait toujours été là mais c'était Lena qui le lui avait montré, et personne avant elle. « Comme c'est beau, les étoiles filantes », avait-il murmuré. Lena avait explosé de rire avant de lui expliquer que c'étaient des satellites. Jakob s'était senti un peu stupide. Pourquoi n'avait-il pas pensé plus tôt qu'on pouvait voir des satellites dans un ciel noir sans nuages ? Mais à cet instant, Lena s'était allongée sur lui et d'autres pensées avaient balayé son esprit.

Jakob fit quelques mouvements des bras puis leva le visage vers le ciel pour chercher des satellites du regard.

Soudain, il se souvint. Il sortit son téléphone de la poche de sa combinaison et regarda l'heure. Presque huit heures. Ils s'étaient mis d'accord, il avait le droit de parler avec Matias aujourd'hui à huit heures.

Le tribunal avait accordé à Jakob le droit à des

rencontres physiques en présence de la protection de l'enfance et à des discussions hebdomadaires sur Skype. Chaque semaine, à cette heure-là, Jakob essayait d'appeler. La dernière fois, Matias semblait ne pas le reconnaître, et ils avaient eu du mal à parler. Jakob ne savait pas vraiment pourquoi. Est-ce que Matias était vraiment gêné ou était-ce Lena qui avait provoqué cette situation malheureuse par ses actions ?

Jakob ouvrit l'application Skype sur son téléphone et choisit le profil de Lena. Le froid était mordant. Le vent s'était renforcé. Dès que le téléphone se mit à sonner, Jakob remit ses gants et alluma les lampes de chantier. Il se plaça dans la lumière de sorte à être éclairé mais pas aveuglé.

Lena répondit. Elle avait l'air d'être chez elle, dans le salon. Jakob n'y était jamais allé mais il avait déjà vu à l'arrière-plan des appels vidéo le tableau Ikea qui représentait la silhouette d'une ville.

– Salut, comment ça va ? commença Jakob.

Lena répondit à son salut. Elle ne souriait pas mais le regardait et semblait d'humeur coopérative. Cela lui fit du bien. Peut-être que cet appel se passerait mieux que le précédent.

– Fatiguée. Il y a toujours beaucoup de boulot à la fin de l'année et Matias a été un peu malade. Plutôt bien, sinon.

– Je suis désolé. Comment va Matias ?

– Je viens de te dire qu'il a été malade, répondit Lena d'une voix plus sèche.

Jakob décida de garder son calme. Il ne voulait pas entrer dans le jeu de Lena mais faire preuve de maturité. Il inspira paisiblement et tenta de continuer la conversation aussi ordinairement que possible.

– C'est peut-être juste un rhume d'automne. Tu en penses quoi ?

– T'en penses quoi, t'en penses quoi, l'imita Lena d'un air moqueur.

Jakob sentit dans son corps la petite décharge électrique bien trop familière. La conversation prenait encore un mauvais tour. Il essayait de garder un ton convenable mais Lena venait de sortir la perceuse. Il était tendu en surface mais décida de ne pas s'énerver. C'était exactement ce que voulait Lena. Lui faire dire quelque chose qui lui donnerait le droit de raccrocher.

– Les enfants attrapent souvent des petits rhumes, l'automne. Je me demandais juste si c'était ça ou bien quelque chose de plus grave.

– Oui, enfin, c'est pas toi l'expert dans la santé des enfants, donc tes hypothèses, tu peux te les garder.

Jakob fit une petite pause. Il sentait déjà dans quelle direction la conversation continuait. Il alla donc droit au but tout en gardant une voix aussi amicale que possible.

– Est-ce que je pourrais parler à Matias ?

– Je t'ai dit il y a une seconde qu'il était malade.

– Est-ce que je pourrais au moins le voir ?

– Il est malade ! Ça ne va pas être possible, répondit Lena, irritée. Sa voix était montée de quelques notes.

Lena bougea un peu et Jakob aperçut son fils. Celui-ci était assis sur le canapé avec un ami de son âge. Ils regardaient la télévision. Il avait l'air plutôt en forme. Quelque chose qu'il venait de voir le faisait rire, il pointait son doigt vers l'écran. Il avait les cheveux drôlement ébouriffés et une grande fossette à la joue gauche, qu'on voyait toujours aussi bien que quand il était bébé. C'était incroyable comme la peau pouvait prendre diverses formes.

Jakob se rappelait comment tous les matins le visage de son fils se fendait d'un large sourire, signe d'une joie incommensurable, quand il se jetait comme une fusée dans leur lit pour les réveiller. Le petit garçon riait et avait l'odeur du matin. Ces moments-là manquaient beaucoup à Jakob. Son fils lui manquait. Ce manque provoquait comme une douleur dans la poitrine et les bras.

– Vous avez des invités ? Il est malade ou non ? demanda Jakob en gardant toujours son calme.

– Tu m'accuses de mentir ? On devrait apprendre à notre enfant à faire confiance aux gens mais toi, tu sèmes le doute et tu accuses sa mère d'être une menteuse !

Le sermon de Lena recommençait.

– Ce n'est pas ce que j'ai dit, répliqua Jakob, qui savait très bien que cela ne servait à rien d'argumenter avec Lena.

– Et puis tu es où ? Au ski ?

Lena ne se rappelait même pas où il était. Cela lui fit mal. Il avait annoncé son départ en Islande bien à l'avance. Enfin, qui sait, peut-être qu'elle se rappelait très bien mais ne voulait pas le montrer. Peut-être qu'elle voulait faire savoir à Jakob qu'il prenait si peu de place dans sa vie qu'elle n'avait pas besoin de se souvenir où il était.

– Je suis au travail. En stage en Islande. Je t'avais dit avant de partir que j'allais passer quelques mois ici.

Le visage de Lena prit un air averti, plein de suffisance. Sa voix devint douce et mielleuse. Quand un message méchant était enroulé dans un doux paquet, sa méchanceté en piquait d'autant plus.

– Tu as remarqué ? Tu le refais. Tu m'accuses encore

d'avoir mauvaise mémoire. Tu arrives toujours d'une manière ou d'une autre à me faire porter la responsabilité. Ce n'est pas un bon comportement, ça, pour les enfants, c'est un mauvais modèle d'homme pour Matias. Tu es une personne toxique. Hyper toxique.

Après cette dernière phrase, Lena fit un grand sourire tendre et irritant à la fois, puis elle raccrocha.

Jakob se trouvait au milieu de la congère, le téléphone dans la main, et observait son écran noir. Que pouvait-il faire ? Rien de ce qu'il disait ne servait à quoi que ce soit. La conversation avec Lena conduisait presque toujours à ce point. Peu importe ce qu'il disait, Lena transformait ce qu'elle entendait selon ses propres besoins. Il avait essayé de parler moins, de parler plus, de rester calme, de crier en retour. Presque toujours, le résultat était le même : Lena l'accusait de quelque chose et prétendait qu'il faisait du mal à Matias.

Jakob retourna près de la maison, posa les pieds sur la couverture de survie et s'adossa au mur. Il se sentait impuissant. Impuissant comme l'homme mort, couché dans les ruines de son chalet.

Chapitre 16

Novembre 2019, Reykjavík

Heiðar arrangea de sa main gauche la mèche de cheveux qui s'était perdue sur sa tempe puis regarda la montre qu'il avait au poignet. Qu'est-ce qu'il aimait sa Rolex en or ! C'était un modèle spécial que peu de gens pouvaient s'offrir. Elle valait autant que six mois de salaire d'une infirmière. Heiðar Arason eut un sourire de satisfaction et entra dans l'ascenseur.

Il était quelqu'un qui avait réussi et qui n'avait pas besoin de sentir au travail la sueur des aisselles des malades. Au contraire ! C'était lui qui donnait des sueurs froides aux autres.

Il était déjà une heure et demie du matin mais cela n'avait pas d'importance. Il prendrait une petite ligne pour se réveiller et pourrait commencer une nouvelle journée victorieuse au cabinet. Cinq heures de sommeil lui suffiraient grandement.

Si son épouse se réveillait à son retour à la maison et qu'elle lui faisait une remarque sur l'heure tardive, il pourrait toujours invoquer l'excuse des heures supplémentaires pour un client important. Heiðar avait un principe : c'est celui qui a l'argent qui décide. Et comme c'était lui qui rapportait l'argent au foyer, il pouvait décider quand il rentrait à la maison.

Heiðar secoua la tête en pensant à son épouse Kolfinna. Elle passait toutes ses journées dans leur maison construite au bord de la mer, sans rien faire de particulier. De temps à autre, elle peignait des tableaux à l'huile absolument hideux qu'elle offrait à la vente dans les galeries de ses amis de la haute société. En un an, Kolfinna avait réussi à vendre deux natures mortes aux fleurs et elle se disait à présent artiste. Heiðar trouvait cela vraiment stupide mais il ne voulait pas taquiner sa femme et faire couler le bateau. Il lui faisait quelques compliments de temps en temps et la gardait satisfaite en lui offrant aussi régulièrement des petits cadeaux ou en lui montrant des signes d'affection.

Kolfinna devait être de bonne humeur et présente à ses côtés aux événements importants. Son père possédait l'une des entreprises de pêche les plus florissantes du pays, qui finirait par lui appartenir. Et donc à Heiðar aussi. Voilà pourquoi il n'était pas question de divorcer.

En plus, Kolfinna ressemblait à Penelope Cruz. Enfin, avait ressemblé. Quand le film d'Almodóvar *Tout sur ma mère* était sorti une vingtaine d'années plus tôt, Heiðar et Kolfinna étaient allés le voir ensemble. À cette époque, la ressemblance entre l'actrice principale et la jeune femme ne faisait aucun doute. Mais aujourd'hui, Kolfinna avait un peu plus de quarante ans. C'était encore une belle gonzesse, même si, bon, elle avait un cul de quarantenaire, se disait Heiðar, un grand sourire sur les lèvres.

Rien de mieux que les vingtenaires.

La stagiaire qui avait commencé l'été dernier au

cabinet de Heiðar était le rêve de n'importe quel homme. Des cheveux blonds ondulants, de grands yeux et des seins fermes qui tressautaient légèrement quand elle marchait dans sa robe tube et ses escarpins, dans les couloirs du cabinet. Quand la jeune étudiante de vingt-cinq ans était entrée dans le cabinet pour son entretien d'embauche, tous les partenaires avaient été unanimes : il fallait recruter Lára.

Les hommes avaient aussitôt fait un pari : le premier qui parviendrait à percer les charmes de la blonde recevrait un bonus de rendement de cinq pour cent à la fin du trimestre suivant. La seule partenaire féminine du cabinet n'avait évidemment pas été mise en copie des courriels contenant les documents liés à cette prime mais elle avait accepté le recrutement, puisque tous les autres étaient unanimes.

Heiðar avait gagné le pari. Évidemment. Il réussissait toujours ce qu'il entreprenait. La préparation avait exigé des efforts précis de sa part. L'avocat avait caché son alliance dans le tiroir de son bureau et avait changé les réglages de confidentialité de son compte Facebook. On ne trouvait pas son adresse dans l'annuaire public et il ne gardait pas de photo de son épouse au bureau. Dans les soirées de la haute société, il n'acceptait jamais d'être pris en photo par les journalistes de tabloïds. Il pouvait donc faire semblant d'être célibataire, car on ne trouvait aucune information disant le contraire sur Google.

Il avait d'abord invité Lára à prendre un café à la pause déjeuner pour écouter ses projets professionnels et lui donner des conseils sur son sujet de mémoire. Ils avaient passé un bon moment.

La semaine suivante, deux déjeuners et un apéro après une journée de travail réussie. Heiðar avait flirté avec

Lára, qui avait répondu avec enthousiasme. C'était sans doute une bonne chose pour une jeune juriste quasi diplômée de faire connaissance avec l'avocat d'affaires le plus connu et surtout le plus riche de la ville.

Heiðar ne pouvait pas emmener Lára dans des lieux publics, il fallait donc lui faire de l'effet sur leur lieu de travail. Il ajoutait quelques émojis à la fin de ses courriels et lui demandait si elle avait des plans pour la soirée. Une fois, ils étaient allés à la première d'un spectacle parce que l'invité de Heiðar avait, paraît-il, annulé à la dernière minute.

Heiðar n'avait bien sûr pas eu d'invité, il avait inventé l'histoire pour attirer Lára avec lui dans la loge payée par les frais de représentation du cabinet. Dans la pénombre du théâtre, Heiðar lui avait servi un gin tonic et lui avait fait des compliments sur son travail. Il lui avait promis un poste dans le cabinet quand elle serait diplômée. Toutes les digues avaient alors cédé. Après le spectacle, ils étaient retournés au cabinet qui se trouvait à quelques pas du Théâtre national, pour un *after.*

Ils avaient tout de suite baisé dans les toilettes. Lára s'était assise sur le lavabo et avait écarté les jambes, comme il le lui avait demandé. Heiðar avait baissé son pantalon, l'avait pénétrée et avait pris une photo dans le miroir. Il clignait de l'œil. Lára n'avait rien remarqué et Heiðar avait aussitôt envoyé la photo dans le groupe WhatsApp de ses partenaires. Son message fut suivi d'une série d'émojis : des *high five*, des clins d'œil, des trophées et des billets.

Heiðar reprit ses esprits. Le bruit de l'ascenseur indiquait qu'il était arrivé au sous-sol. Il sortit pour récupérer sa voiture dans le garage de l'immeuble.

Aujourd'hui aussi, il avait passé une très bonne journée. Pendant le procès, il avait écrasé sous ses talons un entrepreneur en métallerie qui devait avoir la cinquantaine et avait fait banqueroute. Le pauvre avait un avocat si mauvais que Heiðar avait presque eu envie de rire. Il avait battu la bedaine à bière 6-0 et il pourrait bientôt envoyer une grosse facture à l'ex-entrepreneur.

Quand il gagnait ses procès, il avait toujours une folle envie de baiser. Dans la cour du tribunal, dès qu'il avait été libre, il avait envoyé un texto à Lára pour lui proposer de se voir. La jeune femme avait promis de venir. Évidemment. Lára venait toujours quand il le lui demandait.

Ils avaient dîné dans la suite d'un hôtel à proximité et bu le vin rouge le plus cher des caves du restaurant. Les choses sérieuses venaient après le repas. Ils avaient pris deux lignes sur la table en verre de la suite et Lára s'était déshabillée. Heiðar s'était assis dans un fauteuil en cuir, il avait tiré Lára devant lui et lui avait demandé de sautiller un peu sur place. Il eut à nouveau des vertiges en repensant au doux tremblement des gros seins de la stagiaire au-dessus de sa tête. Ensuite, il avait pris la nana par-derrière sur le grand lit, car il obtenait toujours ce qu'il désirait.

Après quelques heures d'activité, Lára s'était endormie dans le lit de l'hôtel. Heiðar avait décidé de rentrer chez lui.

Il avançait vers sa voiture, satisfait. Sa Range Rover blanche brillait dans le coin le plus éloigné du garage. Il avait mal à la tête et aux couilles après cette grosse soirée, mais il ne regrettait rien. Bien sûr que non. *Ce sont les* losers *qui ont des regrets, les* winners *continuent,* se dit-il en cherchant les clés de sa voiture dans la poche de sa veste en laine Hugo Boss.

En même temps, il se sentait un peu triste. Au printemps prochain, sa romance avec Lára prendrait fin. La fille allait bientôt être diplômée et il devrait tenir sa promesse de lui donner un poste. Mais cela n'arriverait pas. Ils prendraient juste une autre stagiaire qu'ils paieraient au salaire minimum pour s'occuper de la routine. En outre, Heiðar savait d'expérience que plus une relation durait, plus la femme devenait exigeante.

– Mais où sont donc ces putains de clés ? grommela-t-il.

Il tâta l'autre poche de sa veste. Les clés de sa voiture n'y étaient pas non plus. Peut-être qu'elles étaient restées à l'hôtel. Il était sur le point de se retourner vers l'ascenseur quand il vit sa voiture démarrer. Les phares de la Range Rover s'allumèrent et le moteur gronda dans un bourdonnement familier.

Heiðar n'en croyait pas ses yeux. Sa voiture se mit en marche.

Est-ce que les clés étaient restées dedans ? Qu'est-ce qu'il avait bien pu se passer ? Est-ce qu'il y avait quelqu'un au volant ou est-ce qu'il hallucinait ? Heiðar ferma les yeux et secoua la tête. Quand il les rouvrit, la voiture était toujours en marche et avançait vers lui. Elle accéléra. La lumière des phares l'aveugla. Son corps se mit à trembler d'horreur.

La vitesse de la voiture ne faisait qu'augmenter. Puis il y eut le choc. Heiðar tomba sur le sol et hurla. Elle avait roulé sur sa jambe. La douleur était intense. Il était allongé par terre, les yeux fixés sur sa jambe qui était dans une position contre nature. Son pantalon était déchiré et, à travers, il voyait l'os. Heiðar essaya de se redresser.

Il avait à peine réussi à se mettre sur son genou qu'il entendit à nouveau le grondement de la voiture. Il jeta un œil derrière lui et la vit faire marche arrière, tourner habilement et s'avancer une nouvelle fois droit sur lui. Grâce aux amortisseurs de première classe, la voiture roula sur les ralentisseurs à rayures jaunes et noires comme sur du coton.

Heiðar tenta de ramper pour se cacher derrière la colonne à côté de lui mais il ne parvint pas à se mettre assez rapidement à l'abri.

Il essaya de crier mais seul un râle pitoyable s'échappa de sa bouche. Puis tout devint noir.

Chapitre 17

Novembre 2019, Ísafjörður

Derrière la porte rouge résonnèrent des aboiements forts et perçants. À travers le vitrage de la porte, Hildur vit un petit chien brun doré. Sans doute un terrier australien. Un chien de garde plus bruyant qu'imposant. Hildur frappa une deuxième fois. Son arrivée ne pouvait pas passer inaperçue, grâce au chien.

Bientôt, un homme proche de l'âge de la retraite arriva dans l'entrée, un sac poubelle à la main. La porte s'ouvrit.

– Eh bien, bonjour, dit l'homme sans se presser, en jetant un regard interrogateur à l'arrivante.

– Hildur Rúnarsdóttir, police des Fjords de l'Ouest, déclara Hildur en montrant son insigne, avant de continuer : Nous enquêtons sur le décès de Jón Jónsson, qui habitait dans la zone de résidence de Fjallavegur. Nous l'avons trouvé hier dans son chalet détruit par l'avalanche et nous avons des raisons de penser qu'il a été victime d'un homicide. Est-ce que vous l'auriez vu ces derniers temps ? Ou alors des gens qui seraient passés près de son chalet ?

Les mots sortaient maintenant de sa bouche à la chaîne. Hildur avait fait le tour de dizaines de maisons dans les environs de la zone d'avalanche en posant les mêmes questions. Presque tous ceux qui connaissaient Jón avaient répondu de la même façon : ils ne l'avaient pas vu depuis des semaines. La plupart pensaient qu'il aimait être seul. Et ils avaient raison. Jón n'avait pas d'amis. Beaucoup de gens, ce qui était assez surprenant, ne reconnaissaient même pas son nom. Quelques-uns avaient raconté qu'ils avaient vu une voiture de police et deux policières devant son chalet – c'était le jour où Hildur et Beta étaient venues chercher l'adolescent fugueur, Pétur.

Hildur continuait son enquête. Elle espérait rencontrer quelqu'un qui aurait vu Jón ou qui, au moins, saurait quelque chose sur lui. Toutes les observations, même les plus petites, même les plus insignifiantes, pouvaient lui être utiles. Les résultats des analyses de la scientifique n'étaient pas encore arrivés et l'autopsie prendrait encore un peu de temps.

Hildur n'était pas franchement emballée par le travail de la scientifique. Elle comprenait évidemment que c'était aujourd'hui une part essentielle des enquêtes de la police. Elle photographiait donc les scènes de crime, prenait les empreintes digitales, rassemblait des échantillons et faisait des dessins, mais les analyses les plus exigeantes étaient menées dans les laboratoires de Reykjavík. À l'aide des fibres, des empreintes digitales et des échantillons d'ADN, on pouvait obtenir des preuves quasi irréfutables. Grâce au développement des méthodes d'analyse, on pouvait avoir des résultats à partir d'échantillons de plus en plus petits.

Hildur reconnaissait l'importance des analyses et

considérait que cela faisait partie des obligations du travail de police. C'était de la science. Ordinaire, irréfutable. Mais l'ordinaire irréfutable, ce n'était pas ce qui la passionnait au boulot. Elle trouvait plus de sens à creuser le passé des gens. Découvrir ce qu'il leur était arrivé et pourquoi. Ce qui les avait conduits dans telle ou telle situation. Ce qui avait fait d'eux des agresseurs, des escrocs ou des usuriers. Hildur s'intéressait aux histoires des gens impliqués dans des affaires criminelles. Les échantillons d'ADN pouvaient bien dévoiler le coupable mais pas ses motifs. Les preuves produites par les analyses pouvaient suffire au tribunal mais, tant que le motif n'était pas élucidé, l'affaire restait en partie irrésolue. Le mot qui comptait le plus pour Hildur, c'était « pourquoi ». Parfois, mais c'était extrêmement rare, il ne s'agissait que d'un simple hasard. On trouvait toujours un motif derrière chaque crime. À cause de ses idées, Hildur passait pour un drôle d'oiseau dans sa profession. C'est pourquoi elle en parlait peu à ses collègues. Elle remplissait ses missions aussi professionnellement que possible, mais ce qui lui plaisait le plus, c'était de mettre son nez dans les affaires des gens.

Sur le seuil de sa porte, l'homme au sac poubelle fixait Hildur sans rien dire.

– Alors ? demanda Hildur, en dansant d'un pied sur l'autre.

– Merci pour la bonne nouvelle. C'est bien qu'il soit mort.

L'odeur de poisson pourri qui montait du sac poubelle était atroce. Hildur devait respirer par la bouche.

– Est-ce que vous l'avez vu récemment ?

– Pas du tout, les mouvements de ce sale pédophile

ne m'intéressent pas. Je n'ai rien vu, rien entendu, et c'est tant mieux comme ça.

– Si jamais vous vous rappelez quelque chose, n'importe quoi, appelez-moi, demanda Hildur en lui tendant sa carte de visite.

L'homme regarda la carte d'un air suspicieux mais finit par la prendre et la fourrer dans la poche arrière de son pantalon.

– Je vous appellerai. Vous pourriez aller jeter mes poubelles ?

L'habitante de la maison précédente, une femme plus âgée, avait donné à Hildur, plutôt qu'un sac poubelle puant, un sachet d'ástarpungar, des couilles d'amour. Elle avait dû avoir pitié de la policière qui marchait seule dans le froid et avait voulu égayer sa journée. Hildur avait apprécié le geste amical. Les petits beignets ronds étaient délicieux. Elle en avait tout de suite avalé deux et avait laissé le reste du sachet sur le siège avant de sa voiture.

– J'ai du mal à tenir sur mes jambes. Il y a du verglas sous la neige et, si je glisse, je serai bon pour un long séjour à l'hôpital, insista l'homme en lui poussant le sac poubelle dans les mains.

Hildur finit par s'en saisir et salua l'homme. La poubelle se trouvait de l'autre côté de la clôture qui entourait le jardin.

Il était deux heures et demie de l'après-midi. Hildur avait encore le temps de faire le tour des dernières maisons avant la tombée de la nuit. Elle n'aurait pas été contre quelques témoignages. La police n'avait pas grand-chose d'autre pour le moment. L'équipe de techniciens de Reykjavík avait pu venir la veille. Ils avaient passé au peigne fin la scène du crime mais les résultats étaient très maigres. L'avalanche avait effacé la plupart des indices.

Le cadavre n'avait rien révélé d'autre que la large et propre blessure au cou. Il était fort probable que l'arme du crime ait été un couteau parfaitement aiguisé. Un des techniciens avait suggéré un couteau à fileter. Il n'y avait cependant aucune trace de l'arme. Soit le meurtrier l'avait prise avec lui, soit elle avait été balayée par l'avalanche.

Les techniciens avaient emporté le cadavre avec eux à Reykjavík, tard dans la nuit, pour l'autopsie.

Hildur avança sur la route enneigée vers la maison suivante et repensa à la position de Jón. Il était paisiblement couché dans son lit. Peut-être qu'il était mort ailleurs et que le meurtrier l'avait traîné plus tard sur son lit ?

Les données téléphoniques de Jón n'avaient pas encore été communiquées à la police. Hildur espérait les avoir le lendemain, et qu'elles révèleraient quelque chose.

Elle frappa à la porte de la maison suivante. Une femme un peu plus jeune qu'elle, vers la trentaine, vint lui ouvrir.

– Hildur Rúnarsdóttir, police des Fjords de l'Ouest, commença-t-elle. La femme prit un air apeuré.

– Il est arrivé quelque chose à maman ? demanda-t-elle, angoissée. Je savais qu'il allait lui arriver quelque chose ! Ça fait longtemps que je me dis qu'elle aurait dû aller en maison de retraite et pas rester seule dans cette vieille baraque trop grande pour elle. Mais elle est si têtue.

La voix de la femme se brisa.

Hildur corrigea le malentendu et la consola en

expliquant que l'affaire ne concernait pas sa mère. Elle parla de Jón et de l'avalanche, et lui demanda si elle avait vu quelque chose.

Le visage de la femme se détendit aussitôt. Quelque chose d'horrible était arrivé, mais pas à elle. Elle prit une profonde inspiration et s'adossa, soulagée, au montant de la porte.

– C'est comme ça quand vos parents vieillissent, on se fait du souci pour eux, tout le temps.

Hildur acquiesça, compréhensive.

– Est-ce que vous vous rappelleriez avoir vu Jón récemment, ou quelque chose d'autre qui aurait un rapport avec lui ? Il était encore dans son chalet tout près d'ici, malgré l'interdiction.

Hildur fit un signe de tête en direction du chalet.

La femme eut l'air pensive.

– Maintenant que vous le dites, il y a bien une chose…

Ces mots réveillèrent toute l'attention de Hildur.

– Il a beaucoup neigé, la semaine dernière. J'ai dû déblayer devant les marches tous les soirs.

Hildur remarqua que le jardin était en effet déblayé et que la neige était amassée en un tas bien propre sur le bord est du jardin.

La femme repoussa derrière ses oreilles ses longs cheveux qui étaient tombés sur son visage et regarda en direction de la route.

– Le livreur de pizzas est passé la semaine dernière, mardi soir, un peu avant sept heures. Je venais de rentrer de mon entraînement de foot et je me rappelle que j'ai déneigé avant les infos de sept heures.

– Le livreur de pizzas ?

– Oui. C'était bizarre de le voir aller vers les chalets,

alors qu'il ne devrait pas y avoir de résidents là-bas, l'hiver.

La femme continua de faire la conversation. Elle expliqua qu'elle remarquait toujours les voitures qui passaient pendant l'hiver, parce qu'il y en avait très peu. Sa maison était l'avant-dernière sur la route qui ne conduisait qu'à la zone des chalets. Hildur la remercia et lui souhaita une bonne journée.

La porte automatique de la pizzeria amusait Hildur. L'entrée du grill de cette petite ville donnait l'impression d'être dans le centre commercial d'une métropole. Le restaurant était calme. Deux types sirotaient du café à une table. Hildur les salua d'un geste de la main.

Elle s'approcha du comptoir. Derrière, un garçon qui devait avoir dix-sept ans, vêtu de son uniforme rouge, remplissait le bac à grains de la machine à café. Deux poignées de grains s'échappèrent par accident du sachet.

– Oh putain de merde.

Le garçon prit une balayette pour nettoyer le sol.

Sa réaction spontanée fit sourire Hildur. Elle s'avança et toussota pour signaler sa présence.

– Que puis-je pour vous ?

L'adolescent avait une voix excessivement calme. Quand il eut jeté les grains de café à la poubelle, il rangea la balayette et la pelle dans le placard.

Hildur n'avait pas eu l'intention de commander quoi que ce soit mais, enveloppée par la délicieuse odeur de gras, elle se rendit compte qu'elle avait une faim de loup après toutes ces heures passées dehors. En outre, elle n'avait pas eu le temps de déjeuner. Deux parts de pizza et un demi-litre de soda à l'orange régleraient ce problème.

– On n'a plus que de la pepperoni pour le moment, expliqua le garçon en désignant la vitrine.

Il se lava les mains dans l'évier à côté du plan de travail, se les sécha soigneusement à l'aide d'une serviette en papier et rangea lentement les parts de pizza dans des boîtes en carton. Enfin, il déposa celles-ci dans un sac en papier décoré du logo de la pizzeria.

Les deux seuls clients étaient assis si loin qu'ils ne pouvaient pas entendre leur conversation. Hildur n'avait donc pas besoin de demander à l'adolescent de se mettre à l'écart. Elle pouvait très bien poser ses questions ici. Elle se présenta, parla de l'avalanche et de l'homme qu'on avait retrouvé dans son chalet.

Elle remarqua que le garçon se tendait un peu à la mention du chalet.

– Est-ce que tu sais qui livrait les pizzas mardi soir, la semaine dernière ? J'aurais besoin de discuter un peu avec lui.

Deux taches roses apparurent sur le cou du garçon. Il se mit à toucher ses lunettes et à danser d'une jambe sur l'autre.

– C'est moi qui livre les pizzas en début de semaine, répondit-il en refermant le tiroir de la caisse bien trop fort. La sonnette de la caisse retentit. Le garçon déposa le reçu sur la table, devant Hildur.

– Et tu t'appelles ?

– Siggi. Sigurður Pétursson.

– Écoute, Siggi. J'enquête sur la mort de Jón Jónsson qui habitait à Fjallavegur. On a trouvé son corps sous l'avalanche.

L'adolescent n'était pas plus détendu. Cela n'avait rien d'inhabituel. La plupart des gens ordinaires n'aimaient pas particulièrement la police et s'étonnaient qu'on vienne leur poser des questions. Mais il y avait toutefois dans l'attitude de Siggi quelque chose qui sortait de l'ordinaire. Ce n'était pas de la timidité, il avait l'air stressé. Méfiant.

Ses yeux s'étaient plissés et il avait la bouche grande ouverte. Il n'arrivait pas à cacher sa réaction émotionnelle. Il connaissait Jón, Hildur en était certaine. Certes, pas mal de monde savait qui il était. La plupart des habitants de la ville se connaissaient au moins de nom et on se souvenait en général mieux des types qui sortaient du lot. Si on vivait à Ísafjörður depuis quelques années au moins, il était impossible d'ignorer qui était Jón Jónsson.

– On lui aurait livré une pizza mardi dernier, on a vu la voiture de votre restau.

Les lèvres du garçon se mirent à trembler. Pour s'occuper, il décida de ranger les coupons de loterie d'une valeur de cent couronnes qui se trouvaient dans l'étagère de vente.

Hildur était patiente. Elle ne dit rien et attendit tout simplement que l'adolescent lui réponde. Il n'y avait quasiment pas de bruit dans le restaurant. On entendait des bruits de vaisselle dans la cuisine. Le grincement de la vitrine à pizza tournante accompagnait le léger grondement du système de réfrigération de la machine à glace. Une fois qu'il eut rangé ses coupons, Siggi redressa le dos, comme pour donner du poids à ses paroles.

– Il se faisait livrer une pizza tous les mardis. Le mardi, c'est trois ingrédients au choix pour mille couronnes. Il faisait toujours sa commande vers six heures et il payait par carte au téléphone. C'était toujours la même commande. Crevettes, poulet et ananas.

Hildur tressaillit à l'idée d'une pizza aux crevettes

et au poulet. Rien d'étonnant à ce que le garçon se rappelle par cœur cette combinaison. Ça devait marquer, même s'ils vendaient probablement plusieurs centaines de pizzas le mardi. Beaucoup d'habitants du bourg allaient en effet se chercher une pizza le mardi soir après le travail. Hildur en faisait partie.

Elle voulait en savoir plus sur le comportement de Jón le mardi soir.

– Quand tu lui as apporté sa pizza, est-ce que tu as vu s'il y avait des gens chez lui ?

Le garçon secoua la tête et tendit de nouveau la main vers l'étagère à coupons.

– Non… Enfin… En fait, ça s'est pas vraiment passé comme ça, bafouilla-t-il.

Les taches rouges s'étalaient maintenant sur son visage. Hildur redemanda si c'était bien lui qui avait livré la commande. L'adolescent hocha la tête mais ses gestes montraient autre chose. Il croisa les bras, ferma les yeux et s'exclama d'une voix plus forte :

– Je détestais lui livrer ses pizzas. Il avait des yeux de pervers. À chaque fois, il me demandait de lui apporter la pizza à l'intérieur.

Hildur comprit. Jón avait essayé d'attirer Siggi chez lui.

– J'y suis jamais allé, se dépêcha-t-il d'ajouter, avant de continuer, l'air inquiet : Est-ce que vous êtes obligée d'en parler à mon patron ? Parce qu'il faudrait toujours apporter les commandes jusqu'au bout.

Hildur sourit un peu pour encourager l'adolescent à continuer son récit. Elle n'avait pas l'intention de le presser. Cela ne servirait à rien.

Le garçon posa ses paumes contre la table, se pencha vers Hildur et baissa un peu la voix.

– Il s'est passé un truc bizarre dans son jardin. Il y a un drôle de type qui s'est approché de la voiture.

Hildur était tout ouïe. Un drôle de type ? Que faisait-il là-bas ? C'était une information importante.

Siggi n'avait pas reconnu de qui il s'agissait. Il expliqua que cette personne était venue lui parler dès qu'il était sorti de sa voiture et lui avait dit qu'elle pouvait apporter la pizza à Jón, parce qu'elle était justement invitée chez lui.

– J'ai sorti la pizza du sac de transport, je la lui ai donnée et je suis parti livrer le client suivant.

Quelqu'un était invité chez Jón, alors qu'il n'avait pas d'amis ? Il n'appartenait à aucun groupe, il était presque toujours seul. Hildur demanda à Siggi de décrire l'apparence de l'invité. Est-ce que c'était un homme, une femme, quelqu'un de vieux, de jeune ? Petit ou grand, quelle forme de visage ?

– Je n'ai pas vraiment vu. Il avait une sorte de grosse écharpe qui lui couvrait le visage. Quelqu'un d'assez costaud. Mais la personne avait une voix bizarre, rauque. Comme si elle avait la grippe.

– Est-ce que tu aurais vu sa voiture ? Jón avait une vieille Suzuki. Elle était toujours garée devant chez lui. Est-ce que tu te rappelles s'il y avait d'autres voitures ?

L'adolescent réfléchit un moment mais finit par secouer la tête.

– Je sais que j'aurais dû apporter la pizza jusqu'à la porte mais j'étais tellement content de ne pas avoir besoin de m'approcher de ce vieux dégueulasse.

Siggi parlait plus bas, maintenant. Son marmonnement était assez difficile à suivre.

– Je suis jamais entré dans la maison, répéta-t-il. En disant ces mots, il fixait le sol.

Hildur laissa sa carte de visite à côté de la caisse et demanda à l'adolescent de l'appeler s'il se souvenait d'autre chose qui pourrait être lié à l'affaire. N'importe quoi. Ses boîtes de pizza à la main, Hildur sortit à grandes enjambées du restaurant dans la pénombre de l'après-midi. Siggi avait l'air d'être un garçon tranquille et consciencieux mais Hildur sentait qu'il lui avait caché quelque chose.

Chapitre 18

Dans la pénombre de sa cuisine, Hildur tapotait le clavier de son téléphone portable tout en se servant un verre d'eau du robinet.

Un petit jogging avant d'aller au boulot ?

La réponse de Freysi arriva aussitôt :

Oui ! Prêt dans un quart d'heure. Je t'attends dehors.

Il était sept heures moins deux. Hildur ne s'était pas trompée. Freysi n'allait au travail qu'à neuf heures aujourd'hui.

L'eau glacée lui fit un bien fou dans la gorge. Hildur avala ensuite ses vitamines quotidiennes et une demi-banane. Elle était prête. Les fenêtres de la cuisine et de la chambre pouvaient bien rester ouvertes pendant qu'ils iraient courir. Après la nuit, l'air était lourd dans l'appartement.

Hildur enfila des crampons sur ses chaussures de running. Elle ajusta une lampe sur son mince bonnet et des réflecteurs sur son bras droit et sa jambe droite. L'air frais de l'hiver la frappa en plein visage à la sortie de l'appartement. Il n'y avait pas de nuages dans le ciel et presque pas de vent, juste une brise légère.

Hildur fit une rapide série d'exercices pour s'échauffer les principaux groupes musculaires. Dix secondes d'étirements pour les cuisses, dix, pour l'arrière des cuisses et dix, pour les mollets. Pour les épaules, elle fit des grands tours de bras, d'abord vers l'avant puis vers l'arrière. Les joggeurs oubliaient souvent de s'échauffer le haut du corps également. Quand le sang circulait bien dans le corps tout entier, il était plus facile de courir.

La lumière était allumée dans la cuisine de Freysi. Hildur prit de la neige à ses pieds et en fit une boule compacte qu'elle lança contre sa fenêtre. Un instant plus tard, la porte s'ouvrit et son voisin sortit, coiffé d'un bonnet et vêtu d'un pantalon de course moulant.

– On dirait que mon nouveau pantalon te plaît, remarqua Freysi.

Hildur releva le regard. Freysi était costaud.

– Tu sais, j'ai aussi d'autres qualités que mon derrière de statue grecque.

– L'avant n'est pas mal non plus, acquiesça Hildur avant d'allumer sa lampe frontale.

Elle aimait ces joutes verbales avec Freysi. C'étaient des discussions amicales où l'on sentait un léger flirt. Elles lui donnaient de l'énergie et la mettaient de bonne humeur. Mais Hildur ne comprenait toujours pas comment son voisin pouvait être en aussi bonne forme avec tout ce qu'il fumait, d'autant qu'il préférait souvent boire une bière fraîche après le sport, plutôt qu'un smoothie protéiné.

D'un commun accord, ils partirent en direction de leur itinéraire habituel, qui durait une heure. Ils faisaient d'abord le tour du port et de la zone de remblais construite au sud, que les habitants de la ville s'étaient mis au fil des ans à utiliser comme déchetterie. Après les vieux filets de pêche, les tas de pneus et les bacs d'huile vides, le trajet suivait la rive du fjord jusqu'à une petite aire forestière et un chemin de randonnée qui longeait le flanc des montagnes au-dessus du village.

– Comment ça va, au boulot ? demanda Freysi.

– Ça peut aller. L'avalanche nous a donné pas mal de travail.

– J'ai un collègue qui a un chalet dans le secteur. Ou plutôt, avait. Il espère qu'il pourra bientôt aller récupérer ce qu'il reste de ses biens.

– Aujourd'hui, il fait beau. Je pense qu'ils vont continuer à déblayer la zone.

Ils poursuivirent leur course en silence. La neige crissait sous leurs pas et il arrivait qu'un petit grincement se fasse entendre quand les crampons cognaient contre un caillou. Le chemin de randonnée construit sur les paravalanches montait en pente raide. Il y avait beaucoup de neige, ils transpiraient donc beaucoup même sans courir vite.

Freysi essuya contre son gant la sueur condensée sur sa lèvre supérieure et jeta un œil hésitant vers le haut de la pente.

– Ah, il y a peut-être un peu trop de neige. Si on prenait plutôt par en bas, proposa Hildur.

Ils pourraient faire le tour par le haut une autre fois.

– J'ai lu hier sur Internet un truc à propos d'un meurtre à Reykjavík. On aurait trouvé le cadavre d'un homme dans un parking vide. C'est quoi cette histoire ?

Hildur avait eu des informations sur l'affaire grâce à ses collègues de Reykjavík. Elle avait gardé pas mal d'amis de ses années passées dans la police de la capitale, ils échangeaient des nouvelles presque toutes les semaines. En Islande, les meurtres étaient si rares que la moindre affaire attirait nécessairement l'attention. Dès que Hildur avait vu la nouvelle, elle avait appelé ses collègues pour avoir des renseignements officieux.

C'était une affaire très étrange. Il ne s'était jamais rien passé de pareil en Islande, du moins autant qu'elle s'en souvienne. Tous les ans, des gens étaient victimes d'accidents de la route mais cet homme n'avait pas été renversé accidentellement par une voiture. Il avait été tué avec sa propre voiture et, d'après l'enquête préliminaire, le cadavre était si amoché qu'elle avait dû lui rouler plusieurs fois dessus. Quelle fin horrible ! Comme la cause de la mort n'était pas encore publique, Hildur ne pouvait pas la dévoiler à Freysi.

Elle était à bout de souffle. Elle jeta un œil à sa montre connectée. Son pouls était déjà à 165. C'était surprenant à quel point il était dur de courir dans la neige. Elle arrivait à peine à sortir des phrases entières.

– Je n'en sais pas plus. Ça a l'air d'être une affaire très bizarre.

Heureusement, la dernière partie de l'itinéraire était une pente descendante qui continuait jusqu'au centre-ville. Leur respiration s'équilibra et leurs pieds se firent plus légers. Ils couraient l'un à côté de l'autre, de bonne humeur, comme un vieux couple. Leurs souffles se mêlaient l'un à l'autre et montaient comme des signaux de fumée vers le ciel bleu foncé, où ils disparaissaient.

Au niveau du grill, Freysi s'arrêta et regarda Hildur.

– Un peu de compagnie pour le petit-déjeuner ?

– J'aimerais bien mais je n'ai pas le temps. Je vais directement au boulot, je me changerai là-bas.

– D'accord, mon chou. On prendra un café plus tard.

Freysi déposa un baiser rapide sur les lèvres de Hildur. Elle contempla le dos de son voisin qui entrait dans le grill puis elle se retourna et continua son chemin vers le poste de police, revigorée par la course.

De l'autre côté de la rue, on pouvait voir dans la vitrine du coiffeur une feuille A4 qui promettait une remise sur des shampooings pour le soin du cuir chevelu. Comme l'offre, l'affiche faisait un peu *cheap*. Le bâtiment avait connu de meilleurs jours. On avait fait construire une paroi de protection contre le vent et la pluie devant la porte d'entrée. On en voyait souvent sur les maisons les plus anciennes de la ville.

Derrière la paroi se cachait une silhouette vêtue d'habits sombres. Quand les coureurs se furent séparés, elle sortit de son abri et se hâta vers une autre direction. Personne ne l'avait remarquée, silhouette se mouvant dans l'ombre.

Chapitre 19

Le ciel était clair et le vent s'était calmé. Hildur et Jakob avaient laissé la voiture un peu plus bas sur Fjallavegur et ils avançaient vers le secteur de l'avalanche. Les pelleteuses avaient extrait de la neige la plupart des débris. Une partie des objets était détruite, mais d'autres avaient l'air intacts. Les tas étaient nombreux, et il fallait tous les passer en revue. Regarder sous ceux qui étaient cassés et ceux qui ne l'étaient pas, associer les morceaux qui allaient ensemble et former des assemblages cohérents. Autrement dit, faire tout ce qui pouvait leur donner des indices sur ce qu'il s'était passé et leur dévoiler des choses sur la vie et surtout sur la mort de Jón.

Ils étaient prêts à passer toute la journée à l'extérieur avec leurs combinaisons, leurs grosses bottes et leurs bonnets cache-oreilles.

Jakob enfila ses gants épais et se prépara au travail physique en étirant sa nuque d'un côté puis de l'autre.

– Dis-moi par où on commence et je me mets à creuser.

Jakob avait passé les derniers jours à l'intérieur.

Comme il ne parlait pas islandais, il ne pouvait pas interroger les gens et partir à la recherche de témoignages. Il avait donc essayé de se rendre utile en rangeant les archives du commissariat et en entretenant les imprimantes. Il était heureux de pouvoir enfin s'atteler à une tâche physique.

Hildur mesura les lieux du regard.

– On va commencer par la maison de Jón, d'abord vers le bas, puis on ira sur les côtés. Il faut qu'on examine tous ces machins qui ont été extraits de la neige.

Ce n'est qu'à ce moment-là que Jakob se rendit compte de l'immensité désespérante de la tâche devant laquelle ils se trouvaient.

– Mais ça va nous prendre des jours, soupira-t-il.

– On y va petit à petit. Pas de stress.

– On aurait bien besoin d'une dizaine de types costauds pour faire tout ce travail.

Jakob tenta d'aborder cette mission comme une longue épreuve sportive. S'ils trouvaient quelque chose, ce serait une bonne chose. Les techniciens de Reykjavík n'avait rien trouvé sur la scène du crime, même s'ils avaient passé la zone plusieurs fois au peigne fin et fait des analyses d'échantillons au laboratoire. Ils avaient retourné dans tous les sens le moindre objet qui se trouvait dans la chambre, à la recherche de l'arme du crime ou d'indices sur l'identité du meurtrier, mais en vain. Ils n'avaient rien trouvé. Pas de traces de doigts, pas de fibres, rien.

Le lit de Jón était placé à côté de l'épais mur extérieur et le corps n'avait donc quasiment pas été endommagé pendant l'avalanche. Presque tout le reste du chalet avait été détruit. La neige massive avait mis les lieux sens dessus dessous et avait dissimulé les possibles échantillons de fibres ainsi que les traces de pas ou de doigts. Tous les objets avaient été emportés loin du chalet par la nature qui s'était introduite de force dans le bâtiment. Si le meurtrier avait laissé des indices sur son identité sur la scène du crime, ils avaient tous été effacés par la neige.

Jón était encore en vie mardi et il avait commandé une pizza. Puis il y avait eu l'avalanche et, à un moment entre la pizza crevettes-poulet et l'avalanche, il était mort.

Peut-être qu'ils arriveraient à trouver des objets qui pourraient éclairer la vie et la mort de Jón. Peut-être même qu'ils pourraient trouver l'arme du crime. Jakob inspira une grande bouffée d'air frais et se mit au travail. Il commença par examiner un premier tas. Deux casseroles sans manche, une boîte de vieilles petites cuillères et de morceaux de bois qui avaient dû être des cadres de fenêtre. Des écharpes pleines de neige et beaucoup de détritus en plastique informes, dont la fonction originelle n'était pas claire.

Puis la main de Jakob, protégée par le gant, toucha quelque chose de mou qui produisit un couinement. Jakob tressaillit. Il se déplaça instinctivement vers l'origine du bruit et se mit à creuser. Le couinement était de plus en plus fort. Jakob souleva une gamelle de randonnée cassée et vit, dans la neige, deux grands yeux qui le fixaient.

C'était un jouet de bain jaune avec une grosse tête, qui chantait une chanson pour enfant en mode majeur. Jakob avait dû le mettre en marche par accident. Il soupira, mit la poupée de côté et continua de creuser.

Au bout de deux heures, ils firent une pause. Hildur prit le thermos, servit du café dans des gobelets en plastique et sortit de la poche de sa combinaison un sachet de morceaux de sucre.

Elle y avait pensé ! Jakob s'en réjouit, Hildur était quelqu'un de bien. Le café avait un goût divin après toutes ces heures de travail en extérieur mais ils étaient tous deux d'humeur morose. Les résultats de leur enquête matinale étaient très minces.

– Jón avait une boîte aux lettres rouge devant la maison. Je n'en ai pas trouvé de trace. Ni de la boîte ni du courrier, soupira Hildur en dessinant des figures sur la vitre de sa voiture.

Le courrier aurait pu leur donner des informations sur Jón.

– Mais on continue bien jusqu'à ce qu'il fasse nuit, hein ? demanda Jakob, impatient, en buvant le reste de son café cul sec.

Ils rangèrent leurs gobelets dans un sac en tissu sur le sol de la voiture. Jakob glissa le sachet de sucre dans la poche de sa combinaison.

Le froid semblait s'être durci. Il n'y avait plus de vent. La surface de la mer était calme comme du velours. Le paysage montagneux baigné de la lumière bleuâtre de l'hiver avait l'air paisible. C'était une journée particulièrement belle et tranquille. En général, cette période entre l'automne et l'hiver était pleine de tempêtes. Le vent du sud apportait beaucoup de pluie tandis que, sous le vent du nord, toute l'eau qui était tombée gelait. Parfois, le vent soufflait du nord-ouest. C'était le pire, parce qu'aucun obstacle ne lui faisait face entre l'océan et le fond du fjord. Au début de l'hiver, les jours clairs et beaux comme celui-ci étaient rares. Il fallait en profiter.

Jakob continua ses recherches à côté du chalet de Jón. Les débris du mur de l'entrée avaient été entassés par la pelleteuse. Des boîtes et des bouts d'étagères apparaissaient sous la neige. Jakob les examina. Hildur peinait sur une bibliothèque un peu plus loin.

Jakob sortit d'une boîte remplie de neige des baskets d'homme dépareillées. Rien d'intéressant. Des vieux manteaux, un chausse-pied tordu, un paillasson, un tas de vieux pots de yaourt. Puis Jakob entendit sa collègue pousser un cri perçant.

– Viens voir ! Je crois que j'ai trouvé quelque chose.

Jakob se hâta de rejoindre le côté sud du chalet. Il décida de prendre un raccourci et de passer par la congère plutôt que de s'avancer sur le sentier dégagé par la pelle. Il avait les jambes plongées dans la neige jusqu'aux cuisses. Il avançait si lentement que son raccourci lui fit perdre du temps. Enfin sorti de la neige, il vit Hildur derrière le coin des ruines de la maison, penchée au-dessus de la bibliothèque à moitié détruite et une petite boîte en métal dans la main.

– Regarde ça, dit-elle, en tendant un tas de photos à Jakob.

Celui-ci y jeta un œil mais sans s'y attarder trop longuement. Il ne voulait pas voir les détails. Les photos représentaient des garçons adolescents peu vêtus dans des positions variées. La plupart avaient l'air d'avoir été prises au même endroit. Seul le modèle changeait. Elles avaient été faites avec un polaroïd.

– La collection de Jón. Elles ont dû être prises dans son salon. Je me rappelle le canapé qu'on voit sur la photo.

C'est à gerber, se dit Jakob en rendant les photos à Hildur.

– Tu les reconnais ?

– Pas tous. Mais lui, oui. C'est le garçon de la pizzeria.

Chapitre 20

Beta tenait dans ses mains le mug du Parti du centre. Le cheval imprimé en couleurs pastel la dégoûtait. Elle glissa le mug dans la cafetière à capsules et appuya sur le bouton qui représentait une tasse. La machine ronronna un peu puis fit couler le breuvage brun.

Le cheval pastel était un logo curieux pour un parti politique, mais le parti était curieux, lui aussi. Le président du parti en avait d'abord dirigé un autre et il avait été Premier ministre du pays. Quand son nom était apparu dans les « Panama Papers », les soupçons d'évasion fiscale avaient commencé. Il avait alors démissionné de son poste de Premier ministre et fondé son propre parti, le Parti du centre.

Beta était d'avis qu'une bonne partie de ses membres utilisaient une langue un peu trop haute en couleur. Quelque temps auparavant, des personnages clés du parti avaient passé une soirée arrosée dans un bar à côté du Parlement à raconter des blagues grossières sur les femmes, les handicapés et les pauvres. Leur discussion avait été entendue par un journaliste qui avait fait un article à ce propos. Le parti semblait voler d'une crise à l'autre mais conservait cependant sa popularité de quelques pour cent dans les sondages. Même si la plupart des Islandais ne pouvaient pas le supporter, le Parti du centre avait réussi à trouver un petit nombre de soutiens fidèles.

Beta ne s'intéressait pas à la politique partisane, ce qui était plutôt étonnant dans la mesure où ses parents comme son mari soutenaient avec ferveur le Parti de l'indépendance, qui penchait à droite. Celui-ci avait été fondé dans les années 1920 et militait à l'époque pour l'indépendance de l'Islande par rapport au Danemark. À chaque réunion familiale, la conversation ne manquait pas de se tourner vers la politique. En général, Beta en profitait pour rapporter quelque chose à la cuisine ou commencer un match de foot avec les enfants de la famille. Pour elle, la politique n'était qu'un jeu de pouvoir et elle voulait soigneusement l'éviter. C'est pourquoi elle ne soutenait jamais publiquement aucun candidat lors des élections, elle ne partageait pas sur les réseaux sociaux ses opinions à leur propos et elle refusait toujours d'aller aux réunions du club des gentlemen, même si en tant que cheffe de la police on l'invitait régulièrement pour parler à divers événements. Elle faisait son travail et cela devait suffire.

Beta sirota son café et regarda une nouvelle fois son téléphone. Elle attendait les résultats de l'autopsie qui venait d'être faite. Ils ne devraient pas tarder à arriver. Le pathologue de Reykjavík, Hákon-à-la-Hache, avait promis d'appeler aujourd'hui.

Hákon-à-la-Hache était l'ex de Beta. Ils s'étaient connus à la fac de droit alors qu'ils avaient la vingtaine et ils étaient sortis ensemble pendant deux ans. Hákon avait reçu son surnom à cause du spectacle joué par les étudiants de la faculté. Le major de la promo y avait brillamment interprété le rôle principal, celui du tueur en série le plus connu de l'histoire d'Islande, à savoir Axlar-Björn ou Björn-à-la-Hache. Le rôle avait fortement marqué les esprits, avec toutes ses effusions de faux sang.

Après la fac de droit, Beta était entrée à l'école de police et Hákon avait continué en médecine. Aujourd'hui, Hákon était le seul pathologue du centre hospitalier universitaire d'Islande.

En attendant l'appel, Beta regarda les actualités et prit deux biscuits au chocolat dans le tiroir du haut de son bureau, où elle gardait toujours une réserve de gâteaux. Le paquet était déjà à moitié vide. Demain, il faudrait penser à en racheter.

Le gâteau d'avoine recouvert de crème au chocolat avait un goût fantastique. Le site d'informations rapportait que le prince Harry et son épouse Meghan ne fêteraient pas Noël avec la famille royale. Beta n'eut pas envie de cliquer sur le titre pour lire l'article. Mais, en revanche, la recette d'un gâteau au chocolat sans gluten qui avait l'air délicieux l'intéressait. Beta décida de l'imprimer et, alors que la machine se mettait à ronronner, son téléphone sonna. C'était le numéro de Hákon.

Beta et Hákon prirent d'abord des nouvelles l'un de l'autre puis de leur famille. Ils étaient restés amis après leur séparation et étaient toujours en bons termes. Sans être meilleurs amis du monde, ils échangeaient toujours des nouvelles quand ils se revoyaient. Hákon avait comme problème d'être accro au travail. Et ce n'était sans doute pas si étonnant : il n'avait pas vraiment le choix. En Islande, il n'y avait qu'un seul endroit où l'on faisait des autopsies et on n'y employait qu'un seul pathologue. Hákon vivait avec sa famille à Reykjavík, dans une grande maison au bord de la mer. Lors de ses études de médecine, il s'était épris follement de sa professeure de santé publique. Ils s'étaient bientôt mariés et Hákon était devenu le beau-père des enfants de son épouse, qui allaient déjà à l'école. Ils devaient maintenant avoir la vingtaine.

– Ma femme a un congrès au Danemark et les enfants font leurs études à Londres, tous les deux. Je peux faire des longues journées sans mauvaise conscience. Et dans l'ouest, comment ça va ?

– La famille va bien, l'hiver est arrivé tôt et on a trouvé un homme égorgé sous l'avalanche. Je ne serais pas contre des vacances de Noël un peu en avance cette année.

Hákon se tut puis prononça lentement et en articulant : « Jæjja. » Ah oui. C'était le signe qu'il allait passer aux choses sérieuses.

– J'en ai d'ailleurs fini avec ça. Je t'enverrai tout le rapport par e-mail mais je voulais t'appeler parce que c'est mieux d'en parler au téléphone.

Beta frissonna. Elle ressentait toujours comme un rapide battement d'ailes dans le bas du dos quand quelque chose d'important allait se passer. Elle demanda à Hákon de continuer.

– D'abord, ce Jón. C'est tout à fait évident qu'il est mort de l'incision au niveau du cou. Mais ce n'est pas si simple que ça en a l'air.

Beta eut envie de pousser Hákon à donner plus de détails mais elle se retint et le laissa raconter à sa guise. Il était connu pour être un homme précis et très pointilleux qui ne supportait pas d'être interrompu.

– Ce qui rend intéressante la mort de ce vieux bonhomme, ce sont les analyses de sang. Il y avait une quantité importante de benzodiazépines.

Beta savait de quoi il s'agissait. Des somnifères.

– Il en a pris tellement qu'il devait être complètement inconscient.

Hákon fit une pause. Beta n'avait pas oublié les manières de son ex et savait que c'était le bon moment pour lui poser une question.

– Tu penses qu'il aurait pu mourir d'overdose ?

– Non. Tous les signes indiquent que son cœur battait encore quand le meurtrier l'a égorgé. En plus, le bon côté des benzodiazépines, c'est qu'ils sont plutôt sûrs en cas d'overdose. Ils provoquent en général plutôt l'inconscience que la mort.

Beta réfléchit un instant. Elle avait parlé dans la matinée, avec Hildur, de la personne mystérieuse que le livreur de pizzas avait soi-disant vue le mardi précédant l'avalanche devant le chalet de Jón. Peut-être que les somnifères avaient été ingérés en même temps que la pizza. C'était un peu étrange mais sans doute possible.

– Ça expliquerait sa position tranquille dans le lit. Il ne s'est pas réveillé quand on lui a tranché la gorge, commenta Beta.

– Ça me paraît tout à fait probable.

– Et tu es sûr qu'il y avait assez de substances dans son sang pour qu'il s'agisse d'une overdose ?

Beta regretta aussitôt ses paroles. Hákon ne disait jamais rien dont il ne soit absolument certain. Elle se rappelait une fois où ils étaient tous les deux allés au cinéma quand ils étaient étudiants. Quand elle avait demandé à son copain quel genre de film ils allaient voir, Hákon n'avait pas répondu. Il l'avait regardée bizarrement et expliqué qu'il ne pouvait pas encore savoir parce qu'il n'avait pas vu le film. Ce vieux souvenir la fit sourire.

Il y avait tellement de benzodiazépines dans le sang de Jón que cela ne pouvait pas s'expliquer par une ou deux tablettes. Hákon avait en outre fait quelques vérifications supplémentaires. Jón n'avait jamais eu d'ordonnance. Quelqu'un d'autre avait donc dû les lui donner. D'abord des somnifères, puis le coup de couteau. *C'était quelqu'un qui devait vraiment avoir envie de le tuer*, se dit Beta.

– Mais ce n'est pas tout, dit Hákon, plein de mystère dans la voix, avant de continuer : Les analyses techniques n'ont pas pu montrer la présence de fibres étrangères sur le lieu où le corps de Jón a été retrouvé.

Beta répondit qu'en effet, les techniciens n'avaient rien pu emporter de la scène du crime. L'avalanche avait détruit tous les indices.

– Eh bien moi, j'en ai trouvé, triompha Hákon.

Voilà le Hákon que Beta connaissait. Dès qu'il faisait une trouvaille intéressante ou qu'il avait résolu un problème au travail, son apparence de spécialiste austère disparaissait. Dans ces cas-là, il s'enthousiasmait et il lui arrivait même de parler grossièrement.

– Tu sais très bien que mon travail me force à examiner tous les trous des corps. J'ai fait opérer mes yeux au laser mais je n'ai quand même pas cru ce que j'ai vu dans la bouche du cadavre.

Sa bouche ? Beta fit tourner sa tasse de café dans ses mains et attendit la suite.

– Sous sa langue, il y avait des cheveux blonds et fins.

– Tu as trouvé des cheveux dans sa bouche ? demanda Beta pour confirmer qu'elle avait bien entendu.

Hákon acquiesça.

– Une toute petite mèche de cheveux blonds. Ils étaient très soigneusement coupés. Impossible de dire quoi que ce soit de certain mais je pense que ce sont les cheveux d'un enfant ou alors d'un adulte qui a des cheveux très fins.

Beta se tut. L'affaire avait l'air de prendre un tournant encore plus étrange. Elle but le reste de son café, ce qu'elle regretta aussitôt. Le liquide qui restait au fond de la tasse était devenu de la lavasse froide.

– Attends, c'est pas tout. C'est encore mieux que ça. Tu vas comprendre pourquoi je voulais t'appeler. Tu te rappelles le meurtre dans le parking de Reykjavík d'il y a quelques jours ?

Beta grommela qu'elle s'en souvenait. Elle venait d'en discuter avec Hildur. La victime n'était pas un SDF ou un type shooté aux amphétamines qui dormait dans le garage mais l'un des avocats les plus connus de Reykjavík.

– Eh bien, j'ai fait son autopsie, à lui aussi. Devine ce que j'ai trouvé dans sa bouche !

Beta ferma les yeux avant de répondre.

– Des cheveux blonds.

– Exact. On a vite fait comparer les cheveux entre eux et ils semblent provenir de la même tête. C'est dommage qu'on les ait coupés et pas arrachés avec leur racine.

La nouvelle irrita Beta.

– Les analyses d'ADN seront plus difficiles.

Beta n'était pas chimiste mais le travail du laboratoire d'analyses criminalistiques l'intéressait. Elle savait qu'il était vraiment difficile, voire même impossible, de retrouver l'ADN à partir de cheveux coupés. Et dans le cas où en trouvait, il pouvait s'agir de la personne qui avait coupé les cheveux et non de celle à qui ils appartenaient.

– Je t'envoie bientôt le rapport. Bon courage !

Hákon raccrocha et Beta réfléchit à ce qu'elle venait d'entendre, sa tasse vide dans les mains. Une mèche de cheveux reliait les meurtres de Jón et de l'avocat. Qu'est-ce que ces deux hommes pouvaient bien avoir en commun ?

Chapitre 21

Hildur avait mal aux épaules et aux bras mais cela lui faisait du bien. Elle se sentait à nouveau plus calme. À la racine du majeur et de l'annulaire étaient apparues deux écorchures rouges. À moitié couchée sur le banc de la salle de sport, Hildur buvait une boisson de récupération au chocolat. Elle aurait voulu surfer mais son emploi du temps ne le permettait pas. Elle n'avait qu'une heure de libre. Juste le temps de faire un rapide programme d'entraînement du haut du corps à la salle. Elle était particulièrement contente de ses tractions. Elle avait réussi à les faire avec un poids supplémentaire de quinze kilos.

Une demi-heure plus tard, sa voiture de fonction arrivait dans le jardin d'un petit immeuble qui se trouvait au bord de la ville. La commune avait fait construire une résidence pour étudiants une bonne dizaine d'années plus tôt quand l'université d'Islande du Nord avait ouvert un nouveau campus dans le bourg, la faculté d'océanographie. Chaque année, de nombreux étudiants internationaux en échange mais aussi des Islandais intéressés par l'économie de pêche s'installaient là pour s'initier aux questions de quotas, à l'équilibre des écosystèmes océaniques et aux innovations de l'industrie de la pêche. En plus des étudiants, la résidence offrait aussi des logements aux lycéens qui vivaient à la campagne et voulaient rester près du lycée de la commune en semaine.

Siggi avait dix-sept ans et il était lycéen. Hildur l'avait appelé dès qu'ils avaient trouvé les photos, pour lui dire qu'elle aurait besoin de discuter encore un peu avec lui. L'adolescent avait promis d'être chez lui après trois heures.

Hildur gara sa voiture devant la résidence et se mit à la recherche du bon bâtiment. À côté de la porte, il y avait un interphone mais sa fonction était anecdotique, car la porte n'était jamais verrouillée. Les couloirs de la résidence avaient été témoins de nombreux déménagements. Les murs étaient couverts d'éraflures produites par des meubles que l'on y avait portés et de taches de crasse bien incrustées. Quelques portes étaient ornées d'une craquelure qui devait être le résultat d'un puissant coup de pied.

Il était interdit de garer des vélos dans le couloir mais un rapide coup d'œil lui montra qu'il y en avait au moins cinq. Où est-ce que les habitants de la résidence auraient pu les laisser autrement ? Il ne semblait pas y avoir de cave ou de local à vélos dans le bâtiment.

Hildur monta au premier étage, trouva la bonne porte et frappa. Siggi devait l'attendre, car il ouvrit tout de suite. Le garçon avait l'air pâle, il portait un pantalon de survêtement noir et un tee-shirt Metallica.

Il vivait dans un petit studio. Dans l'entrée, il y avait un portemanteau à l'air instable et un miroir ; à gauche, la cuisine et, à droite, une pièce qui réunissait les fonctions de salon et de chambre à coucher, sobrement aménagée. Le lit n'était pas fait et, en guise de table basse, il y avait un carton jonché de télécommandes et de petite monnaie, ainsi que de quoi rouler des cigarettes. L'air était lourd. Cela faisait sans doute longtemps qu'on n'avait pas aéré.

Hildur suggéra qu'ils s'installent dans le salon. Siggi s'assit, l'air résigné et le regard fixe, impuissant.

Il n'y avait pas d'autre siège que le canapé qui avait connu de meilleurs jours, Hildur dut donc s'asseoir à côté du garçon.

– Je voudrais encore te poser quelques questions à propos de Jón, commença Hildur.

En entendant le nom du vieil homme, Siggi se recroquevilla. Il tourna ses épaules vers l'intérieur et laissa tomber sa tête. Hildur voulait savoir comment l'adolescent avait fait la connaissance de Jòn.

– Je vous l'ai déjà expliqué. Je lui livrais souvent ses pizzas le mardi.

– Et vous vous connaissiez bien ?

Hildur se frotta les mains. Les écorchures dues aux tractions avaient commencé à durcir.

Siggi ne répondit pas tout de suite. Figé, il contemplait le sol du salon. Il finit par répondre, à voix basse :

– On se connaissait pas.

– Tu as dit que Jón te demandait parfois d'entrer chez lui. Est-ce que ça t'est arrivé d'y aller ?

– Je lui apportais juste les pizzas, continua le garçon avec insistance.

Hildur soupira. Elle avait pitié de l'adolescent mais elle était obligée de le pousser à en dire plus.

– Écoute, ça doit être vraiment dur pour toi, je

n'en doute pas. Je sais très bien que Jón était un gros salaud.

Siggi sursauta aux paroles de Hildur mais elle continua. Elle insista sur le fait qu'il était extrêmement important qu'il réponde aux questions qu'on lui posait. On enquêtait sur un homicide et Siggi n'était pas suspect mais la situation risquait de changer, s'il ne coopérait pas en disant ce qu'il savait sur Jón. Quelqu'un l'avait tué et il semblait qu'il était l'une des dernières personnes à avoir été en contact avec la victime.

Le garçon ne répondait toujours rien. Il attrapa sur le carton sa rouleuse, sortit de la poche de son pantalon un sachet de tabac et se confectionna une cigarette, les mains tremblantes. Hildur suivait la préparation de la cigarette en se demandant comment elle arriverait à faire avancer la conversation.

– Siggi, j'ai vu les photos. C'est pour ça que je suis là.

Le radiateur du salon glouglouta doucement. Il avait besoin d'être purgé. Le silence était devenu si dense et si lourd qu'on aurait pu y plonger une cuillère. L'adolescent n'allait pas tarder à se rendre.

Siggi gémit, couvrit son visage de ses mains et s'affaissa encore plus. La cigarette tomba par terre. Hildur se sentit coupable de forcer un être humain en situation de détresse mais elle avait besoin de voir la réaction du garçon à la question qu'elle allait lui poser.

– C'est à cause des photos que tu l'as tué ?

Siggi se redressa assez pour avoir un contact visuel avec Hildur. Les pleurs avaient fait monter des taches rouges sur son visage. Il la regarda droit dans les yeux. Son regard exprimait la peur et l'impuissance d'une personne incomprise. À cet instant, Hildur eut la confirmation de ce qu'elle avait déjà deviné en voyant les photos.

– Non. C'est pas moi qui l'ai tué.

L'adolescent s'affaissa à nouveau et pleura dans ses paumes :

– J'avais pas du tout d'argent. J'ai jamais eu d'argent.

Il expliqua que le salaire horaire ordinaire et la nourriture gratuite qu'il recevait à la pizzeria ne lui suffisaient pas pour vivre. Il ne pouvait pas prendre plus d'heures de service à cause de ses études. S'il n'allait pas en cours, il ne pourrait pas valider son année.

Hildur eut pitié du garçon. Il était quand même bien jeune.

– Tu n'as pas des parents qui pourraient t'aider ?

Siggi releva le visage pour jeter un regard à Hildur et eut un ricanement moqueur.

– Mes parents ! Ils n'ont jamais d'argent. Ils lèchent les coquillages.

Hildur n'avait jamais entendu un jeune utiliser cette vieille expression islandaise. Autrefois, les gens étaient si pauvres qu'ils léchaient les coquillages qu'ils trouvaient sur la plage quand ils n'avaient rien d'autre à manger.

– Ce bâtard me donnait de l'argent en échange des photos. La première fois, c'était il y a deux ans.

Siggi avait élevé la voix, il criait presque :

– Il me donnait cent mille couronnes pour une photo et il avait promis qu'il ne les montrerait à personne.

C'était une grosse somme, se dit Hildur. Le tas de photos était plutôt épais et, si Jón avait pu payer près de cent mille couronnes par photo, il avait dû en avoir, de l'argent. Hildur expliqua à Siggi qu'elle avait trouvé les photos dans le chalet de Jón.

– Il prenait les photos avec un appareil spécial, pas pour les mettre sur Internet. Qui est-ce qui les a maintenant ? Quelqu'un d'autre les a vues ?

Siggi récupéra la cigarette tombée par terre et l'alluma en tremblant. Sa nervosité était compréhensible. La situation serait vraiment dure pour lui si les images venaient à être diffusées.

Hildur l'assura qu'elles étaient en sécurité au commissariat. Ils en avaient besoin dans l'enquête sur la mort de Jón mais personne d'autre ne les verrait. Ils se turent tous les deux un instant. Une machine à laver essorait chez les voisins et, à l'extérieur, une bande d'enfants faisait une bataille de boules de neige. L'atmosphère entre ces murs était pénible, tandis qu'au-dehors, le quotidien des gens semblait continuer normalement. Quand Siggi eut terminé de fumer sa cigarette, Hildur décida de briser le silence.

– Tu es resté longtemps chez lui, mardi soir ?

– Non. Il y a ce type qui a voulu prendre la pizza pour la lui apporter. Je ne suis pas allé chez lui ce soir-là.

– Quelqu'un peut le confirmer ?

Siggi réfléchit un instant et secoua légèrement la tête :

– Je ne crois pas. Le type devant la maison. Mais je sais pas qui c'était.

Le regard et le récit de Siggi avaient confirmé à Hildur qu'il n'avait pas tué Jón.

– Qu'est-ce qu'il s'est passé après que tu as livré la pizza ?

– J'avais une autre livraison. Je suis allé direct à l'autre adresse, au bout du fjord.

Hildur dissimula son soulagement et ne fit qu'acquiescer. Elle avait déjà vérifié cette partie du récit à la pizzeria. L'adolescent s'était rendu du chalet de Jón à l'autre bout de la ville en dix minutes et il était aussitôt revenu au restaurant chercher les pizzas suivantes.

Il avait passé toute la soirée en voiture, de cinq heures à onze heures du soir.

– Est-ce que tu es allé chez Jón un autre jour, après mardi ?

Siggi se raidit. Un masque de pierre se déposa sur son visage et ses yeux se vitrifièrent. Il avait l'air de comprendre pour la première fois qu'on pouvait vraiment le soupçonner du meurtre de Jón. Il réussit cependant à reprendre ses esprits extrêmement rapidement. Plein de courage, il répondit sans que sa voix tremble le moins du monde.

– Pas du tout. Je veux pas m'approcher de cette baraque. Le soir, je travaille et dans la journée, je suis au lycée. Je fais que ça depuis que j'ai emménagé ici.

Malgré son jeune âge, le garçon avait dû se sortir tout seul de situations difficiles. Ces deux dernières années, il avait été obligé de se battre pour obtenir des choses qui allaient de soi pour la plupart des autres lycéens. Un toit, de quoi manger et ses manuels scolaires : il avait dû tout payer lui-même. Mais les moyens qu'il avait employés pour trouver l'argent n'étaient pas faciles. Et même à proprement parler atroces. Personne ne devrait vendre son corps pour pouvoir étudier au lycée. C'était dans les moments comme celui-là que Hildur était en colère contre la société islandaise qui échouait bien trop souvent à aider les gens. C'était horrible.

La pièce qui faisait office de salon et de chambre à coucher n'était pas grande. Une tringle était accrochée de travers au-dessus de la fenêtre mais il n'y avait pas de rideaux. Hildur aperçut, devant la porte du balcon, de nombreux sacs en plastique transparents qui semblaient contenir des bouteilles vides et des cannettes écrasées.

Le garçon ramassait les bouteilles. Le local à poubelles de la résidence étudiante était probablement plein de cannettes de bière vides après le week-end. En Islande, on ne pouvait pas rendre les bouteilles directement à la consigne du magasin, il fallait les apporter à la déchetterie. Hildur regarda les sacs entassés devant la porte.

– La route est plutôt longue jusqu'à la déchetterie, non ?

Siggi acquiesça.

– Ça fait longtemps que j'ai pas eu le temps d'y aller. Je suis toujours au travail ou au lycée quand c'est ouvert.

Hildur sortit de la poche de son manteau un billet de cinq mille couronnes, le défroissa et le posa sur la table basse, sous la boîte de papier à cigarettes.

– Je peux rapporter les bouteilles pour toi. Prends l'argent.

Cette somme devait être deux fois plus que ce que lui rapporteraient les bouteilles. Hildur voulait l'aider et ne trouvait rien de mieux à faire dans cette situation. L'équivalent de deux billets de cinéma ne le mènerait pas loin mais au moins l'adolescent n'aurait pas besoin d'utiliser son temps précieux pour trier les cannettes et prendre le bus jusqu'à la déchetterie.

Hildur se leva. Elle tapota l'épaule de Siggi et l'exhorta à l'appeler si jamais il se rappelait autre chose.

Six gros sacs de bouteilles dans les mains, elle sortit de la résidence. En les fourrant dans le coffre de sa voiture, elle se dit que le meurtrier de Jón pouvait très bien être l'une de ses victimes. Mais ce n'était pas ce garçon-là. Elle aurait pu en mettre sa main à couper. Son attitude le lui avait confirmé. Et il y avait un autre argument en faveur de son innocence, beaucoup plus pragmatique.

Mais c'étaient des conclusions que Hildur ne pourrait jamais divulguer au public.

Jón s'était rendu coupable d'un crime. Probablement même de plusieurs, car Siggi n'était pas le seul qu'il avait payé pour prendre des photos. En tout cas, à en croire l'adolescent, Jón ne l'avait pas touché. Sur les photos, on ne voyait que Siggi, seul. Il n'y avait pas de violence et, du point de vue de la police criminelle, le contenu des photos n'était pas particulièrement grave. Cent mille couronnes pour une photo de lui en sous-vêtements, cela devait représenter pour un adolescent une telle somme d'argent qu'il y avait peu de chances que Siggi ait voulu tarir une telle source. Ce n'était pas quelque chose que Hildur aurait pu lui dire, car cela pouvait donner l'impression qu'elle minimisait les actes de Jón. Au contraire. Ils la répugnaient encore plus qu'avant.

Hildur prit la route qui conduisait vers la déchetterie. Elle allait rapporter les bouteilles tout de suite. Qu'au moins une chose soit terminée aujourd'hui.

Chapitre 22

Après avoir rapporté les bouteilles, Hildur retourna au commissariat. Beta avait annoncé une réunion à quatre heures et demie.

Hildur ôta son manteau et s'assit au bureau. Jakob entra dans la salle de réunion avec trois tasses pleines de café. Sous le bras, il avait deux paquets de gâteaux au chocolat qu'il posa sur la table en jetant un œil à sa cheffe :

– C'est bien ceux-là ?

Beta, ravie, prit un des paquets dont l'étiquette promettait trois couches de crème chocolatée.

– Tu as lu dans mes pensées ? Les gâteaux de mon bureau sont presque finis.

Jakob s'assit et sortit de son sac ses aiguilles à tricoter. Après toute une journée dans les ruines du chalet de Jón, il était passé au supermarché.

– Il faut bien que le stagiaire se rende utile. Puisque je n'ai aucune bonne nouvelle à vous rapporter du chalet.

Jakob avait examiné tous les tas de débris extraits

de la neige qui restaient mais il n'avait rien trouvé d'important pour la résolution de l'enquête. Le seul objet qui l'avait intéressé était une tasse Moumine fendue. Le portrait de Maman Moumine qui nettoyait des baies l'avait étonné : il ne savait pas que les Islandais collectionnaient les tasses Moumine comme les Finlandais. Peut-être qu'elle avait appartenu à Jón, ou alors elle provenait d'un autre chalet.

Beta, en revanche, avait à communiquer les résultats de l'autopsie. En l'écoutant, Hildur attrapait avec son index les miettes de gâteau sur la table. Les événements des derniers jours lui semblaient irréels. C'était tout à fait inouï, deux homicides, des points communs et probablement un même coupable. Elle ne se souvenait pas qu'il y ait jamais eu une affaire pareille. En tout cas, pas après que Björn-à-la-Hache eut noyé et tué à la hache près d'une vingtaine de personnes au XVIe siècle.

En même temps, Hildur était soulagée. Il était extrêmement improbable que Siggi ait quoi que ce soit à voir avec la mort de Jón. Elle parla des photos qu'elle avait trouvées avec Jakob et de son entretien avec le jeune livreur de pizzas.

– Mais si la mort d'un riche avocat de Reykjavík et celle de Jón sont liées, on devrait pouvoir écarter la théorie de la vengeance d'une victime d'agression sexuelle. Sauf si cet avocat a un jour défendu Jón dans un procès et que quelqu'un a décidé dans sa colère de tuer les deux.

– Non, ce n'était pas le genre d'affaires qui intéressait Heiðar. Il était plutôt avocat d'affaires pour les entreprises, répliqua Beta avant d'expliquer qu'elle avait discuté avec le détective qui enquêtait sur sa mort.

Les mèches de cheveux similaires trouvées dans la

bouche des victimes indiquaient qu'il s'agissait du même meurtrier. On avait cependant décidé d'enquêter pour le moment sur les deux affaires de manière distincte. Le meurtre de Jón était à la charge de la police d'Ísafjörður et celui de Heiðar, à celle de Reykjavík.

– Nous sommes cependant convenus de coopérer autant que possible et de nous tenir au courant de nos avancées respectives. S'il y a un lien entre les victimes, on finira bien par le trouver.

– Qui est-ce qui enquête sur l'affaire à Reykjavík ? demanda Hildur.

– Jónas Ingimarsson.

– Pour de vrai ? C'est un véritable connard.

Hildur connaissait Jónas. Malheureusement. Juste après son diplôme, elle avait travaillé avec lui pendant quelque temps dans le même département. Dès son premier jour, elle avait compris qu'elle ne pourrait pas supporter les blagues de ce beauf qui roulait des mécaniques. Jónas méprisait les femmes et ne s'embarrassait pas à cacher ses opinions.

Le dégoût de Hildur n'avait fait que croître quand d'autres collègues du département lui avaient raconté des histoires sur lui. Personne n'ignorait qu'on avait plusieurs fois alerté la police pour violences conjugales à son domicile. Cela avait été impossible à prouver, parce que son épouse n'en disait pas un seul mot à qui que ce soit mais répétait toujours les mêmes explications. Elle avait un bleu au visage parce qu'elle avait trébuché pendant une randonnée en montagne ou dans les escaliers ; le bruit qu'entendaient les voisins venait de la télévision.

– Jónas est l'un des détectives les plus expérimentés de Reykjavík mais, pendant son temps libre, il bat sa femme, expliqua Hildur à Jakob avant que celui-ci n'ait pu poser de question.

Beta signifia du regard à Hildur que ce n'était peut-être pas le moment de s'appesantir sur cette histoire. Hildur leva le menton pour indiquer son mécontentement mais accepta de revenir aux sujets plus pressants.

– J'ai eu les données téléphoniques et bancaires de Jón. Rien de nouveau dans les appels et les messages. Il commandait des pizzas tous les mardis. Mais les données bancaires, par contre, c'était aussi inattendu qu'une tempête qui vient du nord. Jón était vachement riche.

Beta tirait ses cheveux en arrière pour faire un chignon mais elle arrêta aussitôt son mouvement. Sa queue-de-cheval à moitié enroulée s'ouvrit alors qu'elle posait ses mains sur la table. C'était une information étonnante, le vieil homme avait plutôt l'air d'un resquilleur.

– On parle de quel genre de sommes ?

– Le vieux avait à sa mort vingt millions de couronnes sur son compte en banque. Ça faisait des années. Deux fois par mois, il retirait de grosses sommes en liquide.

Les mouvements de la laine étaient rapides entre les doigts musclés de Jakob qui faisait passer les mailles de la manche de son pull sur l'aiguille auxiliaire.

– Le liquide, ça ne laisse aucune trace. Il devait utiliser cet argent pour la came et les photos.

– Il faut encore qu'on examine de plus près l'origine de ses fonds. Peut-être que ça nous apprendra quelque chose, ajouta Hildur.

Elle expliqua ensuite que le tour du voisinage ne lui avait apporté que très peu d'informations. Les signes particuliers donnés par Siggi sur l'individu mystérieux n'avaient pas non plus été d'une grande aide.

– À mon avis, tous les Islandais correspondent à cette description, en tout cas en hiver, commenta Jakob.

Hildur était du même avis. Elle réfléchit un peu : les somnifères étaient sans doute mélangés à la pizza et, quand le vieil homme s'était endormi, le meurtrier avait terminé son travail au couteau.

– Jón a donc dû être tué par quelqu'un qui savait qu'il commandait toujours une pizza le mardi. Quelqu'un qui connaissait les habitudes de sa victime.

Chapitre 23

Novembre 2019, Reykjavík

Lian tenait dans sa main un couteau à la pointe courte mais extrêmement tranchant. Elle l'appuya contre le gonflement tendu. Le couteau plongea facilement dans la surface et glissa doucement dans la masse. La coupure était belle et lisse. Lian passa le couteau sous l'eau pour nettoyer les plus grosses éclaboussures et mit l'arme blanche à sécher sur un torchon. Elle prit une assiette blanche dans le placard pour y déposer le plat préparé qu'elle venait de sortir du paquet tout juste ouvert.

À l'aide d'une fourchette, elle aplatit le mélange de pommes de terre et de poisson et le mit au micro-ondes. Deux minutes à la puissance maximale devraient suffire. Lian regarda sa montre. Elle était fatiguée. Elle avait eu l'intention de faire une longue sieste avant son service de nuit. Mais elle n'en avait pas eu l'occasion. Son mari qui travaillait comme spécialiste informatique avait dû faire des heures supplémentaires à cause d'un problème urgent de sécurité des données. Lian avait été obligée d'emmener ses enfants à leur cours de gymnastique.

Ses filles s'entraînaient dans des groupes successifs

à l'autre bout de la ville. Aucun bus direct n'y allait depuis l'école, leurs parents devaient donc les y emmener. C'est-à-dire que c'était surtout à elle de le faire, se dit Lian en massant sa nuque raidie par les responsabilités du quotidien. Elle sourit en pensant à ses enfants. La plus jeune surtout s'était avérée douée en gymnastique et ce n'était jamais une corvée pour elle d'aller aux entraînements. En plus de la gymnastique, ses filles pratiquaient le foot. Heureusement, il n'y avait pas besoin de les conduire au club, un minibus venait chercher les enfants dans la cour de l'école après les cours pour les emmener directement à l'entraînement.

Lian avait passé deux heures dans les gradins du gymnase en buvant du Pepsi Max pour rester éveillée pendant les longues heures de l'après-midi. Ensuite, elle avait préparé le dîner, puis fait une sieste d'un quart d'heure pour vite se rappeler qu'il lui fallait bientôt aller travailler. Elle avait attrapé dans le frigo un paquet de plokkfiskur, un mélange de poisson et de pommes de terre, de la marque « Grímur ». Un premier repas avant le début de son service et un autre un peu avant minuit, quand les patients se seraient probablement – ou du moins l'espérait-elle – endormis.

Les nuits n'étaient jamais les mêmes à l'hôpital psychiatrique. Parfois, elles étaient très calmes, parfois, non. Sa profession d'infirmière spécialisée lui avait fait voir tout l'éventail de la vie, dont la plupart des gens sains n'avaient aucune idée. Et ils n'avaient pas besoin d'en savoir plus. Elle était satisfaite de son travail. Elle trouvait cela motivant d'aider les autres et de proposer un service de soins adapté aux besoins de chaque patient. Lian travaillait à l'hôpital psychiatrique de Kleppur depuis qu'elle avait quitté les Philippines une dizaine d'années auparavant pour s'installer dans le pays natal de son mari, l'Islande. À l'exception de deux courts congés maternité, elle avait toujours travaillé dans ce même hôpital. Elle s'y plaisait bien. Les relations étaient spontanées, les chefs, sympathiques et, même si le travail était exigeant, il était intéressant. Ils ne croulaient pas sous la même surcharge que les infirmiers des hôpitaux et des maisons de retraite. Les ressources de l'hôpital psychiatrique étaient restées suffisantes, du moins jusqu'à présent.

La sonnerie du micro-ondes retentit bruyamment. Le plat de poisson était prêt. Lian posa l'assiette sur la table, ajouta du poivre et deux cuillères à café de beurre de baratte. Elle goûta. C'était délicieux. Rien n'était meilleur qu'un repas qu'on n'avait pas à préparer soi-même.

D'une main, elle enfournait la fourchette dans sa bouche, et de l'autre, elle mettait en ordre les journaux laissés sur la table. Elle prit celui de la veille.

Elle mangeait en lisant les nouvelles. Le chômage avait augmenté de 0,3 à 3,8 pour cent. Lian sourit. Ce n'était pratiquement rien. C'était facile de trouver du travail en Islande ; même une étrangère qui ne parlait pas la langue comme elle avait trouvé du travail dès son arrivée dans le pays. Maintenant, elle parlait islandais et son salaire aussi avait augmenté, comme elle avait plus de responsabilités. Au début, elle faisait le ménage dans plusieurs hôpitaux et maisons de retraite de Reykjavík. En apprenant la langue, elle avait pu faire des études pour devenir infirmière.

La une du journal était consacrée à une histoire de corruption dans une grande entreprise de pêche islandaise en Namibie. Lian soupira. Elle n'avait aucune envie de lire l'article, parce qu'elle savait déjà comment l'histoire allait finir. Des grands chefs d'entreprise étaient pris sur le fait en train de frauder. Le PDG se mettait un instant à l'écart de son poste. On commençait une campagne pour salir ceux qui avaient révélé les délits. Puis le public se lassait de l'affaire. Le PDG retrouvait son poste et l'affaire prenait la poussière sur les bureaux du procureur et des avocats. Lian pensait qu'il y avait de la corruption partout. Il y en avait aux Philippines et il y en avait aussi ici, en Islande.

En tournant la page, elle manqua s'étouffer. Elle se mit à toussoter. À la quatrième quinte de toux, elle réussit à faire sortir le morceau de poisson coincé dans sa gorge.

Un petit article, en bas à droite de la page, dans la rubrique des affaires nationales, l'avait bouleversée et elle en avait oublié de mâcher sa nourriture. Lian recommença. Cette fois-ci, elle mâcha plus soigneusement et but une gorgée d'eau pour faire passer sa bouchée. Enfin, elle relut la nouvelle. Même si elle parlait couramment islandais, la compréhension de la langue officielle du journal était plus difficile et lui prenait plus de temps. Elle dut lire certains mots plusieurs fois pour comprendre le contenu de l'article.

Heiðar Arason, 45 ans, avocat, est mort la semaine dernière à Reykjavík. D'après la police, il s'agirait d'un homicide mais aucun détail sur la cause de la mort ne nous a été confié à ce stade de l'enquête.

Heiðar, Heiðar, Heiðar. Une sensation de froid parcourut tout à coup le corps de Lian. Plus tôt, le froid était lié à la fatigue, mais celui-ci était différent. C'était un froid pesant et glacial. Comme si un gros bloc de glace était tombé sur elle et avait commencé à fondre.

Lian se sentit obligée de vérifier tout de suite. Elle

chercha le journal qu'elle avait mis en dessous de la pile et l'ouvrit. La nouvelle était dans la rubrique nationale, comme l'article sur la mort de Heiðar. Le texte était court et concis et Lian ne se souvenait plus exactement de quoi il parlait. Elle y avait simplement vu un nom familier.

Une avalanche dans le village d'Ísafjörður dans les Fjords de l'Ouest avait détruit plusieurs chalets. Lian continua à lire. Oui, c'était bien celui-là. Elle ne s'était pas trompée.

L'avalanche a fait une victime. Jón Jónsson, 68 ans, résidait illégalement dans son chalet qui se trouvait dans la zone à risque et s'est retrouvé enfoui sous l'avalanche. On l'a trouvé mort et rien n'a pu être fait pour le sauver. La police n'a pas donné plus d'informations pour le moment mais remercie tous les membres de l'équipe de secourisme qui ont participé à la recherche et au déblayage.

Trouvé mort ? Pourquoi l'article disait-il « trouvé mort » et non « tué par l'avalanche » ? Lian se demanda si la police avait tout raconté.

Jón. Puis Heiðar. Cela ne pouvait pas être une coïncidence. Il faudrait qu'elle appelle la police dès la fin de son service. Non. Elle devait appeler tout de suite.

À cet instant, arriva Klaudia, la collègue de Lian qui allait assurer le service avec elle cette nuit. Klaudia avait l'air stressée.

– Il y a un problème dans la chambre 5. Je préférerais ne pas y aller seule.

Lian replia en vitesse les journaux et suivit Klaudia. Le patient de la chambre 5 était arrivé la semaine dernière et avait un comportement agressif le soir. Les infirmiers avaient décidé de toujours y aller par deux.

Les patients passaient en priorité sur le reste. Lian

n'oublia cependant pas les nouvelles qu'elle venait de lire. Heiðar et Jón. Elle appellerait la police le lendemain matin, quand son service serait terminé.

Chapitre 24

Novembre 2019, Ísafjörður

Jakob tourna la poignée métallique de la porte en bois brun. La porte de la mercerie ne s'ouvrit pas. Jakob vérifia les horaires indiqués sur le papier scotché à la porte, puis sa montre connectée noire. Il s'était dépêché de venir ici directement après leur réunion. Le magasin devait être ouvert encore un quart d'heure et il semblait y avoir de la lumière. Il vit alors une femme à l'air familier sortir de l'arrière-boutique avec un gros carton dans les bras.

Guðrún l'aperçut.

– Pousse plus fort, lui cria-t-elle en anglais d'une voix assez forte pour qu'il l'entende à travers la porte.

Jakob tourna à nouveau la poignée vers le bas et poussa la porte d'un coup vigoureux de son épaule droite. Enfin, elle claqua et s'ouvrit.

– Elle gonfle toujours, l'hiver, et elle se bloque. Il faudrait la faire réparer, expliqua Guðrún en posant le carton sur une chaise à côté du mur.

De grandes lettres noires étaient inscrites sur le carton : Ístex. Jakob reconnut le nom de la plus grande et plus ancienne filature d'Islande. La majorité de la laine des moutons islandais était vendue à cette filature possédée par des éleveurs, qui fabriquait des sortes de fils différentes à partir des laines d'automne et de printemps. La laine islandaise avait remporté un grand succès auprès des amateurs de tricot dans le monde entier et les couleurs les plus populaires étaient difficiles à trouver en dehors du pays. C'était ce que Jakob était venu chercher.

Il observa la boutique. Des mètres de laine Léttlopi dans des dizaines de nuances différentes, de la laine Álafosslopi, plus épaisse, sur le mur du fond. Autant de nuances aussi pour la fine Einband et pour la laine non filée Plötulopi. Sur les portants à vêtements étaient suspendues, en plus des pull-overs et des bonnets décorés d'un macareux, des couvertures en laine pour les chiens. Une pendule ronde faisait tic-tac sur le mur.

Jakob s'étonna de la vaste gamme de laines dans la mercerie d'une si petite ville. Il était tellement perdu dans ses pensées qu'il n'entendit pas tout de suite la question qu'on lui posait.

– Oui, alors, comment est-ce que je peux t'aider ? demanda Guðrún avec entrain, tout en arrangeant une mèche de cheveux derrière son oreille.

Jakob toussota et réfléchit un instant à sa réponse.

– On s'est rencontrés dans l'avion il y a quelque temps. Vous travailliez, commença-t-il.

La vendeuse se redressa et mit les mains sur les hanches.

– Mais oui, bien sûr que je me souviens de toi ! Tu es ce tricoteur énigmatique venu de Finlande. Tu t'es remis du voyage ?

Jakob sourit. Ce qu'il avait eu peur dans le petit avion tremblotant !

– J'aurais besoin de laine. Ça fait un bout de temps que je cherche du « rugbrun » et je n'en trouve nulle part. Il m'en faudrait une pelote.

Gudrún pinça la bouche.

– Du rug… quoi ?

Jakob sortit son téléphone de sa poche, l'ouvrit par reconnaissance faciale et chercha dans ses notes le bon code couleur : 9427. C'était la laine dont il avait besoin pour terminer le pull qu'il avait commencé.

Le visage de la femme s'éclaircit tout de suite.

– Ryðbrúnn ! Il fallait le dire tout de suite. C'est du brun couleur rouille.

Guðrún le taquinait pour sa mauvaise prononciation. Jakob ne sut pas quoi répondre, sinon en ouvrant les bras en signe de capitulation.

– Tu arrives juste au bon moment. Je viens de recevoir une livraison de la filature. Viens voir, dit Guðrún avec un sourire amusé, tout en pliant son doigt pour l'inviter à approcher.

Jakob tressaillit devant ce flirt direct. Guðrún prit un cutter et coupa le scotch qui scellait le carton. Elle remit le cutter dans la poche de sa veste de travail et releva les montants du carton un à un. Elle y plongea la main, en sortit les premiers paquets de pelotes de laine et les tendit à Jakob.

– Ces nuances sont profondes et proches de la terre… expliqua Guðrún en remettant la main dans le carton.

Son visage prit une expression de surprise excessive quand elle retira du colis des fils orange et jaune vif.

– … et l'ensemble est assaisonné de quelques couleurs vives. Quelque chose d'inattendu au milieu du noir de l'hiver, roucoula-t-elle en regardant Jakob droit dans les yeux. Est-ce que ce que tu as sous les yeux te plaît ?

Avec ses cheveux blonds montés en chignon haut, ses épaules larges et son sourire qui laissait voir ses dents, on l'aurait dit sortie d'un film d'action ou d'une publicité pour le tourisme en Islande. Ou les deux en même temps. Ce qui fascinait surtout Jakob, c'était la manière directe et sincère qu'elle avait de prendre les devants et de montrer qu'elle était intéressée. Elle ne donnait pas des coups de matraque mais elle ne laissait aucun doute sur ses intentions. C'était à prendre ou à laisser.

Jakob eut une drôle de sensation et, en même temps, la situation lui plaisait. Sa concentration était complètement brisée.

– Il y a bien aussi ce que tu es venu chercher.

La vendeuse se baissa vers l'étagère à côté d'elle et y prit, entre son pouce et son index, une pelote de laine brun rouille puis la jeta vers Jakob.

Il l'attrapa et la regarda d'un œil approbateur. C'était la bonne couleur.

– Oui, tout à fait. Je prendrais bien aussi quelques pelotes parmi les nouvelles. Je pourrais faire un deuxième pull. J'ai le temps de tricoter, ici.

– Très bien, on va regarder ça. On a reçu aussi les derniers livrets d'instruction avec le colis. L'autrice des designs m'a transmis son manuel déjà la semaine dernière et j'ai pu découvrir les modèles. Il y en a un qui pourrait bien t'aller, il y a un fond bleu foncé et des nuances claires dans les motifs.

Guðrún ôta le plastique qui entourait les manuels. Elle prit celui qui était sur le haut de la pile et le feuilleta. Elle trouva le modèle qu'elle cherchait, ouvrit à la bonne page et se glissa juste à côté de Jakob.

Elle était si proche de lui que son chignon lui effleura la barbe. Quelques cheveux y restèrent accrochés. Guðrún le regarda d'un air désolé et les attrapa de sa main libre pour les remettre derrière son oreille. Jakob était certain qu'elle l'avait fait exprès. Puis il sentit l'odeur épicée de son parfum. Il distinguait subtilement la cannelle.

Cela faisait longtemps que Jakob n'était pas sorti avec quelqu'un et il n'était pas sûr de la meilleure manière d'avancer. Peut-être valait-il mieux ne pas trop réfléchir et tout simplement se laisser aller.

Guðrún lui tendit les instructions pour qu'il les voie mieux et elle s'appuya en même temps un peu contre son corps. Il fallait entrer dans son jeu. Il n'avait en tout cas rien à perdre. La dernière fois datait d'il y avait si longtemps que Jakob préférait ne pas y penser. Il inspira profondément, se pencha vers le livre et toucha comme par mégarde l'avant-bras de Guðrún. Jakob posa son index sur les instructions du pull bleu foncé, qu'il lut en réfléchissant.

– Tu as raison, j'aurais bien envie d'essayer ça.

Guðrún lui jeta un regard entendu accompagné d'un sourire énigmatique.

– Les instructions sont en islandais mais je peux t'aider avec la traduction.

– C'est fantastique. Je vais prendre tout ce qu'il faut pour ce pull.

– Le service de traduction aussi ? demanda Guðrún en rangeant des pelotes dans un sac en papier.

– Surtout le service de traduction.

Jakob paya ses achats et suivit les gestes de Guðrún à la caisse. Elle tapota rapidement le terminal de paiement de ses ongles vernis en vert clair. Lorsque le paiement fut accepté, la machine cracha un petit reçu que Gudrún mit également dans le sac. Elle se mordit la lèvre inférieure et tendit le sac à Jakob qui attendait de l'autre côté de la caisse. Elle demanda s'il ne voulait pas qu'ils repartent ensemble. Jakob accepta la proposition.

Guðrún déposa sa veste de travail sur le dossier de la chaise qui se trouvait derrière le comptoir, ferma la caisse et éteignit les lumières du magasin. Elle verrouilla la porte et glissa son bras sous celui de Jakob.

La neige crissait sous leurs pas et le sac en papier que Jakob tenait dans la main frottait contre la jambe de son pantalon. Il était soudain empli d'une immense allégresse. Il se sentait sûr de lui et joyeux, presque exubérant. Peut-être qu'il était vraiment heureux, en tout cas pour le moment.

Chapitre 25

Je respire l'air hivernal. L'essence sent bon, elle sent l'action. Le tuyau noir bat au rythme du flot de carburant. Je tourne le dos au vent du nord et je penche la nuque vers l'arrière, pour que la bise frappe le col de mon manteau sans y pénétrer. Le vent ne gronde pas, il hurle.

Bientôt, tout ce que j'ai planifié aura eu lieu. Bientôt, tout sera prêt et terminé.

Je démarre la voiture. Je conduis doucement, les phares sont éteints et je m'éloigne de cette station en libre-service reculée. Je crois que personne n'a remarqué mon passage. Et même si on l'avait vu, cela n'aurait plus beaucoup d'importance.

Autour de moi, il fait noir. Je roule depuis les ténèbres vers la lumière. Le verbe est lumière. Je tire ma force de la lumière – et du verbe. Saint Paul a écrit à son compagnon, l'apôtre Timothée, que celui qui ne prend pas soin des siens, et en particulier des membres de sa famille proche, a renié la foi et est pire qu'un incroyant.

Moi, j'ai pris soin d'eux. Je n'ai même rien fait d'autre que de prendre soin d'eux ! Jusqu'ici, tout m'a semblé juste.

J'ai enlevé le mal et j'ai donné de la place au bien. J'ai emporté les déchets devant lesquels tous les autres étaient impuissants.

La mission suivante est très déplaisante mais elle est nécessaire. Je l'accomplis pour mes proches. Je dois penser à l'ensemble.

Je te demande pardon, Hildur. Je voudrais ne pas te faire cela, car tu as dû déjà supporter beaucoup de choses. Pardon, je n'y peux rien. Je dois le faire.

Chapitre 26

Novembre 2019, Ísafjördur

Les battements sifflants et rythmés de la fine corde à sauter résonnaient dans la salle de sport. Il faisait sombre mais les lumières étaient éteintes.

Après son échauffement, Hildur dénoua son chignon et laissa sa queue-de-cheval retomber contre son dos. Ses paumes larges saisirent la barre. Elle se mit à faire des séries de soulevés de terre. Les jambes tendues, les pieds l'un à côté de l'autre, les jambes écartées, prise classique, prise mixte, prise inversée. Après chaque série, la barre claquait en tombant contre le sol recouvert d'un tapis en caoutchouc noir.

Au fil des répétitions, la respiration de Hildur s'accélérait et son pouls augmentait. Elle ajouta des poids à la barre. Elle tendit la main vers un seau en métal et se frotta les mains avec de la magnésie. Les rayons de soleil qui tentaient de pénétrer par les fenêtres illuminèrent un petit nuage blanc de poussière flottant dans l'air. Hildur retourna dans la pénombre pour reprendre sa barre.

Elle était concentrée. Le dos droit, les muscles tendus et le tronc aussi solide qu'une falaise.

Premier soulevé, deuxième soulevé, grimace. C'était trop lourd mais il fallait qu'elle soulève la barre. Sinon, elle ne sentirait rien dans ses membres. À part cette maudite sensation de pesanteur glaciale, qui se rapprochait à nouveau. Cette sensation familière était revenue aujourd'hui, avec une intensité particulièrement forte. Hildur ajouta à la barre encore deux disques de cinq kilos. Après sa cinquième répétition, les cent vingt kilos de fer cognèrent le sol et résonnèrent puissamment entre les murs de la salle vide. La barre était lourde, Hildur aurait dû se sentir plus légère, mais ce n'était pas le cas.

Un peu plus tard, dans la soirée, Hildur fit claquer la bande réflectrice autour de son bras droit : la manche de sa doudoune jaune légère s'aplatit dessous. Elle mit son bonnet et ajusta sa lampe, enfila ses crampons, puis elle ferma la porte derrière elle et partit.

Aujourd'hui, c'était lundi, et elle devait se rendre chez sa tante Tinna pour dîner. Les seules fois où elle n'y allait pas, c'était lorsqu'elle était malade ou en déplacement. Elle était de meilleure humeur après son entraînement du matin mais elle ne se sentait pas encore complètement en forme. Elle avait tout de même décidé de passer chez sa tante. Peut-être que cela la détendrait un peu de sortir et l'aiderait à s'éclaircir les idées.

Depuis qu'elle était à la retraite, Tinna était un peu solitaire. Hildur ne lui rendait pas visite par devoir, mais simplement parce qu'elle en avait envie. Tinna n'était pas seulement le seul membre de sa famille encore en vie avec lequel elle était en contact, mais elles avaient en réalité toujours été proches.

Hildur remplit ses poumons de l'air frais du dehors et secoua les épaules en expirant. Elle espérait que la pesanteur disparaîtrait vite. Elle avait décidé d'aller à pied chez sa tante. C'était l'affaire d'une petite demi-heure. Elle tourna à gauche au carrefour de sa rue pour prendre le chemin qui suivait la côte. Il fallait enjamber quelques congères pour y arriver. Heureusement, le sentier lui-même avait été déblayé.

Il n'y avait personne d'autre dehors. Il est assez rare que les Islandais fassent des trajets à pied. En particulier dans les régions à l'habitat dispersé, on fait en voiture les trajets les plus courts, même s'ils ne font que quelques centaines de mètres. On a même l'habitude de laisser les voitures en marche sur le parking pendant qu'on fait ses courses. Hildur n'avait jamais compris la relation de ses compatriotes à la voiture. L'automobile était la norme : les cyclistes étaient des pauvres ou des hippies, ou alors tout simplement de drôles d'oiseaux.

L'air froid qui remplissait ses poumons lui faisait un bien fou. Hildur adorait bouger parce que cela lui donnait de l'énergie. Pour laver son esprit, rien de mieux que de bouger paisiblement, en répétant le même mouvement.

Elle accéléra le pas et réfléchit à l'enquête en cours.

Elle avait discuté plus tôt dans la journée au téléphone avec Jónas qui enquêtait sur le meurtre du parking de Reykjavík. Celui-ci était toujours aussi insupportablement prétentieux que dans ses souvenirs mais il lui avait raconté beaucoup de choses intéressantes.

Heiðar, l'avocat renversé par la voiture, avait beaucoup d'ennemis et, en réalité, personne n'avait rien de positif à dire sur lui. On l'avait décrit comme quelqu'un d'arrogant, d'égocentrique et même de menteur. Il était particulièrement frappant que sa veuve n'ait pas visiblement eu l'air bouleversée par la nouvelle de la mort de son mari. Cela avait bien sûr aussitôt éveillé l'intérêt des enquêteurs. En général, le meurtrier faisait partie de l'entourage proche de la victime. La veuve avait toutefois un alibi pour la nuit du meurtre. Elle était restée à la maison et elle avait discuté pendant deux heures sur WhatsApp avec une amie qui vivait aux États-Unis au moment où Heiðar avait été tué.

Les caméras de sécurité du parking étaient en panne cette nuit-là. Dans la voiture, on avait retrouvé quelques fibres de laine foncée qui n'appartenaient pas à la victime mais c'était le genre de fibres qui pouvaient provenir de n'importe quel pull en laine ou de n'importe quelle écharpe noire. C'est-à-dire de vêtements que la moitié des Islandais portaient en hiver. Les techniciens n'avaient relevé aucune empreinte digitale étrangère dans la voiture. Le meurtrier qui avait renversé Heiðar avait été particulièrement prudent.

La police de Reykjavík interrogeait en ce moment les anciens clients, les adversaires et les collègues de la victime. Peut-être que cela révèlerait quelque chose. Jónas avait promis de tenir Hildur au courant de l'avancée de l'enquête. Hildur, quant à elle, lui avait promis de transmettre les nouvelles informations de l'enquête sur le meurtre de Jón. Elle avait expliqué sa théorie selon laquelle le meurtrier avait probablement apporté à la place du livreur une pizza assaisonnée d'une grosse quantité de somnifères et qu'il lui avait tranché la gorge lorsqu'il s'était endormi dans son lit. Jónas avait explosé d'un rire gras à la mention du vol de pizza et avait complimenté Hildur pour ses talents de conteuse. Il avait cependant repris son sérieux lorsqu'il avait entendu qu'ils avaient un témoignage sur le possible meurtrier : un grand type vêtu d'habits sombres et d'une écharpe.

Les deux affaires avaient l'air d'être à la fois des histoires sans logique et des crimes minutieusement planifiés.

Il ne faisait que quelques degrés en dessous de zéro mais la bise qui soufflait du nord intensifiait le froid. Hildur pressa le pas. Au niveau de l'ancienne usine à filets de pêche, une route de terre sinueuse s'élevait vers les montagnes et l'aire de ski de fond. Il y avait déjà tellement de neige qu'on pourrait bientôt tracer les pistes de ski. Freysi avait l'intention de suivre un stage de quelques jours pendant les vacances de Noël pour parfaire sa technique. Hildur s'était aussitôt inscrite au même stage.

Le raccourci à travers la cour de l'usine n'en était pas vraiment un. Hildur avait de la neige jusqu'à mi-cuisse. Elle aimait bien marcher dans la neige, sans trop savoir pourquoi. Pourquoi faire simple quand on peut dégouliner de sueur ? La cour enneigée était délimitée par un profond fossé et Hildur fut donc forcée de remonter sur le trottoir et de faire les deux cents derniers mètres à pied comme quelqu'un de normal. Elle voyait déjà les lumières de la maison de sa tante.

Cela lui prenait la tête de n'avoir rien de neuf sur le meurtre de Jón depuis le témoignage de Siggi. Hildur avait contacté le centre de désintoxication où le jeune Pétur avait été renvoyé quelques semaines plus tôt après son passage chez Jón. On lui avait confié que l'adolescent avait suivi le règlement depuis son retour et n'avait pas quitté une seule fois le bâtiment sans supervision.

Hildur avait discuté avec plusieurs employés de la protection de l'enfance. Dans ces sphères, Jón était un nom tristement célèbre. Tout le monde connaissait le Jón des Fjords de l'Ouest qui contactait les jeunes en difficulté pour les attirer chez lui. Hildur avait pu parler à la directrice de la protection de l'enfance d'Akureyri du cas de deux frères jumeaux qui avaient passé une bonne semaine chez Jón l'an dernier et à qui le vieil homme avait donné du haschich. On pensait que quelque chose s'était passé dans le chalet mais les garçons avaient tout nié. Aujourd'hui, ils habitaient tous les deux en Suède avec leur mère.

Hildur avait aussi appelé la Maison de l'enfance de Reykjavík, dont les psychologues spécialisés apportaient leur aide à la police dans les enquêtes sur les crimes où les victimes, les témoins ou les coupables étaient mineurs. Ils n'avaient pas vu passer le nom de Jón dans les enquêtes des deux dernières années.

On aurait dit que Jón était une masse grise : on connaissait son existence mais, en fin de compte, personne n'en savait beaucoup sur lui. Il avait vécu comme un rat dans les réseaux d'égouts souterrains.

Hildur inspira plusieurs fois profondément avant d'entrer chez Tinna. Elle allait pouvoir faire une petite pause et passer un bon moment avec sa tante.

Chez Tinna, l'atmosphère était tranquille et cosy, comme toujours. L'horloge faisait tic-tac. La lumière de la télévision allumée dans le salon se reflétait dans la cuisine. Hildur était assise à table, à sa place habituelle. Devant elle, une généreuse assiette de soupe fumante à la viande bien grasse. Tinna s'assit de l'autre côté de la table et demanda à sa nièce de leur servir deux verres de jus d'ananas.

– J'y ai mis de l'agneau de Súgandafjörður, expliqua-t-elle en désignant de la tête la casserole de soupe. J'ai fait chanter le public à la fête du tri des moutons en septembre. Hörður, le voisin, m'a donné quelques kilos de viande pour la soupe, pour me remercier.

Tinna préparait la soupe à la viande selon la recette traditionnelle, avec de gros morceaux de viande non décortiquée, c'est-à-dire attachée aux os et au gras. Hildur souffla sur la soupe fumante et la goûta. Terriblement délicieuse. Sa tante avait l'habitude de la faire mijoter pendant des heures. Les os donnaient au bouillon des saveurs riches et la viande était grasse à merveille.

Elles mangèrent sans rien dire. Le jingle du journal télévisé résonna. Elles allaient bientôt savoir ce qui se passait dans le monde. Quand ce fut la météo après les informations internationales, Hildur brisa le silence.

– Tu peux me raconter tout ce que tu te rappelles de la disparition de mes sœurs ?

Tinna se figea, sa cuillère en suspens, et leva le visage vers sa nièce. Elle avait l'air étonnée. Quelque peu désemparée.

– Je ne crois pas qu'il y ait quoi que ce soit que je ne t'ai pas déjà raconté.

– Raconte encore une fois. Je voudrais tout réécouter.

Hildur avait beaucoup pensé à ses sœurs récemment. Leur souvenir avait été réveillé par le destin de Siggi, lycéen malchanceux mais débrouillard.

Hildur déposa sa cuillère sur son assiette et posa le menton sur ses mains. Elle ferma les yeux et essaya de trouver les mots à mettre sur ses pensées confuses.

« On a un vent d'ouest, quinze mètres par seconde. Dans le sud, de la pluie, qui va laisser place à la neige fondue vers le nord. Alerte jaune dans le sud et dans l'est. Des coups de vent qui vont se renforcer dans la soirée. Il est conseillé d'éviter de conduire vos semi-remorques. »

La voix monotone calma Hildur, qui pressa ses paupières et replia ses orteils sous la table. Cela l'aidait à se concentrer.

– J'ai… J'ai l'impression désagréable que je ne sais pas tout ce que je devrais savoir. J'étais si jeune à l'époque mais j'en ai quand même des souvenirs. Je me rappelle certains moments et certains mots, des gens qui sont venus chez nous, et qui étaient assis à table, avec une mine triste. Je sais qu'il y a un truc dont je ne me souviens pas.

Ce fut au tour de Tinna de fermer les yeux. Elle inspira profondément deux fois et commença :

– Deux conducteurs ont vu deux petites filles qui marchaient dans la tempête de neige mais ni l'un ni l'autre ne se sont arrêtés.

Hildur le savait. Elle l'avait lu dans les rapports de police.

– On a cherché les filles pendant des jours mais on n'a trouvé aucune trace d'elles. Ni leurs affaires, ni leurs vêtements, rien. Beaucoup de gens se disaient qu'elles avaient dû mourir dans la tempête de neige dans les montagnes.

– C'est quand même bizarre, s'exclama Hildur, qui s'étonna de son agacement. Pourquoi diable est-ce qu'elles seraient montées vers la montagne alors qu'il faisait un temps pareil ? Je suis sûre qu'elles sont entrées dans le tunnel, même s'il n'était pas encore ouvert au public. Tout le monde savait qu'il était déjà terminé.

On avait fêté l'ouverture du tunnel avec faste l'été précédent. Sur la place du marché, il y avait eu un kiosque à hot-dogs, et un groupe qui jouait des tubes islandais. On avait donné des ballons et du popcorn aux enfants.

Tinna haussa les épaules, l'air impuissant.

– Oui. Il y a bien un chien secouriste qui y est allé mais les traces des filles disparaissaient à l'entrée du tunnel.

Hildur observa le visage de sa tante. Les années avaient laissé leur marque. Les sillons des arcades sourcilières s'étaient approfondis et la forme de son menton avait commencé à s'adoucir. Personne n'échappait au vieillissement.

– À l'entrée du tunnel. C'est ce que tout le monde répétait. À l'entrée du tunnel.

Puis Tinna secoua la tête, comme si elle demandait pardon. Ses yeux semblaient humides. Hildur eut pitié de sa tante. Elle eut pitié d'elle-même. Elle ne venait pas chez elle pour parler de choses tragiques, mais pour passer une bonne soirée et bien manger. Aujourd'hui, cependant, elle avait besoin de parler, parce qu'elle se tracassait ces derniers temps.

– La police non plus ne savait rien. Je n'ai en tout cas rien trouvé dans les vieux rapports, ajouta Hildur.

Ces mêmes détails lui occupaient l'esprit depuis des années. L'histoire se répétait toujours à l'identique dans sa tête. Cela la déchirait mais sans la mener à rien. Comme si elle se réveillait au milieu du même cauchemar, toutes les nuits. Les fillettes disparaissaient sans laisser de trace. Les habitants du bourg supposaient qu'elles s'étaient perdues dans la tempête de neige et qu'elles étaient décédées dans les montagnes. Le chien n'avait pourtant pas senti de traces dans cette direction.

Hildur jeta un coup d'œil à l'assiette pleine d'os sur la table. Elle faisait la taille d'une assiette à dessert et avait des bords dorés qui contrastaient avec le tas d'os rongés. Elle les observa, ils étaient fins et minuscules. Des os d'enfants. Les agneaux ont à peu près six mois quand on les abat. Hildur détourna le regard et prit son verre de jus d'ananas.

– Je me souviens de la chienne, Lísa, elle avait des yeux tristes. On l'avait prise en photo pour le journal, pour un article sur l'avancée des recherches. Tout le monde lui faisait des compliments, c'était un chien doux et zélé, raconta Tinna.

Hildur pensa à Molli, la chienne qui avait participé aux recherches après l'avalanche à Fjallavegur.

– C'était qui, le maître de Lísa ?

– Un certain Magnús, il était chauve et imberbe. Il a rencontré une femme de la capitale pendant un stage de secourisme et il a quitté la région pour Reykjavík avant le changement de millénaire.

Hildur sentit comme un électrochoc. Elle repensa à la chienne secouriste de la semaine précédente. Elle était quasiment sûre que son maître s'appelait Magnús aussi. Et il ne portait pas de barbe. Est-ce que Magnús serait revenu dans le fjord ? Hildur se perdit dans ses pensées. Il fallait qu'elle discute avec le maître du chien, dès demain. Elle ne le connaissait pas et il ne pourrait peut-être pas lui raconter quoi que ce soit de nouveau sur cette vieille affaire mais il fallait bien essayer.

– Tu veux un dessert ? J'ai fait des poires au four, demanda Tinna en sachant très bien que Hildur prenait toujours un dessert quand on en proposait.

Alors que sa tante s'affairait, le portable de Hildur sonna.

Salut mon chou. Tu viens courir avec moi ce soir ? Une petite course de 5 km et peut-être quelques étirements après… ;)

Hildur sourit. Elle s'était déjà entraînée aujourd'hui, mais une deuxième fois ne ferait pas de mal.

– C'est le prof de sport sympathique ? demanda Tinna.

Elle sortit les poires du four et mit sur la table un gros bol de crème fouettée.

Hildur acquiesça et écrivit ;

Ça marche. Je suis chez ma tante, je suis venue à pied. J'ai ma tenue de sport sur moi. On se voit dans le coin de l'usine dans une heure ?

La réponse arriva aussitôt.

À tout ! Bises.

Hildur posa son téléphone sur la table et laissa son regard errer par la fenêtre. Il faisait sombre. Puis cela la frappa à nouveau. La pesanteur familière la recouvrait peu à peu comme une lourde couverture noire. Les yeux fixés sur les ténèbres que perçait la lumière des lampadaires, elle le pressentait. Elle savait que quelque chose de terrible allait arriver, sans pouvoir l'indiquer sur une carte ou un calendrier. Quelque chose ne tournait pas rond. Peut-être qu'elle devait tout simplement se dépenser en courant pour terminer la journée. Elle s'essoufflerait et respirerait plus facilement.

Chapitre 27

Dix secondes de sprint, avec une accélération sur la fin. Une demi-minute de course tranquille. Quinze secondes de sprint, avec une accélération sur la fin. Une demi-minute de course tranquille. Trente secondes de sprint. Une demi-minute de course tranquille. La sensation de brûlure habituelle dans les poumons. Les entraînements fractionnés sur le sentier enneigé faisaient monter le pouls et la transpiration.

En passant sur le sentier de randonnée au-dessus du quartier des maisons mitoyennes, les gens qui promenaient leur chien avaient formé des chemins dans la neige. Il était plus facile de courir sur ce fond stable que dans les congères, où il aurait eu de la neige jusqu'au genou. Freysi avait cependant du mal à avancer. Son pied s'enfonçait à chaque pas de quelques centimètres. Il s'arrêta pour reprendre sa respiration et ôta les petits blocs de neige coincés entre sa semelle et ses crampons.

Il contempla la ville couverte de neige, qui scintillait sous la lueur des lampadaires. Une partie des habitants avaient déjà accroché leurs guirlandes de Noël aux fenêtres et aux corniches. Les fenêtres de la maison de retraite étaient décorées d'étoiles blanches et simples. Un père Noël qui brillait de lumière rouge grimpait sur le mur d'une autre maison. Ces décorations lumineuses colorées servaient d'armes contre l'obscurité : on en enrobait les maisons dès le début du mois de novembre et les derniers bonshommes de neige qui illuminaient les fenêtres laissaient place aux décorations de Pâques au moment où le soleil revenait, sauvant les gens des ténèbres.

Maintenant qu'il courait, Freysi se sentait mieux. Cela faisait un moment qu'il était un peu abattu mais, heureusement, le sport l'aidait. Dommage qu'ils n'aient pas pu courir ensemble, à cause du boulot. Ils n'y pouvaient rien. Ils accordaient tous deux beaucoup d'importance à leur travail qu'ils voulaient accomplir le mieux possible. C'était difficile de dire non, parce que leurs professions étaient si étroitement liées au bien-être d'autres personnes. Parfois, les élèves appelaient le soir pour demander conseil et, parfois, la protection de l'enfance alertait pour des visites urgentes à domicile. C'était à la fois difficile et enrichissant d'aller à la rencontre des autres. Parfois, on réussissait à aider et parfois, non. C'était déjà bien suffisant d'y arriver quelques fois.

Il pensa un peu plus à leur relation. Il avait décidé de lui en parler. Cela ne pouvait plus attendre. Il voulait le faire aujourd'hui. Cela aurait été beaucoup plus facile sur le trajet. Il n'aurait pas eu besoin de la regarder dans les yeux. Mais ils devaient maintenant parler en face-à-face. Enfin, cela devrait aussi aller. Il s'en sortirait.

Il continua d'un pas de course tranquille et régulier sur le kilomètre suivant. Il fit quelques cercles avec ses bras et remua les épaules.

Il décida de faire encore un petit tour avant de rentrer tranquillement chez lui. Il arriva au sentier qui montait aux paravalanches. C'était par là qu'ils avaient couru, la dernière fois. Ils avaient dû faire le tour et courir sur le terrain plat parce que le sentier était couvert de neige. Aujourd'hui, quelqu'un était déjà passé par là et avait ouvert la trace. Réjoui par l'exercice, il sentit comme une décharge électrique qui stimula tout son corps. Sa course serait couronnée d'un sprint en montée. Les lumières de la ville n'atteignaient pas la grande barrière anti-avalanche mais cela ne faisait rien. Il avait sa lampe frontale et des crampons sous les pieds.

Il commença sa montée. Droite, gauche. Droite, gauche. Ses petits pas qui claquaient régulièrement le sol lui permettaient de garder son énergie. Il sentait déjà les muscles de ses cuisses brûler. Encore dix mètres et il arriverait au sommet, où il pourrait accélérer sur une distance de quelques centaines de mètres avant la descente qui le ramènerait au centre-ville.

Il regarda le terrain, satisfait. Le vent avait repoussé une partie de la neige loin du sentier, et il avait l'air d'être praticable. Il remarqua qu'il n'était pas seul. D'autres gens avaient été attirés dehors dans cette tardive soirée d'hiver.

Il ne voyait pas très bien l'autre piéton, car il faisait assez noir en haut. Celui-ci ne portait pas de tenue de sport et n'avait pas l'air d'avoir de chien avec lui. Freysi courait souvent ici et reconnaissait la plupart des passants à leurs vêtements ou au chien qu'ils tenaient en laisse. Il n'y pensa pas davantage et continua sa course.

Les paravalanches les plus récents dataient d'une dizaine d'années. Ces barrières composées de petites pierres et de terre mesuraient, à leur point le plus haut, quelques dizaines de mètres. Le bord est descendait en pente vers la ville. L'été, il y avait de l'herbe et des lupins d'Alaska. Maintenant, tout était couvert de neige. Il y en avait tellement que les enfants pouvaient descendre la côte à la luge.

Le bord ouest, en revanche, était raide. La paroi verticale était soutenue par un filet de métal massif qui en recouvrait la totalité. Ce long mur, qui s'étendait sur une centaine de mètres, avait pour fonction d'arrêter la neige qui dévalait des montagnes pour éviter que celle-ci ne détruise la ville. Une barrière qui devait faire plus d'un mètre avait été construite le long du bord ouest pour protéger les passants.

Enfin, il aurait dû y avoir une barrière. Freysi vit qu'elle manquait sur au moins une vingtaine de mètres. Il s'en étonna. Est-ce que le département technique de la commune aurait pu oublier de remettre la barrière en venant la réparer ? Quels crétins, ils auraient dû mettre en bas un signe pour avertir les passants.

Il s'approchait de la silhouette au long manteau, qui marchait lentement. Le type ne s'était pas déplacé sur le côté pour lui faire un peu de place. Freysi dut donc ralentir et faire attention de ne pas courir trop près du bord raide du paravalanche. Il était agacé. Certes, le sentier était étroit, mais il fallait toujours laisser de la place aux autres.

Il appellerait la commune le lendemain matin, dès qu'il arriverait au travail, pour dire ce qu'il pensait du département technique. Ils auraient intérêt à venir tout de suite réparer la barrière ou au moins mettre un panneau.

Puis soudain, si vite qu'il ne s'en rendit même pas compte, la silhouette qui venait de passer à côté de lui se retourna et s'appuya de tout son poids contre lui.

S'il avait eu le temps de se préparer, il aurait pu tendre les muscles de son corps et recevoir la masse qui s'était jetée contre lui, voire même l'éviter. Mais là, il était à sa merci.

Il n'eut le temps de rien faire. Pour la première fois de sa vie, il eut le sentiment de perdre complètement le contrôle de son propre corps. Comme s'il était un poulain nouveau-né dont les longues pattes sont hésitantes et s'emmêlent quand il essaie de se mettre debout. Il tâtonna dans l'air mais ni ses mains ni ses pieds ne pouvaient s'accrocher à rien. Le sol avait disparu de sous ses pieds.

Il appellerait tout de suite demain matin. La commune. Tout de suite, demain matin.

Ce fut sa dernière pensée avant qu'il ne heurte le sol.

Sa lampe frontale perça les ténèbres.

Chapitre 28

La cuisine résonnait du tintement des cuillères contre les bols en verre quand le téléphone laissé sur la table se mit à vibrer d'une sonnerie exigeante. Hildur reconnut le numéro tout de suite. C'était celui de Tumi Jónasson, policier à l'unité des enfants disparus de Reykjavík. Elle était juste sur le point de terminer le dîner que Tinna avait préparé. Elle allait avaler le dernier morceau de son dessert. Les poires en conserve cuites au four et enrobées de chocolat à la menthe « After Eight » étaient un dessert populaire en Islande dans les années 1980. Hildur ne connaissait personne d'autre que sa tante qui en faisait encore aujourd'hui.

– Hildur.

– Je sais. C'est toi que j'essaye d'appeler. Quoi de neuf ?

Est-ce que Tumi avait des nouvelles urgentes ? Ils s'étaient parlé le matin même.

– Oui, c'est urgent. Je n'appellerais pas à l'heure du dîner, sinon, déclara la voix masculine joviale qui allongeait les voyelles.

Tumi était le policier de Reykjavík que Hildur préférait. Non. C'était probablement son policier préféré tout court. Ils avaient fait connaissance autour des affaires de protection de l'enfance quand Hildur travaillait à Reykjavík. C'était justement Tumi qui l'avait poussée à rejoindre les activités de l'unité des enfants disparus. Quand ils avaient réussi à obtenir des financements supplémentaires pour ce projet qui était au départ une simple expérimentation, Hildur avait pris à sa charge les affaires liées à la protection de l'enfance dans la campagne islandaise. Tumi s'occupait seul de tout Reykjavík. Il avait fait un jour des statistiques et en était venu à la conclusion qu'à chaque instant il y avait en moyenne dix-neuf enfants ou jeunes qui avaient fugué et qui n'étaient plus dans leur famille ou auprès des autorités compétentes. Tumi connaissait tous leurs prénoms.

Il avait fait un travail de pionnier avec les jeunes. Il conduisait une vieille voiture civile et ne portait pas l'uniforme de police. Il passait dans les rues de Reykjavík à la recherche des jeunes fugueurs et il essayait de les aider et de rester en contact avec eux par tous les moyens possibles. Il ne brisait jamais la confiance qu'ils avaient en lui.

Hildur se rappelait une fois où ils étaient en mission dans un appartement de toxicomanes où se trouvait un de ces fugueurs soupçonné d'avoir volé une voiture. En voyant les policiers, l'adolescent était monté sur le balcon de l'appartement et avait menacé de sauter s'ils le ramenaient en cure de désintoxication. Tumi ne s'était pas abaissé à faire marcher le garçon. Très sérieusement, il avait expliqué qu'ils iraient d'abord au commissariat puis au centre de désintoxication. Hildur se souvenait que l'adolescent avait fini par renoncer et les accompagner.

Cela avait marqué son esprit. Quelques années plus tard, elle l'avait revu à l'aéroport de Keflavík. Il était devenu chauffeur de bus.

Par son travail opiniâtre et inflexible, Tumi avait probablement à lui seul évité plus de délinquance juvénile que toutes les équipes de police de la capitale réunies.

Tumi était en mission. Il surveillait deux adolescentes presque majeures. Quelques jours plus tôt, leur école avait informé que cela faisait des semaines qu'on ne les avait pas vues.

– Je suis allé chez elles mais personne n'avait remarqué leur absence.

La tambouille habituelle, se dit Hildur. Les parents devaient avoir des problèmes de drogue et n'étaient sans doute pas capables de dire l'heure, ni même quel jour de la semaine on était. L'égalité des chances pour les enfants était bien loin de la réalité.

– Oui, une entrée pleine de sacs poubelles et de merde de chien. J'ai emmené le chien au refuge mais je n'ai pas trouvé les jeunes. J'ai un peu demandé à mes contacts à moi et j'ai localisé les filles dans un appartement de toxicos dans le coin de la station de bus de Mjódd. Je les ai trouvées là-bas mais elles n'avaient pas envie de parler. Elles m'ont dit de foutre le camp, sale boomer.

Tumi continuait à observer les mouvements des adolescentes. Il arrivait par moments à les contacter par téléphone mais leurs réponses étaient très brèves. Il ne pouvait pas non plus les arrêter parce qu'il n'y avait aucune raison de le faire. Elles n'étaient pas en danger imminent et on ne les soupçonnait d'aucun délit.

– Et on ne peut pas mettre des toxicos en garde à

vue juste parce qu'elles boivent un petit peu ou qu'elles sèchent les cours.

Hildur aimait bien discuter avec son collègue mais elle aurait préféré partir courir pour se vider l'esprit.

Tumi expliqua que les filles avaient réussi à se procurer il ne savait trop comment une voiture et qu'elles avaient quitté la ville. Ni l'une ni l'autre n'avaient le permis, elles représentaient donc un danger.

– Je les ai perdues au niveau de la station-service de Staðarskál. Il n'y a que deux directions qu'elles ont pu prendre.

Hildur secoua la tête. Tumi avait suivi les filles sur deux cents kilomètres et il l'appelait à présent depuis une station-service en plein milieu de la campagne désertique, dans laquelle passaient deux des plus grandes routes de l'île : l'une allait vers le nord, l'autre, vers les Fjords de l'Ouest.

– Est-ce que tu pourrais regarder sur les caméras de sécurité de Vegagerðin si on voit un break Subaru blanc ? Sinon, je continue vers le nord.

Hildur devait évidemment aider son collègue. C'était une idée folle que de suivre les jeunes dans la campagne islandaise mais il n'avait pas vraiment le choix. Il y avait extrêmement peu de policiers dans cette région peu densément peuplée et seul Tumi connaissait les tenants de l'affaire. Il voulait aider les adolescentes avant qu'il y ait un accident plus grave.

Hildur entendit un peu de musique à l'arrière. Elle reconnut les paroles. C'était la chanson la plus connue du groupe de rock Hljómar qui avait fait sa carrière dans les années 1960, « Þú og ég ». Toi et moi. Son collègue écoutait toujours des classiques islandais dans sa voiture.

– Je vais regarder ça tout de suite. Je t'appelle très

vite. Tu n'as qu'à aller prendre un café à la station-service.

– À la station-service ? Non merci ! J'ai mon propre thermos. Le café qu'ils servent, c'est du poison, tu as l'estomac tout barbouillé pendant des jours après.

Avant de ranger son téléphone dans sa poche, Hildur tapota un message à Freysi.

Truc urgent au boulot, je ne peux pas aller courir. Ça ne devrait pas prendre trop longtemps, on se voit plus tard ce soir. Je viens chez toi.

Chapitre 29

Hildur avait perdu sa souplesse et sa force. Comme si un coup de hache avait brusquement tranché toutes les lignes à haute tension de son corps. Elle essaya d'accélérer le pas mais ses jambes n'obéissaient plus. Elles étaient devenues des colonnes imposantes qui ne fléchissaient plus comme elles auraient dû. On disait que devant un traumatisme soudain, les gens éprouvaient tout à coup une lourdeur dans les jambes.

Hildur n'avait jamais rien connu de tel, en tout cas pas depuis la disparition de ses sœurs. À l'époque, elle s'était sentie totalement impuissante. Mais elle était encore une enfant. Elle ne pouvait rien faire, ni participer aux recherches ni apporter son aide autrement. Aujourd'hui, elle était adulte.

Elle avait l'impression d'être dans une vidéo au ralenti. Elle avançait vers la place de parking devant le seul immeuble de la rue Urðarvegur et ses poumons la brûlaient.

Urðarvegur était une petite rue au bord de la ville, du côté de la montagne. C'était la dernière avant les paravalanches. Elle était bordée surtout de maisons individuelles et de maisons mitoyennes à un étage mais à son extrémité trônait un immeuble qui appartenait à la commune et dont les appartements voyaient leurs locataires changer fréquemment. La plupart des habitants en étaient des étudiants ou des employés des bateaux de pêche qui s'arrêtaient au port. Hildur connaissait bien cet immeuble. Elle y était appelée très souvent en raison des fêtes bruyantes et des disputes violentes. Les poings volaient tout autant dans les maisons individuelles mais, en général, il n'y avait alors pas de voisins derrière les murs pour témoigner des actes de violence.

En arrivant au parking, Hildur vit le premier signe qui confirmait que ce qu'elle avait entendu à l'instant au téléphone était vraiment arrivé. Son cœur battait la chamade. Dans l'obscurité de cette nuit d'hiver, la lumière bleue des gyrophares de la voiture de police garée là répondait à son pouls en suivant le même rythme violent. Ce n'était pas la télévision, il n'y aurait pas de coupures publicitaires, tout cela était bien trop vrai.

Hildur fit le tour de l'immeuble : le chemin le plus court vers les paravalanches partait de l'arrière-cour.

Il y avait quelques instants à peine que Hildur était dans la cuisine de Freysi, elle feuilletait de vieux magazines sportifs. Elle avait attendu une heure puis avait commencé à s'inquiéter. En général, Freysi ne partait pas courir aussi longtemps le soir. Elle avait essayé de l'appeler plusieurs fois. Quand le téléphone de Hildur avait enfin sonné, c'était pour lui donner un message bref et brutal. Freysi était décédé et Hildur devait se rendre sur place.

Son ami était mort. Quelques jours plus tôt, ils

avaient couru ici même, ensemble. Tout à l'heure, ils avaient échangé des messages. Et maintenant, il n'était plus là. Elle ne pouvait pas le comprendre. On aurait dit une blague de mauvais goût, peut-être que bientôt tout le monde allait rire à gorge déployée. Mais ce n'en était pas une. Hildur avait tout de suite entendu dans la voix de Beta que celle-ci disait la vérité.

Hildur s'était aussitôt précipitée dehors. Cela lui aurait pris trop de temps de déblayer la neige sur sa voiture, elle avait donc fait tout le chemin à pied.

Elle sortit la lampe qu'elle avait dans sa poche et l'alluma, puis s'approcha du paravalanche en passant sous le ruban installé par la patrouille pour délimiter la scène du crime. Puis elle vit le spectacle qu'elle redoutait.

Quelques dizaines de mètres plus loin gisait un tas qui ressemblait à un cadavre de phoque au ventre gonflé dans les eaux côtières. La silhouette avait une position qui n'était pas naturelle et la lampe accrochée à sa tête par un élastique était encore allumée. Le rayon de lumière pointait vers les ténèbres.

L'air grave, Beta s'approcha de Hildur et secoua la tête en silence. Elle leva les bras pour lui signifier de ne pas s'approcher davantage.

Hildur regarda d'abord sa cheffe dans les yeux puis observa son visage. Du mascara avait coulé sur sa paupière inférieure, soulignant son air triste. Elle fixa ensuite son attention sur l'écharpe de Beta, qui était mal nouée et faisait une boule sous la capuche de son manteau. Hildur examina du regard les plis de l'écharpe, centimètre par centimètre.

Ces détails l'attiraient parce que, pour le moment, son esprit était incapable de recevoir d'autres informations.

– Laisse-moi te prendre dans mes bras, lui dit Beta en s'avançant vers elle.

Hildur s'appuya contre sa cheffe qui faisait une tête de moins qu'elle et respira. Inspiration, expiration. Inspiration, expiration. Elles gardèrent le silence pendant un moment. Autour d'elles, les flocons de neige tombaient du ciel. Une partie se posait sur leurs cheveux.

– Est-ce qu'il… murmura Hildur.

– Oui. Je suis désolée. Freysi est mort. Je suis allée voir.

Hildur fit un pas en arrière et essaya de regarder pardessus l'épaule de Beta.

– Le médecin va arriver, puis l'équipe technique. Nous, on ne s'approche pas.

– Et si on pouvait encore le réanimer ? Si on lui donnait plus d'oxygène, peut-être que ça pourrait l'aider ?

Hildur comprenait que ses questions étaient vaines mais elle se sentait obligée de les poser à haute voix, sans trop savoir pourquoi. C'était comme si elle regardait toute la situation de l'extérieur, Beta et elle comprises. Elle voyait tout, elle entendait tout, mais ne faisait pas partie de ce qu'il se passait.

Beta secoua la tête. C'est alors que vint le coup. Hildur essaya de respirer mais l'effort lui parut impossible. C'était le même râle qui sortait de ses poumons que lorsqu'elle était tombée de cheval dans son enfance et qu'elle s'était étalée à plat ventre sur le chemin de terre qui menait à la montagne. La douleur était si grande qu'elle n'arrivait même plus à crier.

Hildur tomba à genoux et sentit un début de tremblement. Beta s'agenouilla à ses côtés et l'entoura délicatement de ses bras.

Hildur serrait les poings dans ses moufles et enfonça

ses ongles aussi profondément que possible dans la peau de ses paumes. Cela l'aidait un peu de localiser la douleur dans une partie du corps en particulier. Elle pouvait ainsi porter son attention sur autre chose.

Elle se releva en tremblant. Au bout d'un moment, sa respiration finit par retrouver un équilibre, et elle desserra les poings. Elle leva le regard vers le ciel étoilé où se reflétaient les gyrophares encore allumés.

– Je suis vraiment désolée d'avoir dû t'appeler ici. Quand j'ai vu qui c'était, j'aurais préféré éviter. Mais j'étais obligée. Je ne pouvais pas partir, expliqua Beta doucement.

– Je sais, je sais… répondit Hildur, puis elle regarda un instant ailleurs. Elle espérait que les larmes viendraient, mais non. Pas encore, en tout cas. Il n'y a… il n'y a personne d'autre ici. Je suis la seule détective.

Les policiers n'auraient pas dû enquêter sur les crimes qui touchaient leurs proches mais Freysi et elle n'étaient pas mariés. Et ils n'étaient même pas vraiment en couple.

– On n'était pas vraiment proches. Enfin, je veux dire qu'on ne formait pas une famille, donc je ne suis pas empêchée d'enquêter.

– Non, pas question que tu restes.

Le ton de Beta était catégorique. Elle dit qu'elle la ramènerait chez elle et y passerait la nuit.

– C'était quand même ton ami. Ce n'est pas rien.

Hildur regarda sa cheffe et fut submergée. Elle ne savait pas exactement ce que c'était. Un déversement de colère et de sentiment d'injustice. C'était son ami qui était mort. Elle pouvait décider elle-même ce qu'elle ferait.

– Si, je vais rester.

Sa cheffe n'aurait pas voulu céder. Ses gestes le

montraient. Beta avait le regard tourné vers la mer, vers les maisons sur la côte, qui semblaient chercher la sécurité les unes auprès des autres, et vers les rues silencieuses où ne passaient que quelques voitures isolées. Elle avait les bras serrés contre le corps. La tête enfoncée dans la capuche de sa grosse doudoune, elle semblait enfermée dans un cocon. Elle guettait la ville, comme à la recherche d'une réponse.

Hildur avait la réponse.

– Je me reposerai demain, pas ce soir.

Elle n'était pas certaine que sa décision soit raisonnable mais cela ne faisait rien. Il n'y avait pas d'autres possibilités. Freysi était mort et le resterait. Hildur n'avait pas d'autre choix que d'enquêter sur ce qu'il s'était passé là quelques moments plus tôt.

Le poids qui avait alourdi ses jambes avait disparu et elle se sentait un peu mieux.

– Raconte-moi tout ce que tu sais.

Beta eut l'air d'évaluer encore un peu la situation mais décida de lui répondre. Elle leva les yeux vers le paravalanche qui se dressait devant elles et expliqua que la barrière de protection avait été enlevée.

– On est passées ici il y a quelques jours. La barrière était encore là.

Quelqu'un avait donc dû y faire un trou et pousser Freysi.

– Freysi utilisait toujours des crampons quand il allait courir en hiver. Ce n'est pas possible qu'il soit tombé par accident.

Hildur regarda sa cheffe. Celle-ci devait réfléchir à la possibilité du suicide. En Islande, on commettait très rarement des homicides mais les suicides étaient nombreux. En général, ils étaient liés à la consommation de drogues ou à des problèmes de santé mentale qui n'étaient pas soignés. Les gens fuyaient l'impasse en s'ôtant la vie par pendaison, dans des accidents de voiture volontaires ou en prenant des médicaments. Les hommes trentenaires représentaient une grande part des auteurs de suicide. Les hommes de l'âge de Freysi. Hildur avait souvent dû, au cours de sa carrière, annoncer la nouvelle d'un suicide aux proches du défunt. À chaque fois, c'était aussi horrible. Certains devinaient pourquoi la police était devant leur porte. Pour d'autres, la nouvelle arrivait sans prévenir. Dans chaque regard, toutefois, brillait la même terreur sans fond que viendraient accompagner, avec le temps, la tristesse et la déception et, pour certains, la colère et l'amertume.

– Je sais que ce n'est pas un suicide. Je devais venir courir avec lui mais j'ai annulé à cause du boulot.

Quant aux homicides commis sous le coup de la colère, ils arrivaient en général dans des lieux privés et, souvent, la victime comme le meurtrier étaient tous les deux ivres. Ou alors c'était devant un bar, dans la longue file d'attente, où un toxicomane au comportement agressif s'énervait contre quelqu'un qui voulait le doubler et sortait une arme blanche. Ce n'était pas du tout le cas ici. Le trou dans la barrière et l'isolement du lieu indiquaient que le crime était prémédité.

– Quelqu'un devait connaître ses routines. Personne ne passe ici dans le noir par hasard.

Hildur ne savait pas le moins du monde pourquoi quelqu'un aurait pu vouloir tuer Freysi. Un prof de sport d'âge jeune, dont le seul vice était le tabac. Il n'avait pas d'ex jalouse, ni de dettes à cause des drogues, et jamais il ne lui avait fait part de plus gros problèmes que ses douleurs de dos.

Une pensée traversa de force l'esprit de Hildur. Elle lui fit froid dans le dos.

– Ces dernières semaines, il y a eu trois homicides particulièrement bizarres…

Hildur regarda Beta, qui pensait exactement la même chose.

– … et qui, à première vue, n'avaient pas l'air d'être liés.

La panique risquait de s'installer quand les médias s'empareraient de l'affaire, les gens auraient peur – et c'était tout à fait normal – qu'il y ait bientôt de nouveaux meurtres. Les journalistes n'étaient pas encore au courant qu'on avait trouvé des cheveux dans la cavité buccale des victimes de l'avalanche et du parking. Ce n'était qu'une question de temps avant que l'information ne fuite. Qu'est-ce que c'était que cette histoire ?

L'équipe technique de Reykjavík s'était mise en route un peu plus tôt. La météo était bonne et leur hélicoptère devrait donc atterrir à l'aéroport de la ville dans une heure au plus. Beta avait aussi appelé le chien secouriste et son maître. Ils pourraient peut-être retrouver l'odeur du meurtrier, puisqu'il ne s'était pas écoulé beaucoup de temps depuis le crime.

– J'ai appelé la patrouille pour surveiller les lieux avant l'arrivée de l'équipe technique, l'informa Beta.

– Annule. Je vais rester.

Beta haussa les épaules en signe d'abandon.

– D'accord. Je retourne au commissariat. La personne qui a trouvé la victime promenait son chien, elle le ramène chez elle et revient ici.

Hildur acquiesça. Sa cheffe partit vers le parking. Hildur suivit son dos du regard. Après le départ de Beta, elle se tourna vers Freysi qui gisait sur le sol. Elle aurait voulu s'approcher de lui. Le regarder et le toucher encore une fois. Lui dire adieu. Mais elle ne pouvait pas le faire. Elle risquait de détruire les indices et de compliquer l'enquête.

Ils avaient décidé de regarder un film ensemble après leur jogging. Se blottir sur le canapé, sous la couverture en laine blanche, avec une bière. Mais à présent, elle regardait son cadavre et elle avait l'impression d'être dans un film dont elle n'arrivait pas à saisir l'intrigue.

Quelques larmes jaillirent de sous ses paupières et glissèrent sur sa joue. C'étaient les premières de la soirée. Le vent froid les balaya aussitôt. La neige s'était arrêtée de tomber. La montagne qui se dressait à côté avait l'air particulièrement immense. Comme si elle avait étendu ses épaules pour protéger une personne solitaire dans la nuit ténébreuse.

Hildur n'avait jamais eu personne. Personne de proche comme la plupart des adultes en ont pour une partie de leur vie au moins. On avait un époux ou une épouse et des enfants, ou au moins un compagnon ou une compagne. Elle n'en avait pas, et elle avait toujours pensé qu'elle n'en avait pas besoin. Mais maintenant, elle avait l'impression qu'elle venait de perdre ce qu'elle n'avait jamais eu.

Chapitre 30

Jakob était tranquillement adossé contre la voiture dans le parking de l'aéroport d'Ísafjörður. Il contemplait la piste d'atterrissage, les bras croisés. L'hélicoptère devait bientôt arriver. On lui avait demandé de revenir travailler à peine une demi-heure plus tôt. Son téléphone avait sonné alors qu'il était sous la douche avec Guðrún. Ils s'étaient amusés toute la soirée. D'abord sur le canapé du salon, puis dans la chambre à coucher. Après, ils avaient eu faim et étaient allés se faire des tartines dans la cuisine. Une fois que Jakob avait terminé de les préparer, Guðrún s'était assise sur la table pour lui suggérer de mettre du beurre sur…

Jakob rit. Mon Dieu, quelle femme il venait de rencontrer ! Guðrún avait tout pour lui plaire. Commencée dans la boutique, leur aventure durait déjà depuis plusieurs jours. Ils n'avaient quitté son appartement que pour aller travailler ou faire les courses. Le reste du temps, ils le passaient collés l'un à l'autre. C'était nouveau pour lui. Certes, il avait eu un certain nombre de relations en plus de Lena. Deux plutôt sérieuses et tout un tas de coups d'un soir. Dans les bars de Tampere, l'étudiant à l'école de police faisait son effet. Mais il n'avait jamais connu rien de pareil auparavant, c'était comme s'il était tombé en plein milieu du paradis.

Cependant, il éprouvait des sentiments contradictoires. Il lui semblait inapproprié d'être heureux dans le contexte actuel, puisqu'ils enquêtaient au commissariat sur plusieurs homicides qui avaient l'air d'être complexes.

En tant que stagiaire, il n'avait pas beaucoup de responsabilités. Et en raison de ses compétences linguistiques limitées, il ne pouvait pas travailler autant que Hildur et Beta. Il avait toutefois essayé de se rendre le plus utile possible dans ces conditions particulières. Il avait nettoyé les cellules, rangé la réserve et remplacé pendant quelques jours un policier de la patrouille en congé maladie. Il avait ainsi pu se familiariser avec les habitudes de la petite ville. Il aurait besoin d'encore pas mal de temps pour bien les connaître. Ils avaient fait souffler des automobilistes et son collègue policier, le chef de la patrouille, avait arrêté tout le monde à l'exception d'un homme aux cheveux gris au volant d'une Toyota rouge. À la fin de son service, Jakob s'en était enquis et son collègue eut l'air surpris. Le chauffeur était son oncle. Et son oncle ne conduisait jamais alcoolisé, avait-il expliqué.

Avec le coup de fil de ce soir, la situation était devenue encore plus compliquée. Le nombre d'homicides sur lesquels ils enquêtaient avait doublé et, si Jakob avait bien compris ce qu'on lui avait dit, la victime était un ami de Hildur. Que c'était injuste ! Alors que lui vivait un bonheur parfait, sa collègue la plus proche devait à nouveau faire face à un deuil important. Sa collègue la plus proche. Jakob pesa ces mots. Hildur était quand même plus qu'une simple collègue. Même s'ils ne se connaissaient pas depuis longtemps, il la considérait déjà comme une amie. Il n'avait à vrai dire pas beaucoup d'amis proches et aucun d'entre eux n'avait réussi à le faire parler de Lena et de Matias comme Hildur.

Bientôt, il entendit du côté de la mer le bruit d'un hélicoptère qui approchait. Jakob revint à l'instant présent. Cette journée se terminait bien sombrement. Un homme mort avait été retrouvé dans l'aire de randonnée du centre-ville et il avait donc fallu appeler l'équipe technique de Reykjavík. C'était à Jakob qu'incombait la tâche d'aller chercher les techniciens à l'aéroport pour les conduire sur la scène du crime.

Il tourna les yeux vers la mer, en direction du bruit. Le vacarme qui s'élevait du moteur de l'hélicoptère augmentait à mesure que l'engin s'approchait de la ville. Quelques minutes plus tard, il entamait sa descente vers l'aéroport qui se trouvait entre la côte et la montagne de Kirkjubólsfjall. Au moment d'atterrir, le rotor faisait un bruit si assourdissant que Jakob dut se couvrir les oreilles. Le courant d'air provoqué par l'hélicoptère souleva la neige, enveloppant le policier d'un épais tourbillon.

Trois hommes à l'air taciturne sortirent à la file. Chacun portait une grande mallette noire pleine d'instruments. Jakob leur fit un signe de la main.

Après s'être présenté en anglais, il ouvrit le coffre de la voiture pour ranger les valises. Les deux premières glissèrent proprement l'une à côté de l'autre. Jakob dut jouer un peu à Tetris pour la troisième. Il la tourna sur le côté pour la pousser dans l'espace libre. Il referma le coffre et dévisagea les trois hommes. Le plus grand prit la parole en premier :

– Jónas Ingimarsson. Et eux, c'est Sveinn Þórsson et Hörður Arnarsson, du département scientifique. Ils sont venus il n'y a pas longtemps pour l'homme trouvé sous l'avalanche.

Jakob se rappelait les avoir vus la semaine précédente et eux aussi eurent l'air de le reconnaître. Pendant qu'ils analysaient la scène du crime, ils avaient eu le temps d'échanger quelques mots. L'un d'eux faisait du krav maga et l'autre travaillait comme entraîneur de volley pour les enfants quand il n'était pas de service. Ils s'installèrent sur la banquette arrière et le plus âgé du groupe, Jónas, s'assit à côté du chauffeur.

– Qu'est-ce qu'il se passe dans ce trou du cul du monde, pour qu'on ait encore besoin de la scientifique ? demanda Jónas.

Jakob sentit l'arrogance dans sa voix. Il ne se laissa pas perturber par son attitude. Jónas était probablement atteint du syndrome du gros budget et des gros gadgets. C'était un citadin qui arrivait chez son cousin campagnard pour l'aider à ranger le désordre, puisque celui-ci n'y arrivait pas tout seul. Jakob avait connu ça en Finlande aussi. Les experts qui venaient de la capitale avaient bien trop souvent cette même attitude de sauveur du monde que le type qui venait de s'asseoir à côté de lui.

– Eh bien, on va voir, se contenta de répondre Jakob, puis il démarra la voiture.

Ce devait être le type désagréable dont Beta et Hildur avaient parlé au commissariat. Les soupçons de Jakob furent confirmés lorsque Jónas commença un long monologue.

– Oui enfin, moi, je ne suis pas de la scientifique, hein. Je suis le chef de la criminelle à Reykjavík. Je suis venu avec ces deux jeunots pour voir ce qu'ils font et, en même temps, j'aimerais bien comprendre ce qu'il se passe ici. C'est déjà votre deuxième victime d'homicide en deux semaines ! À croire que les brigands en ont plus dans la tête que les policiers par ici…

Jónas se frappa la cuisse pour accompagner ce qu'il pensait être une bonne blague, puis éclata d'un rire gras.

Sur la banquette arrière, Hörður et Sveinn avaient l'air las. Ils ne poussaient pas des cris de joie devant ce service de nuit inattendu dans les fjords reculés de l'Islande. Rien n'avait l'air de les intéresser moins que de venir ici pour ranger des échantillons dans des sachets en plastique. Ou alors ils partageaient tous les trois le même mal de crâne provoqué par le fanfaron assis sur le siège avant.

Jakob prit la route du centre-ville. Jónas ne s'arrêtait pas une seconde de parler.

– Jæjja, mon garçon. Comment est-ce que toi, tu t'es retrouvé ici, à Pétaouchnok ?

Jakob aurait préféré ne rien dire mais il n'avait pas vraiment le choix. L'homme était dans sa voiture pour un trajet de quelques kilomètres. Il devait lui raconter ce qu'il avait déjà raconté plusieurs fois ces dernières semaines, au maître-nageur à la piscine, à l'employé de la poste, et à tous les gens qu'il rencontrait en service. Étudiant à l'école de police en Finlande, en stage au commissariat local, il aimait la nature et le silence de l'Islande.

– Ah bah, ton plan n'a pas vraiment marché, dis donc. Moi, je ne suis pas venu ici depuis des années et, depuis que tu es arrivé, on a dû vous envoyer deux fois la scientifique. Ce ne serait pas toi le meurtrier ?

Jónas éclata d'un rire bruyant, auquel Sveinn et Hörður ne se joignirent pas. Ils ne disaient rien. Ils regardaient simplement la nuit noire par la fenêtre. Jónas tourna la tête vers ses collègues à l'arrière. Il leur conseilla de se détendre un peu.

– Quand on aura terminé le boulot, on ira au bar du coin prendre quelques verres pour se relaxer. Il y a quand même des bons côtés dans les petits bleds comme celui-ci. À côté des ouvriers de l'usine de poisson, les mecs de la capitale ont la cote ici. Croyez-moi, les gars, j'ai fait le tour des fjords à l'époque.

La voiture se remplit à nouveau de son rire insupportable. Jakob était agacé. Est-ce qu'il ne pouvait pas se taire une seconde ?

– Je vous conduis jusqu'aux paravalanches, expliqua Jakob en montrant la ville de la main. Il espérait qu'il arriverait à faire taire le policier à la grande gueule en parlant boulot.

Il raconta ce qu'il savait de l'affaire. Un homme presque quarantenaire qui habitait dans la ville était parti faire son jogging du soir sur les paravalanches et il avait fait une chute. La barrière de protection avait été découpée.

L'insupportable policier de Reykjavík caressa son menton orné de quelques millimètres de poils de barbe et dit de sa voix de monsieur-je-sais-tout :

– Vous êtes sûrs qu'il ne s'est pas tout simplement libéré du poids de ce monde ? Les gens tombent comme des mouches quand la saison noire commence.

Si Jakob comprenait que l'affaire pouvait facilement être classée comme un suicide, il savait aussi que cela n'en était pas un. Les dégradations de la barrière de protection en étaient l'indice le plus important. Quelqu'un qui voulait se suicider aurait tout aussi bien pu grimper par-dessus, puisqu'elle ne faisait qu'un bon mètre de haut.

– En plus, on connaît la victime. Il avait rendez-vous avec notre détective après son jogging.

Jónas se redressa et éclata de rire. Il enfonça son bonnet noir et se parla à lui-même, de la même voix savante :

– Eh bien, eh bien. On dirait que le petit copain de Hildur est mort.

Jakob regarda dans le rétroviseur les deux jeunes de la scientifique. Leur expression en disait beaucoup. Ils avaient l'air d'avoir honte du comportement de leur collègue mais se taisaient cependant. Jakob secoua la tête et répondit sans cacher son exaspération.

– J'espère que vous finirez vite votre travail et sans délai, dit-il sèchement, puis il serra les dents et décida de rester silencieux pour le reste du trajet.

Il gara la voiture dans la cour de l'immeuble et en sortit pour ouvrir le coffre. Jónas se saisit de sa mallette et se hâta vers la zone délimitée par le ruban. Hörður et Sveinn prirent les leurs et remercièrent Jakob d'être venu les chercher.

– Ce type est un vrai connard. Ça nous fait vraiment chier qu'il se soit incrusté comme ça avec nous, dit Sveinn, d'un ton désolé. Mais il est certain qu'il y a un lien entre l'avocat du parking, le pédocriminel enterré sous l'avalanche, et ce joggeur.

Jakob l'avait aussi compris pendant le trajet en voiture. Le détective de Reykjavík ne s'intéressait probablement pas au destin d'un pauvre professeur de sport qui avait glissé sur la neige dans une petite ville perdue. Il était venu avec l'équipe scientifique pour être parmi les premiers à voir la scène du nouveau crime. Il voulait attraper un tueur en série.

Chapitre 31

Le vent du nord se renforça alors que le soir se changeait en nuit. De petits tourbillons s'élevaient de l'océan sur le centre-ville désert, où ils déplaçaient délicatement la neige d'une rue à l'autre. Quand le vent eut rassemblé ses forces, il frappa, impitoyable comme un marteau contre une vitre. Les hauts lampadaires tremblèrent sous sa force, et la neige sur les toits s'abattit sur le sol. La météo était terrible ici à cause de l'imprévisibilité du vent.

Hildur dansait d'une jambe à l'autre et remuait ses bras pour ne pas avoir trop froid. Cela faisait presque une heure maintenant qu'elle attendait l'arrivée de l'équipe technique. Le paravalanche la protégeait du vent mais pas du froid, qui s'était peu à peu infiltré dans son corps.

Hildur entendit le bruit d'une voiture qui approchait. Elle se déplaça légèrement pour voir le parking de l'immeuble en contrebas. Elle la reconnut. Le commissariat avait loué quelques voitures à long terme à une agence locale. C'étaient toutes des Škoda Octavia.

Hildur vit Jakob en descendre. Les autres s'étaient

réunis pour sortir leurs instruments de leurs mallettes. Ils commencèrent par revêtir des combinaisons de protection, qu'il était indispensable d'utiliser sur le lieu d'un crime pour éviter de le contaminer.

Les techniciens allaient tenter de collecter autant d'échantillons que possible sur la victime qui gisait sur le sol, dans l'espoir qu'ils soient utiles dans la recherche du coupable. Ils les emporteraient au laboratoire de criminologie de Reykjavík pour les analyser. Ils espéraient surtout trouver des fibres, un type d'indice courant sur les scènes de crime. Il fallait trouver les endroits où les textiles portés par le meurtrier et par la victime avaient pu se frotter les uns contre les autres. Le coupable avait probablement poussé Freysi : leurs vêtements avaient donc dû être en contact. En pratique, les fibres étaient trop petites pour être vues à l'œil nu. Les techniciens devraient donc probablement emporter avec eux la veste de Freysi.

Jakob salua Hildur d'un signe de tête délicat. Il s'arrêta pour regarder le paysage enneigé. Quand ses yeux se posèrent sur le cadavre, il frissonna. Puis son regard revint sur elle, mais elle tourna légèrement son visage dans une autre direction. Jakob ne baissa pas les yeux.

– Je suis désolé, finit-il par dire.

Hildur haussa les épaules.

– Beta m'a dit que vous étiez amis.

Hildur haussa à nouveau les épaules.

Ils restèrent silencieux. Ils comprenaient tous les deux que les mots n'avaient pas vraiment d'importance à cet instant. Ce qui comptait, c'était qu'ils étaient là, ensemble. Hildur remonta le col de son manteau et se força à tenir encore un moment. Encore quelques heures.

Elle savait qu'elle risquait de s'effondrer plus tard. Elle en observait la possibilité de manière analytique, en se demandant quand cela arriverait et si elle pouvait retarder un peu l'instant où elle dégringolerait au fond du ravin. Elle aurait voulu fourrer ses sentiments dans un sac en papier qu'elle aurait posé sur une étagère pour attendre un moment plus opportun. Maintenant, il fallait se concentrer sur son travail.

Les trois hommes vêtus de leurs combinaisons de protection blanches s'approchèrent, leur mallette à la main. Oh putain.

– Pourquoi est-ce que Jónas aussi est venu ? Il ne fait pas partie de la scientifique.

– Ils m'ont dit qu'il s'est introduit de force dans l'hélicoptère à l'aéroport de Reykjavík, expliqua Jakob.

Il ne manquait plus que ça. Jónas suivait l'enquête dans l'espoir de faire avancer sa carrière. Aucun risque qu'il vienne faire des heures supplémentaires au fin fond des fjords s'il ne pensait pas pouvoir en profiter d'une manière ou d'une autre. C'était jusqu'au bout des ongles un homme de la capitale, qui portait un regard amusé et méprisant sur tout ce qu'il se passait à la campagne. Aussi loin que Hildur s'en souvienne, Jónas racontait à chaque fois qu'ils se retrouvaient les projets qu'il avait pour la retraite. Il allait s'installer en Floride pour jouer au golf et ne reviendrait plus jamais sur ces terres gelées.

Si seulement il était déjà parti avec ses balles, pensa Hildur, avant de saluer Jónas d'une voix neutre.

Elle commença à rapporter les événements de la soirée de manière ordonnée, en avançant tranquillement. Elle montra l'endroit d'où on supposait que la victime était tombée, le trou dans la barrière de protection et le lieu où gisait le cadavre. Elle faisait attention en marchant, comme sur de la glace peu épaisse, et essayait de garder l'équilibre dans son esprit.

– À côté de la victime, on a les empreintes de pas de trois personnes. La policière qui est arrivée en premier après l'alerte et le médecin qui a été appelé sur place pour déclarer le décès de la victime.

Elle désigna de la tête les empreintes les plus grandes et fit une petite pause. Elle avait la nausée. Sa bouche était humide et les sucs gastriques bouillonnaient dans son œsophage. Elle sortit un chewing-gum de sa poche et le porta à ses lèvres.

– Ces traces-là, plus grandes, appartiennent peut-être au coupable.

On voyait nettement les empreintes dans la neige. Les traces comme celles-ci, en trois dimensions, se produisaient quand on enfonçait le pied dans une base tendre qui changeait de forme. Les techniciens allaient les prendre en photo et les mouler.

– Qui a trouvé le corps ? demanda Jónas.

– Un type qui promenait son chien. Il ne s'est pas approché mais il a tout de suite appelé la police. Il est en train de déposer son témoignage, répondit Hildur sans regarder son collègue.

– D'accord. On va commencer par laisser le clébard chercher.

Jónas jaugea du regard le maître qui venait d'arriver sur place avec son chien sagement assis à côté de lui.

Hildur sentit son agacement croître. Même si, en Islande, les policiers n'étaient pas tenus de ne travailler que dans leur région, cela ne voulait pas dire qu'on pouvait venir jouer au chef chez les autres. Les Fjords de l'Ouest étaient sa circonscription et elle était la seule détective ici.

C'était en fait une bonne chose qu'elle soit agacée. Cela lui permettait de penser à autre chose et de se concentrer sur son travail.

– On va surtout commencer par faire ce que moi, je dis de faire, hein.

La voix de Hildur était froide et calme. Cela eut toutefois l'air d'énerver Jónas. Elle remarqua les yeux de son collègue se fermer et ses mâchoires se crisper.

Hildur donna quelques instructions. Elle tourna tranquillement le regard vers le chien et son maître.

Le suspect avait probablement continué son chemin du paravalanche vers la cour de l'immeuble en bas puis, de là, il avait dû prendre la route dans une des deux directions. Ses grosses empreintes se voyaient bien dans la neige mais, sur la route, elles risquaient de se mêler aux autres. Hildur n'était pas certaine que le chien puisse retrouver l'odeur mais cela valait le coup d'essayer.

– Magnús, on va laisser ta chienne renifler. Je pense que le meurtrier est passé ici il y a deux heures tout au plus.

– Viens, Molli, on y va, dit Magnús d'une voix douce, en conduisant l'animal auprès des traces de pas laissées par les chaussures de grande taille.

Molli fit quelques tours sur place et remua la tête d'un côté à l'autre, alerte. Puis la chienne se réjouit. Elle avait l'air d'avoir trouvé un fil invisible et se mit à le suivre, plongée dans sa mission.

– Appelle-moi quand tu trouveras quelque chose, s'écria Hildur au dos de Magnús qui s'éloignait. Celui-ci répondit d'un signe de la main pour montrer qu'il avait compris.

La chienne dévalait la pente à toute vitesse vers l'immeuble, le nez collé à la congère.

Les techniciens de la scientifique et Jónas avaient commencé à installer des lampes autour de la scène du crime, en haut du côté de la barrière cassée et près de la zone de chute. Ils devaient prendre des photographies de la scène, étudier les traces de pas et les empreintes digitales, mouler dans du silicone les possibles traces d'outils qui se verraient sur la barrière, et trouver tout ce qui pourrait leur dire quelque chose du meurtrier qui était passé ici.

Hildur observait à distance le travail de la scientifique. Elle les laissait tranquilles. On n'avait pas besoin d'elle et elle n'avait pas non plus envie de s'approcher. Elle vit les hommes se pencher sur le cadavre défiguré. Ils touchaient la tête de la victime en discutant. Ils allaient d'abord chercher des signes des cheveux blonds. Hildur essayait d'extraire de leurs paroles les détails importants tout en excluant tout ce qui était trop personnel. Elle voulait penser que c'était un corps anonyme qui gisait dans la neige, et non Freysi. Mais le dialogue lui semblait toujours aussi atroce.

– Le corps est encore souple. Cela doit faire moins de trois heures qu'il est mort, estima Hörður.

– Oui, ça s'ouvre bien. Un peu plus de lumière, s'il te plaît. Je vais soulever sa langue.

Une main recouverte d'un gant à usage unique plongea dans la bouche du cadavre. Les doigts agiles creusèrent un instant la cavité buccale, le palais et la langue. Tout le monde se tut. Le vent soufflait en silence. Les lampes tremblaient et les instruments cliquetaient les uns contre les autres.

Puis l'air inquiet de Sveinn disparut comme d'un battement d'ailes. À la place, il afficha un sourire tout à fait déplacé.

– Il y a bien une petite mèche de cheveux blonds, dit-il en la levant en l'air avant de la ranger dans un sachet hermétique.

On analyserait les cheveux plus précisément au laboratoire.

Une sensation désagréable envahit la poitrine de Hildur. Comme si un gros caillou roulait d'un côté à l'autre de ses entrailles. Une pensée particulièrement désespérante lui vint à l'esprit. Elle lui faisait mal mais elle était vraie. C'était de sa faute. Elle avait échoué. Le meurtrier avait frappé déjà à trois reprises et, cette fois-ci, le meurtre avait touché son entourage proche. Si elle avait réussi à attraper le coupable plus tôt, son ami serait encore en vie.

Le téléphone de Hildur sonna. C'était Magnús.

– Molli m'a conduit directement au port. Les traces s'arrêtent ici, au bord du quai pour les voiliers.

Chapitre 32

Le port était désert. Il n'y avait pas de lumière dans les cabines des bateaux. Les grands bateaux de pêche attendaient leur prochain départ en mer. Les embarcations plus petites remuaient au gré des vagues. Quelques hauts voiliers avec leurs mâts dénudés reposaient, vaillamment attachés au quai.

Magnús patientait là, les mains dans les poches, son border collie fidèlement assis à côté de lui.

C'était une race de chien de berger très populaire sur l'île. On trouvait presque autant de border collies zélés, alertes et intelligents que de bergers islandais, race propre au pays, dans les fermes. La plupart des chiens de berger étaient d'ailleurs des croisements de bergers islandais et de border collies. Hildur se disait que Molli était de race pure, mais elle n'en aurait pas mis la main au feu. De toute façon, elle n'y accordait aucune importance.

La lumière chaude du lampadaire donnait une couleur orangée à la neige alentour. Si quelqu'un était passé par là, il aurait sans doute pensé que le maître promenait son chien et s'était arrêté pour admirer les lumières nocturnes du port. La nuit, les ports ont quelque chose de fascinant. Tant de personnes arrivées et reparties, qui avaient marché sur le quai, apporté des objets et emporté des souvenirs avec elles. Tout s'arrêtait pendant la nuit, le calme retombait sur le port. Seule la mer continuait son mouvement infini.

Hildur ne savait pas si Molli acceptait que des étrangers la caressent. Elle se contenta donc de la complimenter. La chienne lui jeta un regard indifférent puis se remit à observer la mer.

– C'est le même chien pour les pistes et pour la neige ?

Magnús acquiesça. Il avait l'air content que Hildur, à en juger d'après sa question, comprenne quelque chose aux chiens de sauvetage. Les chiens d'avalanche sont capables de retrouver les disparus sous la neige. Les chiens pisteurs suivent, guidés par leur odorat, le trajet d'une personne qui a laissé son odeur dans le paysage. Les chiens de décombres peuvent se déplacer dans des endroits particulièrement difficiles et retrouver par exemple les blessés restés sous les ruines après un tremblement de terre. Certains chiens et leurs maîtres étaient spécialistes d'un seul genre et d'autres, de plusieurs.

– Molli, c'est une femelle qui a un nez très fin et moi, j'ai essayé de me former. Ce n'est pas tant l'éducation du chien qui est exigeante, c'est plus la formation de son maître, expliqua Magnús en tapotant doucement le flanc de son border collie.

La police d'Islande avait ses propres chiens mais il n'y en avait pas un seul dans les Fjords de l'Ouest. Ici, comme dans les autres régions peu habitées, les activités des chiens de secours et de recherche étaient aux mains des civils.

Hildur tourna son regard vers l'océan et fixa la nuit noire. De petites vaguelettes s'abattaient contre le quai. C'était donc par ici qu'était passé le meurtrier de Freysi. C'était ici que s'arrêtaient les traces. Le trajet le plus direct entre le paravalanche et le port.

– Soit le suspect est tombé dans la mer ici, soit un bateau l'attendait, suggéra Magnús en caressant le menton de sa chienne, qui étira le cou de satisfaction.

– J'appelle les plongeurs et je vais discuter avec l'administration du port. Ils surveillent les déplacements en mer, marmonna Hildur pour elle-même.

Magnús dansa d'un pied sur l'autre et remonta son bonnet qui était presque tombé sur ses yeux. La chienne regarda son maître, comme pour lui demander quand ils rentreraient.

– Je dois me réveiller tôt demain matin. Je pars dans le nord pour former des chiens d'avalanche, expliqua-t-il.

– Bien sûr. Merci d'être venus, lui répondit Hildur en essayant de faire quelque chose qui ressemblait à un sourire. Puis elle continua : Écoute, Magnús. Avant que tu partes, j'aimerais te demander quelque chose à propos d'une vieille affaire.

Magnús se raidit. Pendant une seconde, on aurait dit qu'il était prêt à tout pour disparaître sous terre. Une ombre noire s'était étalée sur son visage, qui eut l'air encore plus fatigué.

– Ah oui… Je sais, l'amende pour excès de vitesse. Je n'ai vraiment juste pas eu le temps de la payer…

Hildur fit un geste énergique de la main.

– Oh non, ce n'est pas ça, moi, je ne connais pas

cette histoire. Je voulais parler d'un truc encore plus vieux.

Hildur évoqua alors ses sœurs qui avaient disparu plus de vingt ans auparavant alors qu'elles rentraient de l'école. Magnús se rappelait l'affaire. Évidemment. Tout le monde s'en souvenait. La disparition de deux petites filles n'avait échappé à personne.

– Ma tante pensait que tu aurais peut-être participé aux recherches. À l'époque, tu avais un chien qui avait l'air triste.

Magnús hocha la tête et esquissa un sourire au souvenir de son chien.

– Lísa était douce et travailleuse. Molli est sa descendante. Elles ont beaucoup de points communs, expliqua-t-il en regardant fièrement la chienne toujours fidèlement assise à côté de lui. Quelle tragédie qu'on n'ait jamais pu les retrouver. Ça a dû être tellement dur pour tes parents, je ne peux même pas imaginer. Et pour toi, aussi.

Hildur acquiesça. Magnús la regardait, les yeux pleins de gentillesse. Il caressait son chien de gestes paisibles et mesurés. Il irradiait le calme et la tranquillité. Même s'il était pressé de partir, il ne le montrait pas. L'absence de cheveux, de sourcils et de cils faisait de lui un être sans âge. Vieux pour l'éternité.

– Est-ce que par hasard tu te souviendrais de l'endroit exact où la trace de mes sœurs s'arrêtait ? demanda Hildur.

Magnús resta silencieux. L'air pensif, il observait un voilier qui se balançait tranquillement au gré des flots.

– Je m'en souviens très bien, parce que je trouvais ça vraiment bizarre.

À ces mots, Hildur sentit quelque chose se réveiller

en elle. C'était comme d'innombrables petits chocs électriques. Elle voulait qu'il lui raconte jusqu'au moindre détail tout ce qu'elle n'avait pas entendu ou vu auparavant.

Magnús expliqua que son chien avait suivi les traces jusqu'au tunnel. Lísa avait retrouvé l'odeur des fillettes depuis le centre-ville jusqu'à l'entrée mais la piste s'était soudain arrêtée, comme si on l'avait coupée avec des ciseaux.

– Vous étiez loin dans le tunnel ?

C'était un détail qui paraissait important à Hildur, car il n'était pas mentionné dans les rapports de police.

La chienne s'était arrêtée juste à côté de l'entrée. Magnús estima que ça ne devait pas faire plus d'une dizaine de mètres.

– Est-ce que les traces tournaient en rond ?

– C'est justement ce qui était bizarre. Les traces ne continuaient nulle part. Elles s'arrêtaient là, c'est tout. Je me le rappelle encore, Lísa s'est assise, elle regardait ses pattes et remuait la tête. Elle faisait toujours ça quand elle était étonnée.

Hildur réfléchit à ce qu'elle venait d'entendre et demanda si les petites filles auraient pu faire demi-tour et sortir du tunnel.

Le regard tourné vers la mer, Magnús eut l'air de considérer sérieusement sa question puis il parla d'une voix ferme.

– La chienne l'aurait remarqué. Les traces… eh bien, elles s'arrêtaient net.

Molli s'agita, impatiente, et Hildur proposa qu'ils marchent vers la voiture de Magnús en continuant leur discussion. Le froid s'abattait vite quand on restait immobile.

Ils passèrent devant un tas de bassins en plastique hauts de plusieurs mètres. Une odeur de poisson flottait dans l'air. Ces bassins cubiques brun clair, entassés devant l'entrepôt portuaire, servaient à conserver le poisson. Les poissons pêchés au milieu des glaces gardaient ainsi leur fraîcheur.

– Si on me demandait, je dirais que c'était trop étrange que les traces nettes s'arrêtent brusquement comme ça.

Hildur laissa Magnús continuer. Il avait l'air content que quelqu'un l'écoute avec attention.

– On a bien vite laissé tomber cette piste, parce que la plupart des gens croyaient que les fillettes étaient passées par les montagnes.

Hildur fit attention à l'expression qu'il avait utilisée : « la plupart des gens ». Elle s'y agrippa. « La plupart. La plupart des gens croyaient. »

– Mais toi, tu n'y croyais pas ?

– Non. Mais ma parole n'avait pas beaucoup d'importance. Les autres voulaient envoyer les secours sur le plateau, c'est donc ce qu'on a fait. Le tunnel ne les intéressait pas, parce que le trafic n'y avait pas encore commencé. Tout le monde supposait que personne ne passait par là. Mais ça, moi, je n'y croyais pas non plus. Il y avait au moins encore les ouvriers.

On avait terminé les travaux l'été précédent et, à l'automne, la route était déjà praticable. On n'avait toutefois pas encore ouvert le tunnel au trafic parce que l'inspection finale était en cours. De grandes portes en métal empêchaient les voitures d'entrer dans le tunnel.

– Quels ouvriers ? Ça faisait un bout de temps que les travaux étaient terminés, s'étonna Hildur.

– Pas complètement. Il y avait la cascade.

Hildur sentit ses doigts la piquer et ce n'était pas le froid. De quelle cascade pouvait-il bien parler ? La ville était alimentée en eau potable grâce à une source dans la montagne et Hildur n'avait jamais entendu parler de cette chute d'eau.

Magnús continua son récit. Quand on avait commencé à creuser la roche, on était tombé sur une quantité incroyable d'eau. Il y avait une cascade qui coulait à l'intérieur de la montagne. Sa puissance avait étonné tous les ingénieurs qui avaient conçu le projet. Il avait fallu réparer la paroi qu'on avait creusée, pour éviter que l'eau ne s'écoule dans le tunnel long de plusieurs kilomètres.

– Les ouvriers qui s'étaient occupés de l'enlèvement de la terre n'ont pas fait de bruit sur cette histoire, pour que tout le projet n'échoue pas complètement. Il y avait tellement d'autres problèmes, de toute façon.

On s'était vivement opposé au projet, à l'époque. D'après les militants écologistes, les explosions allaient provoquer des dommages dans la nature environnante. On soupçonnait aussi les responsables de l'enlèvement de la terre de faire travailler des ouvriers au noir et, plus tard, un syndicat local avait attaqué en justice quelques sous-traitants pour des heures supplémentaires non payées.

– L'entreprise pilote a fait réparer elle-même le mur et on n'a jamais mentionné cette affaire dans aucun rapport, continua Magnús en secouant la tête.

C'étaient les méthodes traditionnelles en Islande. On ne demandait pas d'autorisation, on faisait les choses rapidement et, après, on laissait l'épisode entier disparaître dans les ténèbres de l'histoire.

Ils étaient arrivés à la voiture de Magnús, qu'il avait garée dans la cour de l'hôpital. Il ouvrit le coffre et laissa Molli sauter dans sa cage de transport. Il démarra le moteur et se mit à gratter la neige sur les fenêtres.

– Comment tu sais tout ça ? demanda Hildur.

Magnús s'arrêta, étendit le bras et la regarda dans les yeux.

À l'époque, Magnús avait une vie très différente de ce qu'elle était à présent. Il avait bu tout son argent et, à cause de loyers impayés, il avait perdu son appartement. Un ami d'ami l'avait sauvé de la rue et lui avait prêté le chalet de sa famille. Magnús avait donc vécu dans ce chalet à Ögurvík pendant l'hiver où il y avait eu cet accident dans le tunnel. Ögurvík était à une heure de route d'Ísafjörður dans la direction de Reykjavík.

L'hiver où mes sœurs ont disparu, se dit Hildur, qui sentit la tristesse la creuser à l'intérieur. Elle ne savait pas exactement à quoi ce sentiment était dû. Si c'était à cause de Freysi, mort aujourd'hui, ou de ses sœurs, disparues près d'un quart de siècle plus tôt. Ses proches s'envolaient loin d'elle et elle s'en sentait en partie responsable. Elle ne savait pas expliquer sa culpabilité. Elle ne la comprenait pas. C'était simplement ce qu'elle éprouvait.

Hildur tenta d'effacer ces tristes pensées et de se concentrer sur ce que lui racontait Magnús.

À côté du chalet d'Ögurvík, il y avait une ferme dont le propriétaire faisait aussi tourner une petite entreprise de maçonnage. Il quittait la ferme tous les matins de la semaine avant six heures pour aller au travail à Ísafjörður.

Magnús expliqua que c'était facile de se souvenir de ses voisins quand il n'y en avait pas d'autre à cent kilomètres à la ronde.

– Un matin d'octobre, la petite camionnette de mon voisin est restée coincée dans la neige au niveau de mon chalet.

On venait toujours en aide à ses voisins et à ceux qui étaient dans le besoin, c'était un accord tacite. Magnús avait donc sorti la voiture de la neige grâce à son tracteur qui se trouvait dans la cour.

– Il m'a chaleureusement remercié pour mon aide et s'est vanté de faire des travaux de réparation top secrets et très importants dans le tunnel. Il disait qu'il y avait un trou dans la paroi et un gros risque de dégât des eaux. C'était son travail de le réparer. Puis il est parti et on ne s'est pas revus depuis, termina Magnús, en essuyant de sa manche le rétroviseur du côté du conducteur.

Un type qu'on ne soupçonnait pas était donc passé dans le tunnel. Quelqu'un qu'on avait payé pour réparer une erreur dont personne ne devait rien savoir. Hildur eut froid dans le dos et sentit la colère monter. Pourquoi donc personne n'avait jamais parlé de ça plus tôt ?

Magnús poussa un profond soupir. Il avait l'air de comprendre l'exaspération de Hildur.

– Ça n'intéressait personne. Quand deux fillettes de la ville ont disparu sans laisser de trace, on a eu d'autres priorités que s'intéresser à la réparation d'un trou dans un mur. Il n'y avait personne dans le tunnel, un point c'est tout. À l'époque, je buvais trop et j'avais des dettes un peu partout. Personne n'allait croire les sottises d'un homme comme moi.

Magnús s'installa dans sa voiture et attacha sa ceinture. Hildur aussi avait froid mais elle avait surtout soif d'informations. Le tunnel devait être vide mais il y avait quand même un type louche qui y passait. Elle fixa Magnús du regard et attendit qu'il lui en dise plus sur le maçon.

Quand deux Islandais qui ne se connaissent pas se rencontrent, ils commencent par chercher les liens qui les unissent. La famille éloignée, les écoles, les jobs d'été. On trouve toujours un lien, grâce auquel cet étranger inconnu devient quelqu'un de familier. L'un d'entre nous. Cela crée un contexte partagé où les deux peuvent se sentir chez soi.

Hildur, comme tous les Islandais, avait déjà posé cette même question des dizaines sinon des centaines de fois. Jamais auparavant la réponse ne lui avait paru plus importante :

– Il était de quelle famille, ce type ?

Magnús eut l'air désemparé. Il ne savait pas répondre à la question. Il ne connaissait pas son identité mais il essaya de le décrire :

– Il était un peu bizarre. C'était un type un peu malpropre et plutôt taciturne. Je ne l'avais jamais vu avant.

Magnús avait toujours dans la main le grattoir dont il s'était servi pour nettoyer sa voiture. Il le leva près de sa tête et se frappa doucement le front deux fois.

– Il avait une grosse cicatrice ici.

Chapitre 33

Dans le ciel, les étoiles reposent comme des diamants brillants sur un tissu noir. Elles scintillent toutes mais une partie d'entre elles est déjà éteinte. C'est plutôt beau qu'on puisse les voir même si elles n'existent plus. Une étoile ne s'éteint pas immédiatement. Et un pissenlit ne disparaît pas quand on le cueille, il faut l'arracher avec ses racines.

Arracher les racines, c'est ce qu'il y a de plus difficile.

Beaucoup de gens disent pourtant qu'ils sont prêts à tout pour aider les autres. Que leur vie est chargée de sens lorsqu'ils aident d'autres personnes. Ce ne sont que des mensonges. Des grommellements de gens paresseux. Ils n'en sont pas capables. La plupart n'en sont pas capables.

Moi, j'ai montré que je l'étais aux gens qui comptent le plus, et j'ai aidé beaucoup de monde. Tout le monde. J'ai aidé tout le monde. J'ai fait beaucoup.

Mon plan a fonctionné. Presque à la perfection. J'ai dû me hâter au bord de la mer, alors que les vagues battaient, parce qu'il n'y avait que moi. Il n'y avait personne pour m'aider. Sauf mes deux à moi. Dans mon cœur, maintenant et pour toujours.

Ah, si seulement les gens savaient tout, ils comprendraient ! S'ils connaissaient cette même flamme qui me brûle la poitrine et ce vent qui souffle depuis les plateaux déserts, ils me comprendraient. Ils m'encourageraient. Ils m'acclameraient. Ils ne voudraient pas que l'on m'arrête.

Le chasseur et le sauveur. C'est la même chose.

On dit que celui qui se relâche dans son travail est frère de celui qui détruit. Je ne supporte pas non plus cette flemmardise. Je l'ai montré à tout le monde. Je leur ai montré, à mes deux à moi, qui comptent le plus pour moi. Je les aime. Je vous aime.

Il ne me reste plus qu'une mission à accomplir. C'est la plus dure de toutes, car c'est la dernière. Mais je n'ai pas peur.

Chapitre 34

Novembre 2019, Ísafjörður

Il y avait si peu de bruit dans l'appartement que l'on pouvait nettement entendre la légère brise qui s'introduisait par la fenêtre entrouverte dans l'entrée. Un bruissement sourd arriva jusqu'au coin le plus éloigné de la pénombre de la pièce. Celui où Hildur était assise. Cela faisait un moment qu'elle observait le long rideau du salon remuer au gré du vent. Peut-être une demi-heure. Probablement plus longtemps. Il se mouvait à la manière des vagues, se gonflant au milieu et s'étalant vers les bords. Les combinaisons de plongée qui puaient l'eau de mer attendaient depuis plusieurs jours qu'on les sorte de leur sac poubelle noir pour les faire sécher. Elles y étaient toujours. D'abord, Hildur n'avait pas eu le temps de les étendre. Maintenant, elle n'en avait plus la force. Elle se leva et jeta le sac dans la salle de bain. Un gros *splash* résonna quand il tomba sur le carrelage.

Hildur observa son appartement en désordre et se sentit satisfaite que la lumière de cette journée hivernale soit grise. C'était charitable. La lumière dévoilait une partie des taches de café sur le plan de travail ainsi que le sachet de fromage oublié ouvert sur la table, mais ne les soulignait pas trop nettement.

Hildur fit couler de l'eau dans une tasse qu'elle avait attrapée sur le plan de travail et ouvrit son réfrigérateur. Elle n'avait pas faim mais ce serait bien de manger un peu.

Le bruit du micro-ondes brisa le silence. Elle leva instinctivement ses épaules jusqu'aux oreilles et trembla de dégoût. Ce son aigu l'énervait jusque dans son ventre. Les bords intérieurs du micro-ondes étaient couverts de saleté incrustée et il manquait un bout du plateau sur lequel tournait son repas.

Hildur s'assit sur sa vieille chaise pour manger. La bourre de cuir était usée à l'arrière. Elle sentait à travers son fin pantalon les bandes de scotch collées sur les trous : quelques mois plus tôt, elle avait tenté de les réparer avec du ruban adhésif pour le sport qui pouvait supporter les frottements plus violents. « On peut tout réparer avec le scotch pour le sport, sauf la gueule de bois, les cœurs brisés et les interrogatoires ratés », avait expliqué un de ses professeurs à l'école de police, un jour où ils avaient entouré les articulations de leurs doigts et leurs poignets avec ce scotch avant leur entraînement. Hildur fit glisser ses fesses vers l'avant de la chaise, qui était plus doux et moins usé.

Elle regarda le poulet qu'elle venait de réchauffer au micro-ondes et pensa à sa situation. Ce moment allait vite passer. Ce n'était pas la première fois qu'elle éprouvait un effondrement pareil. Il fallait juste qu'elle tienne face à la tristesse.

En général, la douleur était peu importante et elle disparaissait devant des douleurs d'un autre genre. Cela l'aidait de discipliner son corps dans les vagues ou à la salle de sport. Parfois, la tristesse était cependant si lourde qu'elle emportait sa capacité d'agir.

La dernière fois qu'elle avait vécu une telle pesanteur remontait à quelques années plus tôt, juste avant un accident qui s'était produit dans le port. Hildur avait passé quelques jours chez elle, elle n'avait plus de force, elle faisait les cent pas entre les murs et ne se sentait pas bien. Ses jambes étaient lourdes et elle voyait flou. Puis la nouvelle était arrivée.

Une famille islandaise qui habitait sur l'île de Heimaey avait fait un voyage en voiture à Reykjavík pour régler quelques affaires. Au moment de retourner sur le bateau pour rentrer sur l'île, la météo était catastrophique. Un vent violent avait frappé l'île pendant plusieurs jours, la terre était complètement gelée et la neige tombait en gros tourbillons. Le conducteur avait perdu le contrôle de son véhicule et celui-ci était tombé du quai dans les profondeurs de la mer glaciale. Les plongeurs secouristes avaient trouvé dans la voiture les parents et un bébé installé dans son siège. Ils étaient déjà tous morts.

Cet accident avait particulièrement affecté Hildur, qui s'était sentie elle aussi entraînée dans les abysses. Elle avait compris la raison de son mal-être en lisant les articles sur l'accident. Toute la famille ne se trouvait pas dans la voiture. Il y avait aussi un enfant qui allait à la maternelle et était resté chez une famille du voisinage pendant que les autres étaient à Reykjavík. Le destin de celui qui restait en vie était le plus terrible, parce qu'il lui était si familier. Un enfant avait échappé à un accident mais il avait en même temps tout perdu. Le petit avait le même destin qu'elle.

Hildur acceptait cette aptitude qu'elle avait mais elle comprenait qu'on puisse la trouver bizarre. C'est pourquoi personne n'était au courant de ses perceptions, à l'exception de sa tante Tinna qui le savait parce que le don de clairvoyance faisait partie de la famille. Hildur n'en avait jamais parlé à qui que ce soit, c'était une chose difficile à expliquer. Elle n'était pas voyante ni diseuse de bonne aventure mais quand un malheur était sur le point d'arriver et qu'elle était impuissante, elle perdait toutes ses forces.

Hildur en savait beaucoup sur les pathologies mentales. Elle lisait des livres sur le sujet et suivait des blogs qui ressemblaient à des journaux intimes. La pesanteur qu'elle ressentait ne durait jamais bien longtemps. Une fois que l'accident avait eu lieu ou que le crime était découvert, elle allait mieux. Ses forces revenaient peu à peu et elle parvenait à se concentrer sur la résolution de l'affaire et l'aide qu'elle pouvait apporter aux autres.

La veille, quand elle était rentrée du port, elle avait ressenti une forte anxiété en elle. D'abord sous la forme d'un puissant mal de tête, qui était ensuite descendu comme une masse lourde dans sa poitrine puis son ventre.

Jakob l'avait aidée à rentrer et s'était proposé de rester, mais elle avait préféré être seule. Elle avait mis son portable en silencieux, éteint son ordinateur et informé Beta qu'elle prenait un jour de congé. Elle savait qu'elle s'en sortirait. Elle s'était déjà sortie de ce genre de situations.

La nourriture disparaissait de l'assiette à un rythme régulier. Hildur n'avait pas le choix. Si elle ne mangeait pas maintenant, elle aurait besoin de plus de temps pour recouvrer ses forces. Plus vite elle mangerait, plus vite elle pourrait aller dormir, et plus vite elle retrouverait son énergie.

Elle voulait reprendre le contrôle de ses pensées et

mettre ses muscles en mouvement. Elle le voulait plus que jamais auparavant car il fallait qu'elle découvre ce qui s'était passé. Qu'est-ce qui était arrivé à Freysi ? Qu'est-ce qui était arrivé à ses sœurs ? Hildur avait reconnu Jón dans la description de Magnús. La cicatrice sur le visage était un détail précis. Qu'est-ce qui pouvait bien se cacher sous la cicatrice et la camionnette à béton de Jón ?

Hildur jeta un coup d'œil à l'extérieur puis son regard se posa sur le grand tableau en point de croix accroché au mur de la cuisine. C'était un cadeau de Tinna pour son dix-huitième anniversaire. Elle y avait brodé son nom et, en dessous, sa signification selon la mythologie nordique antique.

Hildur. Combat. Valkyrie au service d'Óðinn. Fée de la guerre et esprit de la mort, dont la mission était, dans les batailles, de décider qui devait gagner et qui, mourir.

La brise poussa le rideau devant le point de croix. Hildur ricana. Une Valkyrie, vraiment ?

Chapitre 35

Ils étaient à l'étroit dans la petite salle de réunion du commissariat. En général, il y avait deux ou trois personnes maximum. Mais à présent, cinq personnes se tenaient autour de la table ronde. Il fallait garder la fenêtre ouverte pour avoir assez d'air frais dans la pièce.

Jakob était assis du côté de la fenêtre et, en face de lui, se trouvaient les deux techniciens arrivés la veille de Reykjavík, Sveinn et Hörður. Jónas s'étalait tellement sur sa chaise qu'il prenait la place de deux personnes. Beta avait apporté un plateau avec cinq tasses de café, qu'elle déposa sur la table. Elle n'avait pas envie de se battre pour une place. Elle voulait terminer la réunion le plus rapidement possible et prit un tabouret qu'elle posa à côté du tableau de conférence.

Jakob sortit de son sac à dos deux sacs en papier qui bruissaient. Il rapportait de la boulangerie des croissants et des sandwichs au fromage. Sveinn et Hörður se réjouirent de ce petit-déjeuner mais Jónas avait l'air aussi désagréable que la veille. Il avait fait la tête toute la matinée. Quand Jakob se mit à mélanger son café, il ne tint plus.

– Mais qui est-ce qui met du sucre dans son café ?

Jakob n'effaça pas le sourire de son visage et tendit le sachet de croissants à son collègue.

– Je suis comme ça, j'aime les douceurs.

Jónas secoua la tête et grommela quelque chose dans sa barbe. Il glissa cependant la main dans le sachet en papier et mordit bientôt dans un croissant croustillant.

Beta avait décidé d'organiser une réunion avant que ses collègues de Reykjavík ne rentrent dans la capitale. Hildur avait pris un jour de congé ; Jakob et elle devraient s'en sortir à deux.

Tout en sirotant son café, elle se disait qu'aujourd'hui, elle n'accepterait aucun coup de gueule. Toute l'attention devait être tournée vers l'affaire.

Il était maintenant tout à fait évident pour la police que les meurtres de Heiðar, Jón et Freysi avaient été commis par la même personne. C'était exceptionnel. Beta écrivit le nom des trois victimes sur le tableau.

– Freysi. La barrière était démontée et on l'a poussé. Les traces du coupable conduisaient au port. Est-ce qu'on a trouvé quelque chose là-bas ?

Jakob avait sorti son tricot et s'était mis à la tâche. Il tira plus de laine du sac qui se trouvait sous la table tout en regardant le bloc-note qu'il avait sous les yeux. Hildur avait appelé les plongeurs la veille au soir. Ils n'avaient rien trouvé d'intéressant. Dans la matinée, Jakob était passé discuter avec la direction du port mais ils n'avaient rien vu de particulier dans la salle de contrôle.

– Ils ont quand même précisé qu'on ne voit pas le mouvement des plus petites embarcations depuis la salle de contrôle. Le suspect a donc pu se déplacer sans que personne ne le remarque, ajouta Jakob en posant son regard tour à tour sur les personnes présentes dans la salle.

Jónas avait le front rouge et, les yeux fixés sur son collègue qui tricotait, il ne parvenait pas à cacher sa mauvaise humeur.

– On est en train d'enquêter sur un meurtre et toi, tu tricotes comme une bonne femme.

– Je tricote la manche d'un pull, rétorqua Jakob. Il avait décidé qu'il ne se laisserait pas agacer par le détective aujourd'hui. Je suis capable de faire deux choses en même temps.

Beta hocha la tête avec approbation dans sa direction et changea sèchement de sujet.

– Qu'est-ce que vous avez trouvé hier, sur la scène du crime ?

Sveinn secoua la tête, insatisfait. Les résultats étaient minimes. Les traces de découpe de la barrière étaient droites, le suspect avait utilisé de grosses pinces. Ils avaient photographié la partie cassée de la barrière et moulé dans du silicone les traces. À Reykjavík, ils les compareraient aux outils les plus usuels. Peut-être parviendraient-ils ainsi à identifier l'outil qui avait été utilisé. Ils n'avaient pas trouvé d'empreintes digitales. Le meurtrier portait des gants ou il avait effacé ses traces, car la barrière était propre.

– Jusqu'à maintenant, les indices les plus importants sont les empreintes de pas. Le meurtrier est assez grand, il fait du 44. Il portait probablement des chaussures de randonnée. Je ferai des comparaisons plus précises quand je serai en ville.

– Et les fibres ? demanda Beta.

– On a récupéré les vêtements d'extérieur du défunt et on les étudiera au labo.

Sveinn ajouta qu'ils étaient passés dans la matinée chez Freysi pour récupérer des échantillons de ses vêtements et des textiles de maison pour la comparaison.

Beta écrivit sur le tableau « grande taille, pointure 44 ». Ils avaient extrêmement peu de faits, mais ceux-ci confirmaient le récit de Siggi, le livreur de pizzas.

– Est-ce qu'il y a du nouveau dans l'affaire de l'avocat ? demanda Beta en soulignant le nom de Heiðar.

Jónas secoua la tête. On avait trouvé dans la voiture des fibres sombres qui ne provenaient pas des vêtements de la victime ou de son épouse, ni de chez eux, de l'hôtel ou de son bureau. Toujours dans la voiture, on n'avait rien trouvé d'autre que les empreintes digitales de Heiðar lui-même. Les caméras de surveillance du parking étaient en panne. On avait aussi passé en revue les enregistrements des caméras de surveillance du quartier mais on n'y avait repéré personne de suspect ou qui se promène seul.

Enfin, Beta souligna le nom de Jón et expliqua ce qu'elle savait.

L'affaire était toujours aussi mystérieuse. Pas d'arme du crime, pas d'empreintes digitales, rien. Tout ce qu'ils avaient pour résoudre les trois meurtres, c'était un témoignage indéterminé sur une silhouette de grande taille qui portait des vêtements sombres et la présence de cheveux blonds dans la bouche de chacune des victimes.

– On a un vieux pédocriminel, un avocat dégueulasse et un prof de sport charmant, résuma Jónas en regardant les autres.

Tout le monde pensait à la même chose. Quel était le dénominateur commun de tout ce cirque ? Jónas tapota la table de son index.

– On va passer en revue tout ce qu'on peut. Les hobbies, les études, les colonies de vacances quand ils étaient gosses, et les chalets de vacances des familles. Il doit bien y avoir un point commun entre les victimes. Il faut juste qu'on arrive à le trouver.

Jakob posa son tricot sur la table et jeta un œil à Jónas puis à Beta.

– Est-ce que le point commun, ça pourrait être leur famille ? Corrigez-moi si je me trompe mais j'ai l'impression que beaucoup de gens ici sont de la même famille, au moins éloignée.

Beta fit tourner le feutre entre ses doigts. L'idée de Jakob n'était pas si bête. Elle s'était dit la même chose. Elle expliqua aux autres qu'elle avait déjà pris le temps d'étudier les généalogies de Jón et de Heiðar mais qu'elle n'avait pas trouvé de point commun.

– On n'a qu'à faire des tests ADN, comme ça on sera fixés, lança Hörður, qui avait suivi la conversation en silence.

Jónas éloigna sa chaise de la table et s'appuya contre le dossier. Il avait l'air impatient :

– Pourquoi pas. Mais on va devoir attendre les résultats longtemps.

Beta le savait. Le laboratoire de criminologie était toujours encombré. Et même si ce n'était pas le cas, il faudrait au moins plusieurs jours pour avoir les résultats des tests ADN. Elle se leva et s'étira. Ils n'en sauraient pas plus en prolongeant la réunion. Il fallait continuer l'enquête en retournant les moindres cailloux.

– Quand on trouve quelque chose, on se tient au

courant ? conclut Beta en allant fermer la fenêtre. Il faisait frais dans la salle de réunion.

Ils échangèrent encore quelques mots à propos de leurs projets pour les jours suivants.

Les hommes de Reykjavík se préparèrent pour le départ. Leur vol pour le sud décollerait dans une heure. Le cadavre de Freysi les accompagnerait dans la soute et on ferait l'autopsie dans l'après-midi à Reykjavík.

Adossée contre l'embrasure de la porte, Beta proposa aux hommes de les reconduire dehors.

– On trouvera bien le chemin tout seuls hors de ce, hmmm, commissariat de police, déclara Jónas en observant d'un œil amusé leur lieu de travail. Vous avez bien des toilettes intérieures dans ce manoir rustique ?

Beta désigna la porte entrebâillée dans le couloir. Elle se rappela le texto qu'elle avait reçu de la poste ce matin. La lampe qu'elle avait commandée sur Internet était arrivée. La poste était encore ouverte et elle avait un peu de temps. Elle décida d'y aller, puisqu'elle était à côté, et elle sortirait en même temps que les hommes.

Ils se dirent au revoir maladroitement devant la porte et promirent de s'informer de l'avancée des enquêtes. Les hommes partirent à grands pas à travers la cour du commissariat vers le parking de la station-service où l'un des policiers de la patrouille les attendait avec sa voiture, prêt à les emmener à l'aéroport.

Beta vit qu'ils s'apprêtaient à prendre un raccourci en passant par l'emplacement de lavage des voitures. À cet endroit-là, la neige cachait une couche de verglas bien glissant. Tous les habitants de la ville le savaient. La station-service avait même installé un panneau pour prévenir mais les trois hommes étaient passés devant sans le remarquer.

– Marchez de l'autre côté, c'est très glissant par là, s'écria Beta depuis le fond de la cour, en faisant de grands gestes de la main.

Jónas se retourna pour la regarder, un rictus sur le visage :

– Mais oui, mais oui, maîtresse.

Beta n'en crut pas ses oreilles. Quel malotru ! Elle voulait juste leur venir en aide mais Jónas faisait encore son vantard. Elle ne comprenait pas son comportement. Il avait toujours été infect depuis tout le temps qu'elle le connaissait. C'était un type absolument insupportable. Quel dommage qu'il y ait de la place pour des imbéciles comme lui dans leur profession ! Beta observa les trois silhouettes s'éloigner.

– Si les conseils des provinciaux ne plaisent pas à monseigneur Jónas, qu'il se débrouille tout seul, marmonna Beta, qui vit l'inévitable se produire. L'air pressé, Jónas faisait de grands pas rapides vers la voiture de police. Il devait avoir tellement hâte de rentrer dans la capitale. Au milieu de l'emplacement de lavage, il s'étala avec fracas sur le sol, sur son flanc gauche, ce qui eut l'air d'être franchement douloureux. La neige qui s'était soulevée au moment de sa chute retomba doucement sur lui. Jónas fit une terrible grimace.

Beta frémit. Il avait l'air d'avoir fait une assez mauvaise chute.

Il semblait ne pas pouvoir se relever tout seul. Sveinn et Hörður vinrent aussitôt l'aider, mais Jónas leur fit signe de s'éloigner. La grimace de douleur sur son visage témoignait d'une souffrance importante.

Beta sortit son téléphone de sa poche pour appeler les urgences. Elle salua la personne qui répondit et se présenta.

– Un homme un peu âgé vient de glisser devant le commissariat d'Ísafjörður. Il est tombé sur les côtes, ça a l'air douloureux, et on dirait qu'il ne parvient pas à se relever tout seul. J'espère qu'il ne s'est pas cassé les côtes.

Beta remercia les urgences, rangea son téléphone et jeta un regard en direction de Jónas qui gisait toujours au sol. Elle essayait de garder un air sérieux mais une petite sensation de victoire devait quand même se lire dans ses yeux.

Chapitre 36

Novembre 2019, Reykjavík-Ísafjörður

Lian était nerveuse. Elle pressa avec vigueur son téléphone contre l'oreille et, avec l'ongle du pouce de sa main libre, elle gratta une tache de yaourt qui avait séché sur la table. Elle fut surprise : la tache n'était pas sèche. Ennuyée, elle s'essuya le pouce sur la couture latérale de son jean et attendit que quelqu'un lui réponde.

Elle aurait voulu appeler la police déjà quelques jours plus tôt mais elle avait dû changer ses plans à cause de son travail de nuit. Un des patients du service avait glissé sur le chemin de la salle de bain et était tombé sur elle. Elle s'était alors cogné la tête. Heureusement, rien de plus grave ne s'était produit. Elle avait eu une légère commotion cérébrale et s'était reposée quelques jours chez elle. Les soirées étaient toujours aussi chaotiques avec les enfants mais, dans la journée, elle pouvait profiter du silence à la maison. Le repos lui avait fait du bien. Ce matin, elle s'était sentie de nouveau en forme et avait informé sa cheffe qu'elle ferait le service de jour.

Pendant son arrêt maladie, Lian avait oublié tout ce qui avait un lien avec son travail. Notamment Jón

Jónsson et Heiðar Arason, dont elle avait appris le décès dans le journal lors de sa pause. Lorsqu'elle était revenue travailler, tout lui était remonté en mémoire. Il fallait qu'elle donne ses informations à la police sans attendre. Peut-être que le détail qu'elle avait à l'esprit était tout à fait inutile. Peut-être que tout ce que la police ferait, ce serait de sourire poliment et de la remercier d'être une citoyenne active qui faisait part de ses soucis, avant de raccrocher en secouant la tête.

Enfin, quelqu'un répondit au téléphone. Lian se présenta, comme il est habituel en Islande, en souhaitant d'abord une bonne matinée, puis en expliquant d'où elle appelait et en donnant son prénom. Elle avait vite appris en s'installant ici qu'on appelait tout le monde par son prénom. On ne portait pas de noms de famille traditionnels, parce que tous les Islandais étaient fils ou fille de quelqu'un. Au début, elle trouvait cela un peu curieux de prendre rendez-vous chez le coiffeur ou de se présenter aux impôts aussi familièrement. Maintenant, c'était devenu tout à fait normal pour elle.

Lian exposa ensuite la raison de son appel. Elle parlait islandais avec un accent mais pensait qu'elle maîtrisait quand même assez bien la langue. Elle évitait les mots trop compliqués pour elle et se contentait d'utiliser des périphrases. Elle expliquait à présent qu'elle travaillait comme infirmière à Kleppur, même si son titre complet était infirmière psychiatrique. C'était cependant plus facile de ne prononcer que le mot infirmière et, de toute façon, tout le monde comprenait quand elle mentionnait Kleppur. Il n'y avait pas d'autre hôpital psychiatrique en Islande.

Elle déclara qu'elle avait appris la nouvelle de la mort de Jón à Ísafjörður et de Heiðar à Reykjavík. Le policier qui avait répondu au téléphone ne disait rien. Lian fronça les sourcils et s'inquiéta.

– Excusez-moi, vous comprenez bien ce que je dis ?

Une voix masculine lui répondit mais Lian ne comprit rien d'autre que « *in English* ».

Elle essaya de parler plus lentement et demanda si son interlocuteur parlait islandais. Elle ne connaissait pas un mot d'anglais, qu'elle n'avait jamais appris : elle ne parlait que le filipino, l'espagnol et l'islandais. Le policier qui lui avait répondu n'avait, quant à lui, pas l'air de comprendre l'islandais.

– *Hablas español ?*

Elle entendit un profond soupir de l'autre côté du fil. C'était une réponse négative. Ils ne partageaient pas de langue commune.

Elle essaya encore d'expliquer au policier qu'elle rappellerait un peu plus tard. Il était sans doute le seul à être de service. Lian n'était pas pressée et pouvait bien attendre que l'un de ses collègues revienne. Personne n'était en danger de mort. Enfin, qu'est-ce qu'elle en savait… Elle devait de toute manière reprendre le travail. Ses patients attendaient. Lian termina la conversation par des salutations cordiales et sourit pour que sa voix résonne de bonne volonté.

Jakob fixait le mur en face de lui, irrité. Il était agacé de n'avoir rien compris et d'avoir dû rester stupidement au bout du fil en forçant quelqu'un d'autre à partager cette même situation gênante.

C'était le même sentiment d'impuissance qu'il avait éprouvé à l'époque en Norvège, quand les amis de son ex-femme Lena passaient, après leurs premières salutations rapides en anglais, au norvégien et continuaient la conversation entre eux. Jakob se sentait alors comme un petit enfant auquel on ne racontait pas les choses d'adultes. Ce sentiment d'extériorité s'était vite effacé quand il avait appris la langue. Le même chantier l'attendait une nouvelle fois. Il y avait encore un long chemin entre les phrases simples de deux mots et les dialogues sinueux. Il finirait par apprendre l'islandais mais cela lui prendrait du temps.

La femme qui venait d'appeler avait l'air sympathique et semblait avoir quelque chose d'important à dire, même si elle ne paraissait pas pressée. Beta était en réunion et Hildur était sortie. Elle devait passer au musée, qui se trouvait au-dessus de la bibliothèque dans le voisinage, pour récupérer quelques papiers.

Jakob regarda ce qu'il avait noté pendant l'appel. Il avait écrit dans son carnet le numéro de la femme qu'il avait vu sur l'écran du téléphone ainsi que les mots *Kleppyr, Jón, Heiðar, seitna, bles.*

Il secoua la tête et rit. *Seitna bles.* La bénédiction de Satan. Ce serait à Hildur de rappeler la femme.

Jakob continua à examiner les données téléphoniques de Jón. On les avait déjà passées au peigne fin à deux reprises mais il les vérifiait encore une dernière fois. Peut-être qu'il trouverait quelque chose d'anormal. C'était aussi une bonne occasion pour tricoter. Le mouvement calme et répétitif de ses mains l'aidait à se concentrer sur la lecture des longues séries de numéros.

Guðrún était partie la veille à Reykjavík pour quelques jours, Jakob avait donc passé la soirée seul chez lui et avait eu le temps de tricoter. Il avait pu assembler les manches au tronc du pull sur les aiguilles circulaires. Il lui restait la partie qu'il trouvait la plus amusante : le jacquard. Il l'avait conçu de sorte à ce que les tours de diminution ne soient que d'un seul coloris et non de deux. La tâche était ainsi plus rapide et il y avait moins de risques d'erreur.

Jakob en était presque à la fin du premier tour de diminution quand le téléphone sonna à nouveau. Cette fois, son interlocutrice le reconnut immédiatement car, en entendant le nom de Jakob, elle passa tout de suite à l'anglais. C'était Hlín, du comité de rédaction de la radio publique islandaise dans les Fjords de l'Ouest. Ils s'étaient croisés après l'avalanche, à côté des ruines du chalet de Jón.

– Vous avez annoncé la mort d'un joggeur il y a deux jours.

La journaliste avait une voix amicale mais tranchante qui donnait l'impression qu'elle n'appelait pas juste pour avoir des nouvelles. Jakob lui demanda comment il pouvait l'aider.

– J'ai cru comprendre qu'il ne s'agissait ni d'un accident ni d'un suicide. Pouvez-vous confirmer cette information ?

Jakob rassembla rapidement ses pensées. Il ne voulait pas mentir à la journaliste mais il ne comptait pas non plus lui raconter quoi que ce soit. Ils avaient en effet décidé avec Beta et Hildur de ne pas encore rendre public qu'ils soupçonnaient un homicide. Il était si évident que la mort de Heiðar était un meurtre qu'on l'avait annoncé presque aussitôt. Pareil pour Jón qui avait été égorgé. Si les journalistes apprenaient que les trois affaires étaient liées et commençaient à écrire des articles à sensation sur un tueur en série qui menaçait les gens… Jakob se refusait à penser au chaos qui s'ensuivrait. La police voulait en savoir davantage avant de livrer l'affaire aux journalistes.

– Il est tombé du paravalanche et il est mort des suites de ses blessures. L'enquête est encore en cours, je n'ai donc pas plus d'informations à vous donner.

Hlín prit une profonde inspiration et ajouta, d'une voix plus forte d'un ton :

– Les gens ont le droit de savoir.

Jakob expliqua, dans une volonté de conciliation, qu'on faisait une autopsie au défunt, comme pour ceux qui ne mouraient pas à l'hôpital. Les résultats n'étaient même pas encore parvenus.

– Je vous appelle dès que j'ai quelque chose à dire, on fait comme ça ? suggéra-t-il, en notant le numéro de Hlín.

– Jæjja. D'accord. Mais n'oubliez pas de me rappeler. Moi, en tout cas, je n'oublierai pas, déclara Hlín avant de raccrocher.

Chapitre 37

Novembre 2019, Ísafjörður

Hildur enfila des chaussettes en laine et mit un pied sur la chaise. Elle posa son menton sur son genou replié et ouvrit les fichiers sur l'écran de son ordinateur portable. Grâce à l'aide amicale d'un employé du musée, elle avait rapidement trouvé tous les documents dont elle avait besoin.

Les archives municipales d'Ísafjörður étaient l'un des bâtiments de la ville que Hildur préférait. Par les grandes fenêtres du bâtiment en pierres blanches, on pouvait voir la mer, les montagnes et le cimetière. L'été, il y avait de la lumière et, l'hiver, une pénombre agréable. Grâce à la hauteur du plafond, le lieu était spacieux et il était facile d'y réfléchir. On avait construit ce qui était la plus belle maison en pierre de la commune dans les années 1920 pour servir d'hôpital. Quand les patients et le personnel soignant avaient déménagé dans des locaux plus modernes dans les années 1980, le vieil hôpital avait pris les fonctions de musée et de centre culturel. En plus des archives municipales, le bâtiment comprenait la bibliothèque et le musée de la photographie.

Hildur aurait pu ouvrir les documents numérisés au commissariat mais elle préférait venir sur place. Entourée des vieux livres, des tas de papiers, des ordinateurs qui grondaient paisiblement, de l'horloge qui faisait tic-tac sur le mur et des employés du musée qui marchaient d'un pas mesuré.

L'atmosphère était bien plus agréable ici qu'au commissariat. Hildur parvenait à réfléchir plus librement avec ses chaussettes en laine dans les grandes salles du musée avec leurs fenêtres imposantes. C'était ici qu'elle arrivait le mieux à renouer des liens entre les événements du passé pour en faire des récits. Hildur pensait qu'en comprenant les histoires derrière les crimes, elle arrivait plus facilement à en dévoiler les mystères. On ne peut pas comprendre son présent sans connaître son passé. Elle ne parlait pas de sa méthode lors des jours de formation professionnelle des policiers. C'était son fonctionnement bien à elle, et elle voulait que cela le reste. Elle n'avait heureusement pas besoin de se fondre dans le tas, puisqu'elle était la seule détective de la région.

Le lino jaune clair et les meubles en bois des années 1960 lui étaient devenus familiers. Elle avait passé des dizaines voire même des centaines d'heures, assise ici. Elle avait exploré les circonstances et les motifs de divers crimes en creusant les détails du passé des gens. La plupart de ces détails, même s'ils pouvaient être intéressants, s'avéraient complètement inutiles pour l'enquête sur l'affaire en question mais il arrivait presque toujours qu'il lui reste dans son tamis quelque chose pour mieux comprendre les motifs du crime qui avait été commis. Elle avait quelquefois résolu des affaires complexes grâce aux informations trouvées dans de vieux documents.

Hildur repensa à une affaire de chantage vieille de

quelques années. La police avait eu vent d'un éleveur de moutons arrogant qui avait commencé à demander de grosses sommes d'argent à son vieux voisin. La fille du voisin avait appelé la police quand elle avait remarqué que son père avait des problèmes d'argent anormaux. Celui-ci n'avait cependant pas accepté de parler de l'affaire. Toute l'enquête faisait du surplace, jusqu'au moment où Hildur avait trouvé, dans les comptes rendus de réunions de la commune vieux d'une vingtaine d'années, des miettes d'informations qui lui avaient révélé l'existence d'un délit d'initié ; elle avait alors compris pourquoi on faisait chanter le voisin. Celui-ci avait en effet siégé vingt ans plus tôt au conseil municipal et magouillé la vente d'un immeuble à un prix dérisoire, acheté par sa propre femme. Le conseil municipal savait bien que dans quelques années la commune aurait besoin d'une nouvelle caserne de pompiers. La femme avait rénové le bâtiment acheté à très bas prix et, quelques années plus tard, l'avait loué, contre un loyer fort élevé, à la commune comme caserne de pompiers. Plusieurs dizaines de milliers de couronnes de la poche du contribuable y étaient passés.

Ces magouilles n'avaient rien d'extraordinaire dans la politique municipale islandaise. En général, on les balayait simplement sous le tapis et on détruisait le tapis avec les saletés. Mais cette fois-là, il s'était passé autre chose. L'éleveur de moutons avait eu vent de l'affaire et, quand le fils adulte de son voisin s'était engagé dans la course pour devenir maire, il l'avait menacé de sortir cette vieille affaire à la lumière du jour et donc de salir la réputation de sa famille, s'il ne le payait pas.

On ne poursuivit pas le voisin pour le délit d'initié, puisque le délai de prescription était déjà passé.

Cependant, l'éleveur de moutons avait eu quelques mois de prison avec sursis pour chantage.

Hildur reposa les yeux sur l'écran de son ordinateur et concentra toute son attention sur les documents qui y étaient ouverts. Elle voulait découvrir des détails sur Jón, Heiðar et Freysi. Elle espérait trouver quelque chose qui lui donnerait au moins un petit indice sur les motifs du meurtrier.

L'archiviste l'avait aidée à rassembler tous les documents où le nom des victimes pouvait apparaître. Des articles de journaux, des papiers officiels de la commune, et des nécrologies. Hildur feuilleta les vieux articles sur les délits de Jón. Il n'y avait rien qu'elle ne sache déjà. Le nom de Heiðar était mentionné dans des dizaines d'articles. Dans presque tous, il était présenté comme l'avocat de son client. Hildur commentait sa lecture à voix basse. Elle se rappelait plusieurs de ces affaires judiciaires. Cet homme avait représenté tout un tas de criminels financiers pendant sa carrière !

Puis ses yeux tombèrent sur un portrait de Freysi publié dans le journal local de la commune. L'article avait été écrit quand il avait été engagé comme professeur de sport à l'école. « J'aime me lever tôt le matin », disait le titre. Hildur se laissa un peu plus de temps pour regarder la photo qui accompagnait le texte. Freysi avait l'air si jeune et si sympathique. Il devait y avoir du vent au moment de prendre la photo, car ses cheveux faisaient des drôles de boucles au-dessus de son front. Hildur sentit sa gorge se nouer. Elle la dénoua de manière décidée. Elle plaça le curseur de la souris sur la croix rouge et ferma le fichier. Elle n'avait pas le temps maintenant de se plonger dans ses souvenirs.

Elle se leva et marcha jusqu'à la fenêtre. Elle posa son front contre le cadre et regarda au-dehors. Les enfants du jardin d'enfants voisin jouaient dans la cour. Les bambins vêtus de grosses combinaisons se dandinaient dans la neige comme des petits bateaux sur les vagues. Cela n'avait pas l'air de les déranger de trébucher et tomber, bien au contraire. Avec la neige, ils couraient de manière encore plus incontrôlée. Les murs épais du musée isolaient bien, Hildur ne pouvait donc qu'imaginer leurs cris de joie. Les enfants n'avaient pas de projets ni de logique, ils ne faisaient que ce qui leur paraissait amusant à ce moment-là. Hildur aimait bien regarder leurs jeux spontanés. Elle aimait bien les enfants mais ne voulait toutefois pas en avoir. L'idée d'être mère lui était tout à fait étrangère.

Elle se rassit devant son ordinateur. Elle allait maintenant examiner les nécrologies. Celles-ci contenaient en général plus d'informations que les papiers officiels ou les articles rédigés par des professionnels.

Les quotidiens islandais publiaient des nécrologies qui racontaient la vie des défunts : c'étaient des cornes d'abondance pour qui voulait des histoires. La rubrique des nécrologies n'était pas uniquement consacrée aux exploits ou aux belles carrières des Islandais célèbres mais on y racontait aussi la vie ordinaire des gens ordinaires. Les textes mentionnaient les lieux où habitait le défunt, ses années d'enfance, ses hobbies, ses amis, et parfois même ses équipes de foot ou ses destinations de vacances préférées.

Les nécrologies rapportaient toujours le point de vue de l'auteur du texte. Parfois, un défunt pouvait avoir plusieurs nécrologies quand ses frères et sœurs, ses parents, ses enfants, ses camarades d'école et ses collègues voulaient tous raconter leurs souvenirs. Quand on comparait entre eux ces textes prosaïques écrits sur une personne, on pouvait dessiner une image à plusieurs dimensions de celle-ci.

Hildur se demandait si Jón, Heiðar ou Freysi avaient un jour écrit une nécrologie ou si on les mentionnait dans celle de quelqu'un d'autre. Cela faisait si peu de temps qu'ils étaient morts qu'il n'y avait pas encore de textes sur eux. Souvent, on ne les publiait qu'après les funérailles.

Parfois, la rubrique nécrologique des journaux faisait une vingtaine de pages parce qu'on publiait tous les textes – même ceux qui n'avaient qu'une faible valeur littéraire. La mort était plus forte que la grammaire. Là se cristallisait le noyau de l'islandicité : la vie de chaque personne valait la peine d'être racontée et chaque récit était important. On avait raconté des histoires sur les habitants de l'île depuis que celle-ci avait été colonisée au IXe siècle. Des aventures des premiers Vikings naquirent les sagas des Islandais, joyaux de la couronne de la littérature médiévale.

Hildur feuilleta les nécrologies que le moteur de recherche lui avait remontées. Dès le premier coup d'œil, elle voyait que beaucoup de ces textes n'étaient pas pertinents, puisque Jón Jónsson était l'un des noms les plus communs en Islande. Une nécrologie était liée au nom de Freysi. Elle était écrite en l'honneur de son camarade d'études Rúnar. Le jeune homme, qui faisait des études pour devenir professeur de sport, était mort dans un accident de voiture sur la route qui conduisait à Grindavík. Freysi avait signé le texte avec quelques autres camarades.

Rúnar était décrit comme un ami de confiance, un

camarade apprécié et un joueur de volley-ball ambitieux. Il avait rencontré Helga sur son lieu de travail. Après cela, Rúnar n'avait plus eu le temps de jouer au volley. Hildur sourit. Les amis de Rúnar, qui s'étaient rendu compte qu'ils passaient après sa copine, le rappelaient au défunt de manière bienveillante encore une fois.

Hildur ouvrit le fichier suivant. Encore une nécrologie en l'honneur d'un défunt nommé Jón Jónsson. Il ne s'agissait pas là non plus du Jón qui venait d'être tué. Cet homme-là était mort d'un cancer à quatre-vingt-seize ans à Egilsstaðir, dans l'Islande de l'Est. Sur la même page, il y avait toutefois autre chose. L'attention de Hildur se porta sur un texte particulièrement court en bas de la page. En général une nécrologie prenait au moins un quart de page. Celle-ci ne faisait que deux paragraphes. Et il n'y avait pas non plus de photo.

Mes yeux et tes yeux
Oh, ces belles pierres
Ce qui est mien est tien et ce qui est tien est mien,
Tu vois ce que je veux dire.

Je suis désolé, pour tout. Nous n'avons même jamais pu nous voir.
Heiðar

Hildur reconnut le début du texte. Beaucoup d'Islandais l'auraient reconnu. Il s'agissait de la première strophe d'un des poèmes d'amour les plus connus du pays, écrit par la poétesse islandaise Rósa Guðmundsdóttir au XIXe siècle. La poétesse y tenait un beau discours envers son bien-aimé.

La fin de la nécrologie, en revanche, était spéciale.

Elle éveilla l'intérêt de Hildur. Pourquoi donc n'était-elle signée que du prénom Heiðar ? On ne faisait jamais cela. On signait de son nom entier et de son titre ou du rapport qu'on avait au défunt. Là, il n'y avait rien. Comme si l'auteur n'avait rien voulu dévoiler de plus que son prénom.

Les informations sur la défunte étaient rares aussi. Il n'y avait pas de portrait. La nécrologie avait été rédigée en octobre 2012. La défunte portait le nom de Valgerður Indriðadóttir. Elle était morte jeune, elle n'avait que vingt et un ans. On ne disait pas de quoi elle était morte mais ce n'était pas en soi très étonnant. Il arrivait parfois qu'on précise la raison du décès et, parfois, non. La vie était plus importante que la mort. Et surtout ce que le défunt et l'auteur avaient vécu ensemble.

Hildur sortit de sa poche le petit carnet dans lequel elle avait l'habitude de noter des observations occasionnelles. Des choses qui n'étaient pas directement liées aux enquêtes en cours mais qui semblaient enveloppées d'un épais rideau de brume à entrouvrir. Hildur écrivit le nom de Valgerður, sa date de naissance et sa date de décès.

Elle enregistra la nécrologie sur son ordinateur, glissa le carnet dans sa poche et décida de rentrer au commissariat.

On venait de déblayer la cour du musée. La neige crissait sous les chaussures. Le vent marin s'accrochait aux cheveux de Hildur et les repoussait sur son visage. Il était presque midi mais il faisait toujours sombre dehors. Les nuages étaient si denses que même la petite lumière qu'il y avait encore dans le ciel n'arrivait pas jusqu'à eux. Hildur mit sa capuche pour se protéger du vent et pressa le pas.

Le texte qu'elle venait de lire vagabondait dans ses pensées. La signature la préoccupait. Des centaines d'autres hommes que l'avocat brutalisé dans le parking portaient le prénom de Heiðar. Cela ne voulait pas nécessairement dire quoi que ce soit.

Plus que le prénom, c'était la contradiction inhérente au texte qui la dérangeait. Pourquoi l'auteur de la nécrologie écrivait-il qu'il n'avait jamais rencontré la défunte ? On écrivait ce genre de texte en général uniquement pour ses parents, ses amis ou d'autres proches. Qu'est-ce que l'auteur avait bien pu vouloir dire ? Hildur n'allait pas laisser cette question sans réponse. Il fallait creuser davantage.

Chapitre 38

Hildur plongea ses dents dans la pizza juteuse. Le fromage au poivre et le pepperoni épicé formaient une combinaison inégalable. Elle ne mangea pas la croûte, qu'elle laissa sur le bord de l'assiette. Elle prit une autre part et mordit dedans à pleines dents. Il s'était passé tant de choses ces deux derniers jours que son corps exigeait sans cesse plus de nourriture. Sa faim était insatiable.

La nourriture servie par la pizzeria-grill à côté du commissariat n'était certes pas la plus saine du monde mais elle avait bon goût et elle rassasiait. Hildur regarda par la fenêtre. Aux confins de la ville, derrière la dernière rue habitée, les montagnes au sommet plat se dressaient vers les cieux. À cette heure de la journée, le soleil arrivait tout juste à frôler le sommet enneigé et faisait scintiller le haut des montagnes. Le ciel était bleu et la mer calme. Un temps parfait pour être dehors. Si Hildur avait eu une vie de personne normale qui travaillait de huit heures à seize heures, elle aurait pu aller courir après sa journée. Mais l'idée d'un jogging tranquille cet après-midi lui paraissait à présent aussi lointaine que des vacances au Maroc pour faire du surf.

La journée de Hildur n'était pas aussi belle que la météo. Après avoir rassemblé ses forces pendant son jour de congé de la veille, elle avait passé la matinée à lire de vieux papiers. En rentrant au commissariat, elle avait demandé à tout le monde de ne pas lui poser de questions sur son état. Elle voulait continuer à travailler, un point c'est tout.

Après sa chute devant le commissariat, Jónas avait été emmené à l'hôpital. On lui avait diagnostiqué une fracture stable du bassin et il ne pourrait pas marcher dans les semaines à venir. L'équipe scientifique de Reykjavík était repartie dans le sud en avion avec le cadavre de Freysi.

Hildur observa les montagnes. Jadis, ce crottin de lave né à la jointure de deux plaques tectoniques était couvert d'une couche de glace épaisse de plusieurs kilomètres. Les éruptions volcaniques produisaient de nouvelles terres. Puisque les volcans entraient en éruption sous la lourde masse de glace, les montagnes eurent un sommet plat. C'était une idée réconfortante. Les montagnes naissaient la nuque écrasée mais elles naissaient malgré tout. Elles étaient juste un peu différentes.

– Hildur, tu écoutes ce que je te raconte ?

Jakob la regardait de l'autre côté de la table, l'air interrogateur.

– Pardon, non, je n'écoutais pas.

Hildur repoussa l'assiette vide.

– Je te demandais si tu pourrais m'aider un peu, dit Jakob en lui expliquant l'étrange appel qu'il avait eu le matin, auquel il n'avait rien compris à part les mots

Satan et bénédiction. Il montra à Hildur ce qu'il avait noté :

Kleppyr, Jón, Heiðar, seitna, bles.

Hildur éclata de rire. Ce petit éclat de joie lui fit du bien et la détendit. Une fois qu'elle eut retrouvé son calme, elle prit le papier dans sa main pour le relire. Elle expliqua le sens des mots à Jakob. « *Bless* » ne voulait pas dire « bénédiction ». On l'utilisait pour dire au revoir. « *Seinna* », prononcé *seitna,* n'avait rien à voir avec Satan, cela voulait dire « plus tard ». Kleppur était l'hôpital psychiatrique de Reykjavík.

– Qui t'a appelé ? Un patient ?

– Oh, je ne sais pas dire. Ça avait l'air d'être quelqu'un de tout à fait rationnel. Le problème, c'est que je n'ai rien compris à ce qu'elle me racontait.

Tous les deux savaient bien que les appels indésirables à la police étaient fréquents. Une partie des gens qui appelaient voulaient tout simplement discuter. S'ils n'avaient personne avec qui converser, au moins la police répondait toujours au téléphone. D'autres avaient plutôt l'air détraqués. Ils appelaient parce qu'ils avaient vu des ovnis ou pour témoigner sur un meurtre qui avait été décrit dans le journal de la veille.

– Tu pourrais la rappeler pour qu'on soit fixés ? demanda Jakob en désignant le numéro griffonné à la suite de la liste de mots.

Hildur sortit son téléphone de la poche de son manteau, composa le numéro et porta l'appareil à son oreille. Il sonna une fois, puis une deuxième. À la sixième sonnerie, Hildur abandonna. Elle rappellerait plus tard.

Le tandem sortit par la porte coulissante du grill, manteau sous le bras, et se dirigea vers l'arrière-cour du même bâtiment, par où ils pouvaient monter dans le commissariat. Beta était au téléphone dans son bureau. Sur sa table, il y avait un paquet de gâteaux à moitié vide, et la radio émettait la voix monotone d'un présentateur qui lisait les nouvelles.

Ils s'assirent tous deux à leur bureau pour tapoter sur leur clavier. Hildur rapporta ses observations sur les événements des jours passés. Jakob se replongea dans les données téléphoniques. Il comparait les appels passés et reçus par Jón et Freysi. Il cherchait des numéros communs et examinait l'heure des appels.

Tout à coup, Hildur referma brusquement son ordinateur portable et se leva.

– Écoute. J'ai réfléchi à un truc lié à Heiðar. On va partir quelques jours à Reykjavík. On doit trouver plus d'infos sur lui.

Elle se disait que le seul moyen d'avancer dans l'enquête était d'aller dans la capitale. La nécrologie signée par le mystérieux Heiðar la rongeait toujours. Elle avait réveillé des pressentiments de mauvais augure. Hildur trouvait aussi étrange ce que Jónas avait dit de la veuve de l'avocat : elle n'avait pas du tout eu l'air d'être bouleversée par la mort de son mari. Hildur voulait l'interroger. Elle devait savoir quelque chose sur les déplacements de son défunt mari. Quelque chose que les autres n'avaient pas pensé à lui demander. En plus, maintenant que Jónas était coincé à l'hôpital, l'enquête à Reykjavík allait avancer plus lentement.

– Il faut bien que tu voies Reykjavík aussi, pendant ton stage. Et si notre voyage s'avère inutile pour le boulot, au moins tu pourras dire que tu es allé dans la capitale la plus au nord du monde.

Jakob n'avait pas de raison de dire non. Il enroula

minutieusement le chargeur de son ordinateur et rangea dans son sac ses affaires les plus importantes.

– Je viens te chercher dans une demi-heure. Passe aux toilettes avant de partir. L'aire de repos la plus proche est à deux heures et demie de route, expliqua Hildur en jetant un œil dehors ; des nuages sombres avaient commencé à s'entasser dans le ciel. Enfin, plutôt trois. Il va bientôt faire moche et il vaut mieux ne pas rouler trop vite.

Hildur se dirigea vers le bureau de Beta et l'informa de son idée d'aller sur le terrain à Reykjavík, que sa cheffe accepta. Il était important de rassembler toutes les informations possibles sur le passé des victimes. Hildur aimait bien la manière de diriger de sa supérieure. Elle savait elle-même ce qui était essentiel dans son travail et ce qui ne l'était pas, c'est pourquoi elle avait une grande liberté pour décider ce qu'elle faisait. Il n'y avait pas besoin de rapporter le moindre pas à sa cheffe. Il suffisait de lui présenter des résultats.

Hildur passa chez elle. Elle devait mettre la voiture à chauffer, prendre sa tenue de jogging, une brosse à dents, sa crème pour le visage et des sous-vêtements propres, et préparer un thermos de café. Elle évalua du regard ses baskets d'hiver montantes, usées sur les côtés, et décida de glisser aussi dans son sac des bottines plus propres. Dans la capitale, il n'y aurait pas autant de neige qu'ici. Un équipement plus léger lui suffirait.

Elle n'était pas rongée par la mauvaise conscience, même si elle n'avait pas expliqué à sa cheffe ni à Jakob l'entière vérité sur le voyage qu'elle entreprenait. Elle n'avait pas menti, elle avait juste laissé une chose de côté. Il y avait en effet un endroit en chemin où il fallait absolument qu'elle s'arrête.

Les propos de Magnús sur le maçon bizarre la taraudaient. Si Magnús ne se rappelait pas son nom, il l'avait décrit et Hildur était certaine de qui il s'agissait. Jón s'était trouvé dans le tunnel où les traces de ses sœurs s'arrêtaient. À l'époque, il habitait dans une ferme à côté de chez Magnús. C'était dans cette ferme que Hildur devait se rendre.

Chapitre 39

Novembre 2019, Ísafjörður-Reykjavík

Les prédictions de Hildur s'étaient avérées justes. Il faisait un temps épouvantable. Les essuie-glaces luttaient contre la neige mouillée qui tombait du ciel mais leur effet était minime. Il pleuvait tellement que le pare-brise était recouvert d'une couche grise aussitôt qu'il était essuyé. La visibilité était mauvaise. Hildur faisait particulièrement attention à sa conduite. Elle restait à l'intérieur des lignes de marquage au sol, gardait une vitesse inférieure à quatre-vingts kilomètres heure, le regard fixé sur la route.

La mascotte à la robe en paille vibrait au rythme régulier des mouvements du véhicule. Ils étaient partis avec la voiture personnelle de Hildur. Le temps était terrible pour la conduite et, sur les routes de montagne qui traversaient les plateaux, la température serait descendue en dessous de zéro. Là-bas, c'était de la neige sèche qui tombait et les chasse-neiges de Vegagerðin, l'agence publique islandaise qui s'en occupait, n'ouvraient plus nécessairement les routes à une heure si tardive. Par mauvais temps, Hildur faisait plus confiance à son 4 × 4.

Elle y avait installé des pneus de quarante pouces. Il fallait vraiment beaucoup de neige sur la route pour que Brenda reste coincée. Et puis, en utilisant sa voiture, elle pourrait demander pas mal d'indemnités kilométriques. Un petit revenu non imposable en plus de son salaire était le bienvenu.

– Heureusement, la nuit va bientôt tomber, soupira Hildur, les deux mains collées au volant.

– À qui le dis-tu. Quand il pleut comme ça, c'est mieux de conduire dans le noir. On voit mieux les piquets réflecteurs, répondit Jakob, assis à côté d'elle, ses aiguilles à tricoter dans les mains. Son sac de laine était solidement installé dans l'espace entre le frein à main et le siège.

– Il fait un temps aussi pourri en Finlande ? demanda Hildur en jetant un œil de côté sur le tricot.

Guðrún devait encore être en déplacement, vu comme Jakob avait avancé. Son pull était presque prêt. Le dessin allait être magnifique. Il y avait de longues lignes graphiques et des couleurs proches de la terre. C'était moderne mais cela rappelait en même temps, d'une certaine manière, les vieux points de croix suspendus aux murs de tante Tinna.

– Il y a de la neige, du verglas, et il fait noir. C'est rare qu'il y ait autant de vent, par contre, répondit Jakob.

Ils passèrent devant le village de Súðavík. Au milieu du paysage gris, le village avait l'air, si c'était possible, encore plus misérable. Des petites maisons les unes à côté des autres, comme si elles cherchaient à se réconforter, des routes recouvertes de neige fondue, et pas un seul arbre nulle part. Cette atmosphère fantomatique était renforcée par la présence d'une station-service abandonnée dont les fenêtres brisées depuis longtemps avaient été scellées avec des planches de contreplaqué. Au fil des années, celles-ci avaient pris l'humidité. Elles ne resteraient plus très longtemps en place.

La route sinueuse passait au pied des montagnes en suivant la côte. Dans cette région de l'Islande, on construisait exprès les voies près de la mer. En haut dans les montagnes, l'entretien des routes pendant l'hiver coûtait cher, car il pouvait tomber des quantités incroyables de neige en une seule nuit et les chasse-neiges ne pouvaient pas passer dans les collines sinueuses et raides. De nombreuses routes difficiles dans les hauteurs étaient fermées l'hiver. Près de la côte, le terrain était plus régulier et il était possible de déblayer les voies.

Derrière le Fjord-des-Cygnes, se trouvait un petit fjord de moins de dix kilomètres de profondeur. Puis la route tournait vers l'étroit Fjord-du-Cheval. Il avait reçu son nom du mont Hestur, « cheval », qui s'élevait à un bon demi-kilomètre de haut et se trouvait sur la côte nord du fjord, au milieu des ressacs de l'Atlantique.

– J'aime bien aller là-bas l'automne pour cueillir des camarines noires. J'en fais du jus, expliqua Hildur en désignant la montagne large et plate qui dominait le paysage.

Elle ressentait un calme total lorsqu'elle s'y trouvait. Comme aucune route ne menait vers la montagne, elle n'y avait jamais vu personne d'autre cueillir des baies. Il fallait suivre la route de plusieurs kilomètres à pied avec ses seaux et bien rares étaient ceux dont la condition physique et l'emploi du temps le leur permettaient.

Chaque année en septembre, Hildur consacrait deux semaines à la cueillette. Elle faisait une pause dans ses entraînements et passait son temps libre à porter les seaux de baies. Parfois, elle cueillait aussi des myrtilles et des airelles des marais mais elle préférait les camarines noires, à la peau dure et au goût un tout petit peu plus acide. Rentrée chez elle, elle les nettoyait et faisait du jus. Souvent, elle se retrouvait avec plus de bouteilles qu'elle n'en avait besoin et beaucoup de ses connaissances avaient donc maintenant l'habitude de recevoir du jus de baies des Fjords de l'Ouest à Noël ou quand elle leur rendait visite. Le pathologue de Reykjavík, Hákon-à-la-Hache, était un grand fan du jus de camarines noires. Hildur avait rangé dans son coffre quelques bouteilles enroulées dans du papier journal. Elle en apportait à Hákon à chacune de ses visites à Reykjavík. Elle aimait lui faire plaisir. Et comme ça, elle pouvait de temps en temps demander des services au pathologue du pays, qui lui était reconnaissant pour les quelques bouteilles de jus.

En Islande, tout fonctionnait de cette manière. On connaissait quelqu'un qui était prêt à nous aider à doubler la file. Gratte mon dos et je gratterai le tien : tout le monde s'échangeait des services.

Jakob regarda en direction de la montagne et acquiesça en signe d'approbation. C'était un long trajet, lorsqu'on le faisait pour la première fois. Mais plus on roulait souvent sur ces routes, plus le trajet paraissait court. À chaque fois, les fjords devenaient plus familiers, les virages moins abrupts et on voyait plus de détails dans les montagnes, ce qui donnait envie de s'arrêter pour regarder.

– C'est déjà le quatrième fjord. Il en reste encore combien ?

– Trois profonds et un bout de route dans la

montagne avant la première station-service. Puis on sera à mi-chemin.

Ni la radio de la voiture ni le réseau téléphonique ne fonctionnaient dans ces fjords reculés. Le cliquetis des aiguilles à tricoter de Jakob et le crissement des essuie-glaces contre le pare-brise rendaient l'atmosphère douillette. Ils continuèrent leur route sans rien dire.

Tout à coup, Hildur mit le clignotant à droite et quitta la route goudronnée pour suivre un petit chemin de terre qui conduisait dans la cour d'une vieille ferme.

– Qu'est-ce qu'il se passe, maintenant ? demanda Jakob en jetant un œil interrogateur à sa collègue.

– Je dois régler un petit truc rapidement.

Elle ralentit sur le chemin bosselé. Arrivée dans la cour, elle se gara devant une vieille étable qui avait connu des jours meilleurs. Cela faisait probablement plusieurs années qu'il n'y avait pas eu de moutons dans la ferme. Il faisait noir mais les phares de Brenda éclairaient la cour. On avait fixé des plaques en bois devant les fenêtres. Dans un coin, le toit s'était effondré.

Hildur regarda le bâtiment principal. La maison avait l'air habitable malgré sa façade délabrée. La peinture était écaillée et les corniches pendouillaient mais les murs étaient droits et les fenêtres, vitrées. Il semblait y avoir de la lumière au rez-de-chaussée et une camionnette était garée devant. Hildur avait étudié la carte en se fondant sur le récit de Magnús et elle était certaine d'être au bon endroit. Elle se trouvait devant la ferme où Jón avait vécu dans les années 1990.

Elle était obligée de s'arrêter ici. Il fallait qu'elle voie les lieux. Elle était passée des dizaines, et même probablement des centaines de fois, devant cette ferme solitaire et délabrée lorsqu'elle prenait la route de Reykjavík.

Elle l'avait déjà remarquée auparavant mais jamais elle n'était venue jusque dans la cour.

Hildur était maintenant ici à cause de ce que Magnús lui avait raconté. Elle ne savait pas s'il y aurait quelqu'un ni même si la ferme était encore habitée. Personne n'était enregistré et aucun nom ni aucun numéro de téléphone n'était associé à cette adresse. Mais la lumière dans la maison lui donna de l'espoir.

De l'espoir, certes, mais qu'est-ce qu'elle espérait ? Elle ne savait pas trop à quoi s'attendre. L'affaire aurait cependant continué à lui peser tant qu'elle ne se serait pas arrêtée ici. Elle n'avait pas voulu en parler à Jakob, parce qu'elle ne savait pas vraiment ce qu'elle aurait pu lui dire sans donner l'impression d'être complètement givrée.

Son collègue, toujours avec ses aiguilles à tricoter, la regardait encore d'un air interrogateur.

– Attends dans la voiture. Je t'expliquerai plus tard.

Hildur claqua la portière et s'avança à grands pas vers la porte du bâtiment principal. Il n'y avait évidemment pas de sonnette, elle frappa donc à la vitre découpée dans la porte. La neige fondue lui trempait les cheveux. Elle avait essayé de se cacher sous sa capuche mais cela ne suffisait pas face à la pluie islandaise. Le vent puissant secouait les trombes d'eau comme il le souhaitait et la pluie tombait parfois horizontalement, droit sur le visage. Elle s'essuya contre sa manche et frappa à nouveau, plus fort cette fois-ci. Au bout d'un moment, elle aperçut des mouvements dans l'entrée et quelqu'un saisit la poignée de la porte.

La porte s'ouvrait vers l'intérieur, comme c'est la coutume en Islande. L'hiver, il y avait tant de neige qu'on ne pouvait pas les ouvrir vers l'extérieur. En s'ouvrant vers l'intérieur, les portes garantissaient ainsi une sortie rapide, même à cette saison.

Devant Hildur se trouvait une femme de son âge qui avait l'air amicale.

– Des problèmes avec votre voiture ?

Les habitants de ces régions désertes avaient l'habitude que des gens viennent occasionnellement leur demander de l'aide. Si on n'avait plus d'essence ou un pneu crevé, on ne pouvait pas utiliser son téléphone portable pour appeler un mécanicien. Il fallait demander de l'aide dans la première maison qu'on voyait et celle-ci pouvait se trouver à des dizaines de kilomètres.

– Ah non, pas du tout, s'empressa de répondre Hildur. Elle expliqua qu'elle était de la police et qu'elle était en chemin pour Reykjavík.

– Je voulais m'arrêter sur le chemin. Euh, hmm, est-ce que je pourrais entrer ?

En entendant la mention de la police, la femme avait reculé. Elle resserra autour d'elle le long gilet qu'elle portait et glissa ses mains dans ses poches profondes. Hildur avait l'habitude de ce type de réaction. Avoir la police devant sa porte, c'était rarement le présage de bonnes nouvelles.

– Mon affaire n'a rien à voir avec vous, elle est liée à cette vieille ferme.

La femme avait toujours l'air un peu méfiante mais invita tout de même Hildur à entrer et la conduisit dans la cuisine.

Elle lui proposa une tasse de café. Hildur refusa. Elle voulait que la visite soit la plus courte possible. Jakob attendait dans la voiture et ils devaient s'arrêter au kiosque de Hólmavík pour un café. La femme se servit cependant une tasse. Elle s'appelait María Jónasdóttir, artiste céramiste de Reykjavík. María avait acheté la ferme deux ans plus tôt à des enchères notariales. Elle faisait des travaux pour y installer son atelier. Ils avançaient lentement, en général pendant les vacances et les longs week-ends. L'atelier devrait être prêt d'ici l'été prochain.

María expliqua qu'elle voulait mettre un four de poterie dans l'étable.

– Pour le moment, je dois encore rapporter mes œuvres en voiture à Reykjavík pour la cuisson.

Hildur sourit. María ressemblait exactement à ce qu'elle s'imaginait d'une céramiste. Une robe bariolée aux longues manches, un long gilet, une grande broche et des cheveux bouclés remontés par un foulard de soie.

Hildur alla droit au fait. Elle voulait apprendre sur le passé de la ferme des choses qu'on ne pouvait pas trouver dans les sources officielles.

– Vous connaissiez les précédents propriétaires ?

– Non, malheureusement. J'ai acheté cette ferme à des enchères après une succession pleine de disputes. On m'a dit que la succession n'avait pas pu être réglée pendant des dizaines d'années. La maison n'a été mise en vente que quand les plus gros querelleurs de la famille sont morts. Je peux vous trouver les noms des anciens propriétaires quelque part, si vous le souhaitez.

Hildur remercia la céramiste mais dit que ce n'était pas la peine. C'étaient des informations qu'elle pouvait trouver en deux ou trois clics sur le registre national.

– Mais dites-moi, qui habitait ici avant vous ?

María haussa les épaules et s'excusa de ne pas pouvoir répondre à la question. Elle ne savait pas.

– Si j'ai bien compris ce qu'ils disaient, les héritiers avaient loué la ferme au noir.

Hildur ne s'étonna pas de l'information. Elle avait fait des recherches dans le registre au commissariat. Officiellement, personne n'avait habité à cette adresse depuis plus de trente ans.

– Quand je suis venue ici pour la première fois, il y a deux ans, l'endroit avait l'air abandonné. Il y avait des fuites aux fenêtres et plein de souris dans la maison. Ça m'a coûté une fortune de faire réparer le toit, aussi.

María avait les doigts collés à sa tasse. Il faisait froid dans les vieilles maisons.

– Est-ce que je peux vous demander pourquoi vous vous intéressez à cette ferme ?

La céramiste avait l'air curieuse. Hildur se demanda si cette visite allait lui servir à quelque chose.

– C'est en rapport avec une enquête en cours, répondit-elle vaguement.

María fronça les sourcils. Elle eut l'air vexée.

– Je n'ai rien remarqué d'illégal par ici.

– C'est une histoire vraiment très vieille, ajouta Hildur, sans plus aucune once de patience dans la voix. Quand vous êtes arrivée ici, qu'est-ce que vous avez fait avec les tas de déchets qu'il devait y avoir ?

María n'eut pas besoin de réfléchir longtemps. Les héritiers avaient vidé la cour et les bâtiments de tous les biens. C'était une des conditions du contrat de vente.

Il y avait énormément d'objets. Des vieux pneus de tracteur, des machines cassées, des cuves à mazout rouillées, et des tas de grands filets de pêche qui faisaient tache dans le paysage. On voyait le tas de déchets jusqu'à la route principale.

Hildur sentit un petit pincement intérieur. C'était la flamme de l'espoir qui s'éteignait. Elle s'était allumée lorsque le maître de chiens secouristes avait parlé du maçon au front orné d'une cicatrice qui avait vécu dans cette ferme à l'époque de la disparition de ses sœurs. Hildur avait espéré trouver ici quelque chose qui pourrait apporter ne serait-ce qu'un peu de lumière à la résolution de l'affaire. La déception la démangeait mais cela ne se vit pas à l'extérieur. Hildur remercia María, se leva et se dirigea vers la porte d'entrée.

– Vous avez des baies par ici, sinon ?

– Pas mal de myrtilles par là-bas, j'en ai cueilli plusieurs seaux cet automne. Elles sont assez petites mais vraiment délicieuses.

– Plus c'est petit, meilleur c'est. Mais terriblement difficile à nettoyer, dit Hildur en s'asseyant sur un tabouret dans l'entrée.

Ses chaussures imperméables ne laissaient pas passer l'eau à l'intérieur, mais à l'extérieur non plus. La sueur ne s'en échappait pas. Hildur sentit une odeur piquante en remettant ses chaussures. Fichue météo d'hiver.

María croisa les bras et s'adossa tranquillement au chambranle de la porte. Hildur eut l'impression que la chouette sur la broche accrochée au gilet de la céramiste l'observait fixement. María eut soudain l'air de se rappeler quelque chose.

– En fait, je viens de penser à un truc. Ce n'est peut-être pas important mais…

Hildur se redressa et regarda María.

– Dites-moi.

Celle-ci resserra encore plus son gilet. Elle expliqua que, l'été dernier, elle avait commencé les travaux dans l'étable qui se trouvait de l'autre côté de la cour pour y installer son four dès qu'elle aurait épargné assez. Les grands fours à céramique étaient des investissements considérables.

– Là, derrière l'étable, il y a une drôle de butte. Ça ne peut pas passer inaperçu dans une cour comme celle-ci. Je me suis dit au début que c'était peut-être une maison d'elfes et que c'est pour ça que personne n'y avait touché.

Une partie des gens en Islande ne touchaient pas aux mottes et aux cailloux de leur jardin parce qu'ils croyaient que c'était là que vivait le peuple caché, c'est-à-dire les elfes. On leur donnait des placentas de vaches et de juments en offrande, on ne fauchait jamais l'herbe à côté et on n'utilisait pas non plus de tondeuse à gazon bruyante.

Les elfes des vieux récits folkloriques islandais étaient des êtres anthropomorphes mais invisibles, qui pouvaient cependant se rendre visibles quand ils le souhaitaient. Ils restaient tranquilles dans leur coin dans la nature islandaise. Ils rendaient visite aux gens ordinaires quand cela leur convenait. Ils punissaient les citoyens qui se comportaient mal en provoquant des incendies mystérieux ou en brisant leurs affaires. Les elfes rendaient en revanche service aux gens bien : ils aidaient par exemple ceux qui s'étaient perdus dans le brouillard à rentrer chez eux et garantissaient une bonne récolte à ceux qui respectaient la nature.

– Vous pourriez me montrer l'endroit ? demanda Hildur.

La neige fondue s'était maintenant transformée en pluie. Les deux femmes protégèrent leur visage sous la capuche de leur manteau et marchèrent le dos courbé, la tête le plus proche possible des épaules. María alla jusque derrière l'étable et s'arrêta à côté du mur pour se mettre sous la toiture du bâtiment. C'était toutefois une tentative vaine, car la pluie était plus maligne qu'elles. Elle savait toujours trouver l'endroit qui restait sans protection.

– Voilà, c'est de ça que je parlais, s'écria María. Elle alluma la lampe de poche qu'elle avait apportée et montra l'espace à côté du mur.

Hildur fit un pas juste à côté d'elle et laissa son regard suivre le faisceau lumineux. Elle sursauta. C'était en effet une grosse butte qui tranchait nettement avec le reste de la cour dont le sol était plat.

Hildur sentait le sol s'enfoncer sous ses pieds. L'odeur de la terre mouillée lui montait au nez. L'eau de pluie vibrait contre le toit du bâtiment comme la voix d'un chœur d'hommes dans une église. La lumière de la lampe de poche de María transformait les tiges d'herbe en fins cheveux blonds qui s'élevaient vers les hauteurs.

Hildur repensa aux endroits où elle avait été avec ses sœurs et aux moments qu'elles avaient vécus ensemble. Il ne lui restait plus que quelques souvenirs et une partie d'entre eux s'était déjà effacée. Elle se rappelait un Noël où chacune d'entre elles avait reçu en cadeau une voiture hydraulique miniature. Elles avaient organisé une course entre le seuil de la cuisine et le fauteuil qui se trouvait dans le coin le plus éloigné du salon. Rósa avait gagné, et sa joie était sans limites. Hildur se souvenait du large sourire de sa sœur mais pas de l'année où cela s'était produit, ni s'il y avait eu de la neige ce jour-là.

Le mouvement du faisceau lumineux de la lampe de María la rappela à l'instant présent. Hildur regarda la butte que lui désignait la céramiste et qui avait l'air d'être une construction humaine. Le long du mur de l'étable, il y avait une surface longue d'environ deux mètres et large d'un mètre qui était nettement en relief. Hildur avait d'abord pensé qu'il pouvait s'agir d'une fumière mais avait vite évacué l'idée en y réfléchissant de plus près. Aucun fermier n'allait mettre la fumière juste à côté de l'étable à cause du risque de parasites. On pouvait facilement penser que c'était un lieu sacré pour les elfes. Si on croyait aux histoires d'elfes, cela va sans dire. Mais pour Hildur, ce n'était que des vieilles légendes que les gens avaient inventées pour se divertir et se consoler à une époque avant les ordinateurs et les smartphones.

Hildur sentait l'eau couler sur son visage et s'infiltrer dans le col de son manteau.

C'était de la pluie, ou peut-être plutôt des larmes. Peut-être que c'était la même chose.

La butte était trop symétrique. Deux mètres de long, un mètre et demi de large, un demi-mètre de haut. Une petite voix vibrait en elle. En son for intérieur, elle savait qu'elle avait raison. Elle regardait une tombe.

Chapitre 40

Après le dernier fjord, la route s'élevait vers la montagne. La route de Steingrímsfjarðarheiði s'étendait sur une quarantaine de kilomètres et reliait Strandir, la côte orientale des Fjords de l'Ouest, au renfoncement d'Ísafjörður. Cette route n'avait été ouverte au trafic qu'au milieu des années 1980. Auparavant, il n'y avait qu'un sentier banal.

Le point le plus élevé du trajet se trouvait à une altitude de cinq cents mètres. Ce n'était peut-être pas grand-chose pour une route de montagne mais les conditions météorologiques la rendaient difficile à pratiquer. Un brouillard dense y montait souvent l'été à cause de la proximité de la mer. De nombreuses personnes y avaient déjà disparu par le passé. Certaines n'avaient jamais été retrouvées.

Il fallait être bon conducteur pour rouler sur cette route étroite et sinueuse. L'hiver, tout était plus impitoyable sur les plateaux qu'en bas dans les villages. Il y avait beaucoup de neige, que le vent puissant faisait tourbillonner. À cause des tempêtes, il fallait de temps à autre fermer la route. Aujourd'hui, la grande porte métallique était cependant tirée sur le côté : la route était ouverte.

Hildur jeta un coup d'œil sur la droite où était installé un écran numérique indiquant la météo. Il annonçait une température de moins deux degrés et un vent de vingt-deux mètres-seconde. Hildur essayait de garder l'air calme malgré ses bouillonnements intérieurs. Son esprit était plein de pensées inachevées.

Il existait un lien entre ses sœurs disparues et Jón, qui vivait dans une vieille ferme et travaillait dans le tunnel à l'époque où elles s'étaient volatilisées. À présent, Jón avait été tué. Ainsi que Freysi et Heiðar. Il n'y avait pas de logique dans tout cela. Hildur était cependant persuadée que cela formait un ensemble. Elle ne savait tout simplement pas encore comment les pièces s'ajustaient entre elles. Elle s'en voulait de ne pas réussir à expliquer à Jakob la raison de leur arrêt dans la ferme. Son collègue avait tricoté son pull dans la voiture en l'attendant. Quand elle était revenue, épuisée, Jakob avait proposé de prendre le volant. Hildur avait refusé, en prétextant la difficulté de la route de montagne sur laquelle elle préférait conduire elle-même.

– D'accord.

C'était la seule chose que Jakob ait dite. D'accord. Et il avait continué à faire cliqueter ses aiguilles.

La montée était raide et Hildur enfonça l'accélérateur.

Enfin, Jakob brisa le silence.

– C'est par ici qu'il y a des trolls ?

On voyait par la fenêtre de la voiture un terrain de lave qui avait l'air de s'étendre à l'infini, tapissé de neige. Çà et là sous les congères s'élevaient des formations de lave noire : le vent avait soufflé la couche de neige sur leur sommet. Les longs faisceaux lumineux des phares éclairaient ce paysage bosselé.

Dans l'obscurité, il était difficile de savoir où commençait le ciel et où finissait la terre. C'était comme si on se mouvait devant un drap avec uniquement des nuances de gris et de noir.

Hildur sourit.

– Ces histoires, elles sont en partie inventées. C'est des trucs de marketing.

On racontait aux touristes des histoires sur les trolls qui habitaient à l'intérieur des montagnes. Quand un volcan entrait en éruption, c'était que ceux-ci se faisaient à manger et que leur porridge débordait de leur casserole. Puis tout le monde riait. Oh, qu'ils sont drôles, ces Islandais !

Certaines histoires, cependant, avaient été considérées comme vraies à l'époque où elles étaient nées. Elles expliquaient la formation des bosses du paysage et la naissance du monde.

– Une vieille légende raconte que ce trajet au milieu de la montagne est apparu quand un troll qui s'appelait Kleppa a traversé les montagnes sur son cheval Flóki.

– Ah, et on peut encore les voir quelque part ?

– Bien sûr. Tu as autant de chances de les voir que d'avoir du bon café au kiosque de Hólmavík.

Le café du thermos à pompe était atroce, comme d'habitude. À en juger d'après l'odeur de brûlé et les taches de graisse qui flottaient à sa surface, il avait dû être préparé à l'heure du déjeuner. En plus du café, les deux policiers avaient acheté au kiosque des hot-dogs avec tous les suppléments, deux pots de skyr à la vanille et un grand sachet de bonbons. Ils s'installèrent dans le coin le plus éloigné de la salle et avalèrent leur modeste dîner en se concentrant.

À Hólmavík, il y avait du réseau. Une fois son skyr terminé, Hildur prit son téléphone pour s'occuper de la tâche la plus difficile de son ordre du jour. Elle avait besoin de l'autorisation de sa supérieure pour les fouilles.

– Salut, c'est Hildur. Le voyage s'est bien passé. On est en train de boire le café dégueulasse de Hólmavík… Écoute, j'aurais besoin d'une pelle mécanique à Ögurvík.

Hildur lui rapporta les récits de l'éducateur canin : l'homme à la cicatrice, la ferme d'Ögurvík et, enfin, la butte qu'elle venait d'y voir et qui ressemblait à une tombe. Beta eut l'air d'hésiter.

– Zut alors. Tu n'as qu'à le déduire de mon salaire, répondit brusquement Hildur avant de raccrocher. Elle avait deviné que Beta ne verrait pas d'un bon œil son idée de faire des fouilles. Mais bon. Ce n'était pas la première fois qu'elle faisait quelque chose contre l'avis de sa cheffe.

Jakob la regardait tranquillement avec son hot-dog et ne disait toujours rien. Il devait poliment attendre que Hildur lui explique leur arrêt de l'après-midi.

– Tu as de la mayonnaise sur le menton, remarqua Hildur en attrapant une serviette pour la tendre à son collègue.

Jakob enfourna le reste de son hot-dog encore fumant, essuya la mayonnaise tombée dans sa barbe et jeta les papiers dans la poubelle.

Ils retournèrent à la voiture, attachèrent leur ceinture et partirent vers la prochaine route de montagne,

Þröskuldar, qui les conduirait vers le sud. Il ne restait plus qu'à peine trois heures de route vers Reykjavík.

– Ça te dérange si j'utilise ça ?

Jakob avait mis sa lampe frontale et appuyait sur l'interrupteur pour que l'intensité lumineuse soit aussi basse que possible.

Voilà donc ce qui arrive aux gens qui sont passionnés de tricot, se dit Hildur, amusée.

– Tant que tu ne tournes pas la tête vers moi, ça ne me dérange pas.

Ils firent le reste du trajet vers Reykjavík en silence. Quand la route de montagne rejoignit la route principale d'Islande, la route numéro un, la radio et les téléphones recommencèrent à fonctionner normalement. Hildur écouta d'abord le journal du soir de la radio publique islandaise puis l'émission *Kvöldvakt*, « Service du soir ». C'était son émission de radio préférée après la lecture des nécrologies. À chaque épisode, les animateurs choisissaient des musiques dont ils discutaient, en expliquant notamment la signification que les morceaux avaient pour eux. Hildur ne s'intéressait pas particulièrement à la musique. Les concerts l'ennuyaient terriblement. Les pires étaient ceux où le public se trouvait tout près de la scène et où les gens dansaient, collés les uns aux autres, sur une musique trop forte. Rien n'était plus gênant pour Hildur que l'idée de danser en public. L'émission *Kvöldvakt* était cependant fantastique. Ça la détendait d'écouter parler des gens qui étaient spécialistes de musique et passaient en même temps des morceaux qu'elle n'aurait écoutés nulle part ailleurs.

Quand, deux heures plus tard, les lumières urbaines de Reykjavík commencèrent à émerger contre le ciel noir, Jakob avait terminé le jacquard de son pull-over.

Chapitre 41

Novembre 2019, Reykjavík-Garðabær

Le lendemain matin, Hildur se réveilla à six heures. Ils avaient réservé deux chambres simples à l'hôtel Grand qui se trouvait à côté du parc de Laugardalur. L'hôtel avait un contrat avec l'État et beaucoup de fonctionnaires de province y passaient la nuit lors de leurs déplacements à Reykjavík. Jakob devait encore dormir à poings fermés mais Hildur n'avait plus sommeil. Elle enfila sa tenue de jogging et resserra les lacets de ses baskets. La température était bien au-dessus de zéro à Reykjavík. Il n'y avait pas de verglas dans les rues, elle n'avait donc pas besoin de crampons.

Hildur se dirigea vers la mer au sud. Ils étaient convenus avec Jakob la veille au soir qu'ils se retrouveraient au petit-déjeuner à huit heures. Elle regarda sa montre. En une heure et demie, elle avait le temps de faire l'aller-retour jusqu'au phare blanc de Seltjarnarnes. La piste cyclable et piétonne goudronnée était éclairée sur toute sa longueur. Hildur connaissait bien cet itinéraire. Quand elle habitait à Reykjavík, elle allait souvent courir le long de la côte et le trajet qui faisait le tour de la péninsule de Seltjarnarnes était l'un de ses préférés.

Elle sentait l'odeur de la mer et ses cheveux flottaient au vent. Elle passa devant la statue de bateau viking qui avait été érigée en l'honneur du centenaire de la ville, la drôle de maison de la musique construite au bord de la mer et le vieux port d'où partaient les embarcations qui emmenaient les touristes voir les baleines en haute mer. De temps à autre, Hildur s'éloignait du trottoir. Elle n'aimait pas la sensation du goudron sous ses pieds et préférait le doux gazon, plus tendre, qui avait pris une couleur grise à cause de l'hiver.

Cela faisait longtemps qu'elle avait quitté Reykjavík, elle n'avait aucune envie d'y revenir. Dans la capitale, tout était en quelque sorte trop organisé. Les routes étaient droites, il y avait du goudron partout, les espaces verts étaient conçus avec précision et, l'été, les fleurs poussaient exactement là où on les avait plantées. La ville était dénuée de sauvagerie et d'indiscipline. Cela lui manquait déjà alors qu'elle était partie de chez elle depuis à peine douze heures.

Le chemin qui conduisait les piétons au phare imposant de Seltjarnarnes n'était praticable que pendant la marée basse. Ce matin, ce n'était donc pas possible, puisque la marée avait englouti l'isthme. Hildur fit une petite pause pour récupérer et se contenta de regarder d'un peu plus loin le phare illuminé.

Elle jeta à nouveau un coup d'œil à sa montre connectée pour vérifier qu'il n'était pas trop tôt pour passer le premier appel de la matinée. Elle sortit son téléphone de sa veste, appela un conducteur de pelle mécanique qu'elle connaissait bien et lui donna des indications pour trouver l'endroit. Elle lui fit promettre qu'il l'attendrait. Elle passerait à la ferme dans la soirée. Puis elle envoya un texto à Beta :

Pardon d'avoir crié, mais j'ai commandé la pelle mécanique. Hildur.

Bientôt son téléphone vibra, la réponse était brève : *Jæjja.*

Hildur haussa les épaules. Elle l'interpréta comme une approbation de la part de sa cheffe.

Une fois le ventre rempli par les œufs brouillés et le mélange de baies du petit-déjeuner de l'hôtel, Hildur se rendit avec Jakob au département de pathologie qui se trouvait dans le centre-ville pour laisser un sac de bouteilles de jus de camarines noires dans le bureau de Hákon-à-la-Hache. Ils prirent ensuite la direction de la ville de Garðabær au sud de Reykjavík.

Le trafic vers le centre de la capitale était à son apogée. On aurait dit que les deux cent mille habitants de la région étaient tous en route en même temps pour le travail, dans leurs voitures particulières et leurs 4 × 4 urbains sur la large rue de Kringlumýrarbraut. Jakob et Hildur allaient dans le sens opposé.

Leur objectif était le quartier le plus cher de Garðabær ou la Ville-aux-jardins, la presqu'île d'Arnarnes et ses villas de bord de mer. La presqu'île colonisée par les millionnaires n'avait pas encore fait sécession avec le reste de l'Islande en installant une grille tout autour mais Hildur était prête à parier que cela arriverait bientôt. Les habitants avaient déjà interdit le passage de la piste cyclable dans la presqu'île. Une partie d'entre eux voulaient même interdire, excepté aux riverains, le trafic de voitures dans les rues où ils habitaient.

Hildur se gara devant un château en pierres blanches.

Sa voiture aux flancs rouillés faisait tache dans ce bout de rue soigné où on avait plus l'habitude de voir des Tesla et des Range Rover. Hildur claqua la portière derrière elle et traversa le jardin décoratif, minutieusement taillé, jusqu'à l'une des nombreuses portes de la maison qu'elle considérait comme la porte principale. Il y avait un interphone à côté de la porte en bois de chêne. Une femme vêtue d'une robe de chambre qui lui arrivait aux genoux et de pantoufles ébouriffées vint leur ouvrir.

– L'entreprise de nettoyage ne devait vous envoyer que cet après-midi. J'étais en train de dormir, grommela-t-elle, en refermant la porte.

Hildur arrêta le mouvement du battant en introduisant sa main.

– Vous devez être Kolfinna Daníelsdóttir ? Nous sommes de la police. Je suis la détective Hildur Rúnarsdóttir et voici Jakob Johanson. Nous aimerions parler de Heiðar.

– Je vous ai déjà parlé de lui. Il y a déjà plusieurs policiers qui sont venus ces derniers jours.

La femme avait l'air agacée. Ce n'était sans doute pas étonnant, vu sa situation. Elle venait de perdre son époux. Kolfinna serrait le battant de la porte avec ses deux mains. Ses phalanges en devenaient blanches.

– Nous voudrions juste poser quelques questions complémentaires.

– Vous ne devez pas du tout comprendre ce que ça fait de perdre son époux.

Kolfinna gémit. Sa voix se brisa quand elle expliqua qu'elle n'avait plus l'énergie de discuter avec qui que ce soit.

Hildur avait envie de lui dire qu'elle la comprenait. Qu'elle venait de perdre un ami proche. Mais ce n'était pas la même chose que de perdre son mari, en tout cas aux yeux de quelqu'un d'extérieur.

– Toutes mes condoléances. J'aurais préféré ne pas venir vous déranger mais nous avons découvert de nouvelles choses et nous sommes obligés de poser quelques questions. Nous faisons tout notre possible pour clore l'enquête au plus vite.

Kolfinna soupira et recula. D'un geste paresseux de la main, elle invita les policiers à entrer. Hildur avait honte car elle avait oublié ses chaussettes de rechange chez elle. Ses orteils pleins de sueur depuis le jogging de ce matin allaient sans doute laisser des traces sur le parquet à chevrons.

Ils s'assirent dans des canapés en cuir couleur cognac posés au milieu d'un grand salon : Kolfinna, seule, dans un plus étroit, et Jakob et Hildur, dans un plus large, qui offrait la vue sur la mer. Le mur nord était en verre. Le paysage marin qui s'ouvrait devant la vitre était fantastique. À l'horizon, on voyait la silhouette du vieux centre-ville de Reykjavík. Il y avait peu de meubles dans la pièce mais Hildur estimait que chacun d'entre eux devait coûter plus cher que tous les siens réunis. Des œuvres d'art de valeur étaient suspendues aux murs. Hildur reconnut au moins un paysage expressionniste de Kjarval et deux tableaux postmodernes de Ragnar Kjartansson. Elle n'avait jamais vu chez qui que ce soit de véritable Jóhannes Kjarval. C'était plutôt dans les musées qu'on voyait les œuvres du peintre le plus connu d'Islande, né au XIXe siècle.

– Pourriez-vous nous dire quelque chose à propos des déplacements de votre défunt mari dans les dernières semaines ?

Kolfinna regarda Hildur droit dans les yeux pendant quelques secondes puis répondit :

– Vous croyez vraiment qu'il me tenait au courant de ce qu'il faisait ?

Hildur avait bien entendu dire que le couple était en froid mais la réponse la surprit tout de même. Devant la porte, Kolfinna avait eu l'air bouleversée par la tristesse mais l'atmosphère s'était bien vite transformée. La veuve semblait en colère.

– Vous habitiez bien ici tous les deux. Est-ce qu'il aurait fait quelque chose d'inhabituel ?

– Peut-être, mais je n'étais pas au courant.

Kolfinna expliqua qu'elle avait compris très vite après son mariage pourquoi son mari avait voulu l'épouser. Sa famille à elle avait beaucoup d'argent et l'argent, c'était ce que Heiðar avait toujours désiré. Plus d'argent. La veuve parlait d'une voix monotone, comme une directrice financière qui rapportait les chiffres des bénéfices faits au cours du dernier trimestre par l'entreprise qu'elle dirigeait.

– Il courait derrière l'argent. Moi, il ne me désirait pas, en tout cas plus depuis plusieurs années.

Elle décrivait son défunt mari comme un arriviste froid qui n'avait aucune empathie. C'était certainement une bonne qualité pour un avocat.

– C'est bien sûr tragique qu'il soit mort comme ça. Ça me cause tout un tas de soucis. Mais il ne me manque pas le moins du monde. Je ne sais pas ce qu'il faisait quand il n'était pas à la maison. D'ailleurs, il n'était pas très souvent ici.

Hildur hocha la tête et laissa la femme continuer son récit.

– Il ne me parlait jamais de ses maîtresses, ajouta Kolfinna, le regard tourné vers le lointain.

– Est-ce qu'elles auraient pu causer des problèmes ?

Elles ne sont jamais venues ici ou ne vous ont jamais appelée ?

– Vous pensez qu'une de ses maîtresses aurait pu le tuer par jalousie ?

– Nous n'avons pas encore de suspect, dit Hildur pour éviter de répondre.

C'était tout à fait vrai. Ils n'avaient pas encore de suspect. Elle voulait creuser le passé de l'avocat pour avoir une prise sur sa vie. Les collègues de Reykjavík avaient dit que, la nuit de son décès, Heiðar était dans une chambre d'hôtel avec une petite amie. On avait pris les empreintes digitales et un échantillon ADN de la jeune femme, qui avait eu l'air terrorisée. Hildur essaya de peser ses mots autant que possible :

– Est-ce que vous savez si votre mari a eu des relations adultères plus longues ? Des relations, disons, sérieuses ?

– C'était quelqu'un de très impulsif. Je ne crois pas qu'il ait jamais aimé personne d'autre que lui-même ; il aimait la passion. En général, toutes les relations qu'il avait avec des femmes s'arrêtaient au bout de quelques semaines. Quand il avait une nouvelle fille dans le radar, il était de bonne humeur à la maison aussi. Ça durait en général quelques semaines, puis il s'ennuyait et la relation s'arrêtait là.

Kolfinna remua sur sa chaise et eut soudain l'air de se souvenir de quelque chose. Ses mains soignées trituraient le pli de sa robe de chambre.

– Je me rappelle quand même une fille. Cela fait vraiment très longtemps. Heiðar était particulièrement de bonne humeur entre le printemps et l'automne. Puis tout à coup, il s'est refermé sur lui-même et est devenu grincheux.

Kolfinna avait alors essayé de demander à son mari

ce qui n'allait pas mais il ne répondait pas. Il traînait sur le canapé sans rien dire, à boire du calvados et contempler le paysage.

– Une bonne année est passée. J'emportais des vêtements au pressing quand j'ai trouvé dans la poche de poitrine de son costume noir le programme d'un enterrement. Il était bouleversé quand je lui ai posé des questions sur ces funérailles. Je ne l'avais jamais vu réagir avec autant de force à quoi que ce soit. Il était complètement hors de lui.

Hildur jeta un œil à Kolfinna. Elle était tout ouïe.

– C'était l'enterrement de qui ?

– La femme s'appelait Valgerður. Il y avait sa photo sur la première page du programme. Une belle femme, une blonde.

À la mention du nom de Valgerður, le corps de Hildur fut tout entier parcouru par une sensation pareille à une décharge électrique. Le sang lui monta à la tête et elle sentit des picotements dans les paumes. Valgerður. Hildur avait fait un travail de longue haleine en recherchant des détails sur la vie des victimes. La nécrologie n'avait pas quitté son esprit. Son intuition lui avait dit qu'il s'agissait d'une chose importante, même si, à première vue, cela ne paraissait pas rationnel. Jusqu'à présent. Comme si elle venait de trouver la place d'un morceau de puzzle qui, auparavant, n'allait nulle part. Une jeune femme. Valgerður.

Mes yeux et tes yeux. Oh, ces belles pierres !

La femme du Heiðar auteur de la nécrologie était assise devant Hildur. C'était pour une petite amie secrète qu'il avait écrit ce texte. C'était la raison pour laquelle il n'avait signé que de son prénom. Il ne voulait pas que cela se sache.

– Et qu'est-ce que votre mari vous a raconté ?

– Il a réagi comme à chaque fois qu'il était face à une situation gênante. Il a tout nié. Un de ses amis lui aurait apparemment emprunté son costume noir pour l'enterrement de sa cousine. J'ai bien vu qu'il mentait mais je n'avais pas envie de ressasser plus cette histoire. Quelques jours plus tard, le programme avait disparu. Il a dû le détruire.

Hildur aurait voulu sortir de cette maison. L'atmosphère qui y régnait ne lui plaisait pas mais elle souhaitait encore savoir si Heiðar avait récemment voyagé ou s'ils avaient eu du monde à la maison.

– Nous sommes allés en août dans le Sud de la France pour acheter des vins mais il n'a pas fait de voyage depuis. En tout cas, pas que je sache. Ses amis businessmen venaient parfois dîner à la maison.

Kolfinna leur exposa comment leurs dîners se déroulaient traditionnellement. D'abord, la femme de ménage passait, puis le chef arrivait en cuisine. Les collègues de Heiðar vêtus de costumes élégants mais discrets se réunissaient avec leurs épouses, qui étaient sur leur trente-et-un, autour de la table pour déguster un repas gastronomique de plusieurs services préparé par leur cuisinier. Les sujets de conversation allaient des voitures aux chalets de vacances en passant par les placements de cryptomonnaie. À la fin de la soirée, on servait du whisky millésimé.

– Est-ce qu'il avait des ennemis ?

– Oh, écoutez. La moitié de Reykjavík le haïssait, et l'autre moitié lui léchait le cul en espérant secrètement qu'il échoue. Vous aurez du mal à trouver quelqu'un dans cette ville qui l'aurait apprécié.

Hildur frissonna. Ce n'était assurément pas un gendre idéal.

– Mais je ne sais pas si l'un d'entre eux serait vraiment allé jusqu'à le tuer, termina Kolfinna.

Hildur observa la veuve vieillie par l'épuisement, assise dans le canapé en cuir et vêtue de sa robe de chambre blanche et de ses pantoufles rouges. On aurait dit une actrice de second rôle oubliée par le metteur en scène au milieu de décors somptueux.

– Vos familles étaient proches ?

Kolfinna secoua rapidement la tête.

– Mon père avait compris que Heiðar était un arriviste et ne pouvait pas le supporter, et ma mère s'adapte tout le temps à mon père. On ne se voyait en général qu'à Noël, même s'ils habitent à Hafnarfjörður.

Ils habitaient à une dizaine de kilomètres les uns des autres mais ne se voyaient qu'à Noël ? *Les relations familiales sont parfois bien compliquées*, se dit Hildur.

– Et la famille de Heiðar ?

– C'est bizarre, justement. Je ne les ai jamais rencontrés.

Hildur ne répondit rien. Elle fit exprès une longue pause pour que Kolfinna continue.

– J'ai souvent essayé de lui demander mais il me répondait toujours qu'il n'avait pas de famille. Qu'il s'était toujours débrouillé seul. On se disputait en général quand je commençais lui poser des questions sur sa famille dont il ne voulait pas me parler.

Hildur acquiesça. Elle avait trouvé deux fêlures dans l'image parfaite de cet homme qui avait réussi. La blonde Valgerður et la famille secrète. Hildur devrait tapoter encore un peu sur ces fissures, qui pourraient bien révéler quelque chose de plus. Elle se leva, sortit de sa poche une carte de visite cornée et la déposa sur la table de salon en acajou. Elle regarda Kolfinna et s'éclaircit la voix :

– Ça n'a rien à voir avec notre enquête, donc vous n'êtes pas obligée de répondre. Vous n'aviez pas l'air d'avoir une bonne relation avec votre mari, à en juger par ce que vous venez de nous raconter. Pourquoi n'avez-vous pas divorcé ?

Kolfinna éclata d'un rire lugubre et redressa les plis de sa robe de chambre.

– Parce que j'ai été assez stupide pour ne pas demander la séparation des biens au moment de notre mariage. Il ne voulait pas divorcer, ça n'en valait pas la peine pour moi. Nous partagions la même adresse, mais nous étions des étrangers l'un pour l'autre. Je ne voulais pas lui donner un seul centime de mon argent.

Kolfinna attrapa la carte de visite de ses ongles vernis en violet clair et l'observa attentivement.

– Les Fjords de l'Ouest ? Pourquoi est-ce que vous enquêtez sur cette affaire ?

– C'est la politique de développement régional voulue par le gouvernement, répondit Hildur en haussant les épaules.

Jakob, resté silencieux pendant toute la durée de la conversation, serra la main de Kolfinna pour lui dire adieu.

Hildur fit demi-tour et faillit renverser une statue de girafe dorée placée devant la maison d'en face. Elle l'esquiva au dernier moment et accéléra pour quitter le quartier chic d'Arnarnes. Un épais nuage de fumée noire sortit du tuyau d'échappement de la vieille Brenda pour se déposer sur la tête dorée de la girafe. Il allait bientôt falloir changer le filtre à air.

– L'argent et le bon goût ne vont décidément pas ensemble, commenta Hildur en sortant du rond-point vers la route principale de Reykjavík.

Elle résuma à Jakob le contenu de leur conversation, qui avait eu lieu en islandais, et parla de la vieille nécrologie qu'elle avait trouvée. Jakob digéra un instant ce qu'il venait d'entendre. Les essuie-glaces nettoyaient le pare-brise et le ventilateur allumé à fond empêchait les fenêtres de s'embuer.

– Je suis peut-être un peu naïf, mais j'ai bien l'impression que notre avocat émotionnellement froid est tombé amoureux au moins une fois dans sa vie.

Hildur sourit. Elle avait pensé exactement la même chose. L'écheveau sur lequel ils enquêtaient était trop emmêlé pour être quelque chose d'ordinaire comme un meurtre dû à des dettes non réglées ou des problèmes de drogue. Les trois victimes n'appartenaient pas à un même groupe de beuverie, ni à des factions concurrentes de la pègre. Le motif du meurtrier devait se trouver ailleurs. Il ne restait en réalité que deux possibilités : la haine et l'amour. Et on ne pouvait pas toujours bien les distinguer l'un de l'autre.

Hildur ralentit et se mit sur la file de droite. Elle prit la route numéro un qui faisait le tour de l'île, dans la direction du nord. Après la zone urbaine de Reykjavík, la vue changea radicalement. Les immeubles bas, les groupes de maisons mitoyennes et les routes qui reliaient les différents quartiers de la ville disparurent au bout d'un quart d'heure. Par la fenêtre, on voyait maintenant des prairies mouillées avec des chevaux islandais aux longs poils qui espéraient trouver protection et chaleur les uns auprès des autres. Ils se tenaient tous dans la même direction, leur postérieur rond et orné d'une épaisse queue tourné en direction du vent.

Jakob avait pris son sac de laine dans les bras. Il devait séparer les fils qui s'étaient mélangés et refaire de belles pelotes. Il choisit le fil gris et l'installa sur les aiguilles. Il ne lui restait plus que le col à faire. Les pulls islandais étaient identiques à l'avant et à l'arrière, on pouvait donc mettre le pull dans les deux sens. Cependant, les êtres humains avaient presque toujours l'encolure plus basse à l'avant qu'à l'arrière. Si le pull allait bien du côté de la nuque, il montait trop haut sur le devant, et cela ne lui plaisait pas. Pour que son pull soit plus confortable à la fois sur la nuque et la gorge, il avait décidé de casser un peu la tradition et de tricoter deux centimètres de plus sur l'arrière du pull.

– Hildur, j'ai un truc à te demander.

Hildur baissa le volume de la radio. Ils approchaient d'une sation-service et elle jeta un œil à la jauge de sa voiture. Elle aurait assez de diesel jusqu'au village suivant, elle ne s'arrêta donc pas.

– La ferme, hier. Pourquoi on s'est arrêtés ?

Hildur se doutait que cela avait tracassé son collègue. Elle avait sûrement eu l'air plus absente et plus silencieuse après leur arrêt. Elle ne voulait rien lui dissimuler, mais elle n'avait pas eu le courage d'en parler, hier. Même si beaucoup de gens savaient que ses sœurs avaient disparu, elle était la seule à devoir vivre avec ce traumatisme tous les jours.

– Je voulais aller vérifier un truc dont on m'avait parlé.

Il faisait chaud dans la voiture. Hildur ouvrit la fermeture éclair de son manteau et éteignit le chauffe-siège. Elle parla à Jakob de l'éleveur de chiens, Magnús, et des travaux de maçonnerie faits en secret dans le tunnel d'Ísafjörður et de la ferme.

Lorsque Hildur fut arrivée au terme de son récit, Jakob déposa le tricot sur ses genoux et regarda par la fenêtre, sans dire un mot. Il était étonné par ce qu'il venait d'entendre.

– Tu crois donc que Jón, qui a été tué dans son chalet, est lié d'une manière ou d'une autre à la disparition de tes sœurs ?

Hildur haussa les épaules. Elle en avait le sentiment mais elle ne pouvait pas en être certaine. Il n'y avait aucune preuve, seulement les dires d'un éleveur de chiens qui, à l'époque de la disparition des fillettes, menait une vie embrumée par l'alcool.

– Je voulais voir là où il habitait. J'espérais sans doute y trouver quelque chose qui aurait du sens.

Hildur parla ensuite de la butte et de la pelle mécanique qu'elle avait commandée pour retourner la terre du jardin.

– Je comprendrais que tu me prennes pour quelqu'un de bizarre, vu que je fais creuser des trous dans le jardin d'une inconnue pour trouver des réponses à une vieille histoire, ajouta Hildur en accélérant à quatre-vingt-dix kilomètres heure.

En Islande du Sud, la route était construite sur les terres basses, assez près de la surface de la mer. Elle contournait les montagnes qui se dressaient comme des géants brun foncé, suivait le rivage et plongeait au niveau du Fjord-de-la-Baleine dans un tunnel qui les conduirait, au bout d'un trajet de six kilomètres, de l'autre côté du fjord.

Jakob tendit le bras pour fermer le volet d'arrivée d'air extérieur.

– Je ne pense jamais que les gens sont bizarres. Le problème, c'est qu'on se présente trop comme des gens normaux. On croit que tout le monde autour de nous est rationnel et prudent, même si ce n'est pas vrai. On a tous tout le temps des idées plus étranges les unes que les autres. C'est juste que la plupart des gens n'osent rien faire de ces idées, mais se contentent de jouer, eh bien, la normalité.

Hildur garda le regard fixé sur le goudron gris et dut cligner plusieurs fois des yeux. Sans trop savoir pourquoi, les mots de Jakob l'avaient émue.

Une bonne heure plus tard, ils étaient arrivés au village de Búðardalur dont les habitants gagnaient leur vie principalement grâce aux grandes laiteries. C'était là qu'on préparait tous les fromages persillés qu'on mangeait en Islande.

– Il faut absolument que j'aille pisser. Je vais nous chercher en même temps du café et une brioche pour le déjeuner, déclara Hildur en dirigeant sa voiture vers une large place de parking.

Le centre du village était tout petit. Il était formé de deux bâtiments consécutifs, où il y avait une petite supérette, un restaurant, un kiosque à glaces et une station-service.

Hildur prit au comptoir en self-service du magasin deux brioches nappées d'un épais glaçage en chocolat, qui avaient l'air délicieuses. Il y avait aussi une machine à café, qu'elle laissa remplir à ras bord deux gobelets à emporter, puis elle ajouta trois morceaux de sucre dans celui de Jakob. Elle se hâta de revenir vers la voiture, les gobelets de café dans les mains et le sachet de brioches entre les dents.

– On tiendra avec ça jusqu'à la maison mais on a encore un arrêt avant ça. Le conducteur de la pelle mécanique vient d'appeler. Il a ouvert la butte et m'a dit qu'il avait trouvé quelque chose.

Chapitre 42

Novembre 2019, Ögurvík

La neige avait fondu et la cour de la ferme avait l'air d'un champ de boue sans fin, assez désespérant. Quelques moments plus tôt, la neige couvrait encore le paysage d'une froide couche blanche, qui lui donnait un cadre net. De la neige, du verglas, un ciel bleu. Puis était arrivé ce qui arrivait tous les hivers : l'île était touchée par un vent humide du sud, réchauffé par le Gulf Stream. En toussotant deux ou trois fois, le courant faisait fondre les neiges et les faisait glisser le long des fleuves jusqu'à l'océan.

Le moteur de la pelle mécanique était éteint mais les puissantes lumières de chantier étaient encore allumées. Le faisceau lumineux faisait ressortir les contours de la cour et de l'étable dans l'obscurité. Dans la lumière artificielle jaunâtre, on voyait clairement l'état de délabrement de la vieille étable. La cour était pleine de flaques de boue de tailles diverses, à la surface desquelles tremblait le reflet des lumières de la machine.

Hildur se rendit compte que des gouttes d'eau coulaient de ses yeux mais elle ne les sentait pas contre sa peau engourdie. Elle serrait les poings dans les poches de son manteau et se penchait en avant tandis qu'elle avançait.

En s'approchant du trou, elle se sentit petite et peureuse. Elle repensa à un vieux conte populaire sur une femme craintive qui avait tout perdu. Elle avait l'impression de marcher avec le dos aussi courbé que la femme du conte, qui avait donné naissance à un enfant, l'avait enroulé dans un torchon et l'avait laissé mourir dehors, dans la montagne. Autrefois, on faisait cela quand on mettait au monde un enfant dont on ne pouvait subvenir aux besoins. Quand, plus tard, la femme s'était retrouvée avec les animaux à l'étable et qu'elle se plaignait de sa pauvreté, puisqu'elle n'avait rien à se mettre pour aller au bal organisé par la ferme d'à côté, elle avait entendu la voix d'un petit enfant chuchoter dans le mur.

Ma mère dans l'enclos, l'enclos,
ne pleure donc pas ;
car je vais te prêter mes hardes
pour que tu puisses aller danser
aller danser.

Hildur secoua la tête pour chasser cette histoire horrible loin de ses pensées. Pourquoi donc ce poème lui était-il venu à l'esprit à ce moment précis ?

Le conducteur de la pelle mécanique fumait dans la cabine de sa machine. La fumée qui sortait de ses lèvres fines flottait un instant autour de lui puis trouvait une porte de sortie. L'homme regardait droit devant lui, l'air de s'ennuyer. Il ne se leva pas de la cabine pour saluer les arrivants.

– Ça fait bien deux heures que j'attends.

– La visibilité était mauvaise sur les plateaux, déclara Hildur, sans s'excuser. Tout le monde ici savait qu'une mauvaise visibilité voulait dire que le trajet serait plus lent. Hildur regarda de plus près le visage ridé du conducteur. Il avait l'air fatigué.

– Il y a bien quelque chose là-dessous.

L'homme jeta son mégot par terre. Celui-ci tomba entre les pieds de Jakob, qui l'écrasa sous sa semelle en caoutchouc.

Hildur s'approcha de la fosse et regarda. L'obscurité, rien d'autre. Elle tenait serrée dans son poing une petite lampe de poche, qu'elle alluma.

– Je n'ai pu creuser qu'un quart d'heure et je suis tout de suite tombé sur des sacs en plastique. Je me suis arrêté pour pas faire de dégâts avec la pelle, s'écria le conducteur de sa cabine en se roulant une nouvelle cigarette. Il n'avait pas de rouleuse mais utilisait ses gros doigts pour enrouler le papier autour du tabac.

Le faisceau de la lampe de poche atteignit le fond de la fosse. Il y avait de l'eau de pluie. Sous la couche de boue, on voyait du plastique jaune. L'homme avait bien parlé de sacs en plastique.

Hildur enfila des gants, mit sa capuche et entreprit de descendre. L'excavateur avait heureusement creusé sur une large surface. Elle n'eut pas de mal à suivre les bords légèrement inclinés. Le dernier pas fut plus rude. Elle s'agrippa au bord de la fosse d'une main tandis que, de l'autre, elle tenait sa lampe de poche. Hildur demanda à Jakob de se tenir au bord et de lui faire plus de lumière.

Elle resta un instant sur place. La peur avait disparu au moment où elle avait plongé dans le fond de la fosse. L'inconnu ne l'effrayait plus. Maintenant, il ne restait plus qu'à creuser, à exécuter la tâche qu'elle devait accomplir.

Hildur commença à ôter la terre avec sa main. À chaque mouvement, le sac de supermarché décoré du logo d'un cochon rose devenait un peu plus visible. Hildur coinça la lampe entre ses dents et à deux mains, souleva le sac qui avait l'air d'être en lambeaux, en faisant attention pour éviter qu'il ne se déchire. À côté du premier sac, il y en avait un deuxième, qu'elle souleva aussi en en prenant soin comme d'un nouveau-né.

Si le plastique était devenu friable, il n'était toutefois pas percé. La couleur jaune avait pâli mais on voyait encore bien le logo rose. N'importe quel Islandais pouvait reconnaître ce cochon iconique. Il appartenait à la première chaîne de supermarchés discount du pays qui avait été fondée à la fin des années 1980 et était aujourd'hui la plus grande chaîne de supermarchés en Islande.

Les mains de Hildur tremblèrent un peu quand elle déchira le premier sac. Elle savait bien qu'il vaudrait mieux que la scientifique passe d'abord sur la scène mais elle ne voulait pas attendre une seconde de plus.

Elle étala sur le côté le sac ouvert comme le ventre d'un poisson et en sortit ce qu'il se trouvait à l'intérieur.

– Plus de lumière, grommela-t-elle, sa lampe toujours entre les dents. Jakob s'approcha.

Hildur sortit du sac une petite doudoune, qui avait jadis dû être rose. Le manteau était mouillé et sentait mauvais. Dans la lumière de la lampe de poche, on voyait que le tissu était recouvert de taches noires. Sur le bord de la capuche, on apercevait des restes de poils. Il ne restait plus grand-chose de la doudoune mais Hildur la reconnut tout de suite.

C'était le manteau qu'elle avait porté pendant sa première année d'école. Celui à la bordure de fourrure dont elle était particulièrement fière. La doudoune coûtait cher et leur famille n'avait jamais roulé sur l'or. Tous les vêtements passaient ensuite à ses petites sœurs. Après elle, la doudoune avait échu à Rósa, puis à Björk.

La doudoune de Björk.

Elle la prit sous le bras et regarda à nouveau le contenu du sac. Au fond, il y avait un petit sac à dos rouge « Mon Petit Poney ».

Hildur sortit la lampe de sa bouche et tourna le faisceau vers le fond du trou, là où elle venait de prendre les sacs en plastique jaune. Elle savait déjà ce qu'elle avait vu mais elle voulait en être sûre. Plus sûre. Elle essuya la terre avec sa main et toucha les objets blancs et durs. C'était bien des os, petits et fins.

Chapitre 43

Novembre 2019, Ísafjörður

Le week-end suivant, c'était la Fête des Pères en Finlande. Le jour de l'année le plus difficile pour Jakob. Cette année non plus, il n'allait pas recevoir de carte à l'air un peu loufoque faite au jardin d'enfants.

Jakob se demandait souvent comment Matias vivait toute cette situation. Est-ce que son père s'estompait peu à peu, pour devenir une question qu'il n'avait plus le droit de poser ? Un homme dont on ne se souvenait plus. Un homme un peu bizarre, encore un petit peu familier mais de loin, qui ne faisait plus de bruit en rentrant à la maison. Qui n'avait pas d'adresse ni de numéro de téléphone. Qui ne faisait pas de cadeau pour son anniversaire.

Ce serait quand même légitime de pouvoir voir son propre enfant et l'enfant devrait avoir le droit de voir son père.

Jakob ouvrit l'application Skype sur son téléphone. Le S blanc sur fond bleu mit un peu de temps à charger. Il n'avait qu'un seul contact, celui de Lena.

Il passa le doigt sur la photo de son ex-femme et choisit parmi les icônes la caméra vidéo violette.

Son téléphone se mit à sonner. La sonnerie résonnait dans l'appartement vide. Après la quatrième sonnerie, il entendit un crépitement et Lena apparut à l'écran. Son visage resta calme et joyeux pendant une seconde puis, quand elle comprit à qui elle avait répondu, se pétrifia. Rien de nouveau pour Jakob. Depuis quelque temps, leurs discussions commençaient toujours de la même façon. Lena construisait un mur entre eux et refusait de parler.

– Qu'est-ce que tu me veux maintenant ?

– Bonjour, Lena. Je voulais vous appeler, juste comme ça. La dernière fois, ça a coupé.

Tout de suite après le divorce, Jakob avait été sous le choc. D'abord, il avait eu peur puis il avait été en colère. Pendant tout le processus, il s'était senti impuissant. D'après lui, la société norvégienne s'était tournée contre lui – un homme étranger. Tout s'était passé comme Lena l'avait souhaité. Elle avait eu la garde de l'enfant, on avait cru ses mensonges et on avait forcé Jakob à prendre de la distance. Il avait eu un droit de visite mais cela non plus ne se passait pas comme il l'aurait souhaité. Il semblait que Lena trouvait des prétextes, comme pour l'embêter, pour que Matias ne puisse pas discuter avec lui au téléphone ou le rencontrer lors des visites prévues par la justice.

Ces derniers temps, Jakob avait essayé de comprendre sérieusement son ex-femme. Lena était-elle malade ? Est-ce qu'elle était fâchée pour une raison qu'il ne comprenait pas ?

– Ah, tu voulais nous appeler, juste comme ça, répéta Lena en regardant par-dessus la caméra, avant de continuer : Tu ne peux pas appeler juste comme ça, tu n'as pas le droit. On doit convenir des appels à l'avance. Tu le sais très bien. La justice a tranché, et…

Jakob fut obligé d'interrompre Lena, même s'il savait que cela risquait encore plus de le conduire dans une impasse.

– Je sais. Et c'est en fonction de la décision de justice que j'ai appelé la dernière fois. On était convenus d'un moment pour l'appel mais tu l'as interrompu. Je n'ai pas du tout eu le temps de parler à Matias, dit Jakob en essayant de garder son calme.

– Tu te rends compte que tu es encore en train de faire pression sur moi ?

Comment diable est-ce que la discussion pouvait encore prendre cette tournure ? Jakob n'avait aucune intention de faire pression sur Lena, même s'il aurait eu des raisons de le faire. La situation lui semblait désespérée. Il avait envie de hurler au téléphone qu'elle créait de la distance entre son fils et lui mais il savait qu'il perdrait à ce jeu-là. Elle devait sûrement enregistrer les appels. S'il criait, elle aurait simplement davantage de preuves contre lui dans les procès suivants. Les procès suivants… Jakob sursauta à ses propres pensées. Vraiment ? Il s'était pourtant promis qu'il ne continuerait pas cette bataille déchirante. Il n'avait de toute façon même pas l'argent pour.

Mais en même temps, s'il n'y avait rien d'autre qui puisse l'aider ? Vu comme c'était parti, il continuerait juste à perdre. Bientôt, Matias ne se souviendrait même plus de lui, Jakob disparaîtrait de la vie de son fils et Lena aurait autorité complète sur tout. Peut-être que s'opposer à elle et trouver un avocat était le seul moyen pour que la situation prenne une meilleure direction.

– Lena, je voudrais te poser une question, ne te vexe pas, s'il te plaît.

Jakob utilisa tous ses talents de joueur de poker pour avoir l'air le plus calme et neutre possible.

– Est-ce que tu vas bien ? Même si notre relation est comme elle est, je tiens toujours à toi. Et pour Matias, je voudrais que tu sois le plus heureuse possible.

Pendant un instant, il n'entendit rien de l'autre côté du combiné. Puis le visage de Lena disparut. Elle avait sans doute déposé le téléphone sur le comptoir, car il ne voyait plus que la hotte aspirante. Il entendit la porte du frigo s'ouvrir et enfin la voix de son ex-femme, un peu plus loin.

– Arrête avec ça. Tu fais tellement pitié.

Jakob ferma les yeux. Les mots blessants de Lena ne lui faisaient plus mal. Il devait juste se concentrer un instant pour rassembler toute sa patience.

– Est-ce que je pourrais parler à Matias ? Le week-end prochain, c'est la Fête des Pères. Il est dans le coin ? Tu pourrais me le montrer une seconde ? demanda Jakob, et il se détesta aussitôt d'implorer Lena de cette façon.

Celle-ci soupira et tourna la caméra d'un geste rapide en direction de Matias.

Le petit garçon blond, dans un pyjama à l'imprimé de camion de pompiers, était assis sur le sol du salon et jouait avec des dinosaures, l'air concentré.

En entendant la voix de Lena, l'enfant arrêta son jeu et se tourna vers sa mère. Il se leva et marcha jusqu'à elle, avec dans la main un tyrannosaure auquel il manquait la queue. Ses yeux brillaient de curiosité.

– C'est qui ? Jakob entendit son fils demander en norvégien.

Il le vit regarder le téléphone. Sa main n'était plus

aussi petite et ronde. Ses doigts avaient grandi. Ils avaient l'air plus fins que la dernière fois. *Les doigts d'un grand bambin*, pensa Jakob.

Son fils lui manquait, il en ressentait des douleurs physiques. Il aurait voulu le prendre dans ses bras, lui souffler dans la nuque et sortir dans le jardin jeter des boules de neige contre les troncs d'arbres. Son enfant était là mais il n'était pas là.

– C'est rien, mon chéri. C'est rien. Quelqu'un a fait un faux numéro, c'est tout, dit Lena d'une voix douce à son fils, tout en raccrochant.

Jakob se pinça fort la cuisse. Localiser la douleur dans une partie précise de son corps l'aidait à la supporter. Il ne pouvait pas s'effondrer maintenant. Jakob écrivit un message dans l'application Skype.

Portez-vous bien tous les deux. On se verra après Noël, je viendrai rendre visite à Matias. Cette année, j'ai trois jours à Noël, comme noté dans la décision de justice.

Jakob éteignit son téléphone et le déposa sur le sol du salon à côté de son panier à laine. Il avait pris sa décision. Il n'abandonnerait pas. Certainement pas.

Chapitre 44

Le lundi, les résultats de l'autopsie de Freysi étaient prêts. Elle n'avait rien révélé de surprenant. La mort était due à la chute. La nuque s'était brisée au moment où le corps était tombé contre le sol. Les cheveux trouvés dans la bouche étaient les mêmes que ceux découverts dans la bouche des autres victimes.

L'équipe scientifique avait récupéré sur la veste de Freysi des fibres de laine noire. Celles-ci provenaient fort probablement du moment où le meurtrier l'avait poussé, car il n'y avait pas de fibres similaires dans les échantillons de son appartement que les techniciens avaient aussi examiné. Ils n'y avaient rien trouvé d'intéressant si ce n'était un grand nombre d'empreintes digitales appartenant à Hildur, dont celle-ci avait dû expliquer la présence à la police de Reykjavík. Les tests ADN étaient encore en cours.

Jakob fit marcher la cafetière à capsules de la cuisine du commissariat et remplit un gobelet à emporter du breuvage chaud, auquel il ajouta beaucoup de sucre avant de refermer le couvercle à usage unique compostable. Il avait promis d'aller interroger les collègues de Freysi pendant que Hildur et Beta continueraient à travailler au commissariat.

Il revêtit son anorak et se saisit, l'air content, de son gobelet. Il sortit du commissariat et se dirigea vers l'école de la commune. Le bâtiment jaune avait plusieurs entrées. Jakob prit celle qui donnait sur le hall où se trouvait le bureau vitré du concierge. Avec sa moustache, celui-ci le faisait penser à un morse. Assis derrière son bureau et les yeux à moitié fermés, l'homme à la taille énorme tourna paresseusement la tête vers Jakob.

– La salle des profs, vous dites ? Vous montez l'escalier et vous n'avez qu'à suivre l'odeur de poisson.

– De poisson ?

– Oui. La salle des profs est à côté du réfectoire et, aujourd'hui, c'est morue.

– D'accord. Merci, dit Jakob en se tournant vers les escaliers. Puis l'homme aux moustaches de morse se leva et sortit la tête du hublot de son bureau.

– Vous ne savez pas lire ? Ôtez vos chaussures puis posez-les là, sur l'étagère. On ne veut pas de saletés sur nos sols, ici.

Jakob fit demi-tour, déposa ses grosses bottes sur la plus haute étagère et monta les escaliers en chaussettes.

Un bruit de voix constant émanait de la salle des professeurs. Jakob frappa à la porte et entra. Une vingtaine de personnes d'âges divers se tournèrent vers lui. L'air était lourd et sentait le café. Aux fenêtres étaient suspendus des rideaux brun clair. On aurait dit qu'ils étaient là depuis des décennies.

– Bonjour, je suis de la police. Jakob Johanson, dit-il en anglais.

Partout, la mention de la police électrifiait l'atmosphère. Ici aussi. Les gens se redressèrent et tentèrent de cacher la curiosité que la présence de Jakob ne manquait pas de provoquer.

– Nous enquêtons sur la mort de Freysi Gunnarsson. Vous avez probablement déjà entendu la nouvelle.

Jakob laissa son regard tourner dans la salle. Tout le monde avait l'air de l'observer avec une forme d'intérêt amical. La police avait déjà informé les médias que le décès de Freysi était un homicide.

– Une histoire horrible, j'ai lu ça dans le journal, déclara une femme à lunettes qui portait une longue jupe en tartan. Jakob se dit qu'elle devait être professeure de travaux manuels.

Un homme plus âgé posa le journal qu'il était en train de lire sur la table basse devant lui, l'air perdu :

– Comment est-ce qu'un truc pareil peut se passer ici ? Je ne l'aurais jamais cru.

– Est-ce qu'il y a ici quelqu'un qui connaissait bien Freysi ? Je voudrais discuter, ce n'est pas un interrogatoire officiel, demanda Jakob.

Les gens, l'air étonné, se regardaient les uns les autres et marmonnaient des choses qu'il ne comprenait pas. Jakob n'était pas pressé. Il finit son café et jeta son gobelet dans la poubelle qui se trouvait sous l'évier.

Un homme plutôt jeune leva la main et s'éclaircit la voix.

– Hum, eh bien, nous n'étions pas vraiment proches mais on jouait ensemble au badminton.

L'homme vint lui serrer la main. Il s'appelait Anton et était professeur de mathématiques et de chimie. Jakob proposa qu'ils aillent discuter dans un endroit un peu plus tranquille.

– J'ai un trou dans mon emploi du temps. On peut aller dans ma classe.

Au mur de la classe d'Anton était suspendu le tableau périodique des éléments. Il n'y avait pas de bureaux, mais de longues paillasses et des tabourets à hauteur réglable.

– Nous enquêtons donc sur la mort de Freysi et la discussion que nous avons n'est pas officielle. Je voudrais que vous me disiez tout ce que vous savez sur lui. Tout peut être utile, expliqua Jakob tranquillement.

Anton avait l'air d'être une personne sympathique, mais il semblait un peu inquiet de parler à la police. Jakob se dit que s'il parlait d'abord un peu de lui, cela pourrait donner un air plus spontané à leur discussion.

– Ça vous va, d'ailleurs, qu'on parle anglais ? Je suis ici en stage et je n'ai pas encore appris l'islandais.

Le professeur assis au bout de son bureau sourit amicalement.

– J'ai longtemps vécu aux États-Unis. L'anglais, c'est comme ma deuxième langue maternelle.

Anton prit une profonde inspiration et parut réfléchir encore à ce qu'il allait dire. Il se tournait les pouces et avait l'air gêné.

– Comment est-ce que je pourrais vous dire ça… sans avoir l'air trop dramatique. Je crois que Freysi avait, euh, disons, une sorte de secret.

Jakob tressaillit. Le professeur semblait plonger directement dans les abysses, tout en restant très calme.

– Un secret ?

– Oui, je ne suis pas trop sûr de ce que c'est, et je crois que c'est un peu par accident qu'il m'en a parlé. Ça m'a étonné parce qu'il avait une forme physique phénoménale. Il gagnait contre moi au badminton presque à chaque fois.

Jakob l'invita à continuer.

– Je comptais nous réserver un créneau de badminton pour l'année prochaine mais Freysi m'avait dit que ce n'était pas la peine. Il ne serait plus en état de jouer, à ce qu'il disait.

Après ce lapsus, Freysi avait dû en révéler plus à Anton. Il souffrait d'une maladie rare. Anton ne se rappelait plus le nom de cette maladie mais elle était liée au cerveau. Et Freysi courait le risque d'être bientôt paralysé.

Jakob écoutait le récit du professeur en sentant l'incrédulité monter en lui. L'ami de Hildur aurait été sur le point d'être paralysé ? Hildur lui avait pourtant raconté qu'il courait de longues distances sans aucun problème.

Anton devina probablement que Jakob avait des doutes sur ce qu'il racontait.

– Je crois bien que personne d'autre n'est au courant. Il n'aurait pas voulu risquer son job en parlant de ça en public. Moi aussi, j'ai promis de ne le dire à personne.

Freysi lui avait expliqué que la maladie pouvait avancer rapidement ou progressivement. La seule chose dont il était sûr, c'était qu'il était malade et qu'il n'avait plus beaucoup de temps devant lui. La dernière fois qu'ils avaient joué au badminton, Freysi avait expliqué à Anton qu'il fréquentait une femme sympathique et qu'il aurait bien voulu lui en parler à elle. Mais pas aux autres.

– J'ai d'abord cru que c'était un suicide. Qu'il ne supportait pas l'idée d'être paralysé.

– Ce n'en était pas un, répondit Jakob, avant d'ajouter : Nous ne pouvons pas encore dévoiler les détails de l'enquête mais nous sommes absolument certains que ce n'était pas un suicide.

Anton acquiesça et eut l'air de se rappeler quelque chose. Il regarda la porte à l'arrière de la salle de classe.

– On partageait un petit bureau là derrière. On y préparait nos cours, pour ne pas emporter notre travail à la maison. Freysi avait aussi un projet personnel. Est-ce que vous souhaiteriez le voir ?

Jakob hocha la tête et Anton ouvrit la porte qui donnait sur une petite pièce de moins de dix mètres carrés. Il n'y avait pas de fenêtre. Un néon au plafond et quelques lampes de bureau étaient les seules sources de lumière. Tous les murs de la pièce étaient recouverts de livres, de classeurs et de tas de papiers.

– Ces livres sont tous à moi. Les archives de Freysi sont ici, déclara Anton en désignant une étagère Ikea qui débordait de papiers et de carnets. Jakob reconnut, au milieu des papiers, quelques ouvrages de biologie. Sur la tranche d'un livre orange était écrit en lettres capitales *Genetics*. Jakob prit le livre en main et le feuilleta rapidement.

– Si vous le souhaitez, je peux vous laisser ici regarder tranquillement. Vous me trouverez dans la salle des profs, si besoin.

Jakob entreprit d'examiner les papiers de Freysi qui traînaient sur la table. Des contrôles qui attendaient d'être corrigés, des rapports de remboursement de frais de déplacement, et quelques magazines sur le running. Au coin de la table, un porte-documents en plastique rempli d'un tas de papiers divers et de documents dans des pochettes plastifiées. Jakob prit le premier tas. Il en comprit aussitôt le contenu grâce à son expérience de professeur de biologie. Les notes manuscrites décrivaient l'héritage génétique. Il continua la lecture des documents et fronça les sourcils. Des lignes généalogiques et des phrases isolées sur une maladie génétique. Très étrange.

Il rassembla les papiers et les rangea dans son sac à bandoulière. Il voulait s'y plonger plus en détail au commissariat.

Puis il se mit à fouiller l'étagère. Beaucoup de feuilles vierges, des reçus et des notes de cours. Sur l'étagère du bas se trouvait un cahier A4 à carreaux, à la couverture bleue. Ses coins étaient cornés. Comme si on avait lu ce cahier très souvent. Un seul mot était écrit sur la couverture : *dagbók*, « journal intime ». Il le posa sur le bureau et alluma la lampe. Les premières pages étaient remplies de texte écrit au stylo mais tout était en islandais. Jakob mit également le cahier dans son sac. Il devrait le donner à Hildur pour qu'elle le lise.

devait avoir quelque chose d'urgent à lui dire. Jakob ôta son manteau qu'il accrocha au portemanteau et enfila des chaussures d'intérieur plus légères que ses grosses bottes.

– L'infirmière qui ne parlait pas anglais a rappelé tout à l'heure. Elle avait des choses intéressantes à raconter, expliqua Hildur lorsqu'ils s'installèrent à leur bureau.

Elle avait imprimé tout un tas de feuilles qui couvraient la table. Un rapide coup d'œil indiqua à Jakob qu'il s'agissait de vieux journaux.

Lian était désolée de ne pas avoir pu répondre au téléphone plus tôt. Elle avait expliqué à Hildur que l'une de ses deux filles qui pratiquaient la gymnastique était tombée pendant ses entraînements et qu'elle avait dû aller à l'hôpital pour se faire opérer. Sa fille allait s'en sortir mais Lian avait dû prendre quelques jours de congé pour s'occuper de ses enfants.

– Lian est infirmière psychiatrique à Kleppur. Elle m'a parlé d'une patiente qu'elle a eue il y a quelques années.

Jakob écoutait les propos de Hildur tout en observant les vieux articles en islandais étalés sur le bureau. Plus sa collègue avançait dans son récit, plus il sentait croître sa déception. Il sentait qu'il avait fait une grosse bourde. Pourquoi, mais pourquoi donc n'avait-il pas pu comprendre ce que lui disait l'infirmière ?

– Je suis vraiment, mais vraiment désolé. On aurait pu avancer tellement plus vite dans l'enquête si j'avais tout de suite compris de quoi il était question.

Hildur posa la main sur la table et leva la tête vers Jakob. Elle le regarda droit dans les yeux.

– Arrête tout de suite. Si on doit trouver un responsable, c'est moi ou Beta, parce qu'on n'était pas là. Tu n'aurais pas dû être tout seul ici. En plus, il y a toujours des cas limites qui nous appellent, leurs conneries entrent dans une oreille pour ressortir tout de suite par l'autre.

Hildur demanda à son collègue de l'écouter jusqu'au bout.

Cela faisait longtemps que Lian travaillait dans le même hôpital. Quelques années plus tôt était arrivée une patiente assez âgée du nom de Marta ; elle venait de vivre des événements familiaux traumatiques. On l'avait hospitalisée en longue durée suite à son état de choc. Lian n'avait pas expliqué plus précisément de quoi il s'agissait, tenue par le secret professionnel. Elle n'avait pas le droit de dévoiler des dossiers médicaux sans autorisation officielle et la police n'en avait pas encore. Lian avait hésité à appeler, parce qu'elle pensait qu'il y avait un risque d'outrepasser ce devoir mais, en apprenant la mort de Heiðar et de Jón, elle s'était dit qu'il était important de parler.

– Je lui ai promis que notre discussion n'avait jamais eu lieu.

Marta avait passé plusieurs années à l'hôpital psychiatrique. Le personnel soignant était quasi certain qu'elle ne retrouverait jamais son état d'avant. Puis tout à coup, environ deux ans plus tôt, un changement brusque s'était produit. Marta avait trouvé la foi. Elle avait commencé à se rendre au cercle biblique de l'hôpital et au moment de recueillement organisé tous les dimanches. Elle ne les ratait apparemment jamais. Elle avait commencé à reprendre des forces à vue d'œil. Cela lui avait fait du bien de trouver la foi. On avait fini par déclarer qu'elle était en assez bonne forme pour ne plus avoir besoin de soins hospitaliers. Elle était sortie de l'hôpital à peu près un an plus tôt.

Hildur arrivait enfin au moment de son récit qui expliquait pourquoi Lian avait appelé.

– Le personnel de l'hôpital a l'habitude de voir des choses de toutes sortes. Ils nettoient soigneusement les chambres des patients mais ne touchent jamais aux effets personnels.

Certains patients avaient coutume de collecter des cailloux dans le jardin et de les conserver sous leur matelas. D'autres découpaient des publicités dans les magazines et les rangeaient dans des enveloppes. Lian avait nettoyé la chambre de Marta de fond en comble après son départ. Elle avait trouvé dans un coin de la penderie un sac poubelle plein de papiers qui devaient sans doute aller au recyclage. Elle y avait jeté un œil.

– Apparemment, par pure curiosité, commenta Hildur.

Les feuilles étaient couvertes d'informations détaillées. Des noms, des adresses, des généalogies, des cartes, des dates, des horaires. Lian s'était dit que ces notes n'avaient aucun intérêt et avait jeté le tout dans la benne à recyclage de l'hôpital.

– Lian se souvenait quand même encore très bien d'un papier en particulier. C'est en rapport avec ça, ajouta Hildur en se penchant pour tendre à Jakob une feuille qu'elle avait imprimée.

Lian avait trouvé dans la penderie de la patiente un vieil article de journal avec un grand portrait de Heiðar accompagné d'un autre homme. Lian s'en souvenait parce qu'il parlait des accusations de détournements de fonds auxquelles faisait face l'ancien directeur financier de la Ligue de gymnastique. Comme ses filles pratiquaient la gymnastique, Lian suivait de près toutes les nouvelles liées à la Ligue. Heiðar était l'avocat de l'accusé.

– Marta avait gardé une copie de cet article dans sa penderie et elle avait écrit dans la marge, en grandes lettres, « Jón » et sous le nom de Jón, « Heiðar ». Il y avait un signe entre les deux qui ne pouvait pas tromper.

Jakob ne comprenait pas où Hildur voulait en venir.

– Un arbre généalogique. C'était un arbre généalogique. D'après le dessin de cette femme, Jón aurait été le père de Heiðar.

– Je ne comprends pas. On a pourtant vérifié le registre de la population. Il n'y avait pas de relation familiale entre eux.

Hildur sourit en répondant à l'étonnement du policier finlandais :

– Tu crois que tout ce qui est écrit dans les papiers officiels, c'est vrai ? Les tests ADN peuvent encore nous dire tout à fait autre chose.

L'image du riche avocat qui avait réussi ne collait pas du tout avec celle d'un pédocriminel qui vivait tout seul dans son chalet scabreux.

– J'avais du mal à y croire moi aussi, au début, expliqua Hildur en tapotant du bout des doigts la surface de son bureau en bois.

Jakob se souvint de ce que Kolfinna, la veuve de Heiðar, leur avait raconté sur le canapé en cuir magnifique de sa maison à Garðabær. Son mari n'avait jamais parlé de ses parents. Il avait voulu les tenir le plus à l'écart possible. Jakob réfléchit un instant et se gratta la barbe.

– Quelqu'un a donc tué le père et le fils. Ça ne peut pas être une coïncidence.

Hildur fit glisser son regard sur les coupures de journaux. Elle se saisit de la page d'un quotidien daté d'octobre 2012, qu'elle tendit à Jakob.

– Les morceaux de l'affaire commencent à trouver leur place. La seule chose qui n'est pas encore claire pour moi, c'est où se trouve Marta ou si on l'a déjà tuée.

Jakob regarda la petite annonce que Hildur avait entourée au feutre. Il ne comprenait pas le texte mais, en voyant le portrait carré, la croix et les dates, il sut qu'il s'agissait d'une nécrologie officielle. La femme sur la photo avait l'air jeune et heureuse. Pleine de vie. Ses longs cheveux blonds étaient coiffés dans un style moderne, un peu plus courts à l'avant. Jakob compara les dates de naissance et de mort. Elle était morte à vingt et un ans.

La coupure de journal dans la main, il lança un regard interrogateur à Hildur.

– C'est la fille de Marta, Valgerður. Elle est morte il y a sept ans.

Chapitre 46

Le Nouveau Testament dit que si quelqu'un veut marcher à ma suite, qu'il renonce à lui-même, qu'il se charge de sa croix et qu'il me suive. Car celui qui est préoccupé de sauver sa vie la perdra ; mais celui qui perdra sa vie à cause de moi, la retrouvera.

J'ai perdu ma vie mais j'ai sauvé tous ceux qui sont restés. J'ai écarté des gens mais j'ai sauvé ceux qui seraient venus après eux.

J'ai rattrapé l'erreur et je l'ai arrêtée.

Il est temps pour moi de partir.

Chapitre 47

Novembre 2019, Ísafjörður

L'atmosphère dans le bureau de Jakob et de Hildur était électrique. Toutes les pièces du puzzle commençaient à prendre leur place depuis qu'ils avaient trouvé le lien entre Jón, Heiðar et Valgerður.

Pendant que Jakob discutait avec les collègues de Freysi, Hildur avait réussi à contacter les parents de Heiðar inscrits sur les documents officiels, qui habitaient depuis longtemps déjà aux États-Unis. Sa mère avait raconté que son mari et elle avaient adopté Heiðar quand il était bébé. Quand celui-ci avait eu dix-huit ans, ses parents avaient déménagé à l'étranger pour le travail et Heiðar s'était installé seul à Reykjavík. Puis la relation avec leur fils s'était refroidie. Ils ne se contactaient que de manière occasionnelle depuis une vingtaine d'années. La dernière fois remontait à au moins cinq ans, avait estimé sa mère au téléphone. Ils avaient appris par la police le décès de leur fils adoptif et comptaient prendre un vol de Boston pour l'Islande la semaine suivante, pour se rendre aux funérailles.

La mère de Heiðar n'avait pas eu de détails sur les

parents biologiques de son fils au moment de l'adoption. Les informations étaient secrètes. Dans un pays de la taille de l'Islande, un secret ne restait cependant jamais bien longtemps caché. Et là non plus. Par la suite, la mère adoptive avait entendu dire, par des connaissances de connaissances, que la femme qui avait donné naissance à son fils était une jeune toxicomane qui n'avait même pas vingt ans et qui avait abandonné son enfant à la maternité avant de suivre sa propre route. Quelques semaines plus tard, on l'avait retrouvée décédée dans le parc de Kjarvalsstaðir dans le centre-ville de Reykjavík. Quant à son père biologique, c'était un alcoolique chez qui la femme logeait parfois dans un appartement dans la rue de Hverfisgata. Heiðar avait été placé en foyer d'accueil et, peu après, il avait été adopté. Jón était son père biologique.

Hildur avait fait les vérifications : dans les années 1980, Jón était bien inscrit dans le registre national à la même adresse que la mère biologique de Heiðar.

Hildur revint dans le bureau avec deux tasses de café. Elle en tendit une à Jakob, qui fit tourner avec sa cuillère les morceaux de sucre restés au fond. Beta s'était jointe à eux un instant plus tôt.

Ils regardaient le schéma qu'ils venaient de dessiner sur le tableau de conférence.

– Marta aussi avait donc réussi à retracer leur généalogie, commenta Beta.

Jón était le père de Heiðar. Valgerður avait été la petite amie de Heiðar. Et Marta était la mère de Valgerður.

Pour retrouver les relations familiales, il suffisait d'avoir Internet. Tous ceux qui ont un numéro de sécurité sociale islandaise sont enregistrés dans le Livre des Islandais, leur arbre généalogique numérique. C'est là qu'on trouve les informations sur les parents et les grands-parents de n'importe qui. Quand on y inscrit son propre numéro de sécurité sociale, on y voit son propre arbre généalogique jusqu'aux premiers Islandais. En quelques clics, on peut trouver les relations qu'on a avec le président de la République, l'éleveur de moutons du fjord voisin ou son propre conjoint.

– C'est quand même sans doute plus compliqué de trouver les liens familiaux quand il y a eu une adoption, commenta Jakob.

Hildur secoua la tête. Elle n'était pas d'accord.

– Ça m'a pris une demi-heure, et ce n'était vraiment pas difficile. La mère adoptive de Heiðar a accepté sans problème de raconter ces vieilles histoires. Avec le temps, tu verras, toi aussi, Jakob, que les gens sont curieux ici, sur cette petite île. On a un proverbe qui a son fond de vérité : Quand trois personnes sont au courant, toute la nation est au courant.

Hildur regarda à nouveau le schéma sur le tableau :

– On a les beaux-parents et les amoureux. Tout le monde est mort sauf peut-être Marta. Où est-elle en ce moment ? Et c'est quoi, le rapport avec Freysi ?

Jakob vida le contenu de son sac sur le bureau. Il disposa le cahier bleu et les papiers pour que Hildur et Beta les voient bien. Il leur rapporta qu'à l'école, il avait discuté avec un collègue de Freysi qui avait eu des choses intéressantes à lui raconter.

– Tu savais que Freysi était malade ?

Hildur caressait la couverture du cahier abîmé. Son geste s'arrêta tout à coup.

– Malade ? Qu'est-ce que tu veux dire ?

Hildur ne savait donc pas. Jakob rassembla ses idées. C'était à lui de lui annoncer la nouvelle.

– Freysi ne voulait pas renouveler son créneau de badminton pour l'année prochaine parce qu'il pensait qu'il ne serait plus capable de jouer, à cause de sa maladie. Il avait apparemment l'intention de t'en parler mais n'a pas dû avoir l'occasion avant…

Hildur froissa le cahier. Sa chaise grinça lorsqu'elle se rapprocha de la table. Elle ouvrit le journal intime de Freysi, appuya ses joues contre ses mains et se mit à lire.

Les observations notées au stylo sur les premières pages étaient plutôt banales : des programmes de running, des informations sur les repas et des remarques sur la météo. Un peu plus loin, ces notes se rapprochaient plus de ce qu'on attendait d'un journal intime. Des réflexions sur les nuits de sommeil et sur l'énergie qu'il avait. Un discours sur la maladie. Hildur reconnaissait l'écriture. C'était le griffonnage habituel de Freysi : à moitié en cursive, à moitié en script. Le texte le plus récent datait de quelques mois. Hildur en lut rapidement quelques passages. Plus elle avançait, plus elle avait du mal à y croire.

Je n'ai plus beaucoup de temps à vivre. Maintenant que j'écris ces mots, cela semble définitif. Le terme de la vie. Mes symptômes qui se sont renforcés ces derniers temps ont enfin trouvé un nom.

Cette hémorragie cérébrale héréditaire est traître. Je contiens en moi depuis ma naissance la possibilité de tomber malade, même si les symptômes n'ont commencé que maintenant. Et quelle était la probabilité que ce soit moi qui tombe malade ? Elle est drôlement faible ! Mais ça ne fait pas rire.

Il n'y a que quelques familles en Islande qui portent

ce gène et, apparemment, cette maladie n'existe nulle part ailleurs dans le monde. D'après mon neurologue, elle serait apparue il y a environ dix générations, au XVI*e siècle, quand un génome d'Islande de l'Est et un génome d'Islande de l'Ouest se sont mélangés. Il s'est produit une mutation génétique dangereuse à ce moment-là.*

Autrefois, la maladie ne se diffusait quasiment pas parce que les gens mouraient très jeunes. Ce n'est pas devenu une maladie courante en Islande à cause de l'espérance de vie qui était beaucoup plus courte qu'aujourd'hui. Ceux qui ont vécu plus longtemps ont diffusé le gène sans le savoir.

Il y a une probabilité de cinquante pour cent que le gène soit transmis du parent à l'enfant…

Aujourd'hui, on connaît mieux la maladie…

Tous les porteurs du gène ne tombent pas malades…

L'esprit de Hildur n'arrivait pas à suivre le rythme de ses yeux. Elle devait lever le regard du texte. C'était quoi, cette histoire de mutation génétique ? Un neurologue ? Freysi allait voir un neurologue ? Elle avait du mal à digérer ce qu'elle venait de lire.

Hildur était plus forte que Freysi aux haltères mais, pour la vitesse et l'endurance, il l'emportait sur elle haut la main. Il courait et s'entraînait, faisait tellement de sport et prenait tous les matins des vitamines. Comment donc pouvait-il être gravement malade ?

Les observations du journal intime semblaient irréelles. Pourquoi est-ce qu'elle ne savait rien ? Elle croyait qu'ils étaient plutôt proches. Mais en même temps… Elle non plus n'avait pas tout raconté à Freysi. C'était sans doute toujours comme ça entre deux personnes. On pensait qu'on voyait beaucoup de choses de l'autre mais, en réalité, on ne voyait que ce qu'on avait décidé de regarder et ce que l'autre voulait bien montrer.

Je ne sais pas si je devrais me féliciter d'avoir vécu si vieux ou au contraire m'abandonner à la peur et être triste d'avoir cette maladie. Je ne sais pas si je l'ai eue de ma mère ou de mon père, car ils sont tous deux morts il y a une éternité. Et ça n'a aucune importance. J'ai l'impression d'être une bombe qui marche. Il n'y a rien de bien dans cette situation, si ce n'est que je n'ai jamais eu d'enfants. Heureusement que je n'ai jamais eu envie d'en avoir.

Et heureusement que je n'ai pas rencontré Hildur plus jeune. Elle est spéciale. Avec elle, tout aurait pu se passer différemment. Les enfants, aussi. Oh, qu'est-ce que c'est injuste, merde ! Il faut absolument que je lui en parle bientôt.

Les notes s'arrêtaient là. Hildur feuilleta le reste du cahier mais il n'y avait rien d'autre. Elle ressentait quelque chose de bizarre et d'inopportun. Comme un déversement de bonheur. Sa réaction émotionnelle lui fit peur. Elle était complètement inappropriée. Comment pouvait-elle se sentir heureuse alors que c'était de l'autre côté de la tombe qu'on lui faisait cette déclaration d'amour ? Est-ce qu'elle avait le droit de se réjouir d'un truc pareil ?

Hildur leva les yeux du journal intime et fixa le mur d'en face. Ses collègues la regardaient d'un air interrogateur mais elle n'arrivait pas à dire un seul mot.

– J'ai trouvé ça aussi dans son bureau, ajouta Jakob en montrant les papiers qu'il avait rapportés.

Hildur se saisit de la liasse et la feuilleta rapidement. Elle reconnut les documents. Elle les avait regardés dans la cuisine de Freysi quelques semaines plus tôt. Il avait essayé de lui parler de sa généalogie mais on l'avait appelée et l'alerte à Súðavík les avait interrompus.

Beta jeta un œil aux papiers par-dessus l'épaule de

Hildur. Les schémas avaient l'air étranges. Elle n'y comprenait rien.

– C'est une description de l'héritage génétique, des gènes, expliqua Jakob avant qu'aucune des deux femmes n'ait le temps de rien demander. J'ai travaillé comme prof de bio avant d'aller à l'école de police, c'est des trucs que je connais.

Jakob expliqua à ses collègues qu'il avait superficiellement interprété les schémas. Il pensait que Freysi savait que le gène se transmettait du parent à l'enfant avec une probabilité de cinquante pour cent. Il avait donc reçu le gène d'un de ses parents. Même si Jakob n'était pas spécialiste de génétique, il avait un peu étudié les traits spécifiques de ce type de maladies.

– En Finlande aussi, on a quelques maladies génétiques locales, qui sont causées par des erreurs génétiques comme celle-ci.

Il y a toujours eu des mutations génétiques mais, dans des pays comme la Finlande ou l'Islande, où les génomes sont restés particulièrement homogènes dans certaines régions, on a pu mieux les étudier. Quand une certaine partie de la population partage un nombre limité d'ancêtres, il est plus facile de localiser les mutations génétiques. La Finlande avait autrefois été aussi isolée que l'Islande. Les gens avaient vécu pendant des siècles dans des groupes assez réduits.

– Dans le nord de la Finlande, il y a une commune dont une partie des habitants porte un gène qui augmente fortement le risque de schizophrénie. Si un enfant reçoit ce gène, que ce soit de la mère ou du père, il a un risque deux fois plus élevé d'être atteint de schizophrénie. Freysi avait une maladie liée à la circulation du sang dans le cerveau.

Hildur s'agita. Elle se leva de son bureau et fit quelques pas vers la fenêtre. Elle observa le paysage bleu qui s'ouvrait devant elle. Il faisait soudain un temps très calme. Les montagnes qui se dressaient au bord du fjord se reflétaient sur la surface lisse de la mer. Celle-ci répétait leurs formes et les nuances du ciel. Hildur voyait en même temps deux réalités identiques. Elle pensa à haute voix :

– Freysi est mort prématurément. Est-ce que c'était à cause de ses gènes ?

Chapitre 48

Novembre 2019, Bolungarvík

C'était comme si un géant s'était saisi d'une grosse masse pour creuser un trou dans la montagne. D'abord, on entendait un petit grondement. Son rythme accélérait, son intensité augmentait. Puis un silence parfait, et… boum ! Le bruit sourd résonnait contre les roches du rivage, jusqu'à diminuer et disparaître complètement dans l'océan. Une dizaine de secondes passait et le grondement recommençait.

Hildur sentit la puissance de la vague de tous les côtés de son corps. Si elle se trompait et qu'elle se retrouvait au milieu des tourbillons des flots, elle se serait écrasée contre les rochers cachés sous la surface. Mais cela ne lui faisait pas peur. Elle n'avait rien à craindre dans l'océan, parce qu'elle savait le maîtriser. Elle connaissait les vagues, les courants marins, le vent et les mouvements de sa planche de surf.

Jakob, Beta et Hildur étaient restés travailler tard la veille au soir. Ils avaient cherché les coordonnées de Marta pour la contacter. Elle savait peut-être quelque chose sur les meurtres – ou alors, elle était elle-même en danger. Sa propre fille, l'ancien petit ami de celle-ci et le père de celui-ci étaient en effet morts. Ils avaient cependant dû faire une pause dans l'enquête, on les avait appelés depuis le bar. Il fallait régler une dispute qui s'était transformée en bagarre. Jakob, Beta et Hildur étaient obligés de s'y rendre parce qu'aucun des membres de la patrouille n'était libre. L'un avait une alerte domestique et l'autre s'occupait d'un accident dans le fjord voisin.

Quand ils avaient enfin pu rentrer chez eux, il était déjà presque deux heures. Ils étaient convenus de dormir une bonne nuit avant de reprendre l'enquête le lendemain matin.

Hildur avait dû partir s'éclaircir les idées en mer. Elle ne voulait même pas imaginer tout ce qu'il pouvait encore arriver. Trois personnes étaient décédées de mort violente. Elle avait perdu son ami. Un espoir s'était réveillé à propos du destin de ses petites sœurs. C'était une minuscule flamme qui vacillait mais Hildur comptait la garder en vie. Elle avait reçu l'autorisation de Beta pour rouvrir l'enquête. À cause des os qu'on y avait déterrés, il y avait des raisons de soupçonner que la fosse d'Ögurvík était une tombe, et on y avait bien retrouvé des objets qui avaient appartenu aux enfants disparues. Beta avait été surprise, presque choquée de la découverte. Elle aussi connaissait l'affaire de loin. Elle avait promis que si les analyses révélaient de nouvelles informations sur la disparition, on trouverait bien de l'argent. Une vieille affaire de plus vingt ans n'était pas en haut de la liste des priorités mais Hildur pourrait utiliser son temps de travail pour la résoudre. Celle-ci avait accepté les conditions et aussitôt envoyé les os et les vêtements sortis du sac plastique à Hákon-à-la-Hache à Reykjavík pour qu'il les analyse. Ce dernier avait promis de s'atteler à la tâche dès qu'il aurait un moment de libre au travail.

En se réveillant, Hildur avait d'abord regardé la météo, puis le site de prévision des vagues dont s'occupait l'agence publique Vegagerðin, où l'on rassemblait les informations sur la mer et la navigation. La hauteur des vagues était d'un bon mètre. Si elles étaient trop hautes, elles se brisaient plus loin sur le rivage et on ne pouvait pas surfer. Le meilleur temps pour le surf dans le fjord était en général quand le vent était calme et les vagues pas trop hautes.

Hildur avait installé sa planche de surf sur le toit de Brenda, jeté sa combinaison dans le coffre et était partie en direction de l'ouest. Quand il avait fait moins noir et qu'elle avait commencé à distinguer des silhouettes, Hildur était entrée dans la mer avec sa planche. Bien sûr, il aurait mieux valu ne pas partir seule. Tout pouvait arriver. Elle pouvait se cogner la tête contre son surf, avaler trop d'eau de mer ou se tromper en évaluant la puissance d'une vague.

Si quelque chose se produisait, personne ne serait là pour l'aider. Le sentiment du danger était toujours présent et c'était peut-être précisément pourquoi elle adorait ce sport. Quand elle réussissait à maîtriser le danger, elle pouvait se contrôler elle-même.

On avait allumé la lumière aux fenêtres des maisons du village de pêcheurs dans la crique voisine. Quelques grands corbeaux se tenaient sur les rochers du rivage et regardaient Hildur. Un peu plus loin, deux bateaux de pêche se dirigeaient vers la haute mer. Le bruissement des vagues passait à travers la capuche en néoprène chauffante qu'elle avait sur la tête.

Hildur vit une vague parfaite déferler. Elle ne devait faire qu'un mètre de haut mais elle avait une longueur fantastique. Hildur tourna sa planche en direction de la plage et se mit à ramer vigoureusement avec ses mains. La crête de la vague se rapprochait et Hildur se mit agilement debout. À ce moment-là, elle ne pensait à rien d'autre qu'à cette vague qu'elle allait prendre sous son contrôle.

Le pied droit devant, le gauche, derrière. Elle avait toujours la même position. Puis la vague se mettait à la pousser. Doucement vers l'avant, en diagonale vers la plage. La vague était puissante et Hildur ne pouvait pas l'arrêter. Mais pendant un petit instant, elle pouvait la contrôler. Pendant quelques dizaines de secondes, elle conduisait la vague précisément là où elle voulait aller.

Si on se disputait avec la mer, celle-ci gagnait toujours. Si une grosse vague surprenait Hildur et qu'elle se retrouvait avalée par celle-ci, il n'y avait rien d'autre à faire que se calmer. Le silence était souvent la plus grande des forces.

En novembre, le soleil ne se levait de derrière la mer que pour un bref moment. Les montagnes de Hornstrandir, couvertes de neige, paraissaient particulièrement éclatantes sous les rayons du soleil. Elles se dressaient loin du côté de la baie et se dessinaient contre le paysage obscur comme un grand fantôme blanc.

C'est alors qu'une pensée submergea l'esprit de Hildur comme une vague. Elle retourna sa planche et rama avec rage vers la rive. Elle tourna la tête en arrière et vit une vague se rapprocher. Elle était petite mais elle la conduirait plus vite sur la plage. Hildur se releva sur sa planche. Elle devait retourner rapidement à sa voiture.

Elle venait de se rappeler quelque chose d'important.

Chapitre 49

Novembre 2019, Ísafjörður

Hildur s'était changée sur la banquette arrière de sa voiture et avait pris la route la plus directe de la baie de Bolungarvík au commissariat. Elle démarra son ordinateur, ouvrit sa session et trouva bientôt ce qu'elle cherchait.

Non. Elle ne s'était pas trompée.

L'été dernier, une jeune femme était morte dans la réserve de Hornstrandir. Hildur avait lu la nouvelle pendant l'été mais n'y avait pas accordé plus d'attention que cela. Elle relut l'article. Il était très bref. La jeune femme faisait de la randonnée toute seule et elle était morte dans son sommeil. Elle avait passé la nuit dans un abri pour randonneurs dans la région de Hesteyri. Elle souffrait d'apnée du sommeil et on avait soupçonné que la cause du décès était un accident vasculaire cérébral dû à ce syndrome. Le corps avait été transporté à Reykjavík en hélicoptère.

Hildur referma l'article et chercha le rapport d'autopsie dans la base de données de la police. Avant même de le lire, elle savait déjà ce qu'elle y verrait. On avait trouvé quelques cheveux blonds dans la bouche de la jeune femme. Hildur regarda qui était le médecin en charge de l'autopsie. Ce n'était pas Hákon-à-la-Hache. Hildur ne reconnaissait pas son nom. Daniel Hilmarsson. Elle vérifia. L'autopsie avait été faite mi-juillet, il s'agissait donc sans doute d'un remplaçant pour l'été. La plupart des Islandais prenaient leurs congés au mois de juillet. Hildur appela Hákon-à-la-Hache. Il répondit au bout de la cinquième sonnerie.

– Salut, Hildur. Je n'ai pas encore eu le temps de regarder ce que tu m'as envoyé, se hâta-t-il de dire.

Hildur le rassura.

– Ce n'est pas pour ça que j'appelle.

– Et merci pour les bouteilles de jus. Excellent, comme d'habitude.

Hildur aurait bien discuté plus longtemps avec Hákon mais, cette fois-ci, l'affaire était urgente.

– C'était bien un certain Daniel qui te remplaçait en juillet dernier ?

Hildur avait bien deviné.

– Oui, un interne très sympathique, passionné par son travail. J'espère qu'il prendra ma succession quand je retrouverai ma liberté.

– Je viens de relire un rapport d'autopsie, et devine quoi : on a trouvé des cheveux blonds dans la bouche d'une jeune femme décédée l'été dernier.

– Oh putain, pour de vrai ?

Hákon-à-la-Hache eut l'air surpris. Et il y avait de quoi. Ils avaient très probablement trouvé une nouvelle victime. Il promit de discuter sans tarder avec son remplaçant et de la rappeler après.

Hildur essaya de faire passer le temps. Elle appuya son front contre la fenêtre de son bureau et sentit sur sa peau la fraîcheur de la vitre. La météo avait fait un tour complet depuis le matin. Le vent du sud s'était renforcé. Il avait rassemblé dans le ciel d'épais nuages. Cela annonçait un temps gris et doux. Bientôt, il recommencerait à pleuvoir de la neige fondue. Hildur se leva sur la pointe des pieds en comptant jusqu'à trois. Elle s'arrêta puis redescendit en comptant à nouveau jusqu'à trois. Elle répéta le mouvement une vingtaine de fois.

Jakob se retourna sur sa chaise et regarda sa collègue.

– Tu vas bien ?

– Je fais des exercices pour les mollets.

Hildur aimait faire quelque chose d'utile quand il y avait des moments creux. Trois séries de vingt mouvements des mollets par jour amélioraient la circulation du sang dans les jambes et augmentaient leur force musculaire.

Jakob secoua la tête et revint à son ordinateur. Hildur termina sa série d'exercices et se resservit du café. Son téléphone sonna.

– J'ai eu Daniel. Il se souvenait bien de l'affaire. Lísa était la seule jeune femme dont il ait fait l'autopsie l'été dernier.

Daniel n'avait pas fait plus attention que cela aux cheveux trouvés dans sa bouche. Comme Lísa était blonde, il s'était dit qu'il s'agissait des cheveux de la défunte elle-même et qu'ils avaient glissé dans sa bouche alors qu'elle dormait. Cela n'avait rien d'extraordinaire, d'autant que la jeune femme était morte pendant son sommeil.

Après avoir raccroché, Hildur résuma à Jakob les nouvelles informations sur Lísa. Jakob avait déposé sur son bureau le pull qui était terminé et mettait en ordre les restes de laine au fond de son sac. Hildur trouvait le jacquard magnifique : il donnait une impression générale pleine de délicatesse mais le dessin était particulièrement puissant.

Jakob eut soudain l'air de se rappeler quelque chose. Il se leva et demanda à Hildur de le suivre. Ils longèrent le couloir jusqu'au hall du commissariat. Le plus grand mur était décoré d'une carte des Fjords de l'Ouest. Jakob y rechercha l'endroit dont Hildur avait parlé et y posa son doigt.

– Je me rappelle que tu as parlé de cette région un jour, en passant. Tu y allais avec ta tante pour les vacances ou quelque chose comme ça. Je viens juste de penser à un truc…

Jakob remonta ses manches et regarda la carte d'encore plus près.

– … c'est que le seul moyen d'y aller, c'est en bateau.

Hildur acquiesça. On ne pouvait pas se rendre dans la réserve naturelle en voiture et les petits avions ou les hélicoptères ne s'y posaient que dans des cas très exceptionnels.

Elle comprit où Jakob voulait en venir.

– Oh, mais bien sûr, tu as raison !

Lísa avait passé la nuit dans un petit chalet. Il y en avait quelques-uns dans la réserve naturelle pour les randonneurs avec leurs sacs de couchage, et ils étaient en général tous pleins au milieu de l'été, quand les Islandais s'entassaient dans la région pour les vacances. D'autres voyageurs avaient dû passer la nuit au même endroit. Il fallait les interroger.

– Les Voiliers, le Transport à Voile de Gunnar, les Voyages en Mer et les Aurores Boréales. Ce sont les quatre entreprises qui opèrent tout le trafic maritime entre la ville et la réserve naturelle, expliqua Hildur en écrivant les numéros de téléphone qu'elle connaissait par cœur dans une page de son carnet qu'elle arracha et tendit à Jakob.

– Demande la liste de tous les passagers des jours qui ont précédé la mort de Lísa. On va appeler les touristes. L'un d'entre eux l'a certainement vue.

Ils passèrent l'heure et demie suivante au téléphone. Selon les compagnies, il y avait eu lors de cette journée de juillet près de cinquante touristes qui avaient passé la nuit dans la réserve. Hildur et Jakob les appelèrent tous. La plupart dirent qu'ils avaient fait le même trajet que Lísa. Ils avaient pris le bateau jusqu'à la côte de Fljótavík et traversé le col jusqu'à Hesteyri, où se trouvait le plus important groupe de chalets de la région. Personne n'y vivait plus depuis des décennies. Les derniers habitants avaient quitté l'endroit dans les années 1950. À présent, ces petits chalets en bois étaient utilisés l'été. Il n'y avait dans la réserve ni électricité, ni tout-à-l'égout ou réseau téléphonique.

Presque tous ceux avec qui Jakob et Hildur discutèrent se rappelaient l'affaire. L'histoire de la randonneuse décédée était arrivée jusqu'aux autres touristes qui avaient visité l'endroit. La plupart dirent cependant avoir passé la nuit dans leur propre tente et ne se rappelaient pas avoir vu la jeune femme.

Le téléphone fixe de Jakob se mit à sonner. Hildur attrapa le combiné.

– Police d'Ísafjörður.

– Bonjour, ici Margrét. La police, vous dites ? Vous venez de m'appeler ? Derrière la voix de la femme, on entendait vaguement des enfants. Je suis à la maison avec mes enfants malades et je n'ai pas pu tout de suite vous répondre.

Hildur se présenta. Elle expliqua qu'ils enquêtaient sur l'affaire de la jeune femme décédée l'été dernier à Hornstrandir.

– D'après les listes de voyageurs, vous étiez dans la réserve en même temps.

Il y eut un bref silence à l'autre bout de la ligne. La femme devait changer de pièce pour pouvoir parler sans que ses enfants entendent. Elle indiqua ensuite qu'elle partait en randonnée tous les étés avec ses sœurs.

– Nous voulions voir les falaises, dit Margrét.

– Est-ce que vous avez rencontré Lísa sur votre route ? La jeune femme en question ?

– Oui. Nous avons passé la nuit dans le même chalet. Mes sœurs et moi. Nous avons mangé ensemble de la soupe de poisson. Enfin, elle avait déjà dîné quand nous sommes arrivées. Je me souviens encore de la soupe, elle était vraiment délicieuse.

Les trois sœurs étaient parties tôt le lendemain matin pour continuer leur randonnée vers le fjord suivant. Ce n'était que plus tard qu'elles avaient entendu dire que la fille qui avait dormi dans le même abri était morte pendant la nuit. Les quatre femmes auraient dû partager une chambre où il y avait deux lits superposés, une petite table de nuit et une penderie. Mais le soir, la propriétaire du chalet était venue dans la chambre et avait expliqué qu'il y avait eu des punaises dans un lit et qu'il valait mieux ne pas y dormir. C'était celui de Lísa.

– On a trouvé ça un peu bizarre mais on n'a quand même rien dit.

– Qu'est-ce qui était bizarre ? demanda Hildur.

– Eh bien, la femme a proposé un lit à Lísa de

l'autre côté du chalet, dans sa chambre à elle. Lísa était contente, à cause des punaises, mais nous, on trouvait ça un peu bizarre.

Elle avait suivi la propriétaire de l'autre côté du chalet et les trois sœurs ne l'avaient pas revue après.

– Est-ce que vous vous souvenez à quoi ressemblait la propriétaire ?

Margrét répondit positivement puis fit une petite pause. On aurait dit qu'elle essayait de se remémorer les événements de l'été.

– Elle était particulièrement forte pour une femme de son âge. Elle tirait son bateau sur le rivage toute seule et construisait une barrière avec de gros rochers autour de son chalet. On admirait sa puissance, avec mes sœurs. Je pense qu'elle avait à peu près l'âge de ma mère, elle devait avoir soixante ans. Grande, et un peu, euh, malpropre. Les cheveux ébouriffés et des vêtements pas très soignés.

– Vous vous rappelez son nom ?

– Oui. Elle s'appelait Marta.

Chapitre 50

Hildur sentait sa voiture trembler sous la puissance de la bise. Le capitaine qui avait accepté de les transporter avait assuré que la force du vent diminuerait d'ici deux heures de l'après-midi. Après, ils pourraient traverser la mer jusqu'à Hesteyri. Il y avait une bonne heure de navigation.

Hildur, Beta et Jakob avaient essayé de trouver où Marta était domiciliée mais celle-ci n'avait pas eu d'adresse permanente après son départ de l'hôpital. Elle n'avait pas signé de contrat d'électricité et aucune voiture n'était à son nom. Elle n'avait pas de carte de crédit, de banque en ligne ou de téléphone portable. C'était comme si Marta n'existait plus depuis ses années à l'hôpital.

Margrét avait parlé d'un chalet pour quatre voyageurs. Il fallait y passer le plus rapidement possible. Le capitaine qui attendait au port avait repoussé le départ à cause du vent. Ils auraient pu demander l'aide des gardes-côtes d'Islande mais cela aurait été un peu exagéré, car ils n'avaient pas de raison de soupçonner que quelqu'un était en danger de mort à cet instant précis. Le capitaine avait décidé de partir deux heures plus tard. Il fallait s'en contenter. La météo avait toujours le dernier mot.

En attendant que le temps se radoucisse, Hildur était partie avec Jakob chez sa tante Tinna.

Celle-ci connaissait bien Hesteyri. Hildur avait treize ans quand elle était allée pour la première fois dans la réserve de Hornstrandir avec sa tante. Elle se souviendrait probablement toute sa vie de cet été-là. C'était le premier après la disparition de ses sœurs. Hildur et sa tante avaient ainsi commencé une tradition qui avait perduré jusqu'à ce que la jeune fille parte étudier à l'université.

Hildur avait éprouvé un coup de foudre pour l'environnement lors de cette semaine de vacances. Quand elle s'était retrouvée au bord de la vallée verdoyante, qu'elle avait observé le bruissement de l'herbe et senti la présence des montagnes majestueuses, la nature lui avait parlé et elle avait eu envie d'écouter. Debout au milieu des paysages mélancoliques, elle ne se sentait plus seule, ni malheureuse. Elle avait connu un moment de puissance sereine, où toutes les autres choses paraissaient secondaires.

Hildur et sa tante s'étaient rendues dans la réserve en bateau depuis Ísafjörður. Elles avaient dormi chez une bonne amie de Tinna qui avait à sa disposition un vieux chalet en bois au bord de la mer. Tinna connaissait mieux les abris de la réserve que Hildur.

– Bonjour Tata, on est arrivés, s'écria Hildur.

L'odeur du café tout juste moulu remplissait l'entrée.

– Venez donc. Je mets des tasses sur la table.

Tinna mit la machine à café en marche et embrassa

Hildur. Puis elle embrassa Jakob et lui attrapa les deux joues.

– Tu as l'air d'être un beau gosse, déclara-t-elle sans même essayer de cacher son enthousiasme.

– Oui, c'est mon collègue Jakob, le Finlandais, expliqua Hildur à sa tante.

– Bien sûr que je le savais. Je raconte des bêtises. Mais asseyez-vous donc.

Hildur remarqua que sa tante avait mis sur la table ses plus belles tasses. Tinna versa du café et proposa à ses hôtes du gâteau de Noël. La pâtisserie avait un glaçage au goût de cannelle et était fourrée de crème blanche. On n'en trouvait d'habitude dans les magasins qu'au cœur de l'hiver. Mais apparemment, maintenant dès le mois de novembre. Avec son emballage vert, le gâteau était le signe indéniable que Noël approchait.

– Qu'est-ce qui vous amène jusqu'ici ? demanda Tinna.

Hildur expliqua qu'ils s'intéressaient à Hesteyri.

– Écoute, est-ce que par hasard tu te rappellerais une femme du nom de Marta ?

Tinna tâta la table. Jakob l'aida en poussant la pelle à tarte dans sa direction. Tinna se coupa une grosse part du gâteau à l'odeur de cannelle et eut l'air de réfléchir à la question.

– C'est en rapport avec notre travail. On voudrait la contacter.

– Marta... Oui, bien sûr que je me souviens d'elle. La maison de sa famille se trouvait juste à côté du chalet de mon amie. Elles partageaient une arrivée d'eau.

Après le départ des derniers habitants de Hornstrandir dans les années 1950, leurs chalets avaient continué à servir de maisons de vacances. Il n'y avait pas l'eau courante dans la plupart. Certains résidents estivaux avaient cependant construit à la surface du sol un réseau de tuyauterie qui conduisait l'eau des torrents de montagne jusqu'à l'intérieur des chalets.

– Quand les parents de Marta sont décédés, le chalet lui est revenu. Elle y passait tous les étés et avait commencé déjà dans sa jeunesse à louer des lits aux voyageurs.

Tinna se souvenait qu'il s'agissait d'un lieu populaire auprès des Islandais. Marta n'en avait jamais fait la promotion. Tout le monde connaissait simplement son existence et on faisait les réservations par l'intermédiaire des entreprises de transport maritime.

Tinna se leva et alla dans le salon. À la télévision, qui était allumée, il y avait la rediffusion d'une série de téléréalité qui se passait sur une île tropicale. Tinna ouvrit le tiroir qui se trouvait sous la télévision. Elle se pencha pour y chercher quelque chose.

Jakob se rapprocha de Hildur et lui demanda à voix basse, presque en chuchotant :

– Pourquoi tu ne m'as pas dit que ta tante était aveugle ?

Hildur ne comprit pas la question. Pourquoi est-ce qu'elle aurait dû le lui dire ? C'était une chose tout à fait normale pour elle, maintenant. La vue de Tinna avait commencé à baisser fortement une vingtaine d'années plus tôt et, bientôt, sa tante avait complètement perdu la vue.

– Je ne sais pas. Est-ce que j'aurais dû te dire qu'elle est brune, aussi ?

Jakob eut l'air de comprendre la pique. Il fit un sourire de conciliation, servit plus de café et laissa tomber le sujet.

– Tu voudras peut-être voir ça, dit Tinna à la porte.

Elle tenait un album photo marron, dont la couverture était décorée d'un entrelacs de roses argentées et du chiffre de l'année 2000.

Tinna se rassit, tendit l'album à Hildur et lui dit de regarder les photos de l'été.

Le temps avait collé les pages en plastique de l'album les unes aux autres. Hildur les sépara en faisant attention à ne pas déchirer la pellicule de protection qui recouvrait les photographies. Cela faisait longtemps qu'elle n'avait pas regardé des photos traditionnelles.

Les photos de l'été se trouvaient à la fin de l'album. Hildur le rapprocha pour les observer de près. Elle y voyait l'insouciance de l'été. Le soleil brillait, la mer était bleue et, sur toutes les clichés, les gens avaient l'air détendus et de bonne humeur. Une partie était en surexposition mais elle parvenait tout de même à reconnaître Tinna ainsi qu'elle-même.

– Waouh, c'est toi, là ? demanda Jakob.

Sur la photo qu'il montrait du doigt, Hildur portait un short en jean et un chemisier de flanelle à rayures bleues et blanches qu'elle avait noué au dessus du nombril. Elle avait deux macarons sur les côtés.

Hildur sourit.

– Influence notable des Spice Girls.

Elle continua à feuilleter l'album. Tinna et elle dans le bateau en direction de Hesteyri, Tinna et elle devant le chalet en train de prendre le soleil en tee-shirt.

– Il devrait y avoir une photo avec quatre femmes dans la cour. On émincait de la rhubarbe et un passant a voulu prendre une photo de nous avec ton appareil.

Hildur la trouva. Elles étaient assises dans la cour, sur un banc renversé, et, devant elles, il y avait deux grands seaux en plastique remplis de morceaux de rhubarbe. Un tas de grosses feuilles épaisses était empilé à côté du banc. Hildur avait remonté les manches de son chemisier en flanelle et arrachait la feuille d'une tige de rhubarbe. Tinna était assise à côté d'elle et avait porté une main au front pour protéger son visage du soleil.

– C'est qui, les deux personnes à côté de nous ? demanda Hildur.

Il y avait une femme de l'âge de Tinna. Elle avait un rire franc et regardait droit dans la caméra. Son débardeur dévoilait ses bras musclés. Elle avait dans une main deux longues tiges de rhubarbe et dans l'autre, elle tenait fermement un couteau qui paraissait aiguisé. Elle avait l'air en même temps extrêmement puissante et douce. À ses pieds, une fillette qui devait aller à l'école primaire était assise dans l'herbe. Elle utilisait une feuille de rhubarbe comme parasol et riait franchement, elle aussi.

– C'est Marta et sa fille Valgerður. Elles ont passé un été à Hesteyri en même temps que nous. C'était un bel été, pour nous toutes, se remémora Tinna en portant la tasse de café à ses lèvres.

Hildur réfléchit. Elle ne se rappelait pas avoir jamais rencontré les gens sur la photo, mais ce n'était pas étonnant. À Hesteyri, il y avait beaucoup de touristes islandais l'été. Tinna ajouta que Marta et Valgerður étaient très proches l'une de l'autre.

– C'était plus qu'un simple rapport mère-fille, je dirais. Leur relation était très intense. Elles allaient toujours ensemble, elles complétaient les phrases l'une de l'autre, et c'était comme si elles étaient faites de la même pousse.

Hildur porta son attention sur les cheveux magnifiques

de la petite fille. Ils lui descendaient à la moitié du dos. Ils étaient épais comme une cascade et blonds comme l'avoine tout juste mûrie.

Tinna posa sa tasse sur la soucoupe, ce qui provoqua un petit cliquetis. Elle était plus sérieuse.

– Une histoire terrible s'est produite plus tard. Tu devais habiter à Reykjavík à l'époque. Tu ne t'en souviens sûrement pas.

Il y avait eu une année riche en événements. Valgerður avait eu un enfant avec un homme de Reykjavík. Celui-ci était marié mais il avait promis de quitter sa femme quand Valgerður aurait accouché. L'enfant était tout de même mort très jeune. Il n'avait même pas deux ans. On lui avait diagnostiqué une maladie génétique très rare qui touchait le cerveau. Sa mort avait été un choc si rude pour la jeune mère qu'elle ne s'en était jamais remise. Valgerður s'était suicidée.

– Marta a perdu la tête après le suicide de sa fille et la mort de sa petite-fille. Elle a passé pas mal de temps à l'hôpital psychiatrique. Je n'ai pas eu de ses nouvelles après. Son chalet est resté vide à Hesteyri.

Ils demeurèrent un instant silencieux autour de la table. L'horloge faisait tic-tac. L'émission sur l'île paradisiaque était terminée, la télévision diffusait maintenant la météo de l'après-midi. Alerte tempête dans les régions maritimes du nord-ouest dans la soirée.

On avait diagnostiqué à l'enfant une maladie génétique rare qui touchait le cerveau, répéta Hildur en silence. L'enfant commun de Valgerður et Heiðar. À cet instant, la nécrologie qui avait torturé son esprit prit tout son sens.

Mes yeux et tes yeux
Oh, ces belles pierres
Ce qui est mien est tien et ce qui est tien est mien
Tu vois ce que je veux dire.
Je suis désolé, pour tout. Nous n'avons même jamais pu nous voir.

Maintenant, Hildur comprenait cette formulation étrange. Heiðar ne parlait pas de Valgerður. Il parlait de son enfant, qu'il n'avait jamais vu ! Il demandait pardon d'avoir lui-même provoqué cette mort. À cause de ses gènes.

Hildur se leva en hâte et enfila son manteau. Il était temps d'aller à Hesteyri.

Chapitre 51

Novembre 2019, Hesteyri

Le capitaine du bateau entrouvrit son hublot de quelques centimètres pour faire entrer de l'air frais dans la cabine et éviter que les vitres ne s'embuent à cause de leur respiration. L'embarcation était vraiment petite. Hildur, Jakob et Beta étaient assis côte à côte sur un banc de faux cuir attaché au mur de la cabine. Entre le banc et le capitaine, il y avait une petite table étroite sur laquelle était collée avec du plastique adhésif la carte maritime du fjord d'Ísafjörður.

Hildur ouvrit son manteau pour soulager son mal-être. Beta raconta qu'elle allait souvent randonner dans la réserve de Hornstrandir l'été, avec sa famille. Son mari était un photographe amateur passionné et aimait prendre des photos des renards polaires.

Il faisait trop chaud dans la cabine mais le pont n'était pas plus accueillant. Alors que la petite embarcation avançait sur la mer contre le vent, il suffisait d'une petite vague pour que le pont soit recouvert d'eau glacée.

– On a environ quatre heures avant que le vent ne se

renforce à nouveau, déclara le capitaine à la barre, vêtu d'un épais pull, d'un jean et d'une casquette.

Plus le bateau s'éloignait du port, plus il était violemment ballotté par les flots. Ce mouvement de l'embarcation résonnait jusqu'au fond du ventre. Heureusement, le trajet ne durerait que trois bons quarts d'heure.

– On aurait quand même peut-être pu voir ce schéma plus tôt, commenta Hildur.

Tous les chemins avaient finalement conduit à Jón.

– Ce qui m'énerve le plus, c'est que je n'ai pas tout de suite compris le rôle de Freysi dans l'histoire, soupira Hildur en dessinant des lignes sur la table avec son index.

Hildur savait que Freysi était fils unique et que ses parents étaient très âgés quand ils l'avaient eu ; ils étaient déjà morts depuis un certain temps quand ils avaient commencé à se fréquenter. C'était tout ce que Freysi lui avait raconté sur sa famille. Hildur se maudissait de ne pas avoir compris plus tôt que le père de Freysi, Gunnar, était le frère de Jón. Cela n'avait rien de surprenant que les habitants de la même petite ville soient de la même famille. Ce qui était étonnant, c'était que ce ne soit pas une information connue de tout le monde.

– Ne te fais pas des reproches pour rien. Il y a eu tellement de rebondissements dans cette affaire. Peut-être que les parents de Freysi avaient fait exprès de prendre de la distance avec Jón, qui était un type bizarre, la consola Jakob en regardant la mer par le hublot.

Hildur tourna la tête vers son collègue qui était blême. Cela lui faisait du bien que Jakob la comprenne.

– Les documents de Lísa disaient qu'elle souffrait d'apnée du sommeil. J'ai cherché tout à l'heure des informations sur les accidents vasculaires cérébraux et j'ai trouvé une étude selon laquelle les patients qui en ont souffert font de l'apnée du sommeil plus souvent que la moyenne. Lísa portait probablement le même gène que Freysi, dit Jakob. Et que Heiðar, et l'enfant de Valgerður.

Soudain, son visage devint tout blanc. Le mouvement de balancier du bateau était trop violent pour lui qui n'avait pas l'habitude des trajets en mer. Il attrapa un sac dans le tiroir de la table, l'ouvrit et vomit. Bientôt, le bateau ralentit sa course et s'approcha du rivage.

– Terminus, déclara laconiquement le capitaine, en enfonçant sa casquette.

Ils voulaient visiter l'ancien chalet de Marta, qu'on voyait sur la photo de Tinna et où Lísa était décédée l'été dernier.

Hildur et Jakob montèrent à la suite de Beta sur le ponton en bois, devenu tout gris. Des algues pendaient comme des poils de sa structure. À côté du quai reposait un petit bateau à moteur. On l'avait tiré sur le rivage et attaché à de gros rochers avec des cordes.

Ils restèrent un instant sur place pour observer l'environnement. Entre la côte et les montagnes enneigées qui s'élevaient à l'arrière, il ne se trouvait qu'une bande de quelques centaines de mètres de terrain plat. Le paysage était nu, il n'y avait pas d'arbres. Le vent avait rassemblé la neige en congères et une partie des chalets était ensevelie dessous. Ceux-ci se dressaient comme de petits abcès.

On les avait jetés le long du rivage de façon aléatoire. La plupart étaient des bâtiments blancs en bois avec un toit en tôle rouge. On chauffait les chalets au mazout. Peu de gens avaient les moyens de chauffer au bois, car cela coûtait cher et c'était compliqué à rapporter en bateau.

Tinna avait expliqué que le chalet de Marta était noir et qu'il se trouvait sur une pente douce. Hildur examina avec attention chacune des maisons jusqu'à ce qu'elle trouve celle qu'elle cherchait.

– C'est la troisième à droite, s'écria-t-elle en avançant à grands pas à travers la neige.

Lorsqu'ils arrivèrent près du chalet, quelques gros corbeaux s'envolèrent de derrière le bâtiment. Ils avaient rongé des restes de nourriture. Des épluchures de pommes de terre et des fanes de carottes gisaient dans la neige.

Devant le chalet, on voyait encore des empreintes de pas. Les traces de grosses chaussures de randonnée. Aucun des policiers n'avait d'arme avec lui. Ils s'étaient dit qu'ils n'en auraient pas besoin. S'il y avait quelqu'un dans le chalet, ils étaient quand même trois. Hildur savait qu'une arme ne leur servirait à rien ici.

Elle saisit la grosse poignée de la porte en bois et regarda ses collègues. Elle tira fort et la porte grinça. L'entrée était petite et étroite. Un filet de pêche pendait au mur et de longues cuissardes étaient suspendues à un clou par les bretelles. Sur un tabouret jaune, on avait déposé, comme si on attendait des visiteurs, une photographie, une boîte en métal et une bible.

La photo avait été ternie par les années et abîmée par l'air humide du chalet. Hildur la prit et la regarda de plus près. Une femme d'une vingtaine d'années fixait la caméra en souriant et plissait les yeux. C'était l'été. Le soleil brillait fort. L'arrière-plan de la photo était noir. On avait dû la prendre devant le mur sud du chalet. La femme aux cheveux blonds tenait dans ses bras une petite fille qui devait avoir un an. Elles se ressemblaient, toutes les deux avaient les cheveux extraordinairement longs et blonds. Ceux de la fillette étaient particulièrement longs pour son âge. Ils étaient attachés avec un ruban rouge. Elles riaient toutes les deux d'un rire franc.

Hildur reconnut tout de suite la femme. C'était la photo qu'elle avait vue dans la nécrologie de Valgerður. On l'avait simplement cadrée pour ne montrer que son visage.

Hildur la tendit à Jakob et prit la boîte en métal. Elle contenait une petite carte blanche reçue à la maternité, sur laquelle la sage-femme avait noté le sexe, la date de naissance, le poids et la taille du bébé. Au recto de la carte, on avait imprimé l'empreinte de son pied. C'était une petite trace fragile mais on distinguait tous les orteils. Au fond de la boîte reposaient des cheveux blonds d'enfant, attachés par un ruban rouge. Des cheveux blonds et fins.

Hildur prit ensuite le livre qui était sur le tabouret et le feuilleta rapidement. Entre les pages de la bible, il y avait beaucoup de marque-pages. Elle l'ouvrit au niveau du dernier et lut le texte. C'était l'Évangile de Mathieu. Après les dernières lignes, elle eut la confirmation de ce qu'elle pressentait déjà dans le bateau. Ils ne trouveraient ici personne qui représentait un danger pour eux.

Car celui qui est préoccupé de sauver sa vie la perdra ; mais celui qui perdra sa vie à cause de moi, la retrouvera.

Hildur n'avait pas besoin de regarder par la vitre de la porte de la pièce principale du chalet pour savoir ce qui s'était passé. Après l'hôpital psychiatrique, Marta était revenue ici. Dans sa vieille résidence d'été. De lourdes chaussures de randonnée pendaient devant les yeux de Hildur. Maintenant rayées, ces chaussures avaient autrefois été noires et brillantes. Elles étaient grises à la pointe et déformées. On avait beaucoup marché dans ces chaussures. Mais à présent, elles étaient suspendues dans le vide, libres. Elles remuaient tranquillement comme les lupins dans le vent d'été. Un escabeau en aluminium gisait par terre, à côté.

Hildur ouvrit la lourde porte et entra dans la pièce principale. Une puanteur terrible les accueillit. À en juger d'après l'odeur, cela faisait un certain temps que le corps était pendu à la poutre du plafond. Hildur avança dans la pénombre de la pièce. Elle avait entendu un petit grattement.

En haut, au-dessus du niveau de la neige, une petite fenêtre d'aération était ouverte. La douce brise qui passait à travers faisait trembler les papiers accrochés au mur. Hildur entendit Beta sortir de la maison. Elle était probablement retournée au bateau. Ils auraient besoin d'aide pour déplacer le corps.

Tous les meubles de la pièce avaient été déplacés loin du mur gauche. Hildur se figea. Le mur était couvert sur toute sa longueur de dizaines de feuilles A4 disposées en lignes verticales. Les papiers précisément ordonnés et cloués au mur étaient recouverts de texte et d'images. Hildur comprit bientôt que les phrases isolées, les horaires et les dates formaient une sorte de chronologie.

Freysi court le soir après 20 h. Quand est-il seul ?
Parking de Hverfisgata, Reykjavík + clés
17 h Ísafjörður en voiture

Livraison de pizza (regarde l'heure !)
22 h arrivée à Reykjavík
Caméra (réglé)

Sous la chronologie étaient punaisées plusieurs feuilles avec des noms. Une flèche partait de chacune d'entre elles vers d'autres feuilles. Hildur se rappelait ce que Lian avait raconté au téléphone : Marta avait construit un arbre généalogique détaillé dans sa chambre d'hôpital. C'était ce que Hildur avait sous les yeux. Un arbre généalogique.

Elle se concentra sur le dessin.

De Jón partaient deux flèches, accompagnées d'un texte : « deux enfants ». Heiðar et Lísa. Le père et les enfants. Tous morts.

À côté de Jón, son frère Gunnar et, sous le nom de Gunnar, une feuille dont la vue fit frémir Hildur. Freysi. Les frères et le neveu. Tous morts.

Sur le dessin, Heiðar était relié à Valgerður et d'eux deux partait une flèche vers un petit enfant. « Père » et « mère ». Avec Heiðar, Valgerður avait eu un enfant qui était mort bébé d'un accident vasculaire cérébral génétique. Valgerður s'était suicidée et Heiðar, qui portait le gène, avait été assassiné.

En regardant l'arbre généalogique, Hildur comprit le schéma. Toute la famille qui partait de Jón avait été effacée, un membre à la fois. Marta avait tué tous ceux qu'elle savait être de la même famille que Jón. Tous ceux qui avaient une probabilité de cinquante pour cent de porter le gène. Marta s'était assurée que personne ne subirait jamais la même chose qu'elle. La mort prématurée de sa petite-fille et de sa fille.

Jakob était entré dans la pièce sans rien dire. Il s'arrêta

à côté de sa collègue et observa les papiers accrochés au mur. Hildur déglutit.

– En fin de compte, ce n'était pas du tout compliqué. Au contraire. Tout était très simple, tu vois ? Une femme à qui on a tout pris et dont l'esprit s'est brisé, dit Hildur, concluant ainsi l'histoire de Marta.

Chapitre 52

Novembre 2019, Ísafjörður

Quelques jours plus tard, ils regardaient la boisson d'un brun jaunâtre couler dans les chopes. Une couche d'un centimètre de mousse tendre se formait sur la surface. La toute nouvelle bière de la brasserie locale, une blonde sombre au goût d'orange, venait d'arriver. C'était ce qu'ils avaient commandé, sur les conseils du barman.

– C'est pour moi, déclara Beta à la caisse en passant sa carte bancaire sur le terminal.

Jakob porta les verres pleins jusqu'à la table la plus isolée du bar. Hildur prit une corbeille de nachos avec des sauces épicées.

L'établissement qui se trouvait dans une maison blanche en bois le long de la route principale était le seul bar-restaurant du bourg et il était ouvert tous les jours de la semaine. Au menu, il y avait du poisson frais, des burgers juteux et des salades. Les soirs de week-end, les groupes de musique locaux venaient jouer dans l'arrière-salle du bar. Les haut-parleurs faisaient à présent résonner des morceaux du troisième album de

Sigur Rós. Souvent, les restaurants des petits villages avaient la télé allumée et les supporters pouvaient ainsi regarder le foot en buvant une pinte. Ici, l'atmosphère était cependant plus tranquille, parce que les télévisions étaient placées dans un autre bâtiment dans l'arrière-cour. Le grand écran montrait tous les matchs de foot possibles. On pouvait y regarder autant de football qu'on en avait envie.

Les trois collègues laissèrent leur manteau au portemanteau fait de vieux fers à cheval à côté de leur table.

– Santé, dit Hildur en levant sa chope.

Ils firent cliqueter leurs trois verres.

La bière saisonnière d'hiver était bonne. L'acidité de l'orange lui donnait un arrière-goût intéressant. Ils sirotèrent leur boisson sans rien dire, les yeux tournés vers la sombre soirée de novembre à l'extérieur. Il pleuvait. La neige avait de nouveau fondu dans les rues de la ville. La neige venait, la neige repartait. Ce même mouvement de balancier continuerait tout l'hiver.

Hildur regarda autour d'elle. C'étaient les gens dont elle était le plus proche. Ceux avec qui elle passait le plus de temps. Il ne manquait que Tinna. Freysi n'était plus là.

Beta était venue prendre deux bières maximum, puis elle rentrerait chez elle. Son mari était souvent en voyage d'affaires, elle devait donc faire à dîner à ses enfants et leur lire une histoire. Cela n'avait pas l'air de trop la déranger. Elle disait qu'elle aimait passer son temps libre à la maison. Elle était ambitieuse mais ne voulait faire des heures supplémentaires que dans des cas tout à fait exceptionnels. Elle vivait selon les préceptes qu'elle enseignait et ses subordonnés n'avaient donc pas besoin de montrer leur excellence en accomplissant des journées de travail trop longues.

À présent, ils étaient tous fatigués. Le voyage qu'ils avaient fait à Hesteyri l'avant-veille avait duré plus de vingt-quatre heures. Ils avaient eu besoin d'un hélicoptère pour transporter le cadavre mais celui-ci était réservé. Il devait d'abord transporter deux patients qui devaient se faire opérer d'urgence. Ils avaient donc tous les trois détaché Marta de la corde, fait une enquête préliminaire sur les causes du décès et recouvert le cadavre d'un drap.

Marta ne voulait pas que quelqu'un d'autre ait à subir les mêmes souffrances qu'elle. Elle avait tout planifié avec un souci du détail extrême. Elle avait pris soin que personne n'éprouve le même deuil.

Quand l'hélicoptère était enfin venu chercher son corps, les vagues étaient si puissantes qu'il était trop dangereux de repartir en bateau. Ils avaient donc passé la nuit dans le chalet avec le capitaine. Dans les placards de la cuisine, ils avaient trouvé des boulettes de poisson en conserve qu'ils avaient réchauffées avec un réchaud à gaz en guise de dîner.

Le lien entre le meurtre de Lísa, morte à Hesteyri l'été précédent, avec les autres meurtres s'était renforcé avec la découverte des documents dans le chalet de Marta. Son certificat de naissance prouvait que Jón était son père biologique. Sa mère biologique n'avait que seize ans lorsqu'elle l'avait mise au monde, encore une enfant elle-même. Ils ne savaient pas comment Marta avait réussi à se procurer ce document. Ni non plus comment Jón, qui avait engendré deux enfants, était devenu un pédophile agressant les jeunes garçons. Lísa et Heiðar étaient demi-frère et sœur sans le savoir. Ils avaient vécu et étaient morts sans connaître l'existence l'un de l'autre.

Certaines choses devaient rester dans les ténèbres. On ne pouvait pas toujours tout savoir. Il y avait des questions auxquelles il n'y avait plus de réponse.

Ils avaient rassemblé dans le chalet de Marta tous les documents jusqu'au moindre trombone et les avait organisés en piles dans la salle de réunion du commissariat. Les jours suivants, ils examineraient tout ensemble et termineraient les rapports d'enquête. Beta avait reçu dans la matinée un appel du laboratoire de criminologie de Reykjavík, à propos des tests ADN. Les résultats confirmaient ce qu'ils savaient déjà : Jón, Heiðar et Freysi étaient de la même famille.

Aucun des policiers n'était aujourd'hui d'humeur festive mais partager brièvement une bière dans le seul bar de la ville avait tout de même paru une bonne idée à tout le monde.

Hildur réfléchissait aux funérailles qui auraient lieu le samedi de la semaine suivante. On enterrerait Freysi dans la chapelle de la ville. Beta avait promis de venir en soutien, si elle ne voulait pas y aller seule. Hildur appréciait le geste mais elle préférait s'y rendre seule, même si elle savait que ce serait difficile. Elle avait prévu de s'installer au dernier rang. Elle y verrait tout mais elle n'aurait pas besoin de faire attention au regard des autres sur elle. C'était plus facile ainsi.

Hildur tira vers elle le bol de nachos et plongea les chips dans la sauce au fromage. Elle avait fait un rapide jogging dans l'après-midi mais elle n'avait pas eu le temps de manger quoi que ce soit après son entraînement. Les chips de maïs et la bière feraient bien l'affaire.

Jakob avait fini sa pinte et offrit d'aller chercher une deuxième tournée. Avant de se rendre vers le bar, il sortit un paquet de son sac à bandoulière.

– J'ai terminé les aisselles hier. J'ai appelé le pull Hildur, ce premier échantillon est donc pour toi. Je pense que le modèle t'ira bien.

Hildur prit le paquet et l'ouvrit aussitôt. Elle se réjouit. Il contenait le pull brun clair au jacquard détaillé qui avait fière allure. C'était justement le pull que Hildur avait admiré plus tôt. Jakob avait conçu le modèle lui-même. Il était splendide. Elle le déplia devant elle et en caressa la surface lisse.

– Merci, il est absolument magnifique, dit Hildur d'une voix émue, avant de le revêtir.

Bientôt, Jakob revint avec leurs pintes. Hildur observa son collègue. Ils ne se connaissaient pas depuis longtemps mais il était déjà devenu un ami proche. Elle aimait bien sa compagnie. Avec lui, c'était comme un verre d'eau fraîche : pas de malentendus en continu, pas de messages cachés, pas de surprises. Jakob n'essayait pas de faire des blagues ou d'être le centre de l'attention. La tranquillité qui émanait de son collègue était probablement due à tout ce qu'il avait vécu. Quand on sait tout ce qui peut arriver, on aborde les petites contradictions avec une échelle différente. Hildur espérait qu'il ne rentrerait pas de sitôt en Finlande.

– Tu as déjà des projets pour les vacances de Noël ? demanda-t-elle en regardant Jakob, assis dans le canapé.

– Eh bien oui, en fait. Je vais aller en Norvège.

Le tribunal avait accordé quelques visites à Jakob entre Noël et le jour de l'an.

– Je ne sais pas si je pourrai voir mon fils mais je vais essayer, dit-il en aspirant la bière de sa chope remplie à ras bord. Et après, je reviens ici, bien sûr. J'ai encore quelques mois de stage à faire.

À ce moment-là, quelqu'un ouvrit la porte du bar. C'était Guðrún. Ses cheveux blonds qui débordaient de son bonnet lâche étaient ébouriffés par le vent. Son long gilet en laine était ouvert de façon décontractée et ses lèvres, couvertes d'une nuance parfaite de rouge. Guðrún se dépêcha de fermer la porte et ôta son bonnet trempé par la pluie.

– J'étais en chemin vers le supermarché et j'ai vu des têtes familières par la fenêtre. Je ne vous dérange pas, j'espère ? demanda-t-elle en s'installant à côté de Jakob avant que quiconque n'ait le temps de répondre.

Elle posa son derrière juste à côté de lui et caressa sa barbe comme si elle voulait le posséder. Jakob se tourna vers elle et déposa un léger baiser sur ses lèvres.

Guðrún ne dérangeait personne, bien au contraire. Les yeux de Jakob riaient. Cela faisait plaisir à Hildur de le voir éprouver un bonheur aussi sincère.

– Ce pull te va comme une écharde dans le cul, la complimenta Guðrún.

C'était un vieux proverbe du coin qui voulait dire que deux choses allaient parfaitement bien ensemble.

Hildur la remercia et fit un signe en direction de Jakob.

– Il est vraiment doué en tricot.

– C'est un vrai trésor, rétorqua Guðrún en pressant de la main la cuisse de Jakob.

Hildur éclata de rire, remonta les manches du pull qui

portait son nom et marcha jusqu'au bar. En s'appuyant contre le comptoir, elle s'aperçut dans le miroir accroché au mur. Elle y jeta à nouveau un œil, satisfaite de ce qu'elle y voyait. Puis elle appela le serveur. Cette fois, c'était pour elle.

Chapitre 53

Novembre 2019, Ísafjörður-Hnífsdalur

Hildur essaya d'ouvrir les yeux mais c'était difficile. Pourtant, les muscles qui entouraient ses yeux fonctionnaient mais ses cils refusaient. Ils étaient collés à la paupière inférieure. Hildur tâtonna, à la recherche du verre d'eau sur sa table de nuit, puis y plongea deux doigts et essuya les plus gros grumeaux autour de ses yeux. Elle réussit à en ouvrir un et put regarder l'écran de son téléphone. Sept heures quinze. Elle était agacée. Elle aurait voulu dormir jusqu'à neuf heures.

La fatigue alourdissait son corps mais elle savait d'expérience qu'elle ne se rendormirait pas. Quand son cerveau se réveillait, elle n'arrivait plus à le faire taire. Un petit grognement, et la couverture fut par terre. Elle regarda le plafond et sonda son état. Elle avait un peu mal à la tête. Dans la bouche, il lui restait un arrière-goût de nachos et de sauce au fromage.

Le pull que Jakob lui avait donné était enroulé sous sa tête. Elle sentait l'odeur de la laine de mouton. C'était une odeur sûre, qu'elle aimait bien.

Beta avait bien refusé la troisième pinte et était rentrée

chez elle préparer le dîner. Hildur était restée avec Jakob et Guðrún encore un moment. Quand ils eurent goûté toutes les bières du bar – il n'y en avait heureusement que cinq –, les deux tourtereaux étaient partis, collés l'un à l'autre, en direction de l'appartement de location de Jakob. Hildur était rentrée seule chez elle et s'était apparemment endormie dans son lit sans se démaquiller ni se brosser les dents.

Elle alluma sa brosse à dents électrique, but un grand verre d'eau froide et mangea une banane. Elle ne commençait à travailler que dans trois heures, elle avait donc le temps de faire un tour dehors avant. La douleur lui brûla les entrailles quand elle vit sa main se tendre automatiquement vers son portable. À qui est-ce qu'elle aurait pu envoyer un message ? Il fallait qu'elle aille courir seule.

Dans la pénombre de l'entrée, Hildur mit sa tenue de sport, ses baskets, et les crampons par-dessus, et accrocha sa lampe sur son front. Une course lente et longue dans l'air frais ne pouvait en tout cas pas lui faire de mal. Dix kilomètres n'effaceraient pas les événements de ces dernières semaines mais ils rendraient son existence plus supportable. Si on ne pouvait pas éviter la collision, il fallait s'assurer que le mur soit le plus doux possible.

Hildur avait une petite gueule de bois et savait que ce n'était pas bien de faire du sport. Mais s'il fallait choisir entre le petit risque de faire une crise cardiaque et une dépression massive, elle préférait le premier choix.

En sortant, elle tourna consciemment le regard vers une autre direction. L'appartement de Freysi était vide, maintenant. Hildur accéléra et continuait à regarder, déterminée, dans une autre direction. Vers l'avant.

Comme je ne peux rien y faire, je ne vais pas y penser plus.

Les crampons s'enfonçaient dans le verglas et l'aidaient à rester droite. Les petites boules de métal repoussaient le givre sur son chemin. Le rythme du bruit de la glace qui se brisait à chacun de ses pas accéléra.

La piste cyclable et piétonne, éclairée par les lampadaires, longeait la route. À gauche s'élevait le mont Eyrarfjall, au sommet plat. Il n'avait pas choisi sa place. Il était tout simplement là. Avec les vents, les pluies et les tempêtes de neige. De l'autre côté bouillonnait la mer sombre. Hildur ne voyait pas les vagues mais elle les entendait se briser contre la digue de pierre qui protégeait la route. Elle distinguait sur l'eau deux lumières tremblantes qui s'avançaient. Des bateaux. Une vingtaine d'années plus tôt, cela aurait été de modestes bateaux de pêche qui partaient tôt le matin voir si la mer aurait quelque chose à leur donner. Maintenant, c'étaient des taxis alimentaires. Ils apportaient de quoi nourrir les poissons qui tournaient en rond dans les élevages au centre du fjord.

Le pouls de Hildur accéléra. Après la montée de plusieurs kilomètres, ses jambes étaient lourdes mais son esprit, léger. Elle ferait cinq kilomètres si elle faisait le tour de la ville par la Vallée des couteaux et s'arrêtait aux portes du petit cimetière. Puis elle ferait demi-tour et aurait le temps d'arriver au travail avant dix heures.

Au bout d'un bon quart d'heure, elle s'arrêta devant le cimetière. L'obscurité de la nuit ne s'était pas encore levée. On ne pouvait pas voir où les pierres tombales s'arrêtaient et où commençait la mer. Un projecteur puissant sur le côté du cimetière éclairait une statue qui avait été érigée là en souvenir de tous les marins islandais noyés. Un marin se tenait le dos à l'océan et regardait sévèrement tous les visiteurs du cimetière. Devant l'arrière-plan noir, son visage ridé illuminé par le projecteur se dessinait nettement sous son chapeau de pêcheur.

Hildur observa un instant l'air sévère de la statue et se retourna pour rentrer. Elle sentit la vibration de son téléphone dans sa poche. C'était le numéro de Hákon-à-la-Hache.

– Bonjour. Je te réveille ? demanda sa voix masculine tranquille.

– Je suis en route pour le travail, répondit Hildur en se dirigeant vers la montée qui commençait après le cimetière et la ramènerait vers le sentier qui menait au bourg.

– Je t'appelle à propos des sacs plastique.

Hildur sentit un instant la pesanteur disparaître. Elle avait fait envoyer par courrier les sacs plastique et les os trouvés dans la fosse d'Ögurvík pour des analyses supplémentaires à Reykjavík. Ils n'étaient liés à aucune enquête en cours, cela n'était donc pas urgent. Hákon-à-la-Hache avait toutefois promis de les regarder dès qu'il aurait le temps. Hildur entendit l'homme feuilleter des papiers en même temps qu'il rapportait ce qu'il avait trouvé.

Les sacs en plastique contenaient un sac à dos et quelques vêtements. Les fibres étaient en très mauvais état, mais en se fondant sur ce qu'il avait été possible d'analyser, Hákon-à-la-Hache osait affirmer qu'il s'agissait de deux couches de vêtements. Il y avait une vieille étiquette sur le sac à dos, où l'on pouvait encore lire le mot *Rúnarsdóttir*. Fille de Rúnar. Hildur écoutait ses paroles, les yeux fermés.

Hákon-à-la-Hache fit une petite pause avant de continuer :

– Hildur. Je me rappelle cette affaire. Rúnar. C'était le nom de ton père aussi, non ?

– Et les os ? Tu les as regardés ? Tu as regardé les os ? demanda Hildur d'une voix où résonnait la douleur, sans répondre à la question. Elle serrait le téléphone si fort dans sa main que les bords raides du portable s'enfonçaient contre ses doigts et lui faisaient mal.

– Oui. Et ce ne sont pas des os humains. Ce sont des bouts du tibia d'un veau. Je pense qu'ils sont vraiment très vieux. Il faudrait bien sûr faire des analyses beaucoup plus précises pour en déterminer l'âge exact mais, à vue d'œil, je dirais qu'ils sont beaucoup plus vieux que le contenu des sacs.

Hákon-à-la-Hache continua de parler mais Hildur n'entendait plus rien. Le bras qui tenait le téléphone s'était relâché. Hildur ouvrit les yeux et regarda les montagnes à l'est, par-delà la mer. Le ciel noir derrière les montagnes était devenu violet.

De l'autrice

Hildur est arrivée dans ma vie par surprise. Par surprise, comme l'Islande.

Il y a vingt ans, j'ai quitté la Finlande pour l'Islande. Je faisais des études d'économie à l'école de commerce de Helsinki et j'ai eu la possibilité de partir en échange à l'étranger. J'ai choisi l'Islande pour des raisons tout à fait égoïstes. Je voulais me baigner dans les sources d'eau chaude et faire du cheval islandais ! Plutôt que d'étudier les théories de macroéconomie, j'ai pris des cours sur la culture et les contes populaires d'Islande. J'ai un peu dû expliquer ces choix particuliers à la professeure de mon université d'origine, mais c'était heureusement une femme compréhensive et elle a déclaré que la curiosité était une bonne chose.

Je continue toujours sur ma route particulière. J'ai rencontré un bel homme dans un bar de Reykjavík, je l'ai persuadé de se mettre en couple avec moi, j'ai installé mes affaires chez lui et maintenant nous habitons ici avec nos deux enfants. Il est probablement important de préciser que je ne garde pas mon mari en otage. Il a lui aussi fini par accepter l'idée d'être en couple.

Il y a environ deux ans, j'ai rencontré une amie imaginaire. Une femme islandaise du nom de Hildur commençait à se construire dans mon esprit. Elle était tout simplement venue et n'acceptait pas de repartir. Je l'ai imaginée surfer sur les vagues de l'Atlantique, je l'ai vue courir sur les pentes des montagnes. Elle est devenue une connaissance avec qui je passais du temps quand j'étais seule. C'était une personne en compagnie de qui je m'amusais. En fin de compte, j'ai été obligée de me mettre à écrire son histoire. En écrivant, j'ai vite compris que j'avais tellement de choses à dire sur elle qu'un seul livre ne suffirait pas. Je devais en écrire plus.

Hildur est une fiction. Même si une partie des lieux de ce roman existent, tous les événements et les personnages de cette histoire sont inventés. Les possibles rapports entre l'histoire et la réalité sont un pur hasard.

Je veux remercier toutes les personnes serviables qui m'ont soutenue dans l'écriture. Merci Ingibjörg Elín Magnúsdóttir et Aldís Hilmarsdóttir d'avoir patiemment accepté de répondre à mes questions sur le travail de police. Merci aux followers de mon compte Instagram qui ont su m'aider dans mes questions sur les chiens secouristes. Merci à mon amie de bureau, designer de pulls Sigríður Sif Gylfadóttir, d'avoir aidé Jakob à concevoir un modèle de pull pour Hildur. Il est magnifique. S'il y a des erreurs dans ce livre, elles sont toutes miennes.

Merci à ma superbe maison d'édition WSOY. Anna-Riikka Carlson, éditrice de littérature finlandaise : merci, merci, merci d'avoir eu la force et le temps d'écouter mes messages vocaux trop longs et de lire mes e-mails, et de te passionner avec moi pour Hildur. Et Hanna Pudas, directrice éditoriale – les plus grands mercis du monde ! Je ne sais pas ce que je ferais sans toi. En tout cas, l'écriture ne m'apporterait pas autant de plaisir. Lea Peuronpuro, éditrice, merci pour ton savoir-faire professionnel et ta poigne de fer dans les derniers mètres de mon manuscrit. La couverture de *Hildur* a été conçue par le talentueux Ville Laihonen. Merci Ville ! La couverture est magnifique. Merci à Satu Sirkiä, qui partage mon prénom, brand manager de WSOY, pour le beau travail de marketing.

Les remerciements les plus importants pour la fin : merci la famille et les amis.

À Ísafjörður, en avril 2022

Satu Rämö

RÉALISATION : NORD COMPO À VILLENEUVE-D'ASCQ
IMPRESSION : CPI FRANCE
DÉPÔT LÉGAL : OCTOBRE 2024. N° 154730-2 (181220)
IMPRIMÉ EN FRANCE